FANTASY

Raymond Feist, geboren 1945 in Los Angeles, studierte an der Universität von San Diego und arbeitete unter anderem als Fotograf und Erfinder von Spielen, ehe er sich dem Schreiben zuwandte. Mit seinen Romanen erscheint er seither regelmäßig auf der amerikanischen Bestsellerliste. Der in den achtziger Jahren begonnene Midkemia-Zyklus gilt als Meisterwerk der modernen Fantasy. Raymond Feist lebt mit seiner Familie im Süden Kaliforniens.

Janny Wurts lebt in Florida. Sie hat sich mit einer Reihe von Fantasy-Romanen und als Illustratorin einen Namen gemacht.

Aus dem Midkemia-Zyklus von Raymond Feist bereits erschienen:

Die Midkemia-Saga: 1. Der Lehrling des Magiers (24616), 2. Der verwaiste Thron (24617), 3. Die Gilde des Todes (24618), 4. Dunkel über Sethanon (24611), 5. Gefährten des Blutes (24650), 6. Des Königs Freibeuter (24651)

Die Schlangenkrieg-Saga: 1. Die Blutroten Adler (24666), 2. Die Smaragdkönigin (24667), 3. Die Händler von Krondor (24668), 4. Die Fehde von Krondor (24784), 5. Die Rückkehr des Schwarzen Zauberers (24785), 6. Der Zorn des Dämonen (24786), 7. Die zersprungene Krone (24787), 8. Der Schatten der Schwarzen Königin (24788)

Die Krondor-Saga: 1. Die Verschwörung der Magier (24914), 2. Im Labyrinth der Schatten (24915), 3. Die Tränen der Götter (24916)

Von Raymond Feist zusammen mit Janny Wurts:

Die Kelewan-Saga: 1. Die Auserwählte (24748), 2. Die Stunde der Wahrheit (24749), 3. Der Sklave von Midkemia (24750), 4. Zeit des Aufbruchs (24751), 5. Die Schwarzen Roben (24752), 6. Tag der Entscheidung (24753)

Demnächst erscheint von Raymond Feist zusammen mit William Forstchen:

Die Legenden von Midkemia: 1. Die Brücke (24190)

Weitere Bände sind in Vorbereitung.

KELEWAN-SAGA

RAYMOND FEIST &
JANNY WURTS

DIE STUNDE DER WAHRHEIT

Die Kelewan-Saga 2

Ein Roman von der anderen Seite des Spalts

Aus dem Amerikanischen von Susanne Gerold

BLANVALET

Die amerikanische Originalausgabe erschien erstmals 1987
unter dem Titel »Daughter of the Empire« (Chapters 9–17)
bei Doubleday, New York

Umwelthinweis:
Alle bedruckten Materialien dieses Taschenbuches
sind chlorfrei und umweltschonend.
Das Papier enthält Recycling-Anteile.

Blanvalet Taschenbücher erscheinen im Goldmann Verlag,
einem Unternehmen der Verlagsgruppe Random House GmbH.

Deutsche Erstveröffentlichung 4/98

Umschlaggestaltung: Design Team München
Umschlagillustration: Agt. Schlück/Lee
Satz: deutsch-türkischer fotosatz, Berlin
Druck: Elsnerdruck, Berlin
Verlagsnummer: 24749
Redaktion: Alexander Groß
V. B. · Herstellung: Peter Papenbrok
Printed in Germany
ISBN 3-442-24749-7
www.blanvalet-verlag.de

3 5 7 9 10 8 6 4

Dieses Buch ist
in tiefempfundener Wertschätzung
und voller Zuneigung und Respekt
Harold Matson gewidmet.

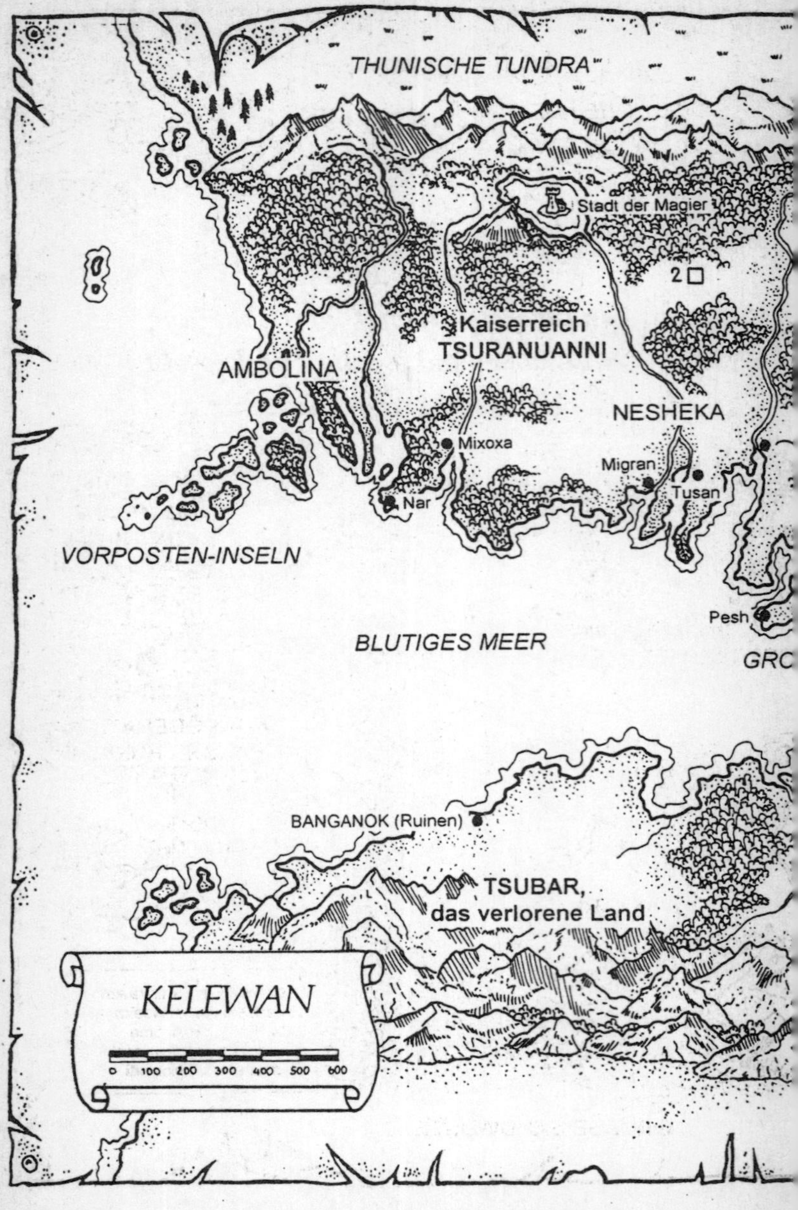

THUNISCHE TUNDRA
Stadt der Magier
2
Kaiserreich
TSURANUANNI
AMBOLINA
NESHEKA
Mixoxa
Migran
Tusan
Nar
VORPOSTEN-INSELN
Pesh
BLUTIGES MEER
GRC
BANGANOK (Ruinen)
TSUBAR,
das verlorene Land
KELEWAN
0 100 200 300 400 500 600

DER HOHE WALL
COLTARI
LASH
Silmani
Barak
Kentosani, die heilige Stadt
Yankora
SZETAC
Sulan-Qu
YANKORA-TIEFE
HOKANI
Holan-Qu
Jamar
Ontoset
Seran
Xula-Passage
Stadt der Ebene
HOCHLAND
VON THURIL
Rulana
HONSHONI
Koth
Xula
Schlachtenbucht
SSER SUMPF
Lepala
KONFÖDERATION
VON THURIL
Rujije
Ilama
SWETO
Wamar
DUSTARI
Brigani
1 Landsitz der Shinzawei
2 Landsitz der Inrodaka
3 Landsitz der Acoma
4 Landsitz der Minwanabi
5 Landsitz der Anasati
GROSSE SANDWÜSTE

Danksagung

Wir möchten uns ganz herzlich bei den Personen bedanken, die auf irgendeine Weise – absichtlich oder nicht – zum Gelingen dieses Buches beigetragen haben. Wir verdanken ihnen viel:

Der »Freitagnacht-Runde«, deren Begeisterung für Spiele R. E. F. auf viele interessante Ideen brachte, die in zwei Welten eingeflossen sind, und den Autoren jener Spiele, vor allem denen bei Midkemia Press.

Kyung und Jon Conning, die in ihrem Heim in Korea für J. W. den roten Teppich ausgerollt haben und auf diese Weise dem Buch zu bedeutend mehr Farbigkeit verholfen haben.

Virginia Kidd, die es für J. W. leichtmachte, ja zu sagen, und deren Freundschaft und weise Ratschläge uns viele Jahre begleitet haben.

Unseren Lektoren Adrian Zackheim, mit dem alles anfing und Jim Moser, der die Sache mit uns zu Ende brachte.

Richard C. Freese, der viel mehr als nur seine Pflicht getan hat.

Elaine Chubb, die für unser gutes Aussehen gesorgt hat.

Daniel P. Mannix IV., der uns gezeigt hat, was es heißt, Schriftsteller zu sein, und uns einen wunderbaren Platz zum Arbeiten verschafft hat (ungeachtet der Enten).

Und Barbara A. Feist, die es mit einem von uns aushält.

Frazer, Pennsylvania — Raymond E. Feist
Juni 1986 — Janny Wurts

Eins

In der Falle

Ein Schrei schallte durch das Haus.

»Mara!«

Buntokapis Wut zerstörte die morgendliche Ruhe wie der Angriff eines Needra-Bullen. Mara zuckte zurück. Instinktiv warf sie einen Blick auf die Krippe neben ihr. Der kleine Ayaki schlief noch, er ließ sich durch das Gebrüll seines Vaters nicht stören. Seine Augen waren fest geschlossen, und seine strammen Glieder hatten sich in seinen Decken verfangen. Nach zwei Monaten hatte sich das Kind an Buntokapis Brüllen gewöhnt und konnte in einem Gewittersturm schlafen. Mara seufzte. Der Sohn war ganz der Vater, mit einem dicken Körper und einem klobigen Kopf, der seiner Mutter Grund genug gegeben hatte, den Tod herbeizusehnen, als er geboren wurde. Die ungeheure Anstrengung hatte Mara in einer Art und Weise ausgelaugt, wie sie es niemals für möglich gehalten hätte. Trotz ihrer achtzehn Jahre fühlte sie sich wie eine alte Frau, immerzu müde. Und der erste Anblick ihres Sohnes hatte sie traurig gestimmt. Sie hatte insgeheim auf ein geschmeidiges, gutaussehendes Kind gehofft, eines, das ihrem Bild von Lano als Baby ähnelte. Statt dessen hatte Buntokapi ihr eine rotgesichtige, rundköpfige kleine Bestie vermacht, mit einem Gesicht, das so faltig war wie das eines alten Mannes. Vom ersten Augenblick an, da es seine Lungen mit Luft gefüllt hatte, war ihm ein Schrei eigen, der seinem Vater Konkurrenz machen konnte, und schon jetzt hatte er das gleiche mürrische Gesicht. Trotzdem empfand Mara nichts als Liebe für Ayaki, wenn er schlief. Er ist auch mein Sohn, dachte sie, und das Blut seines Großvaters ist in ihm. Die Eigenschaften, die er von den Anasati geerbt hatte, wollte sie ihm abgewöhnen und statt dessen jene von den Acoma anerziehen. Er würde nicht wie sein Vater werden.

»Mara!« Buntokapis gereizter Ruf klang jetzt sehr nah, und im nächsten Augenblick wurde auch schon der Laden zum Kinderzimmer des Jungen zurückgestoßen. »Hier bist du also, Frau. Ich suche dich bereits im ganzen Haus.« Buntokapi trat mit einer finsteren Miene ein, die an eine Sturmwolke erinnerte.

Mara verneigte sich gelassen. »Ich war bei unserem Sohn, Buntokapi.«

Buntokapis Ausdruck wurde etwas gelöster. Er ging zur Wiege, wo der Junge lag, der jetzt vom lauten Eintreten seines Vaters unruhig war. Buntokapi streckte ihm seine Hand entgegen, und einen Augenblick lang fürchtete Mara, er könnte die schwarzen Haare des Jungen kraulen, wie er es bei seinen Hunden tat. Statt dessen rückte seine fleischige Hand zärtlich die Decke zurecht, die zusammengeknittert zwischen den winzigen Beinen lag. Die Geste erfüllte Mara mit einer spontanen Zuneigung zu Buntokapi, aber sie drängte solche Gefühlsaufwallungen rasch zurück. Auch wenn er den Mantel der Acoma trug, war Buntokapi ein Sohn der Anasati, eines Hauses, dessen feindselige Einstellung gegenüber den Acoma kaum geringer war als die der Minwanabi. Tief in ihrem Herzen wußte Mara das. Und bald würde die Zeit gekommen sein, dies zu ändern.

Übertrieben flüsternd, denn Ayaki war ein guter Schläfer, fragte sie: »Was möchtet Ihr, mein Gemahl?«

»Ich muß nach Sulan-Qu … äh, geschäftlich.« Mit einstudierter Gleichgültigkeit richtete Buntokapi sich vor der Wiege auf. »Ich werde heute nacht nicht zurückkehren und vielleicht auch morgen noch nicht.«

Mara verneigte sich fügsam; ihr entging die Hast nicht, mit der ihr Mann wieder aus dem Zimmer verschwand. Sie benötigte keinen besonderen Scharfsinn, um zu erkennen, daß es keine Geschäfte für ihren Mann in Sulan-Qu zu erledigen gab. Während der vergangenen zwei Monate war sein Interesse an allem Geschäftlichen drastisch gesunken, bis an die Grenze offener Vernachlässigung.

Nachdem Jican die Kontrolle über die Verwaltung der Acoma-Güter wieder übernommen hatte, hielt er seine Herrin immer auf dem laufenden. Buntokapi trieb weiterhin Unfug mit Keyokes Organisation der Krieger: welche Männer befördert wurden und zu welchem Rang. Mara, die kaum in der Lage war, einen kleinen Teil derjenigen Angelegenheiten zu beeinflussen, die den Haushalt betrafen, konnte nichts dagegen tun – zumindest jetzt noch nicht.

Sie starrte voller Abscheu auf ihre Stickerei und war froh darüber, daß sie während Buntokapis Abwesenheit nicht des äußeren Scheines wegen weiter daran arbeiten mußte. Immer dringender benötigte sie Zeit dafür, über die Zukunft nachzudenken und einen Plan zu schmieden. Der mißtrauische Charakter ihres Mannes war für sie teilweise von Vorteil gewesen. In seiner schwerfälligen Art hatte Buntokapi erkannt, daß Maras Talent für den Handel seines in den Schatten stellte, und er hatte sich darauf beschränkt, darauf zu achten, daß seine Frau nicht die Kontrolle über seinen Haushalt erhielt. Er dachte niemals daran, daß sie vor der Heirat die Garnison ebenso geschickt verwaltet hatte, und daher kam es ihm niemals in den Sinn, andere seltsame Praktiken auf diesem Besitz zu hinterfragen, wie zum Beispiel, weshalb Papewaio ein schwarzes Tuch um den Kopf trug. Auch wurde Buntokapi trotz seines Interesses an der Kriegskunst niemals vertraut mit den Männern. Ihre Geschichte war nicht von Interesse für ihn; sonst hätte er längst entdeckt, daß sie Graue Krieger gewesen waren, bevor sie das Grün der Acoma erhalten hatten. Sicherlich mangelte es ihm an Vorstellungsvermögen und Phantasie, um solche Veränderungen der Traditionen für möglich zu halten, dachte Mara. Dann rief sie sich nachdrücklich wieder zur Vernunft. Selbst in Gedanken durfte sie nicht nachlässig werden. Zu oft hatte er ihr gezeigt, daß er mehr als nur ein einfacher Krieger war.

Dennoch hatte der Mann keinen Sinn für Feinheiten. Als sie sein dröhnendes Gelächter im Truppenhof hörte, wo er Krieger für seine Eskorte zusammenstellte, fragte sie sich, was ihn zu diesem linkischen Versuch der Heimlichtuerei veranlaßt haben mochte. Die Langeweile führte ihn vermutlich in der Mittagshitze nach Sulan-Qu, um dort mit anderen Soldaten zu baden und Geschichten auszutauschen oder vielleicht auch zu ringen und zu wetten ... oder um sich mit einer Frau aus der Ried-Welt zu vergnügen.

Buntokapi war bald nach der Geburt Ayakis in Maras Bett zurückgekehrt, doch nun, da die Acoma einen lebenden Erben besaßen, gab es keinen Grund mehr, die gehorsame Frau zu spielen. Buntokapis klammernde, sabbernde Umarmung ekelte sie an, und sie hatte still dagelegen und seine Leidenschaft kein bißchen erwidert. In der ersten Nacht schien er es nicht bemerkt zu haben, doch in der zweiten war er wütend geworden. In der dritten hatte er sich bitterlich über ihren Mangel an Begeisterung beklagt, und in der vierten Nacht hatte er sie geschlagen, bevor er mit einer ihrer Dienerinnen schlief. Von da an hatte sie auf seine Annäherungsversuche gar nicht mehr reagiert, und schließlich hatte er begonnen, sie zu ignorieren.

Doch jetzt machte sich Buntokapi zum dritten Mal innerhalb von zehn Tagen in die Stadt auf, und Mara interessierte, warum. Sie rief Misa herbei, damit sie die Läden aufmachte, und sobald die Sänfte ihres Mannes und seine kleine Eskorte von Kriegern in raschem Tempo in Richtung des Wegs zur Kaiserlichen Straße entschwanden, ließ sie nach Nacoya schicken.

Die alte Frau reagierte etwas verspätet auf ihren Ruf, doch ihre Verbeugung ließ keinen Mangel an Respekt erkennen. »Meine Herrin wünschen?«

»Was veranlaßt Lord Bunto, in der letzten Zeit so häufig in die Stadt zu gehen?« fragte Mara. »Welche Gerüchte kursieren unter den Bediensteten?«

Nacoya warf einen bedeutsamen Blick auf Misa, die beim Fensterladen stand und auf weitere Wünsche ihrer Herrin wartete. Mara war vorgewarnt, daß die Antwort nicht unbedingt für die Ohren einer Bediensteten bestimmt war, und so schickte sie ihre Zofe hinaus, das Mittagessen zu holen. Als Misa davoneilte, seufzte Nacoya. »Es ist genauso, wie Ihr es vermutet habt. Euer Ehemann hat sich in der Stadt ein Haus genommen, damit er sich mit einer Frau treffen kann.«

Mara lehnte sich zurück. »Gut. Wir müssen ihn ermutigen, so oft wie möglich in der Stadt zu bleiben.«

Nacoyas Gesicht erhellte sich vor Neugier. »Tochter meines Herzens, ich weiß, daß einige Dinge geschehen sind, Dinge, die nicht rückgängig gemacht werden können, aber ich bin dennoch die einzige Mutter, die Ihr jemals hattet. Wollt Ihr mir nicht erklären, was Ihr vorhabt?«

Fast wäre Mara der Versuchung erlegen. Doch ihre Strategie, wie sie die Kontrolle über das Haus zurückerlangen wollte, beruhte sehr stark auf dem Verrat an ihrem Lord. Wenn Nacoya auch bereits Maras Absicht, Buntokapi loszuwerden, erahnt hatte, so war es dennoch zu gefährlich, den Plan zu verraten. »Das ist alles, alte Mutter«, sagte Mara mit fester Stimme.

Die Amme zögerte etwas, dann nickte sie, verneigte sich und verließ das Zimmer. Mara blieb zurück; sie starrte auf das Baby, das sich in der Wiege rührte. Doch ihre Gedanken drehten sich keineswegs um das Wohlergehen Ayakis. Indem Buntokapi sich in der Stadt eine Frau zugelegt hatte, bot er ihr vielleicht genau die Möglichkeit, nach der sie gesucht hatte. In der Hoffnung, daß die Götter sich jetzt endlich ihrer annehmen würden, begann Mara die Möglichkeiten dieser neuen Entwicklung im Kopf durchzugehen, bis Ayakis gesundes Geschrei sie aus ihren Gedanken riß. Mara hob das ungeduldige Baby an ihre Brust und zuckte zurück, als der kleine Junge in ihre Brustwarze biß. »Au!« rief sie erstaunt. »Du bist der Sohn deines Vaters, kein Zweifel.« Das Baby beruhigte sich, als es zu saugen begann, und Misa kehrte mit einem Tablett zurück. Mara aß, ohne dem Essen große Beachtung zu schenken, denn ihre Gedanken waren mit einem Plan beschäftigt, dessen Gefährlichkeit die Vorstellungskraft ihrer alten Amme bei weitem überstieg. Das Risiko war groß. Eine einzige Fehleinschätzung, und sie würde jede Chance verlieren, jemals wieder die Herrscherin der Acoma zu werden; tatsächlich brachte sie im Falle eines Scheiterns Schande über die Ehre ihrer Ahnen – ohne jede Hoffnung auf Sühne.

Mara schenkte Chocha ein und hockte sich auf die Fersen, als Gijan, der Sohn von Lord Detsu von den Kamaiota, höflich nickte. Seine Geste signalisierte brennende Ungeduld, doch selbst seiner kritischen Natur war es unmöglich, an der Gastfreundschaft der jungen Frau etwas auszusetzen. Sie hatte dafür gesorgt, daß er es sich in den feinsten Kissen bequem machen konnte, hatte ihm eine Erfrischung angeboten und ihrem Mann unverzüglich die Nachricht zukommen lassen, daß ein alter Freund unerwartet erschienen war und darauf wartete, ihn zu begrüßen.

Gijan lehnte sich zurück; bewundernd betrachtete er die Ringe an seinen Händen. Seine Nägel waren beinahe bis zur Pingeligkeit sauber und die Juwelen protzig, doch der Rest seiner Kleidung war eher zurückhaltend. »Und wo könnte sich Lord Buntokapi also aufhalten?«

»Ich vermute, er ist wegen einer geschäftlichen Angelegenheit in die Stadt gereist.« Mara verriet nichts von dem Groll, den eine junge, hübsche Frau eigentlich bei der Abwesenheit ihres Mannes empfinden müßte. Sie war sich bewußt, daß Buntokapis Gast sie eindringlich betrachtete, und winkte leichthin mit der Hand. »Ihr wißt ja, daß diese Dinge jenseits meines Verständnisses liegen, Gijan, wenn ich auch sagen muß, daß er viel Zeit außerhalb des Hauses verbringt.«

Gijans Augen verengten sich; die selbstvergessene Bewunderung für seinen Jadering erwies sich jetzt als Ablenkungsmanöver. Mara nippte an ihrer Chocha; sie war sicher, daß dieser Gast gekommen war, um für die Anasati zu spionieren. Zweifellos wollte Lord Tecuma wissen, wie sich sein dritter Sohn als Lord der Acoma machte. Er hatte einen gutaussehenden Boten geschickt, möglicherweise in der Hoffnung, der Kontrast zu Buntokapi könnte die junge Ehefrau eher dazu verleiten, frei heraus zu sprechen. Nach einer kurzen Pause sagte der junge Edle: »Vernachlässigt der alte Gauner also seine Geschäfte?«

»Oh nein, Gijan.« Mara wollte ihrem Schwiegervater nicht auch noch die Entschuldigung dafür liefern, sich noch weiter in die Angelegenheiten der Acoma einzumischen, und daher holte sie weiter aus. »Wenn überhaupt, dann ist Lord Buntokapi eher allzu genau in der Handhabung der geschäftlichen Dinge. Er verbringt viele Stunden an seinem Schreibtisch.«

Lord Gijans maskenhaft freundlicher Gesichtsausdruck wich blanker Ungläubigkeit. »Bunto?« Er war sich bewußt, daß er damit seine Einschätzung des neuen Lords der Acoma verraten hatte, und schloß den offenen Mund schnell wieder. »Natürlich. Bunto war immer ein sorgfältiger Bursche.«

Mara unterdrückte ein Lächeln. Sie beide logen schamlos und wußten es auch; doch ein Gast durfte das Wort des Gastgebers nicht anzweifeln, ohne daß die heikle Frage der Ehre berührt wurde.

Nachdem sie das Thema »Buntokapi und die Verwaltungsangelegenheiten« derart wirksam abgeschlossen hatten, verstrich der Morgen langsam bei höflicher Unterhaltung. Mara ließ Thyza-Brot und Fisch bringen, was Gijan in seinen Bemühungen, sie auszufragen, etwas nachlässiger werden ließ, bis der Läufer schließlich aus der Stadt zurückkehrte. Nackt bis auf den Lendenschurz und atemlos vom Rennen fiel er vor Mara auf die Knie. »Mistress, ich bringe Nachricht vom Lord der Acoma.«

»Was wünscht mein Gemahl?« fragte Mara freundlich.

Der Sklave hatte sich kaum den Staub der Reise von den Füßen gewaschen, bevor er zu ihr gekommen war; noch immer rang er nach Atem. »Lord Buntokapi sagt, es täte ihm sehr leid, daß er abwesend war, als sein lieber Freund Gijan von den Kamaiota ihn rief. Es ist ihm zur Zeit unmöglich, auf das Gut zurückzukehren, und er bittet darum, daß Gijan ihn in Sulan-Qu aufsucht.«

Gijan nickte dem erschöpften Sklavenjungen zu. »Sag meinem Diener, er soll die Sänfte vorbereiten.« Dann lächelte er Mara an. »Wenn Mylady nichts dagegen haben?« Mara lächelte zurück; sie reagierte nicht auf seine Unverschämtheit, als er ihrem Läufer einen Befehl gab, als wäre es lediglich ein weiteres Recht eines Mannes im Beisein einer Frau. Wie anders war es doch gewesen, als sie selbst Herrscherin gewesen war. Und es würde auch wieder anders sein, schon bald sogar; das schwor sie sich, als sie ihrem Dienstmädchen befahl, das Tablett mit dem Essen abzuräumen. Dann nahm sie ihre ganze Leichtigkeit und all ihre Anmut zusammen und brachte Gijan zur Haustür des Herrenhauses.

Während sie in der Halle darauf wartete, daß sich die Eskorte des Besuchers versammelte, schickte sie ihren Läufer fort und seufzte innerlich erleichtert auf. Sie hatte befürchtet, daß Buntokapi zurückkommen würde. Wenn auch der Fußmarsch von der Stadt bis zum Gut zwei Stunden dauerte, so konnte ein Läufer in der Hälfte der Zeit hin und zurück laufen. Mit der Sänfte würde Gijan die Stadt nicht lang vor Sonnenuntergang erreichen. Ohne Zweifel liebte er ebenfalls das Wetten, und so würde Buntokapi seinem Jugendfreund ganz sicher nicht zumuten, nach Einbruch der Dunkelheit zurückzukehren. Würfel- und Kartenspiele und das Wetten würden die beiden also über Nacht in der Stadt halten, und das war ein kleiner Segen der Götter. Mara hatte bereits begonnen Buntos Abwesenheit schätzen zu lernen, doch dies war eine Freiheit, die sie nicht zu sehr lieben durfte, wenn nicht die Ungeduld ihren Untergang herbeiführen sollte.

Gijan verneigte sich formvollendet zum Abschied. »Ich werde Eurem Gemahl Komplimente über Eure Gastfreundschaft machen, wenn ich ihn sehe, Lady Mara.« Er lächelte sie plötzlich sehr charmant an, und Mara begriff, daß dieser junge Mann darüber nachdachte, ob auch sie zu den unbeachteten Frauen gehörte, die nur zu gern in eine kleine Romanze einwilligten.

Förmlich und etwas distanziert brachte sie ihn eilig zur Tür. Sie wollte ihre Zeit nicht auch noch damit verschwenden, die Annäherungsversuche verliebter jüngerer Söhne abzuwehren. Was sie von Bunto über den Liebesakt erfahren hatte, hatte sie nur in der Überzeugung bestärkt, daß sie sehr wenig von Männern brauchte. Falls sie jemals wieder die Gesellschaft eines Liebhabers benötigen würde, wäre er ganz sicher nicht wie dieser dumme, eitle Edelmann, der sich jetzt verabschiedete, um mit Bunto zusammen die Nacht mit Spielen, Wein und Huren zu verbringen. Als die Sänfte verschwand, hörte Mara lautes Geschrei aus dem Kinderzimmer.

»Männer«, stöhnte sie atemlos und eilte zu ihrem Sohn. Der Junge mußte gewickelt werden. Mit anderen Gedanken beschäftigt, reichte Mara ihn an Nacoya weiter, die ihr Geschick im Umgang mit Kindern nicht verloren hatte. Als die alte Frau mit den Fingern und Zehen des Kindes zu spielen begann, versuchte Mara sich Buntokapis Reaktion auf Gijans Besuch vorzustellen.

Am nächsten Nachmittag schien es, als hätte sie seine Gedanken gelesen. Buntokapi trug noch die Kleider, die er zum Ringen angezogen hatte, und Öl und Schweiß von den Übungen glänzten auf seiner Haut. Er kratzte sich zwischen den dichten Haaren auf seiner Brust. »Wenn jemand ruft und ich in der Stadt bin, verschwende nicht soviel Zeit damit, Boten zu schicken, Frau. Sende sie einfach direkt zu meinem Haus in der Stadt.«

Mara wippte Ayaki auf den Knien, während sich ihre Augenbrauen fragend wölbten. »Zu Eurem Haus in der Stadt?«

Buntokapi antwortete über die Freudenschreie seines Sohnes hinweg, als wäre die Angelegenheit nur von untergeordneter Bedeutung. »Ich habe ein größeres Quartier in Sulan-Qu bezogen.« Er gab keinen näheren Grund dafür an, doch Mara wußte, er hatte das Haus eingerichtet, um sich mit seiner Geliebten, einer Frau namens Teani, zu treffen. Soweit Mara sich erinnern konnte, hatte Lord Sezu niemals die Notwendigkeit verspürt, ein Haus in der Stadt zu mieten. Wenn diese Praxis auch bei den Lords anderer Besitztümer, die entfernter lagen, üblich war, so waren diese doch immer nach Hause zurückgekehrt, um unter dem gleichen Dach wie ihre Familien zu schlafen, egal, wie lange geschäftliche Angelegenheiten sie auch in der Stadt festgehalten haben mochten. Wenn Mara großzügig in ihrer Beurteilung sein wollte, so gestand sie Buntokapi zu, daß er kaum mehr war als ein Junge, gerade einmal zwei Jahre älter als sie, und ohne ihren ausgeglichenen Charakter. Während sie neben ihrem Bruder gesessen und die Lehrstunden ihres Vaters über die Leitung des Hauses mitverfolgt hatte, war Bunto ein unbeachteter, einsamer Junge gewesen, der die meiste Zeit damit verbracht hatte, vor sich hin zu brüten oder sich in der derben Gesellschaft der Soldaten aufzuhalten. Ihre Kühle regte ihn nicht auf, sondern ermutigte ihn, zu seinen früheren Gewohnheiten zurückzukehren, nämlich diejenigen Vergnügungen zu suchen, von denen er etwas verstand. Aber natürlich hatte Mara sich diesen Ehemann nicht ausgesucht, weil sie einen willensstarken und energischen Menschen hatte haben wollen, wie es ihr Vater gewesen war. Jetzt erforderte es ihr Plan, daß sie ihn in seinem maßlosen, übellaunigen Wesen ermutigte, obwohl dieser Weg sehr gefährlich werden konnte.

Ayaki quiekte ein letztes Mal in ohrenbetäubender Lautstärke und grabschte nach ihrer Perlenkette. Mara wehrte sich gegen den Griff an ihrem Hals und tat so, als berühre sie der übermäßige Luxus ihres Mannes nicht. »Wie mein Gemahl wünscht.«

Bunto antwortete mit einem seltenen Lächeln und duckte sich unter einem Schlag von Ayakis winziger Faust. Mara dachte kurz über seine Geliebte nach, diese Teani. Was für eine Frau mochte sie wohl sein, die einen brutalen Kerl wie ihren Mann anbeten konnte? Doch Buntokapis zufriedener Gesichtsausdruck verschwand, als pünktlich auf die Minute Jican mit einem Dutzend Papierrollen in der Hand erschien. »Mylord, den Göttern sei Dank, Ihr seid zufällig wieder zurück. Ich habe einige Papiere bezüglich Eurer entfernten Besitztümer, die Eure sofortige Zustimmung benötigen.«

Bunto gab einen erstickten Schrei von sich, der seinem

Gemütszustand entsprach. »Zufällig! Ich muß heute nacht noch zurück in die Stadt.« Er verließ Mara, ohne ihr auch nur Lebwohl zu sagen, doch seine Frau schien das nicht zu stören. Ihre Augen waren auf das rosige Gesicht ihres Sohnes geheftet, der voller Hingabe und Konzentration versuchte, sich die Bernsteinperlen ihrer Kette in den Mund zu stopfen. »Dein Appetit wird dich eines Tages noch umbringen«, warnte sie ihn sanft; doch nur die Götter wußten, ob sie sich auf ihren Mann oder seinen Erben bezog. Nachdem sie ihre Juwelen gerettet hatte, lächelte Mara in sich hinein. Diese Teani webte einen weiteren Faden in das Geflecht aus Ideen, das sie seit dem Tag mit sich herumtrug, als die Grauen Krieger ihren Treueschwur abgelegt hatten. Es war die Zeit gekommen, mit Buntokapis Erziehung zu beginnen und ihm zu zeigen, was wirklich notwendig war, um die Geschäfte der Acoma zu leiten.

Allein im kühlen Schatten des Kinderzimmers nahm Mara das Kontrollbuch an sich, das sie im letzten Monat heimlich begonnen hatte. Niemand würde sie stören; Nacoya war mit Ayaki draußen, und die Sklavin, die die Decken in der Wiege wechselte, konnte nicht lesen. Nachdenklich kaute Mara am hinteren Ende ihres Stiftes. An jedem Tag, den ihr Mann in seiner Stadtwohnung verbrachte, hatte sie mindestens einen Diener oder Jican mit einem unwichtigen Dokument zu ihm geschickt, das er unterzeichnen sollte. Aus ihren vielen Berichten hatte sie geduldig die Tatsache entnommen, daß ihr Mann ein sehr regelmäßiges Leben führte. Wenn er in Sulan-Qu war, pflegte er erst im Laufe des Morgens aufzustehen, niemals jedoch später als nach der dritten Stunde nach Sonnenaufgang. Dann ging er gewöhnlich zu einem öffentlichen Übungsplatz, wo die Wachen und Krieger von Händlern, die sich in der Stadt aufhielten, zusammenkamen und sich an den Waffen übten. Buntokapi zog gewöhnlich Ringen und Bogenschießen dem Fechten vor, doch mit einer Sorgfalt, die Gijan verblüfft hatte, übte er sich jetzt in allen dreien. Seine Technik mit der Klinge verbesserte sich langsam aber sicher, doch noch immer hielt er sich lieber in der Gesellschaft gewöhnlicher Soldaten auf als in der anderer Lords, die gelegentlich selbst von den Übungsmöglichkeiten Gebrauch machten. Am Mittag hatte er dann gebadet und die Kleider gewechselt und befand sich auf dem Weg zu seinem Haus; denn zwei Stunden später war er ansprechbar für jede Arbeit, die Mara ihm vom Gut her sandte. Seine Geliebte Teani stand selten vor dem Nachmittag auf, und seine Toleranz für das Geschäftliche verließ ihn in dem Augenblick, da sie erwachte. Mit einem Charme, von dem selbst der älteste Bote mit Bewunderung berichtet hatte, pflegte sie Buntokapi dann ins Bett zu locken, bis kaum noch genug Zeit blieb, um aufzustehen und sich zum Essen anzukleiden. Dann ging das Paar ins Theater und sah sich eine Komödie an, in die Taverne, um Sängern zu lauschen, oder in die Spielhäuser, obwohl Teani über keinerlei Reichtum verfügte außer dem, was ihr geschenkt wurde. Sie zog ein seltsames Vergnügen daraus, wenn sie ihren Geliebten zum Wetten ermutigte, und es ging das Gerücht, daß ihre Augen noch heller strahlten, wenn er verlor. Mara runzelte nachdenklich die Stirn. Viele Diener hatten Beschimpfungen ertragen und Schläge einstecken müssen, um diese Informationen zu erhalten. Der letzte Läufer, der ein Dokument zu Buntokapi hatte bringen sollen, war sogar ernsthaft verprügelt worden. Doch in dieser Angelegenheit war das Schicksal eines Sklavenjungen nur von geringer Bedeutung. Es würde noch schlimmer werden, sollte der Mann, den sie geheiratet hatte, weiterhin den Mantel des Lords tragen.

Ayakis wütendes Schreien hallte durch den Korridor jenseits der Läden, gefolgt von Nacoyas scheltender Stimme. Wenn das Kind schmutzige Windeln hatte, würde das Kinderzimmer für kurze Zeit zum Schauplatz eines mittleren Spektakels werden. Ayaki wehrte sich jedesmal wie ein junger Harulth, wenn irgend jemand versuchte seine Windeln zu wechseln. In einer Mischung aus Nachsicht und Verzweiflung verbarg Mara das Buch unter der alten Pergamentlandkarte und fuhr mit ihrem Studium des Kaiserreichs fort. Die Grenzen der Ländereien auf dieser Ausgabe stimmten nicht mehr ganz, da sie bereits gezogen worden waren, als sie ein kleines Mädchen gewesen war. Doch die Farben waren noch immer klar, und die meisten Besitztümer der wichtigsten Lords des Kaiserreichs waren deutlich zu erkennen. Da Buntokapi alles verabscheute, was mit Wörtern auf Papier zu tun hatte, würde er niemals dieses eine Dokument aus seinem Arbeitszimmer vermissen. Den einzigen Nutzen, den er aus einer Karte zog, war der, die Ländereien zu finden, die für die Jagd offen standen.

Während Ayakis Geschrei näher rückte, erkannte Mara gleich am Anfang eine interessante Tatsache: Der Lord der Zalteca, ein Nachbar von geringem Rang, der einen blühenden Handel mit Töpferwaren betrieb, benutzte ein Stück Land zwischen seinen eigenen Ländereien und der Kaiserlichen Straße, das das Eigentum des Lords der Kano zu sein schien, der weit im Osten in der Nähe der Stadt Ontoset lebte. Mara fand dies auf unerklärliche Weise amüsant. Vielleicht würde es sich später noch als nützlich erweisen, daß sie über die Besetzung von Gebietsrechten durch andere Familien Bescheid wußte. Sie würde Arakasi danach fragen, wenn er zurückkehrte, und dieser Gedanke erinnerte sie schlagartig an etwas anderes: Es blieb nur noch eine Woche, bis sie und Buntokapi ihren ersten Hochzeitstag feiern würden. Jederzeit konnte der Supai auf das Gut zurückkehren.

Besorgnis erfüllte Mara, selbst dann noch, als Nacoya mit dem schreienden Ayaki in ihren Armen hereinkam. »Euer

Sohn würde einen guten Ersatz für einen Guli abgeben«, sagte die alte Frau und bezog sich damit auf die haarigen, trollähnlichen Geschöpfe aus Kindermärchen; sie erschreckten ihre Opfer mit grauenhaften Schreien zu Tode.

Mara nickte nur. Nacoya überlegte kurz, ob ihre Herrin möglicherweise taub geworden war, dann rief sie die Sklavin zu sich, die gerade saubere Decken in die Wiege packte, und zusammen mit ihr versuchte sie, den Erben der Acoma zu bändigen. Der Junge schrie, bis sein Gesicht rot war und allen anderen die Ohren schmerzten. Schließlich stand Mara auf. Sie beugte sich über das Kind und klimperte mit den Perlen, um es abzulenken. Als Ayakis Geschrei sich in einer seiner launenhaften Anwandlungen in Gelächter verwandelte, wandte sie sich wieder ihren eigenen Gedanken zu.

Irgendwie mußte sie verhindern, daß Arakasi unter die Kontrolle Buntokapis geriet. Ihr bulliger Mann würde dieses Informationsnetzwerk nur verschwenden oder, schlimmer noch, seinem Vater zur Verfügung stellen. Damit würde jedoch der Lord der Anasati eine viel zu große Macht in den Händen halten. Die Notwendigkeit machte Mara kühn. Sie mußte sich sofort auf Arakasis Ankunft vorbereiten, damit seine Treue weiterhin nur ihr galt. Im stillen ließ sie die geplanten Aktivitäten ihres Ehemannes an sich vorbeiziehen, während sie lebhaft mit der Sklavin sprach, die sich an den wild um sich tretenden nackten Beinen ihres Sohnes zu schaffen machte. »Hol Jican her.«

Nacoya wölbte die Augenbrauen. »Ins Kinderzimmer?« fragte sie verwundert, doch ihre Herrin ignorierte die Freiheit, die sie sich genommen hatte.

»Die Angelegenheit duldet keinen Aufschub.« Ohne einen weiteren Kommentar nahm Mara der Sklavin die feuchten Tücher ab und säuberte das schmutzige Hinterteil ihres Kindes.

Jican tauchte auf; nichts von der Verwirrung, die er fühlte, war ihm anzumerken. Er verneigte sich tief vor seiner Herrin, als diese ihrem Sohn eine saubere Windel anlegte. »Haben wir einige Dokumente, die sich für die Durchsicht meines Lords eignen würden?«

Jican war kaum in der Lage, seine Abneigung bei der Erwähnung des Lords der Acoma zu verbergen. »Mylady, es sind immer irgendwelche Dokumente da, die sich dazu eignen, von dem Lord des Hauses durchgearbeitet zu werden.« Er verbeugte sich, beschämt darüber, wie nah seine Worte einer Beleidigung gekommen waren, indem sie nahelegten, daß Buntokapi seine Pflichten vernachlässigte. Mara spürte das Unbehagen ihres Hadonras. Sie nahm Ayaki auf die Schulter.

Dann sprach sie in einem Tonfall weiter, der so süß wie Bienenhonig war: »Dann halte ich es für passend, in der dritten Stunde nach Mittag einen Schreiber zu meinem Gemahl in das Haus in der Stadt zu schicken.«

Jican unterdrückte seine offene Neugier. »Wenn Ihr das für weise haltet, Mistress, so soll es geschehen.«

Mara schickte ihn fort und sah, daß Nacoya sie ebenfalls mit schiefem Blick anstarrte. »Du bist taub, Mutter meines Herzens«, sagte die Lady der Acoma weich. »Und geschäftliche Angelegenheiten werden niemals im Kinderzimmer besprochen.«

Die Amme verneigte sich sofort; sie konnte sich auch so einen ungefähren Reim auf die Absichten ihrer Herrin machen. Das volle Ausmaß von Maras Plänen hätte die alte Frau jedoch über alle Maßen erschreckt. *So, wie es auch mich erschreckt,* dachte Mara und fragte sich insgeheim, ob die Göttin der Weisheit wohl die Gebete einer Ehefrau erhören würde, die wissend ihren Ehemann provozierte, der bereits für seine Übellaunigkeit bekannt war.

Buntokapi hob den Kopf von dem zerknüllten, schweißfeuchten Kopfkissen. Die Läden waren noch fest verschlossen, doch selbst die in Scharlachrot, Kastanienbraun und Ockergelb bemalten Vorhänge konnten die Nachmittagssonne, die vom Garten hereinschien, nicht fernhalten. Sie tauchte das Zimmer in einen goldenen Glanz und überzog einzelne Stellen wie die verknäulten Laken und die schlafende Gestalt seiner Geliebten Teani mit ihrer warmen Farbe. Der Lord der Acoma betrachtete ihre prallen Oberschenkel, und seine dicken Lippen kräuselten sich zu einem Lächeln. Dies war eine richtige Frau, dachte er. Nackt nahm sie ihm in einer Weise den Atem, wie es Maras schlanke Figur niemals getan hatte. Er hatte Leidenschaft für seine Frau empfunden, als sie verheiratet worden waren; doch nachdem er die Freuden von Teanis Talenten geschmeckt hatte, war ihm klar geworden, daß seine Gefühle für Mara dem Wunsch entsprungen waren, die Tochter einer großen Familie zu beherrschen – und seine eigenen begrenzten Erfahrungen mit Frauen aus der Zeit, bevor er Lord geworden war, zu verbessern. Als der Sohn dann endlich geboren war, hatte er eine Zeitlang versucht, die Pflichten eines Ehemannes weiterhin zu erfüllen, doch Mara hatte wie eine Leiche dagelegen, und welcher Mann konnte schon an einer Frau interessiert sein, die keinerlei Herausforderung bot?

Maras befremdliche Begeisterung für Intellektuelles, ihre Liebe für die Poesie und ihre Faszination für den Stock der Cho-ja verursachten Buntokapi Kopfschmerzen. Seine Geliebte war eine ganz andere Sache. In stiller Bewunderung betrachtete er Teanis lange Beine. Eine Falte in den Laken verbarg ihre Hüften und ihren Rücken, doch eine Woge rotgoldenes Haar, das im Kaiserreich sehr selten war, fiel wie feines Porzellan über ihre Schultern. Teani hatte ihr Gesicht zur Seite gedreht, doch Buntokapi stellte sich ihre Vollkommenheit in Gedanken vor: der volle, sinnliche Mund, der ihn reizen konnte, bis er verrückt zu werden drohte, die gerade Nase, die hohen Wangenknochen und schließlich die bernsteinfarbenen Augen, die ihm die bewundernden Blicke jedes Mannes einbrachten, wenn sie sich in seinen Arm schmiegte. Ihre unglaubliche Attraktivität erweckte seine Männlichkeit, und allein der Anblick ihrer langsamen Atemzüge erregte ihn. Mit einem anzüglichen Grinsen schob er eine Hand unter die Laken, um ihre festen, runden Brüste zu suchen. Genau in diesem Augenblick klopfte es an der Tür.

Buntokapis Finger ballten sich zu einer Faust. »Wer ist da!« Sein gereiztes Brüllen veranlaßte Teani, sich verschlafen halb umzudrehen, halb aufzusetzen.

»Häh?« Sie blinzelte, warf den Kopf zurück, und die Flut ihrer Haare rutschte auf die andere Seite. Das Licht schimmerte warm auf ihren Brüsten. Buntokapi leckte sich die Lippen.

Die gedämpfte Stimme eines Dieners erklang von der anderen Seite der Tür: »Herr, ein Bote von Eurem Hadonra bringt Dokumente, die Ihr sehen müßt.«

Buntokapi dachte einen Augenblick daran, sich aufzurichten, doch Teani stützte sich auf die Ellbogen, und ihre Brustwarzen gerieten in sein Blickfeld. Der Schmerz in seinen Lenden wurde stärker, und die bereits begonnene Bewegung ging in eine Rolle zur Seite über, bis sein Kopf zwischen ihren einladenden, vollen Brüsten ruhte. Die Laken rutschten zurück. Er fuhr mit kitzelnden Fingern über Teanis entblößten Bauch, und sie kicherte. Das entschied Buntokapis Wahl – er ergab sich der Lust. »Sag ihm, er soll morgen wiederkommen!« rief er.

Der Diener auf der anderen Seite der Tür zögerte. Vorsichtig meinte er dann: »Herr, es ist jetzt bereits der dritte Tag, an dem Ihr ihm sagt, daß er am nächsten Tag wiederkommen soll.«

Teani bewegte sich gekonnt unter seinen Händen, flüsterte

etwas in sein Ohr und knabberte dann sanft an seinem Ohrläppchen. »Sag ihm, er soll morgen früh wiederkommen!« rief Buntokapi erneut. Dann erinnerte er sich daran, daß er am nächsten Morgen mit einem Befehlshaber von den Tuscalora ringen wollte. »Nein, sag ihm, er soll gegen Mittag kommen und die Dokumente dann mitbringen. Und jetzt geh!«

Buntokapi wartete verdrossen, bis er den Diener davoneilen hörte. Dann seufzte er tief über die unglaubliche Verantwortung seines Amtes und entschied, daß er ein Recht auf sein Vergnügen hatte, um nicht von der Last der Arbeit zermalmt zu werden. Als das Objekt seines absoluten Lieblingsvergnügens damit begann, in seine Schulter zu beißen, fand er es endgültig an der Zeit, sich abzulenken. Halb lachend, halb stöhnend zog der Lord der Acoma seine Konkubine zu sich heran.

Als Buntokapi spät am folgenden Morgen durch die Straßen von Sulan-Qu ging, war er sehr von sich eingenommen. Er hatte den Befehlshaber der Tuscalora mit Leichtigkeit besiegt und auch eine ansehnliche Summe gewonnen, dreißig Centuries, was inzwischen, seit er Herrscher war, zwar nichts Aufsehenerregendes mehr bedeutete, aber doch hübsch in seinem Beutel klimperte. Seine Eskorte, zwei junge Wachen der Acoma, die seine Leidenschaft für das Ringen teilten, begleiteten ihn, als er das Gedränge der Hauptstraßen verließ und um zwei Ecken herum zu seinem Haus ging. Schlagartig senkte sich seine Stimmung, denn sein Hadonra saß auf den Stufen, und die beiden Diener bei ihm waren mit Ledertaschen beladen, die bis obenhin mit Pergamenten vollgestopft waren.

Staub wirbelte auf, als Buntokapi mit schweren Schritten vor ihm stehenblieb. »Was gibt es, Jican?«

Der kleine Hadonra stand schnell auf und verbeugte sich mit einer Unterwürfigkeit, die ihn immer irgendwie verärgerte.

»Ihr habt meinem Boten erklärt, daß Ihr ihn gegen Mittag sehen wolltet, Lord. Da ich noch andere Geschäfte in der Stadt zu erledigen hatte, dachte ich, ich könnte Euch diese Papiere persönlich vorbeibringen.«

Buntokapi sog die Luft zwischen den Zähnen hindurch und rief sich etwas verspätet die letzten Worte ins Gedächtnis, die er durch den Laden gerufen hatte, während er mit Teani beschäftigt gewesen war. Er warf seinem geduldigen Hadonra einen finsteren Blick zu, dann winkte er den Sklaven, die die Stapel mit den Dokumenten trugen. »Also schön, bringt sie hinein.«

Schon bald waren die Schreibtische, zwei Essenstabletts und beinahe jeder verfügbare freie Platz auf dem Boden mit Stapeln von Dokumenten bedeckt. Buntokapi arbeitete eine Seite nach der anderen durch, bis seine Augen von dem vielen Starren auf die winzigen Zahlen oder endlosen Inventarlisten brannten. Er bekam einen Krampf im Bein und knetete die Muskeln. Die Kissen verloren ihre Fülle und wurden feucht von seinem eigenen Schweiß, und zu guter Letzt schlief auch noch sein Fuß ein. Verzweifelt kämpfte sich Buntokapi auf die Beine und bemerkte, daß das Sonnenlicht mittlerweile die gesamte Länge des Gartens entlanggewandert war. Der Nachmittag war beinahe vorüber.

Unermüdlich händigte Jican ihm ein weiteres Dokument aus. Buntokapi kniff seine tränenden Augen zusammen. »Was ist das?«

»Was dort steht, Lord.« Jican tippte vorsichtig mit dem Finger auf die Überschrift.

»Schätzungen über Needra-Kot?« Buntokapi warf das Papier wütend in die Luft. »Bei allen Göttern im Himmel, was für ein Unsinn ist das?«

Jican schien der Zorn seines Lords nicht zu berühren. »Kein Unsinn, Herr. In jeder Saison müssen wir das Gewicht des

Dungs schätzen, um entscheiden zu können, ob wir Düngemittel für die Thyza-Felder einsparen können oder kaufen müssen oder ob wir einen Überschuß verkaufen sollten.«

Buntokapi kratzte sich am Kopf. Genau in diesem Augenblick öffnete sich der Laden zum Schlafzimmer. Teani stand in der Tür, nur unzureichend in einen Umhang gehüllt, auf den scharlachrote Passionsvögel genäht waren. Die Brustwarzen zeichneten sich deutlich unter dem Stoff ab, und ihre Haare fielen sinnlich über eine Schulter. »Bunto, bleibst du noch lange fort? Soll ich mich für das Theater anziehen?«

Die offene Verführung in ihrem Lächeln ließ Jican bis zu den Haarwurzeln scharlachrot werden. Teani warf ihm ein Kußhändchen zu, doch mehr aus Sarkasmus denn aus Spaß, und Buntokapi, den die letzten Stunden völlig zermürbt hatten, bekam einen Wutanfall. »Keine Sekunde länger!« brüllte er seinen Hadonra an. »Nehmt diese Liste mit dem Needra-Dung und Eure Rechnungen über Pilze, die von Moder und Schimmel befallen sind, und die Schätzungen über die Kosten für die Instandsetzung der Aquädukte der oberen Weiden und die Berichte über die Schäden, die der Lagerhausbrand in Yankora angerichtet hat, und gebt jedes einzelne davon meiner Frau. Von nun an werdet Ihr nicht mehr hierherkommen, es sei denn, ich lasse Euch rufen. Ist das klar?«

Jicans Röte wich einer fahlen, zittrigen Blässe. »Ja, Herr, aber –«

»Es gibt kein Aber!« Buntokapi gestikulierte wild mit einer Hand. »Diese Angelegenheiten könnt Ihr mit meiner Frau diskutieren. Wenn ich Euch darum bitte, werdet Ihr mir einen Bericht über das geben, was Ihr getan habt. Von jetzt an nagle ich den Kopf jedes Dieners der Acoma, der ohne meine ausdrückliche Bitte mit einem Dokument hier erscheint, an diese Tür. Habt Ihr das verstanden?«

Jican preßte die Liste mit den Needra-Dung-Schätzungen schützend vor seine Brust und verbeugte sich tief. »Ja, Herr. Alle Angelegenheiten der Acoma werden an Lady Mara übergeben und für Euch Berichte bei Bedarf erstellt. Kein Diener darf Euch mit einem Dokument belästigen, es sei denn, daß Ihr es ausdrücklich wünscht.«

Buntokapi blinzelte, als wäre er nicht ganz sicher, ob er das wirklich so gemeint hatte. Teani nutzte seine Verwirrung und wählte genau diesen Augenblick, um ihr Gewand vorn zu öffnen und kühle Luft über ihren Körper strömen zu lassen. Sie hatte nichts weiter an. Als das Blut in seine Lenden schoß, verlor Buntokapi jedes Interesse daran, diesen Punkt zu klären. Mit einer ungeduldigen Handbewegung entließ er Jican und wankte über einen knisternden Stapel von Pergamenten, um seine Geliebte in die Arme zu reißen.

Jican sammelte die zerknüllten Rechnungen mit beinahe wilder Hast ein. Doch auch, als sich das Pärchen vom Türrahmen in den Schatten des Schlafzimmers zurückzog, achtete er sorgfältig darauf, daß die Pergamente säuberlich aufeinandergelegt und die Tragetaschen ordentlich verschlossen wurden, bevor er die schwere Last seinen Dienern übergab. Als sie durch die Haustür nach draußen auf die Straße traten, wo eine Eskorte von Acoma-Soldaten darauf wartete, ihn nach Hause zu begleiten, hörte er Buntokapi lachen. Die leidgeprüften Diener waren in diesem Augenblick jedoch nicht sicher, wer der glücklichere Mann war.

Schläfrig breitete sich auf dem Gut die hochsommerliche Routine aus. Die Dienerinnen tauchten morgens nicht mehr mit neuen blauen Flecken auf. Keyokes Untergebene verloren den gehetzten Blick, und Jicans Pfeifen, wenn er von den Needra-Weiden zurückkehrte, um Stift und Pergament in die Hand zu nehmen, bot wieder eine verläßliche Zeitangabe. Mara war sich jedoch bewußt, daß die Ruhe nur eine Illusion war, das zeitlich begrenzte Ergebnis der langen Abwesenheit ihres Mannes, und so bekämpfte sie jede Tendenz zur Selbstzufriedenheit. Auch wenn das Arrangement glücklich war, konnte sie sich nicht darauf verlassen, daß die Kurtisane Teani Buntokapi auf unbegrenzte Zeit ablenken würde. Sie mußte andere Schritte in die Wege leiten, und jeder von ihnen würde gefährlicher werden als der vorangegangene. Auf dem Weg in ihre Gemächer hörte Mara Babylachen.

Sie lächelte nachgiebig. Ayaki wuchs so schnell wie Unkraut, er war kräftig und leicht zum Lachen zu bringen, nun, da er angefangen hatte, aufrecht zu sitzen. Er strampelte mit den kleinen Stummelbeinchen, als wartete er ungeduldig darauf, gehen zu können, und Mara fragte sich, ob Nacoya noch mit ihm fertig werden würde, wenn es so weit war. Sie nahm sich vor, der Amme eine jüngere Hilfe zu suchen, damit das überaus lebhafte Kind ihren alten Knochen nicht zu sehr zusetzte. Mit diesem Gedanken betrat Mara ihre Gemächer. Im Türrahmen blieb sie jedoch stehen, den einen Fuß schon zum nächsten Schritt erhoben. Ein Mann saß reglos im Schatten, und sein staubiger, zerrissener Umhang trug die bunten Symbole des Ordens von Sularmina, des Beschützers der Schwachen, die ihn als Bettelmönch kennzeichneten. Doch es verblüffte Mara, wie es ihm gelungen war, sich Keyokes Patrouillen zu entziehen, das Kommen und Gehen der Diener zu umgehen und in die Abgeschiedenheit ihrer privaten Gemächer einzudringen. Mara holte tief Luft und setzte zu einem Warnschrei an.

Der Priester erstickte ihr Ansinnen im Keim, als er sie mit einer unzweifelhaft vertrauten Stimme ansprach: »Meinen ehrerbietigsten Gruß, Mistress. Ich habe nicht den Wunsch, Euren Frieden zu stören. Soll ich wieder gehen?«

»Arakasi!« Das schnelle Schlagen ihres Herzens beruhigte sich wieder, und sie lächelte. »Bitte bleibt, und seid willkommen daheim. Euer Erscheinen überrascht mich wie immer. Haben die Götter Eure Unternehmungen begünstigt?«

Der Supai richtete sich auf und nahm sich die Freiheit, die Kordel aufzuknüpfen, die seine Kopfbedeckung festhielt. Als der Stoff in seinen Schoß fiel, lächelte er zurück. »Ich war erfolgreich, Lady. Das gesamte Netzwerk ist wieder zum Leben erwacht, und ich habe viele Informationen, die ich Eurem Gemahl überbringen muß.«

Mara blinzelte. Ihre freudige Stimmung sank, und ihre Hände verkrampften sich. »Meinem Gemahl?«

Arakasi deutete die Anspannung in ihrer Haltung richtig und sprach sehr vorsichtig: »Ja. Die Neuigkeiten von Eurer Heirat und der Geburt Eures Sohnes haben mich während meiner Reisen erreicht. Ich werde dem Natami der Acoma die Treue schwören, wenn Eure Vereinbarung mit mir ehrenvoll ist. Und dann muß ich alles dem Lord der Acoma enthüllen.«

Mara hatte so etwas erwartet. Trotz ihrer eigenen, andersartigen Pläne traf sie die Wirklichkeit von Arakasis Loyalität wie ein tiefsitzender, schmerzhafter Stachel. Alle ihre Hoffnungen konnten sich in nichts auflösen. Entweder würde ihr Mann wie ein Needra-Bulle durch die Feinheiten des Spiels des Rates stürmen und dafür sorgen, daß die intriganten und machthungrigen Lords, deren Geheimnisse indiskret benutzt worden waren, ihrerseits die Acoma angriffen. Oder aber er würde die Talente des Supais seinem Vater zur Verfügung stellen. Dann würden ihre Feinde, die Anasati, so mächtig werden, daß keine Familie mehr sicher vor ihnen war. Mara versuchte verzweifelt, sich so zu verhalten, als wäre die Angelegenheit nebensächlich. Jetzt, da die Zeit zum Handeln gekommen war, schien das Risiko furchterregend hoch.

Sie warf einen schnellen Blick auf die Cho-ja-Uhr auf dem Schreibtisch und sah, daß es noch früh war, erst in der dritten Stunde nach dem Sonnenaufgang. Ihre Gedanken überschlugen sich. »Ich schlage vor, Ihr ruht Euch etwas aus«, meinte sie dann zu Arakasi. »Nehmt Euch bis zum Mittag Zeit zum Entspannen und Baden, und nach dem Mittagessen werde ich die Zeremonie durchführen lassen, damit Ihr Euren Eid auf den Natami der Acoma ablegen könnt. Dann müßt Ihr nach Sulan-Qu gehen und Euch meinem Lord Buntokapi vorstellen.«

Arakasi sah sie prüfend an; seine Finger zerknitterten den Umhang des Priesters in seinem Schoß.

»Ihr könnt hier mit mir essen«, fügte Mara hinzu und lächelte in der lieblichen Weise, an die er sich erinnerte.

Zumindest hatte anscheinend die Hochzeit ihren Verstand nicht verändert. Arakasi stand auf und verbeugte sich in einer Weise, die überhaupt nicht zu seiner Kleidung paßte. »Wie Ihr wünscht, Lady.« Auf leisen Sohlen schritt er davon, um sich zu den Baracken zu begeben.

Danach entwickelten sich die Ereignisse rasch. Arakasi saß auf Kissen in der Brise vor dem offenen Laden und trank heißen Tee aus wohlriechenden Kräutern und den Blüten von Fruchtbäumen. Er genoß Maras schnelle Auffassungsgabe und sprach mit ihr über den Zustand des Kaiserreiches. Der Thuril-Krieg, der Jahre zuvor beendet worden war, hatte den Kriegsherrn und seine Kriegspartei eine Menge Prestige gekostet. Die Partei des Blauen Rades und die Partei des Fortschritts hatten sich verbündet, und sie hätten beinahe eine Änderung der kaiserlichen Politik erzwungen, wäre es nicht zur Entdeckung jener fremden Welt namens Midkemia gekommen, die von Barbaren bewohnt und reicher an Metallen war, als es auch der versponnenste Poet sich hätte träumen lassen. Kundschafter hatten das Metall herumliegen sehen, und ganz offensichtlich war es von intelligenten Wesen bearbeitet und dann weggeworfen worden; es war wertvoll genug, um ein Gut ein ganzes Jahr lang zu unterhalten. Danach folgten nur noch spärliche Berichte, denn die Kampagne des Kriegsherrn gegen die Barbaren hatte einen Nachrichtenstopp mit sich gebracht für alles, was diese fremde Welt betraf. Als dann Maras Vater und Bruder gestorben waren, hatte Mara gar nichts mehr über den Fortgang des Krieges erfahren können. In der letzten Zeit wußten nur noch jene, die der neuen Kriegsallianz dienten, was in der barbarischen Welt vor sich ging – oder teilten sich die Beute.

Arakasis an den entscheidenden Stellen eingesetzte Spione hatten Zugang zu solchen Geheimnissen. Der Krieg lief gut für den Kriegsherrn, und selbst die am deutlichsten zögernden Mitglieder der Partei des Blauen Rades hatten sich inzwischen an der Invasion Midkemias beteiligt. Lebhaft, wie Arakasi selten in einer Verkleidung war, klärte er Mara in groben Zügen auf, doch schien er die genauen Einzelheiten mit niemand anderem als dem Lord der Acoma besprechen zu wollen.

Mara spielte ihm ihrerseits nichts als das pflichtgetreue Eheweib vor, bis der Tee bis zum letzten Tropfen getrunken und selbst Arakasis gewaltiger Appetit gestillt war. Mit einem beiläufigen Blick auf die Uhr an der Wand sagte sie: »Der Tag verrinnt. Sollen wir Euch jetzt den Eid schwören lassen, damit Ihr zu meinem Gemahl nach Sulan-Qu aufbrechen könnt?«

Arakasi verneigte sich und stand auf. Seinen scharfen Ohren war das leichte Zittern in Maras Stimme nicht entgangen. Er betrachtete ihre Augen und war beruhigt durch die Entschlossenheit in ihrer dunklen Tiefe. Die Ereignisse bei den Cho-ja-Königinnen hatten seine tiefe Achtung vor dieser Frau nur noch verstärkt. Sie hatte sein Vertrauen gewonnen, und dafür trat er vor und verpflichtete einem unbekannten Lord seine Loyalität und Ehre.

Die Zeremonie war schlicht und kurz, und merkwürdig war nur, daß Arakasi auch für seine Agenten den Eid ablegte, denn Mara fand den Gedanken seltsam, daß die Acoma loyale Anhänger besaßen, deren Namen ihr nicht bekannt waren, die aber dennoch bereit waren, ihr Leben für die Ehre eines Herren und einer Herrin hinzugeben, die sie niemals gesehen hatten. Die Größe von Arakasis Geschenk und die Furcht, daß sein Opfer und seine Mühen verschwendet sein könnten, brachte sie beinahe zum Weinen. Brüsk hielt Mara sich an das Praktische.

»Arakasi, wenn Ihr meinen Ehemann aufsucht ... geht in der Verkleidung eines Dieners. Erzählt ihm, daß Ihr dort seid, um über die Verschiffung von Needra-Fellen zu reden, die an Zeltmacher in Jamar verkauft werden sollen. Er weiß dann, daß es sicher ist, mit Euch zu reden. In dem Haus in der Stadt sind Diener beschäftigt, die erst seit kurzem in unserem Dienst stehen, also könnte es sein, daß mein Lord vorsichtig ist. Er wird Euch Anweisungen geben, was Ihr tun sollt.«

Arakasi verneigte sich und ging. Als das Licht goldfarben auf den Weg fiel, der zur Kaiserlichen Straße führte, biß Mara sich voller Hoffnung auf die Lippe. Wenn ihre zeitliche Planung stimmte, würde Arakasi genau dann eintreffen, wenn Buntokapis Leidenschaft in den Armen Teanis ihren Höhepunkt erreicht hatte. Es war sehr wahrscheinlich, daß der Supai ganz und gar anders aufgenommen werden würde, als er es sich vorgestellt hatte – wenn ihren Mann nicht eine völlig untypische Anwandlung von Toleranz heimsuchte. Besorgt, aufgeregt und ängstlich wegen der wackligen, zerbrechlichen Voraussetzungen, auf die sich ihre Hoffnung gründete, schickte Mara den Poeten wieder fort, den sie zum Vorlesen zu sich gerufen hatte. Statt dessen verbrachte sie den Nachmittag mit Meditation, denn die Schönheit seiner Worte wäre angesichts des gegenwärtigen Zustands ihres Geistes nur verschwendet gewesen.

Die Stunden vergingen. Die Needras wurden von den Tagesweiden zurückgetrieben, und die Shatra-Vögel stiegen auf und begrüßten die hereinbrechende Dunkelheit. Als der Gärtnergehilfe die Lampen bei der Tür anzündete, kehrte Arakasi zurück, staubiger als am Morgen und mit deutlich wunden Füßen. Er trat zu Mara, während die Dienerinnen gerade die Kissen zurechtlegten, um es ihr bequem zu machen. Selbst im unbeleuchteten Zwielicht des Zimmers war die große rote Schwellung auf seiner Wange deutlich zu sehen. Still winkte Mara ihre Zofen hinaus. Danach schickte sie den Läufer los, kaltes Essen, eine Schüssel Wasser und Tücher zum Waschen zu holen. Erst dann bat sie den Supai, Platz zu nehmen.

Das Klappern der Sandalen verklang, als der Läufer den Gang entlangeilte. Arakasi verneigte sich vor seiner Herrin; er war jetzt allein mit ihr. »Mylady, Euer Lord hörte meiner verschlüsselten Nachricht zu, dann bekam er einen Wutanfall. Er schlug mich und brüllte, daß ich alles Geschäftliche mit Jican oder Euch besprechen sollte.« Mara hielt seinem eindringlichen Blick mit ausdrucksloser Miene stand. Sie wartete angespannt, doch nach einer Pause fuhr Arakasi fort. »Da war eine Frau, und er schien … ziemlich beschäftigt. Auf jeden Fall ist Euer Ehemann ein ganz hervorragender Schauspieler. Oder aber er hat gar nicht gespielt.«

Mara sah ihn noch immer unschuldig an. »Mein Ehemann hat viele Pflichten des Haushaltes auf mich übertragen. Schließlich war ich Herrscherin, bevor er hierher kam.«

Doch Arakasi ließ sich nicht zum Narren halten. »›Hält das Spiel des Rates Einzug ins Haus, verweigert sich der kluge Diener dem Spiel‹«, zitierte er. »Aus Gründen der Ehre muß ich das tun, was mein Lord verlangt hat, und ich nehme an, daß die Dinge genauso sind, wie sie scheinen, bis ich eines Besseren belehrt werde.« Sein Blick wurde jetzt kalt, selbst im verhüllenden Schatten der Dämmerung. »Aber ich bin loyal gegenüber den Acoma. Mein Herz ist bei Euch, Mara von den Acoma, denn Ihr gabt mir wieder Farben zu tragen, doch ich bin gebunden in der Pflicht, meinem rechtmäßigen Herrn zu dienen. Und ich werde ihn nicht verraten.«

»Ihr sagt nur, wozu ein treuer Diener aus Gründen der Ehre verpflichtet ist, Arakasi. Ich erwartete nichts weniger als das.« Mara lächelte; sie war unerwartet erfreut über die Warnung ihres Supais. »Hegt Ihr irgendwelche Zweifel an den Wünschen meines Gemahls?«

Der Sklave kam mit einem Tablett voller Essen. Arakasi nahm dankbar ein Stück gebackenen Jiga-Vogel; dann antwortete er: »Tatsächlich hätte ich welche, wenn ich nicht die Frau gesehen hätte, mit der er ... sprach, als ich erschien.«

»Was meint Ihr damit?« Mara wartete ungeduldig, während er kaute und schluckte.

»Teani. Ich kenne sie.« Arakasi wurde deutlicher, ohne den Klang seiner Stimme zu verändern. »Sie ist eine Spionin des Lords der Minwanabi.«

Mara spürte einen kalten Stich. Die folgende Pause war lang genug, daß Arakasi ihre Sorgen bemerkte. »Erzählt niemandem davon«, sagte sie.

»Ich verstehe, Mistress.« Arakasi hatte die Pause genutzt, um noch etwas zu essen. Seine Reisen hatten ihn ausgehungert, und er hatte seit Morgenanbruch viele Wegstunden zurückgelegt. Mara fühlte sich schuldig, weil er außerdem das schmerzhafte Zeichen von Buntokapis Zorn trug, und so gestattete sie ihm, sein Mahl in Ruhe zu beenden, bevor sie ihn um seinen vollständigen Bericht bat.

Danach war sie viel zu aufgeregt, um seine Müdigkeit noch weiter zu beachten. Als Arakasi in knappen Worten die Intrigen und Verwicklungen der Politik des Kaiserreiches vor ihr ausbreitete und mit einigen witzigen Anekdoten würzte, lauschte sie mit glänzenden Augen. Dafür war sie geboren worden! Als der Abend in die Nacht überging und der Mond auf der anderen Seite des Ladens hervorkroch, nahmen Bilder und Muster Gestalt in ihrem Kopf an. Sie unterbrach Arakasi mit eigenen Fragen, und die Schnelligkeit ihrer Schlußfolgerungen ließ auch ihn seine Müdigkeit vergessen. Zumindest hatte er eine Herrin, die die Nuancen seiner Arbeit verstand und anerkannte; in Zukunft würde ihre Begeisterung seine Fähigkeiten noch weiter schärfen. Wenn die anderen Mitglieder seines Netzwerkes sahen, wie die Acoma an Macht und Ansehen gewannen, würde dies auch bei ihnen einen Stolz entfachen, den sie unter dem Lord der Tuscai niemals gekannt hatten.

Die Sklaven kamen und kümmerten sich um die Lampen. Als das helle Licht sich über das Antlitz des Supais ergoß, bemerkte Mara die Veränderung in Arakasis Haltung. Was für ein Schatz dieser Mann war! Sein Talent machte dem Haus der Acoma alle Ehre. Mara lauschte seinen Informationen noch bis spät in die Nacht, innerlich aufgewühlt von einer Unzufriedenheit, die selbst seiner scharfen Wahrnehmung entging. Jetzt endlich hatte sie die Mittel, die sie benötigte, um sich am Spiel zu beteiligen und einen Weg zu finden, wie sie für ihren Vater und ihren Bruder Rache an den Minwanabi nehmen konnte. Aber sie konnte keinen einzigen Schritt unternehmen, konnte auf keine der Informationen Taten folgen lassen, solange Buntokapi noch Herr der Acoma war. Als Arakasi schließlich gegangen war, saß Mara mit in die Ferne gerichtetem Blick vor den abgenagten Knochen des Jiga-Vogels. Sie brütete vor sich hin und schlief erst kurz vor Morgengrauen ein.

Die Gäste trafen spät im Laufe des nächsten Morgens ein. Mit vom Schlafmangel geröteten Augen betrachtete Mara die sieben Sänften, die sich auf das Herrenhaus zubewegten. Sie erkannte die Farben der Rüstungen, die die begleitenden Krieger trugen; sie waren nicht gerade ein Grund zur Freude. Mit einem niedergeschlagenen Seufzer forderte Mara ihre Zofe auf, ihr ein entsprechendes Gewand zur Begrüßung der Gäste zu bringen. Es war unwichtig, daß sie eine Störung darstellten und einen schönen Morgen zunichte machten. Ehre und Gastfreundschaft der Acoma mußten gewahrt bleiben. Als die ersten Sänften die Tür erreichten, wartete Mara bereits mit drei Dienerinnen, um die Insassen zu begrüßen. Nacoya kam aus einer anderen Tür herbei und trat zu ihrer Herrin, als der erste Gast sich von den Kissen erhob.

Mara verneigte sich formell. »Mylord Chipaka, welch eine Ehre.«

Der verhutzelte alte Mann blinzelte mit kurzsichtigen Augen und versuchte herauszufinden, wer da gesprochen hatte. Da auch sein Gehör nicht mehr gut funktionierte, waren ihm Maras Worte entgangen. Er rückte näher an das junge Mädchen, das ihm am nächsten stand, und warf einen kurzen Blick auf sie. »Ich bin Lord Chipaka von den Jandawaio! Meine Frau, meine Mutter und meine Töchter sind gekommen, um deinen Herrn und deine Herrin zu besuchen, Mädchen!« brüllte er dann.

Er hielt Mara irrtümlich für eine Dienerin. Die Lady der Acoma war kaum in der Lage, ihre Erheiterung zu verbergen, und ignorierte den leichten Fehltritt. Sie sprach jetzt direkt in das Ohr des Älteren. »Ich bin Mara, Lord Buntokapis Gemahlin, Mylord. Welchem Anlaß verdanken wir diese Ehre?«

Doch der alte Mann widmete seine Aufmerksamkeit jetzt einer zerbrechlichen, alten Frau, die aussah, als wäre sie beinahe hundert. Vorsichtig, als wäre sie ein rohes Ei, halfen die Krieger ihr aus der prächtigsten der sieben Sänften. Mara forderte ihre Dienerinnen auf, zu helfen, eine Geste des Respekts, denn die Träger waren schmutzig vom Staub der Straße. Von der alten Frau kam weder eine Geste noch ein Wort des Dankes. Verschrumpelt und hakennasig wie ein federloser Vogel hing sie zwischen dèn zwei Dienern, die sie stützten. Drei weitere Frauen tauchten jetzt aus den anderen Sänften auf, jede von ihnen eine jüngere Kopie ihrer Großmutter, aber genauso giftig in der Ruhe des Morgens. Sie umringten die alte Frau und begannen sofort mit einem schwatzhaften Geschnatter. Mara hielt ihren Abscheu im Zaum, denn bereits das Eindringen in ihr Haus war zu einer Übung in Toleranz geworden.

Der alte Mann schlurfte näher, lächelte und tätschelte ihre Hinterbacken. Mara blinzelte vor Entsetzen und Ekel. Doch der alte Mann schien ihr Unbehagen nicht zu bemerken. »Ich konnte die Hochzeit deiner Mistress nicht miterleben, Mädchen. Meine Güter in der Nähe von Yankora sind wirklich weit entfernt, und Mutter war krank.« Er winkte der zerbrechlichen Frau zu, die jetzt ins Leere starrte, während ihre Enkelinnen über die ungeschickten Diener fluchten, die die alte Frau stützten. In dieses Gedrängel gackernder Jiga-Vögel humpelte die Frau aus der letzten Sänfte. Sie war in bestickten Sharsao-Stoff gekleidet, und die Bewegungen ihres Fächers enthüllten ein Gesicht, das die gleichen Spuren reifen Alters trug wie das Lord Chipakas. Mara begriff, daß dies die Lady der Jandawaio sein mußte.

Der alte Mann zerrte drängend am Ärmel der Lady der Acoma. »Da wir auf unserem Weg zu der Heiligen Stadt in den Norden kamen, ließen wir unsere Barke in Sulan-Qu zurück und kamen hierher, um deinen Lord ... ah ja, so ist sein Name. Ich bin ein alter Freund seines Vaters, weißt du.« Der alte Mann winkte Mara vertraulich zu. »Meine Frau hat einen tiefen Schlaf, da kannst du sicher sein. Komm heute nacht zu mir, Mädchen.« Er versuchte Maras Arm zu tätscheln, doch seine Hand war so gelähmt, daß er ihr Handgelenk verfehlte.

Ein hämisches Leuchten trat in Maras Augen. Wenn der Lord auch von geschmackloser Lüsternheit war und sein Atem nach faulen Zähnen stank, so konnte sie ihre Freude kaum unterdrücken. »Ihr möchtet den Lord der Acoma sehen? Ich fürchte, Mylord, dann müßt Ihr zur Stadt zurückkehren, denn Lord Buntokapi ist jetzt dort in seinem Haus.«

Der alte Mann blinzelte mit verständnislosem Gesichtsausdruck. Gehorsam wiederholte Mara ihre Nachricht, jetzt aber mit wesentlich lauterer Stimme.

»Oh. Aber natürlich. In seinem Haus in der Stadt.« Der alte Mann starrte Mara wieder anzüglich an. Dann nickte er nachdrücklich und winkte seiner Gefolgschaft zu.

Die immer noch schnatternden Frauen schienen nichts zu bemerken, als ihre Sklaven sich an den Sänften versammelten. Die Träger, die die winzige alte Frau getragen hatten, vollzogen eine abrupte Kehrtwendung und brachten ihren verwirrt dreinschauenden Schützling zurück zu ihren Kissen. Der alte Mann schrie über ihre genuschelten Klageworte hinweg: »Geh weiter! Geh weiter, Mutter, wir müssen zurück in die Stadt!«

Die Mädchen und ihre Mutter, alle gleich schlicht und laut, protestierten bitterlich bei der Idee, zu ihren Sänften zurückkehren zu müssen. Sie lächelten albern und zierten sich, in der Hoffnung, von der Lady der Acoma eine Erfrischung angeboten zu bekommen, doch der taube Lord Chipaka schenkte ihrem Lärm keinerlei Beachtung. Als er sich in aller Eile auf den Weg zu Lord Buntokapi machen wollte, entschloß Mara sich, ihn nicht daran zu hindern. Sobald die Matriarchin und ihre Brut sicher in ihren Sänften verstaut waren, bot sie großzügig einen Sklaven an, der ihnen den Weg zum Haus zeigen würde, damit der Höflichkeitsbesuch bei ihrem Lord keine weiteren Verzögerungen erdulden mußte.

Der Lord der Jandawaio winkte geistesabwesend und

schlurfte zu der Sänfte, die er mit seiner Mutter teilte. Die eine Hand an den Vorhängen, hielt er noch einmal inne. »Und sag deiner Herrin, daß es mir leid tut, sie verpaßt zu haben, Mädchen.«

Mara schüttelte leicht den Kopf. »Das werde ich, Mylord.«

Die Sklaven beugten sich hinab, und ihre Muskeln glänzten vom Schweiß, als sie die Sänftenstangen in die Hand nahmen. Während die Gesellschaft sich wieder auf den Weg machte, wandte Nacoya sich an Mara: »Mylady, Lord Bunto wird wütend sein.«

Mara sah dem abziehenden Gefolge mit kühler Berechnung nach. Wenn die alte Matriarchin der Jandawaio jedes Ruckeln übelnahm und nur einen langsamen Schritt der Sänftenträger ertrug, würden Buntokapis Besucher eine Stunde, nachdem er in Teanis Bett zurückgekehrt war, bei ihm eintreffen. »Das hoffe ich sehr, Nacoya«, meinte sie inbrünstig.

Sie kehrte in ihre Gemächer zurück, wo ihre Karten und Dokumente warteten. Nacoya starrte ihr voller Erstaunen hinterher und fragte sich, welchen Grund die junge Herrin wohl haben könnte, den Zorn des brutalen Mannes auf sich zu ziehen, den sie geheiratet hatte.

Drei Tage später stampfte Buntokapi unangekündigt und ohne die Gegenwart Nacoyas oder der anderen Bediensteten zu beachten in Maras Gemächer. Beim Anblick der staubigen Sandalen zuckte Mara unwillkürlich zusammen. Aber dieses Paar war nur zum gewöhnlichen Gehen bestimmt, es waren keine Dornen darunter, wie sie in der Schlacht oder auf dem Übungsfeld benutzt wurden. »Niemals hättest du diesem alten Narren und seiner Brut von Jiga-Hennen erlauben dürfen, mich in meinem Haus in der Stadt aufzusuchen«, begann der Lord der Acoma. Beim Klang seiner Stimme machten sich die

Dienerinnen in den Ecken des Zimmers ganz klein vor Schreck.

Mara senkte die Augen, nicht nur, weil sie ihre Erheiterung darüber verbergen wollte, daß Buntokapi die Frauen des Lords der Jandawaio als Federvieh bezeichnet hatte, sondern auch als Zeichen der Reue. »Ist mein Gemahl unzufrieden?«

Mit einem Seufzer der Verärgerung ließ Buntokapi sich vor ihr auf der Matte nieder. »Frau, dieser alte Narr war ein Freund meines Großvaters. Er ist ziemlich senil! Die Hälfte der Zeit glaubte er, mein Vater wäre sein alter Kamerad und ich Tecuma von den Anasati. Und seine Mutter ist sogar noch schlimmer, fast schon eine Leiche, die er mit sich herumschleift, wohin er auch geht. Götter, sie muß mittlerweile beinahe schon ein Jahrhundert hinter sich haben. Sie tut nichts anderes, als in die Gegend zu starren, herumzusabbern und die Matten zu verunreinigen, auf denen sie sitzt. Und immerzu spricht Lord Chipaka mit ihr; sie alle sprechen mit ihr, die Frau, die Töchter, selbst die Diener! Sie antwortet niemals, doch sie sind überzeugt, daß sie es tut!« Die Erinnerung an den Besuch entfachte seine Wut von neuem, und seine Stimme wurde lauter. »Und jetzt möchte ich wissen, welche hirnlose Dienerin ihn zu meinem Haus geschickt hat. Alles, woran Chipaka sich erinnern konnte, waren ihre großen Brüste!«

Mara versuchte, nicht zu lachen. Der kurzsichtige Lord Chipaka mochte ihre Brüste vielleicht für groß gehalten haben, da seine Nase nur wenige Zentimeter von ihnen entfernt gewesen war, als er mit ihr gesprochen hatte. Verwirrt, weil seine Frau errötete, und argwöhnisch, daß sie über ihn lachte, schrie Buntokapi jetzt so laut, daß die Balken der Tür erzitterten. »Und dann grabschte er meine ... Dienerin an! Direkt vor meinen Augen griff er nach ihr und zwickte sie!«

Buntokapi war jetzt zu wütend, um sich beherrschen zu

können. Er sprang auf. Er fuchtelte mit den Fäusten wild in der Luft herum und brachte sich so in Rage, daß er zu schwitzen begann. »Und sie blieben zwei Tage! Zwei ganze Tage mußte ich diesem alten Narren und seiner Frau meine Gemächer überlassen. Meine … Dienerin Teani mußte in einem Gasthof in der Nähe unterschlüpfen, weil der alte Lüstling seine Hände nicht von ihr lassen konnte.«

Mara richtete sich jetzt auf; sie wollte ihn bewußt provozieren. »Oh, Bunto, Ihr hättet ihn mit dem Mädchen schlafen lassen sollen. Sie ist nur ein Dienstmädchen, und wenn der alte Lord nach all diesen Jahren immer noch dazu in der Lage ist, hätte ihn zumindest diese Abwechslung etwas abgelenkt.«

Buntokapis Gesicht wurde immer düsterer. »Nicht in meinem Haus! Wenn ich die finde, die dämlich genug war, mir diese Jandawaio-Sippe auf den Hals zu hetzen, ziehe ich ihr höchstpersönlich die Haut ab.«

Maras Antwort klang sanftmütig im Gegensatz zu dem Gebrüll ihres Mannes. »Bunto, Ihr sagtet, falls jemand nach Euch fragt, sollten wir ihn zu Euch in die Stadt schicken und nicht hier warten lassen. Ich bin sicher, Jican hat alle Bediensteten darüber informiert. Vermutlich hätte jeder von ihnen das gleiche getan.«

Buntokapi blieb ruckartig stehen, den einen Fuß halb in der Luft, so daß er an einen Shatra-Vogel erinnerte. Die Haltung hätte komisch ausgesehen, wäre er nicht so kurz vor einem Gewaltausbruch gewesen. »Nun, ich habe einen Fehler gemacht. Von jetzt an schicke ohne meine vorherige Zustimmung niemanden in mein Haus in der Stadt!«

Seine donnernde Stimme weckte Ayaki, der sich in seinen Kissen rührte. Mara wandte sich ihrem Baby zu; sie war jetzt offensichtlich beschäftigt. »Niemanden?«

Die Unterbrechung durch seinen Sohn steigerte Buntokapis

Wut noch. Stürmisch ging er im Raum auf und ab, während er seine Faust durch die Luft schwang. »Niemanden! Wenn jemand aus dem Hohen Rat nach mir ruft, so muß er warten!«

Das Baby begann zu schreien. Mara zog ihre Stirn leicht in Falten, als sie sich wieder Buntokapi zuwandte. »Aber sicher bezieht sich das nicht auf Euren Vater?«

»Schick endlich das Kind mit einer Dienerin fort!« fauchte Buntokapi rasend vor Wut. Aufgebracht winkte er Misa herbei, die Mara das Kind aus den Armen nahm. Buntokapi trat mit voller Wucht gegen ein Kopfkissen; in hohem Bogen flog es hinaus in den Garten und landete mit einem lauten Platschen im Fischteich. Dann fuhr er fort, als sei nichts geschehen: »Mein Vater hält mich für dumm und erwartet, daß ich tue, was er von mir verlangt. Soll er doch gehen und in den Fluß pissen! Er hat den Acoma nichts zu befehlen!« Buntokapi hielt inne, sein Gesicht war jetzt dunkelrot. »Nein, ich lasse mir von ihm nicht meine Fische verderben! Sag ihm, er soll flußabwärts mein Land verlassen und dann hineinpissen!«

Mara verbarg ihre Hände im Stoff ihrer Robe. »Wenn aber der Kriegsherr –«

Buntokapi schnitt ihr das Wort ab. »Auch wenn der Kriegsherr höchstpersönlich hier erscheint, schickst du ihn nicht zu meinem Haus in der Stadt, ist das klar?« Mara betrachtete ihren Mann mit entsetzter Verwunderung. Nachdem der Lord der Jandawaio ihn zwei Tage lang belästigt hatte, war sein Zorn beachtlich. »Almecho kann verdammt noch mal auf mich warten. Wenn er nicht *hier* warten will, zieht er vielleicht die Needra-Ställe vor. Meinetwegen kann er sogar im Needra-Mist schlafen, falls ich nicht an dem Tag zurückkehre, an dem er hier eintrifft, und das kannst du ihm wortwörtlich so sagen.«

Mara drückte die Stirn auf den Boden, beinahe, als wäre sie eine Sklavin. »Ja, Mylord.«

Ihre Gehorsamkeit erstickte die Wut ihres Mannes, der sich danach sehnte, mit seinen Fäusten zuzuschlagen, jetzt, da er eine Zielscheibe gefunden hatte. »Und noch etwas. Alle diese Nachrichten, die du mir schickst: Ich will, daß sie aufhören. Ich komme oft genug nach Hause, um die Verwaltung meiner Besitztümer überwachen zu können. Ich brauche keine Diener, die mich den ganzen Tag über stören. Ist das klar?«

Er beugte sich rasch hinab und riß seine Frau am Kragen ihrer Robe hoch. Sie antwortete etwas gepreßt; seine Fäuste hinderten sie am Atmen. »Ich wollte nicht gestört werden, und alle Botschaften sollen eingestellt werden.«

»Ja!« Bunto schrie ihr ins Gesicht. »Wenn ich mich in der Stadt erhole, möchte ich aus gar keinem Grund gestört werden. Wenn du einen Diener zu mir schickst, werde ich ihn töten, bevor er mir mitteilen kann, was du sagen wolltest. Hast du verstanden?« Er schüttelte sie leicht.

»Ja, Mylord.« Mara wehrte sich kläglich, da ihre Schuhe den Boden kaum noch berührten. »Aber da ist noch etwas –«

Buntokapi stieß sie kräftig zurück, und sie fiel taumelnd auf die Kissen. »Genug! Ich will nichts mehr hören.«

Mara erhob sich tapfer. »Aber, Gemahl –«

Bunto trat mit einem Fuß zu; er traf den Saum ihres Kleides. Der Stoff riß, und sie kauerte sich zusammen, bedeckte schützend ihr Gesicht mit den Händen. Er schrie: »Ich sagte, genug! Ich will nichts mehr hören! Jican soll sich um meine Geschäfte kümmern. Ich werde sofort in die Stadt zurückkehren. Und wage es nicht, mich zu stören!« Mit einem letzten Tritt in Maras Richtung wirbelte er herum und stapfte aus dem Zimmer. Als seine Schritte verklungen waren, hörte sie Ayaki in der Ferne weinen.

Nacoya ließ nur eine winzige Höflichkeitspause verstreichen, dann eilte sie zu ihrer Herrin und half ihr, sich aufzurichten. »Mistress, Ihr habt ihm nichts von der Nachricht seines Vaters gesagt«, meinte sie bebend vor Angst.

Mara rieb über den blauen Fleck an ihrem Oberschenkel. »Du hast es ja gesehen, Nacoya. Mein Gemahl hat mir keine Chance gelassen, ihm die Nachricht seines Vaters zu überbringen.«

Nacoya setzte sich hin. Grimmig nickte sie. »Ja, das ist wahr, Mylady. Mylord Buntokapi hat Euch in der Tat nicht die Gelegenheit gegeben zu sprechen.«

Mara strich ihr zerrissenes Gewand glatt, und ihre Augen hefteten sich jetzt auf die mit Verzierungen geschmückte Schriftrolle, die an diesem Morgen angekommen war und die bevorstehende Ankunft ihres Schwiegervaters und seines erhabenen Reisegenossen Almecho, Kriegsherr von Tsuranuanni, ankündigte. Angesichts der Ungeheuerlichkeit der Befehle ihres Mannes hatte sie die blauen Flecken bereits vergessen. Sie lächelte.

Zwei

Der Kriegsherr

Die Bediensteten huschten geschäftig hin und her.

Über den bevorstehenden Besuch ebenso besorgt wie die übrigen Mitglieder des Haushaltes, suchte Nacoya die Korridore, in denen es wegen letzter Aktivitäten nur so wimmelte, nach ihrer Herrin ab. Handwerker säuberten die Pinsel, nachdem sie die Läden neu gestrichen hatten, und Sklaven strömten mit Essen hinaus und herein, das eigens beschafft worden war, um die Gäste zufriedenzustellen. Seufzend schlängelte sich Nacoya durch das Gewirr. Ihre Knochen waren zu alt, um diese Hast fröhlich ertragen zu können. Sie wich einem Träger aus, der mit einer gewaltigen Menge an Kissen vorbeilief, und fand ihre Herrin schließlich in ihrem Garten. Mara saß unter einem Jo-Obstbaum, während Ayaki in einem Körbchen an ihrer Seite schlief. Ihre Hände ruhten auf dem Stoff der Decke, die sie für ihren Sohn genäht hatte und nun mit Tieren bestickte. Nacoya erkannte nach einem kurzen Blick auf die Decke, daß die Lady an diesem Nachmittag nicht viel Zeit mit Sticken verbracht haben konnte. Nicht zum erstenmal fragte sich die alte Amme, was das Mädchen wohl vorhatte; doch wie sie es sich zur Gewohnheit gemacht hatte, seit Buntokapi Lord geworden war, verneigte sie sich, ohne Fragen zu stellen.

»Hast du Nachricht von unseren Gästen?« fragte Mara mit weicher Stimme.

»Ja, Mistress.« Nacoya sah sie direkt an, doch sie fand kein Anzeichen von Nervosität bei dem jungen Mädchen, das sich in den Kissen zurücklehnte. Die Zofen hatten ihre Haare gebürstet, bis sie glänzten, und sie dann ordentlich zurückgebunden und mit Juwelen geschmückt. Ihr Kleid zeugte von Reichtum, ohne protzig zu wirken, und die Augen, die sie Nacoya entgegenhob, waren so schwarz, daß es unmöglich war, in ihnen zu lesen.

Die alte Zofe fuhr etwas schroffer fort: »Die Gefolgschaft der Anasati hat die Grenzen des Acoma-Gebietes erreicht. Euer Läufer berichtete von vier Sänften, zwei Dutzend Leibdienern, und zwei ganzen Kompanien Krieger, die eine unter dem Banner der Anasati, die andere unter dem der Kaiserlichen Weißen. Es sind sechs Offiziere dabei, die Anspruch auf eine eigene Unterkunft haben.«

Mara faltete die halbfertige Decke mit übertriebener Sorgfalt zusammen und legte sie zur Seite. »Ich nehme an, Jican hat alles vorbereitet?«

Nacoya nickte bejahend. »Er ist ein guter Hadonra, Lady. Er liebt seine Arbeit und braucht nur wenig Aufsicht – etwas, das mein Lord ruhig anerkennen sollte, zumal er so oft wegen seiner Geschäfte in der Stadt weilt.«

Mara reagierte nicht auf das Stichwort. Statt sich ihrer engsten Vertrauten mitzuteilen, ließ sie Nacoya zu ihren eigenen Aufgaben zurückkehren. Dann klatschte sie kurz in die Hände und forderte die herbeieilende Zofe auf, Ayaki in die Obhut seiner Amme zu geben. Eine andere Dienerin holte Maras juwelenbesetzte Robe, ein geeignetes Kleidungsstück, um Gäste aus dem Hohen Rat zu begrüßen. Mit verschlossener Miene ließ Mara die Ankleideprozedur über sich ergehen. Als sie dann soweit war, Lord Almecho, den Kriegsherrn, und Tecuma, den Lord der Anasati, zu begrüßen, wirkte sie wie ein kleines Mädchen, das sich als große Dame verkleidet hatte; abgesehen von ihren Augen, die so hart waren wie Stein.

Keyoke, Jican und Nacoya warteten bereits, um die Gäste bei ihrer Ankunft zu begrüßen. Keyoke trug die offizielle Rüstung, die für solche Anlässe vorgesehen war – vollkommen ungeeignet für eine Schlacht, aber hübsch anzusehen mit den geriffelten, verschnörkelten Verzierungen. Ein Helm mit Federbusch sowie Troddeln an seinem Schwert ergänzten seine offiziellen Rangabzeichen. Ebenfalls beeindruckend war die Aufmachung Papewaios, seines Adjutanten. Jeder einzelne Mann der Garnison, der nicht Wache halten mußte, hatte sich zur Begrüßung der Gäste ordentlich herausgeputzt, und im Sonnenlicht des Nachmittags schimmerten ihre Rüstungen im Grün der Acoma. Stolz standen sie da, als der erste der Kaiserlichen Soldaten zwischen den frisch gestrichenen Gartenzäunen hindurchschritt. Die Sänften im mittleren Teil des Zuges näherten sich dem Haus, und jetzt trat auch Mara zu den Wartenden. Bereits als kleines Kind hatte sie zuschauen können, wenn hohe Gäste ihren Vater besucht hatten, und der Ablauf war ihr vertraut; doch niemals zuvor waren ihre Handflächen während solcher Anlässe feucht geworden.

Der Torhof hallte wider vom Getrampel der vielen Füße, als die erste Kompanie Krieger hereinmarschierte. Die Kaiserlichen Weißen des Kriegsherrn gingen voraus, denn er war der Ranghöchste. Keyoke trat vor und verbeugte sich vor dem Kommandierenden Offizier. Dann führte er, mit Maras Erlaubnis, die Gäste zu ihren Unterkünften. Eine ausgesuchte Gruppe von Leibwächtern blieb zurück, um ihren Herrn zu begleiten. Mit einem trockenen Gefühl im Mund bemerkte Mara, daß Lord Almecho sechs Soldaten zurückbehalten hatte, genauso viele, wie ihm vom Rang her zustanden. Deutlicher als alle Worte zeigte der Kriegsherr damit, daß seine Ankunft nicht als Ehre für die Acoma zu verstehen war, sondern als Gefallen gegenüber seinem Verbündeten Tecuma, dem Lord der

Anasati. Mit einer kaum merklichen Bewegung ihrer Hand signalisierte Mara Papewaio, zu bleiben. Seine Gegenwart in der offiziellen Rüstung würde den Eindruck verstärken, daß sie keinerlei Schwäche gegenüber den Höherrangigen zeigte; die Acoma würden keinerlei Beleidigung hinnehmen.

»Mistress«, murmelte Nacoya so leise, daß es niemand sonst hören konnte, »im Namen der Götter, seid bitte vorsichtig. Kühnheit ist ein gefährlicher Weg für eine Lady, deren Herr nicht da ist.«

»Ich werde es mir merken«, flüsterte Mara, doch ihr Gesicht zeigte keinerlei Anzeichen, daß sie die Warnung überhaupt gehört hatte.

Dann trafen die Sänften ein; sie glänzten vor kostbarem Metall. Die Träger des Kriegsherrn trugen mit Troddeln geschmückte Schärpen, die vom Schweiß dunkel und staubig geworden waren. Seine Diener waren in perlenbesetzte Livrees gekleidet; alle waren in Größe und Farbe aufeinander abgestimmt. Als nächstes erschien die scharlachrote und gelbe Standarte der Anasati, hinter der Tecumas Ehrengarde marschierte; seine Diener präsentierten sich ebenfalls in kostbarer Aufmachung, denn der Lord der Anasati versuchte wie viele andere Tsuranis die Höhergestellten zu übertreffen, indem er seinen Reichtum protzig zur Schau stellte.

Mara betrachtete die metallenen Ornamente, die an dem Palankin klingelten und glänzten. Wenn seine Sklaven ausrutschten und die Last in den Fluß fiel, würde die protzige Ausstattung ihren Schwiegervater wie einen Stein in die Tiefe ziehen, dachte sie mit grimmigem Vergnügen. Doch ihr Gesichtsausdruck blieb gelassen, als die Gäste das Tor erreichten und der Schatten den juwelenbesetzten Abzeichen und den in Rot und Gelb gelackten Verzierungen etwas von ihrem Glanz nahm.

Die Träger setzten die Sänften ab und traten rasch einen

Schritt zur Seite, während Diener herbeieilten, um die Vorhänge zurückzuziehen und ihren Herren beim Aussteigen zu helfen. Mara stand zwischen ihrem Hauspersonal und ließ einige angemessene Augenblicke verstreichen; sie wollte ihren Gästen die Gelegenheit geben, ihre Kleider – und damit ihre Würde – wieder in den bestmöglichen Zustand zu versetzen, bevor sie zur Begrüßung schritt. Da der Kriegsherr ein stämmiger Mann war und seine Kleidung aus Gewändern bestand, deren Schärpen mit feingearbeiteten Kampfszenen verziert waren, brauchten seine Diener einige Zeit. Mara warf einen Blick auf den Lord der Anasati, der seinen Kopf reckte, um das Durcheinander um sich herum zu betrachten; die Abwesenheit Buntokapis veranlaßte ihn zu einem gereizten Stirnrunzeln, bevor der Zwang des Protokolls seinen Gesichtsausdruck wieder glättete. Tecumas Kinn zuckte hinter seinem Fächer, und Mara vermutete, daß er einige stürmische Worte mit seinem Ersten Berater Chumaka wechselte. Das unangenehme Gefühl in ihrem Bauch wurde stärker.

»Mistress, paßt auf!« zischte Nacoya beinahe atemlos.

Mara wandte ihren Blick von dem Feind ihres verstorbenen Vaters ab und sah Kaleska, den Ersten Berater des Kriegsherrn, auf sich zutreten und sich vor ihr verneigen.

Sie verbeugte sich ebenfalls. »Willkommen im Haus der Acoma.« Der Kriegsherr trat an ihm vorbei, umgeben von seinen Soldaten und Dienern. Mechanisch ging Mara das traditionelle Begrüßungszeremoniell durch. »Seid Ihr wohlauf?« Sie fuhr fort, wünschte ihren Gästen Glück und Annehmlichkeiten; doch während sie Höflichkeiten austauschte, bemerkte sie die Verwirrung Lord Almechos, der jetzt ebenfalls die Abwesenheit des Lords der Acoma registriert hatte. Mara winkte den Dienern, damit sie die Türen zum Herrenhaus öffneten. Der Kriegsherr wechselte einen Blick mit dem Lord der Anasati; dann, als würde er die Unruhe seines Herrn nachahmen, zupfte auch Tecumas Erster Berater Chumaka nervös an seiner Kleidung.

Mara verneigte sich wieder und trat zur Seite, um ihren Gästen den Zugang zu ihrem Haus zu ermöglichen. Geduldig stand sie da, während sie vorbeigingen, außer in dem Augenblick, da Lord Tecuma ihr hitzig eine Frage über den Verbleib Buntokapis ins Ohr flüsterte. In einer sorgfältig geplanten und zum richtigen Zeitpunkt ausgeführten Geste hob sie die Hand und rückte die Brosche zurecht, die ihre Robe hielt, und das Klimpern ihrer Jade-Armbänder übertönte seine Frage geräuschvoll. Als der Kriegsherr mit dröhnender Stimme von einem der umstehenden Diener kalte Getränke verlangte, konnte er die Frage nicht wiederholen, ohne Aufsehen zu erregen. Tecuma wirkte sehr erregt und folgte seinem Reisegefährten in den großen Saal. Dort wies Mara die Musiker an zu spielen, während Tabletts mit Obstscheiben für die Erfrischung der Gäste sorgten.

Als sie erst einmal im Saal waren, versuchte Nacoya rasch, Kaleska und Chumaka in eine Unterhaltung zu verwickeln, indem sie sich über den schlechten Zustand bestimmter Straßen im gesamten Kaiserreich ausließ, besonders aber über jene Straßen, die den Handel der Acoma erschwerten. Inzwischen hielt Mara die Bediensteten mit übertriebener Fürsorglichkeit an, sich um das Wohlergehen des Kriegsherrn zu kümmern; dann forderte sie geschickt die Eitelkeit des Mannes heraus und ließ sich den Ursprung jeder einzelnen Auszeichnung auf seiner Schärpe erklären. Da seine Ahnen viele von ihnen im Kampf errungen hatten und die neuesten einem Barbarenlord während eines Überfalls auf der anderen Seite der Spalte entrissen worden waren, dauerten die Erklärungen geraume Zeit.

Rötliches Licht fiel durch die Läden. Tecuma hatte seinen ersten Kelch Wein geleert und kochte innerlich vor Wut. Die Abwesenheit seines Sohnes war ihm sichtlich peinlich, denn das Ziel seines Besuches war die Präsentation des Enkelkindes, ein traditionelles Ritual, das der Lord des Hauses gewöhnlich durchführte. Tecuma wußte genausogut wie Mara, daß der Kriegsherr sich nur deshalb so lange unterhielt, um Zeit zu gewinnen und den Moment, da Buntokapis Abwesenheit erklärt werden würde, hinauszuzögern, eine gnädige Geste, mit der er möglicherweise einem wichtigen Verbündeten die Schande irgendwelcher Ausreden ersparen wollte. Almecho benötigte die Unterstützung der Kaiserlichen Partei in seinem Kriegsbündnis und vermied aus politischen Gründen alles, was seine Beziehung zum Lord der Anasati gefährden konnte. Für diese Großzügigkeit stand der Lord der Anasati jede verstreichende Minute mehr in der Schuld des Kriegsherrn, was auch Chumaka nur zu bewußt war. Um seine Verwirrung zu verbergen, aß er immer wieder von den Früchten, ohne zu bemerken, wie reichlich sie in Alkohol getränkt waren oder daß Diener das vor ihm stehende Tablett mit dem Obst bereits dreimal innerhalb einer Stunde ausgetauscht hatten.

Gegen Sonnenuntergang neigte sich der Vortrag des Kriegsherrn dem Ende zu. Lächelnd und unter Komplimenten, die so dick aufgetragen waren, daß sogar ein Fisch errötet wäre, klatschte Mara in die Hände. Bedienstete eilten herein und öffneten die Läden, genau rechtzeitig, um den Flug der Shatra-Vögel am Ende des Tages beobachten zu können. Ihre klaren, flötenden Rufe unterdrückten die Unterhaltung für einige Zeit, und als das Ereignis schließlich vorüber war, kamen noch weitere Bedienstete herbei und geleiteten die Gäste zu einem üppigen zeremoniellen Abendessen. Inzwischen war überdeutlich, daß Maras Gastfreundschaft nur eine verzweifelte Notlösung war, die der Ablenkung diente.

»Wo ist mein Sohn?« fragte Tecuma zwischen zusammengebissenen Zähnen hindurch. Seine Lippen verzerrten sich zu einem erstarrten Lächeln, als der Kriegsherr in seine Richtung blickte.

Mara zwinkerte ihm zu, als wäre er ein Verschwörer. »Der Hauptgang ist Buntokapis Lieblingsessen, doch es wird säuerlich, wenn es zu lange steht. Die Köche haben den ganzen Tag nur für Euer Wohl gekocht, und die Jiga-Vögel und Needras sind mit seltenen Saucen gewürzt. Meine liebliche Dienerin Merali wird Euch zu Eurem Platz geleiten. Sie wird Euch eine Schüssel mit Wasser bringen, damit Ihr Euch die Hände waschen könnt, wenn Ihr es wünscht.«

Der Lord der Anasati schwitzte und war wütend über das, was er als mädchenhaftes Geplapper abtat, doch es blieb ihm nichts anderes übrig, als sich zum Abendessen führen zu lassen. Mit zusammengekniffenen Augen bemerkte er, daß der Kriegsherr Anzeichen von Unruhe erkennen ließ; in diesem Augenblick war er froh, daß Mara die Mühe auf sich genommen hatte, Priester hereinzubitten, damit sie die Mahlzeit segneten, und daß die Musiker sehr gut, aber auch viel zu laut spielten, um das Protokoll weiter zu verfolgen.

Tecuma schmeckte kaum etwas von dem, was als Buntokapis Lieblingsgericht angepriesen worden war. Als Chumaka einmal die Gelegenheit wahrnahm und ihn fragte, wie lange er diesen Unsinn mitzumachen gedenke, verschluckte er sich beinahe an einem Fleischstück. Mara legte ihr Messer beiseite und gab Nacoya ein Zeichen, die ihrerseits einem an der Tür stehenden Diener zunickte. Die Musiker schlugen jetzt eine wilde, unrhythmische Melodie an, und Tänzerinnen, die kaum mehr als Perlenketten und Gazestoff trugen, wirbelten in den Raum zwischen den Tischen.

Ihre Vorstellung war atemberaubend und herausfordernd,

doch sie konnte nicht verschleiern, daß Buntokapi von den Acoma nirgendwo zu sehen war, obwohl sein Vater und die erhabenste Persönlichkeit des Hohen Rates an seinem Eßtisch auf den richtigen Augenblick warteten.

Lord Tecuma ergriff die Gelegenheit, als die Tänzerinnen sich ein letztes Mal im Kreis drehten und ihre Darbietung beendeten. Er erhob sich und trat in der Eile beinahe auf den Saum seines eigenen Gewandes; dann brüllte er über die letzten Musiknoten hinweg: »Mylady Mara, wo ist Euer Gemahl Buntokapi?«

Die Musiker ließen ihre Streichinstrumente verklingen, bis auf einen Nachzügler mit der Vielle, der ein einsames Solo strich, bevor er seinen Bogen stillhielt. Ruhe trat ein, und alle Augen richteten sich auf Mara, die ihrerseits auf die Leckereien starrte, an denen ihre Köche lange gearbeitet hatten, von denen sie aber ganz offensichtlich nichts gekostet hatte. Sie schwieg, und mit lautem Klirren legte der Kriegsherr seinen Löffel zur Seite.

Mit einem Blick, der irgendwo zwischen Schüchternheit und Unhöflichkeit lag, sah sie ihrem Schwiegervater in die Augen. »Mylord, vergebt uns beiden. Ich werde alles erklären, doch solche Worte kommen gnädiger, wenn die Diener Wein gebracht haben.«

»Nein!« Almecho stützte seine mächtigen Hände auf den Tisch. »Lady, dies geht jetzt lange genug! Euer Mahl ist vorzüglich, und Eure Tänzerinnen sind sehr begabt, doch wir, die dieses Haus besuchen, werden uns nicht länger wie Hampelmänner behandeln lassen. Ihr müßt nach Eurem Lord schicken, damit er sich erklären kann.«

Maras Gesichtsausdruck verriet nichts, doch sie wurde schlagartig blaß. Auch Nacoya schien ihr Zittern nicht verbergen zu können, und der Lord der Anasati spürte Schweiß unter seinem Kragen hinabrinnen. »Nun, Mädchen? Schickt nach meinem Sohn, damit uns mein Enkel präsentiert wird!«

Maras Antwort zeugte von Hochachtung ihren Gästen gegenüber: »Vater meines Gemahls, vergebt mir, doch ich kann nicht tun, was Ihr verlangt. Laßt meine Bediensteten Wein bringen, und zu gegebener Zeit wird mein Gemahl sich selbst erklären können.«

Der Kriegsherr sah Mara mit finsterer Miene an. Zuerst hatte er Buntokapis verzögertes Erscheinen als eine Art Witz betrachtet, als wäre es die scherzhafte Beleidigung eines alten Verbündeten. Doch im Laufe des Tages hatten das Warten und die Hitze deutlich an der Geduld gezehrt, die er anfangs noch besessen hatte. Jetzt konnte Tecuma von den Anasati den Vorschlag des Mädchens nicht mehr ohne Gesichtsverlust hinnehmen, denn ihre Bemühungen ließen vermuten, daß etwas nicht in Ordnung war. Ihre Entschuldigungen einfach zu akzeptieren wäre ein Schwächeeingeständnis gewesen, ein ernsthafter Rückschlag vor dem herausragendsten Mitglied des Kaiserlichen Rates. Selbst wenn Buntokapi sich bis zur Bewußtlosigkeit betrunken hatte, war diese Schande immer noch geringer als jene, die er durch die Beleidigung seines Vaters und seiner Gäste heraufbeschwor, indem er sich hinter seiner Frau versteckte.

»Wir warten«, sagte er mit tödlichem Ernst in der Stimme.

Mara war nervös, doch immer noch von einer naiven Aufrichtigkeit. »Ja, Vater meines Gemahls, das ist wahr.«

Eine drückende Stille folgte diesen Worten.

Die Musiker setzten ihre Instrumente ab, und die Tänzerinnen flohen aus dem Zimmer. Als es schmerzhaft deutlich wurde, daß die Lady der Acoma keine weitere Erklärung abgeben würde, sah sich der Lord der Anasati zu noch direkterem Vorgehen gezwungen.

Als müßte er sich mit aller Kraft beherrschen, nicht laut loszuschreien, fragte Tecuma: »Was meint Ihr damit, das ist wahr?«

Maras Unbehagen verstärkte sich. Sie wich dem Blick ihres Schwiegervaters aus. »Mein Gemahl wünscht, daß Ihr auf ihn wartet.«

Der Kriegsherr hörte auf, von der als Nachtisch gedachten Süßspeise zu kosten, und sah verwirrt aus, eine Folge des merkwürdigen Gesprächs und des Weins. »Buntokapi möchte, daß wir auf ihn warten? Dann wußte er also, daß er uns erst später würde begrüßen können?« Almecho seufzte erleichtert, als wäre ein schweres Gewicht von ihm genommen. »Dann hat er eine Nachricht gesandt, daß er sich verspäten würde und Ihr uns bis zu seiner Ankunft unterhalten sollt, ja? War es so?«

»Nicht ganz, Mylord«, sagte Mara. Ihre Gesichtsfarbe wurde dunkler.

Tecuma beugte sich leicht nach vorn. »Was genau hat er dann gesagt, Mara?«

Mara begann zu zittern wie ein Gazen, das vom starren Blick einer Schlange festgenagelt wird. »Seine genauen Worte, Vater meines Gemahls?«

Tecuma ließ seine Hände donnernd auf den Tisch krachen, und die Platten und Teller hüpften in die Höhe. »Genau!«

Etwas zu spät bemerkte Chumaka, der zwinkernd wie ein von grellem Licht überraschter Nachtvogel dasaß, die Anspannung seines Herrn. Selbst in betrunkenem Zustand spürte er, daß etwas nicht stimmte. Seine Instinkte erwachten. Er beugte sich ein wenig vor und versuchte nach dem Ärmel seines Herrn zu greifen. Doch die Bewegung brachte ihn aus dem Gleichgewicht, und nur mit großer Mühe und einem unwürdigen Keuchen konnte er einen Sturz vermeiden. »Mylord ...«

Tecumas Blick blieb weiter auf seine Schwiegertochter geheftet.

Mara war ein Abbild nervöser Unschuld. »Mein Herr Gemahl sagte: ›Almecho kann verdammt noch mal auf mich warten.‹«

Chumaka ließ seine Faust bis zum Handgelenk zwischen bestickten Kissen verschwinden, erstarrt in dem Bemühen, nach Tecumas herunterbaumelndem Ärmel zu greifen. Er konnte jetzt nicht mehr einschreiten und mußte zusehen, wie jegliche Farbe aus dem Gesicht seines Lords wich. Chumaka blickte sich in dem Raum um, in dem sich jetzt absolut nichts mehr regte. Durch den feinen Dampf, der von einem Dutzend erlesener Speisen aufstieg, betrachtete er Almechos Reaktion.

Der Kriegsherr von ganz Tsuranuanni saß reglos da; seine unbeweglichen Gesichtszüge hatten sich tiefrot verfärbt. Jede Neigung zur Toleranz verschwand, als seine Augen zu brennenden Kohlestückchen aus mühsam unterdrückter Wut wurden, und seine Antwort schnitt wie die Klinge eines Schwertes durch die Stille: »Was hat Mylord von den Acoma noch von mir gesagt?«

Mara gestikulierte hilflos mit den Händen und warf Nacoya einen verzweifelten Blick zu. »Mylords, ich ... ich wage nicht zu sprechen. Ich bitte Euch, auf meinen Gemahl zu warten und ihn selbst alles erklären zu lassen.« So aufrecht, klein und bedauernswert zerbrechlich in ihrem offiziellen Gewand, wirkte das Mädchen beinahe verloren in den Kissen, auf denen sie saß. Ihr Erscheinungsbild war mitleiderregend; doch das Spiel des Rates erlaubte ein solches Gefühl nicht. Als eine Dienerin mit einer Schüssel zu ihr eilte, um ihre Stirn mit einem feuchten Tuch zu betupfen, starrte der Kriegsherr Tecuma von den Anasati an.

»Fragt sie danach, wo Euer Sohn ist, Lord, denn ich fordere, daß sofort ein Bote ausgeschickt wird, um ihn herkommen zu lassen. Wenn er mich beleidigen will, soll er das in meiner Gegenwart tun.«

Mara schickte ihre Dienerin fort. Sie bemühte sich, Haltung zu bewahren, wie ein Tsurani-Krieger bei der Ausführung seines Todesurteils, wenn auch die Anspannung sie sichtbar mitnahm. »Mylord, Buntokapi ist in seinem Haus in Sulan-Qu, doch es kann kein Bote dorthin geschickt werden, weil er es ausdrücklich verboten hat. Er schwor, den nächsten Diener, der ihn stören würde, zu töten.«

Der Kriegsherr stand auf. »Der Lord der Acoma ist in *Sulan-Qu?* Während wir hier auf ihn warten? Und was erwartet er, daß wir in der Zwischenzeit tun? Sprecht, Lady, und laßt nichts aus!«

Tecuma erhob sich ebenfalls, sprungbereit wie eine Schlange. »Was für ein Unsinn ist das? Sicherlich ist mein Sohn ... nicht einmal Bunto kann so unverschämt sein.«

Der Kriegsherr brachte ihn mit einer raschen Handbewegung zum Schweigen. »Laßt die Lady der Acoma für ihren Gemahl sprechen.«

Mara verneigte sich. Ihre Augen wirkten zu hell, die feinen Schatten ihrer Schminke hoben sich hart gegen ihre Blässe ab. Mit einer steifen, zeremoniellen Handbewegung formte sie aus Daumen und Zeigefingern ein Dreieck. Die alte Geste erklärte, daß sie nur auf ausdrücklichen Wunsch eines Ranghöheren die Ehre kompromittierte. Alle Anwesenden wußten jetzt, daß ihre Nachricht Schande bringen würde. Die Priester, die die Speisen gesegnet hatten, standen leise auf und verließen das Zimmer. Die Musiker und Diener folgten, und bald darauf waren nur noch die Gäste zugegen, ihre Berater und die Ehrenwache des Kriegsherrn. Papewaio stand so unbeweglich wie eine Tempelstatue schräg hinter der Lady der Acoma, neben ihr saß Nacoya, genauso reglos. Mara sprach jetzt mit ruhiger Stimme: »Meine Zunge wird die Ehre dieses Hauses nicht beschmutzen. Meine Erste Beraterin war zugegen, als Buntokapi seine Anordnungen gab. Sie wird für ihn antworten – und auch für mich.« Sie bedeutete Nacoya näherzukommen.

Die alte Frau stand auf, dann verneigte sie sich mit deutlichem Respekt. Dienerinnen hatten ihr geholfen, sich für diesen Tag anzukleiden, und zum ersten Mal, seit Mara sich erinnern konnte, saßen die Nadeln in ihrem weißen Haar gerade. Doch die unpassende Erheiterung bei dieser Erkenntnis verschwand schnell, als die alte Amme zu sprechen begann: »Mylords, bei meinem Eid und meiner Ehre, es ist wahr, was die Lady sagt. Der Lord der Acoma hat die Worte so gesagt, wie sie sie wiederholt hat.«

Ziemlich ungeduldig durch all diese Verzögerungen, selbst durch jene, die aus Höflichkeit erfolgten, ließ der Kriegsherr von Tsuranuanni seine Gereiztheit jetzt an Nacoya aus. »Ich verlange noch einmal: Was hat der Lord der Acoma noch gesagt?«

Nacoya starrte geradeaus und antwortete mit leiser und ausdrucksloser Stimme. »Mein Lord Buntokapi sagte: ›Wenn er‹, nämlich Ihr, Lord Almecho, ›nicht *hier* auf mich warten will, zieht er vielleicht die Needra-Ställe vor. Meinetwegen kann er sogar im Needra-Mist schlafen, falls ich nicht an dem Tag zurückkehre, an dem er hier eintrifft!‹«

Der Kriegsherr erstarrte, als wäre er aus Stein, seine Wut nur mit der Kraft seines Willens zurückhaltend. Eine lange, qualvolle Minute verging, bevor er sich an Tecuma wandte. »Euer Sohn hat sich für eine schnelle Vernichtung entschieden.« Licht flackerte in den Juwelen an Almechos Kragen, und seine Stimme grollte gefährlich. Sein Ton schwoll zu einem Schrei an, als die gewaltige Wut sich schließlich Bahn brach. Wie ein scharlachrot gestreifter Killwing, der immer höher klettert, bevor er sich nach unten auf sein Opfer stürzt, wirbelte er herum und blickte den Vater des Mannes an, der ihn derart beleidigt hatte. »Euer junger Emporkömmling möchte wohl eine Armee aus Asche zeugen. Ich werde mich auf die Stammesehre berufen. Die Oaxatucan werden aufmarschieren und die Knochen der Acoma in den Boden stampfen, den sie den ihren nennen. Dann werden wir die Erde ihrer Ahnen mit Salz bestreuen, damit auf dem Land der Acoma bis zum Ende aller Zeiten nichts mehr gedeihen wird!«

Tecuma betrachtete reglos die inzwischen erkalteten Leckerbissen. Auf den Tellern war das Shatra-Wappen aufgemalt, und der Anblick des Vogels schien ihm wie blanker Hohn, denn Buntokapis unbesonnene Worte und die Tatsache, daß er seiner Frau aufgetragen hatte, sie weiterzugeben, hatten in einem einzigen kurzen Augenblick sämtliche politischen Bemühungen beiseite gewischt. Jetzt ging es um die Ehre. Von allen ungeschriebenen Gesetzen der tsuranischen Zivilisation barg dieses die größten Gefahren.

Sollte Almecho seine Familie, die Oaxatucan, aufrufen, für eine Sache der Ehre zu kämpfen, würden alle anderen Familien des Omechan-Clans ebenso dazu aufgefordert werden. Auf der anderen Seite würde die Ehre die Mitglieder des Hadama-Clans zwingen, einen Ruf der Acoma zu befolgen. Diese Pflicht der gegenseitigen Unterstützung war einer der wichtigsten Gründe, weshalb offene Kriegserklärungen vermieden und die meisten Konflikte innerhalb der Regeln des Spiels des Rates geführt und gelöst wurden. Denn was keine andere Störung erreichen konnte, vermochte ein offener Krieg zwischen den einzelnen Clans – das Kaiserreich im Chaos versinken zu lassen. Stabilität war jedoch die oberste Pflicht der Erhabenen. Einen Clan-Krieg anzuzetteln bedeutete, den Zorn der Versammlung der Magier auf sich zu ziehen. Tecuma schloß die Augen. Ihm war übel von dem Geruch des Fleisches und der Saucen; ohnmächtig ging er in Gedanken die Liste möglicher Reaktionen durch, während Chumaka an seiner Seite vor Wut hilflos kochte. Sie wußten beide, daß Tecuma keine Wahl hatte. Almecho war einer der wenigen Lords im Kaiserreich, der sowohl die Macht besaß als auch unbeherrscht genug war, einen offenen Krieg zwischen den Clans auszulösen. Und die traditionellen Sitten verlangten von Tecuma und den anderen Familien des Hospodar-Clans, daneben zu stehen und die blutige Auseinandersetzung unbeteiligt zu beobachten; sein eigener Sohn und sein Enkel würden ausgelöscht werden, ohne daß er die Möglichkeit besaß einzuschreiten.

Die Weinsaucen in den Schüsseln schienen plötzlich Symbole des Blutvergießens zu sein, das schon bald das Haus der Acoma heimsuchen würde. Um seines Sohnes und seines kleinen Enkels willen durfte das nicht geschehen. Tecuma beherrschte seinen Drang, laut loszubrüllen. »Mylord Almecho, denkt an die Allianz. Ein offener Krieg zwischen den Clans bedeutet das Ende Eures Eroberungsfeldzuges in der barbarischen Welt.« Er hielt kurz inne, damit sein Argument sich richtig entfalten konnte, dann griff er zum nächsten Hilfsmittel, um den Zorn des Kriegsherrn zu mildern. Der Kommandeur der Streitkräfte des Kriegsherrn in der barbarischen Welt war nämlich ein Neffe des Lords der Minwanabi, und sollte ein neuer Kriegsherr im Hohen Rat gewählt werden müssen, würde Jingu von den Minwanabi versuchen, sein Recht auf die Nachfolge zu erzwingen, zumal die Eroberungsarmee bereits unter dem Kommando seiner Familie stand. »Besonders den Minwanabi würde es sehr gefallen, einen anderen auf dem weißgoldenen Thron zu sehen«, erinnerte er den Kriegsherrn.

Almechos Gesichtsfarbe war immer noch sehr dunkel, doch die Wut war bereits aus seinen Augen verschwunden. »Minwanabi«, zischte er. »Um diesen Aasfresser an seinem Platz zu halten, würde ich viel erdulden. Aber ich werde Euren Sohn für meine Vergebung kriechen lassen, Tecuma. Er soll sich vor mir auf den Boden werfen und durch den Needra-Mist kriechen, um vor meinen Füßen um Gnade zu betteln.«

Tecuma schloß die Augen, als würde sein Kopf schmerzen. Was immer Bunto dazu veranlaßt haben mochte, eine solch zerstörerische Anweisung zu geben, es war sicherlich Gedankenlosigkeit gewesen und nicht der direkte Versuch, Verderben über sich und seine Familie zu bringen. Scham und Anspannung verursachten ihm Schmerzen, und er wandte sich an Mara, die sich seit dem Augenblick, da Lord Almecho die Drohungen gegen ihr Haus ausgesprochen hatte, nicht bewegt hatte. »Mara, es kümmert mich nicht, welche Befehle Buntokapi über das Senden von Dienstboten gegeben hat. Laßt Eure Sänfte und Träger bereitstellen und sagt Eurem Ehemann, daß sein Vater seine Anwesenheit hier wünscht.«

Die Nacht senkte sich auf der anderen Seite der Läden herab, doch es kamen keine Diener, um das Zwielicht mit Lampen zu vertreiben. Mara bewegte sich etwas und warf ihrem Schwiegervater einen flehenden Blick zu. Dann nickte sie Nacoya zu, als hätte diese Geste sie zu sehr erschöpft. »Mylord Tecuma, mein Lord Buntokapi hat auch für diese Möglichkeit eine genaue Anweisung hinterlassen.«

Tecuma fühlte, wie sein Herz noch tiefer sank. »Was hat er gesagt?«

Nacoya gab die Anordnung ohne Dramatik weiter: »Der Mylord von den Acoma trug uns auf, falls Ihr kommen würdet und ihn sehen wolltet, sollten wir Euch mitteilen, daß Ihr fortgehen und in den Fluß pissen sollt, aber nicht auf Acoma-Land, damit seine Fische nicht verderben.«

Wieder entstand eisige Stille; Erstaunen, Wut und blankes Entsetzen wechselten sich auf Tecumas schmalen Gesichtszügen ab. Dann brach der Kriegsherr in grollendes Gelächter aus.

»Damit die Fische nicht verderben! Ha! Das gefällt mir.« Er sah den Lord der Anasati ernst an. »Tecuma, Euer Sohn hat seinen eigenen Vater beleidigt. Ich denke, mein Bedürfnis nach Genugtuung wird befriedigt werden. Es gibt nur eine mögliche Buße für Buntokapi.«

Tecuma nickte steif; er war dankbar, daß die dunkler werdenden Schatten seine Trauer verdeckten. Durch die öffentliche Beleidigung seines Vaters hatte Buntokapi seine Ehre für immer verloren. Entweder mußte er diese Schande auslöschen, indem er sich selbst das Leben nahm, oder Tecuma mußte alle Blutsbande widerrufen und die Treue gegenüber seinem Sohn beenden, indem er ihn enterbte und zusammen mit seiner Familie und dem gesamten Haushalt vernichtete. Aus dem politischen Kampf zwischen Tecuma von den Anasati und Lord Sezu von den Acoma, kurzfristig entschieden durch den Tod des letzteren, würde dann eine Blutfehde werden, die sich über Generationen hinzöge, ähnlich der bereits bestehenden zwischen den Minwanabi und den Acoma. Um die Ehre des Vaters vom Verstoß des Sohnes zu befreien, wäre der Lord der Anasati verpflichtet, nicht nur Buntokapi, sondern auch den neugeborenen Erben der Acoma zu töten, den Enkel, den er bisher nicht einmal gesehen hatte. Der Gedanke raubte ihm die Worte.

Almecho war sich des Dilemmas bewußt, in dem Tecuma sich befand, und er sprach jetzt leise und sanft in der.rasch zunehmenden Dunkelheit. »Welcher Weg es auch sein wird, Ihr werdet Euren Sohn verlieren. Es ist besser, er wählt den ehrenvollen Weg und stirbt durch eigene Hand. Ich werde dann seine Beleidigung vergessen und keine weitere Vergeltung gegenüber Eurem Enkel suchen. Unsere Verbindung wäre damit nicht weiter belastet, Tecuma.« Es blieb nichts mehr zu sagen. Der Kriegsherr kehrte Mara, Nacoya und dem Lord der Anasati den Rücken und gab seiner Ehrengarde ein Zeichen. Die sechs weißgekleideten Soldaten nahmen Haltung an, drehten sich dann um und begleiteten ihren Lord aus dem großen Eßzimmer hinaus.

Tecuma war so verwirrt, daß er in Reglosigkeit verharrte. Sein Blick war auf sein halbverspeistes Mahl gerichtet, doch er starrte ins Leere. Es war Chumaka, der jetzt energisch die Initiative ergriff und eine Aufforderung an die Krieger in der Baracke sandte, damit sie sich bereit machten. Sklaven brachten die Sänfte des Lords der Anasati, und Laternen im Hof tauchten die Fensterläden in einen hellen Schimmer. Endlich bewegte Tecuma sich. Sein Kiefer war hart vor Anspannung, und seine Augen blickten trostlos, als er die Lady der Acoma ansah. »Ich gehe nach Sulan-Qu, Frau meines Sohnes. Und um meines Enkels willen, den ich noch nicht gesehen habe, hoffe ich, die Götter mögen Buntokapi ebensoviel Mut wie Dummheit geschenkt haben.«

Er brach mit einem Stolz auf, dessen Anblick schmerzte. Als er in den Schatten der Halle verschwand, legte sich Maras Hochstimmung und machte dem fröstelnden Gefühl von Furcht Platz. Sie hatte eine geschickte Falle gebaut, und jetzt würden die Türen zuschnappen – in welcher Weise auch immer die Götter bestimmten. Sie dachte an Bunto, der jetzt halbbetrunken und lachend mit Teani auf dem Weg zu seinem abendlichen Vergnügen in der Spielhalle war. Mara zitterte; sie winkte Bedienstete herbei und befahl, Licht zu machen.

Nacoyas Gesicht sah im hellen Licht der Lampen alt aus. »Ihr spielt das Spiel des Rates mit hohem Einsatz, Mylady.« Sie unterließ jedoch dieses Mal ihren Tadel, Mara wäre sinnlose Gefahren eingegangen, denn Buntokapi war nicht gerade beliebt gewesen im Haushalt der Acoma. Die Amme war Tsurani genug, um Gefallen an dem Ungemach eines Feindes finden zu können, auch wenn die Folge eigenes, furchtbares Elend sein könnte.

Mara spürte keinen Triumph. Sie bebte; die langen Monate der Manipulation hatten an ihr gezehrt, und sie stützte sich auf Papewaios unerschütterliche Anwesenheit, um den Aufruhr in ihrem Innern zu beruhigen. »Die Bediensteten sollen diese Unordnung beseitigen«, sagte sie, als wären die Festtagsschüsseln und -platten für ein ganz gewöhnliches Mahl hergerichtet worden. Dann, als würde ein tiefer Instinkt sie treiben, lief sie zu Ayakis Zimmer, um nachzusehen, ob der Junge noch sicher auf seiner Matratze schlief. Sie saß in der Düsternis bei ihrem Kind, betrachtete seine im Schatten liegenden Gesichtszüge und fühlte sich an Ayakis Vater erinnert. Obwohl sie aus vielen Gründen Buntokapi zu hassen gelernt hatte, konnte sie nicht verhindern, daß eine tiefe, schwerblütige Melancholie sie erfaßte.

Mara wartete in Buntokapis Gemächern; sie verbrachte eine schlaflose Nacht in dem Zimmer, das einst Lord Sezu, ihrem Vater, gehört hatte, inzwischen aber den Geschmack und die Vorlieben jenes Mannes widerspiegelte, der durch ihre Heirat sein Nachfolger geworden war. Jetzt hing das Fortbestehen der Acoma vom Ehrgefühl dieses Mannes ab; denn wenn Buntokapi dem Eid, den er auf den Natami der Acoma geschworen hatte, treu blieb, würde er den Tod durch das Schwert suchen und seinem Haus die Vergeltung ersparen. Doch wenn seine Treue weiterhin bei den Anasati lag oder Feigheit ihn vom Pfad der Ehre abbringen und zu niederträchtiger Rache treiben würde, war es gut möglich, daß er den Krieg wählte und Mara und ihren gemeinsamen Sohn mit in den Untergang riß. Dann würde der Natami in die Hände Almechos fallen, und der Name der Acoma wäre für immer in Schande ausgelöscht.

Mara rollte sich ruhelos auf die andere Seite und stieß mit den Füßen die Laken auseinander, die sich verwickelt hatten.

Licht schimmerte grau durch die Läden, und obwohl die Needra-Hirten, die die Herden auf die Weide treiben würden, weder zu sehen noch zu hören waren, konnte es nicht mehr lange dauern bis zum Tagesanbruch. Ohne auf die Hilfe ihrer Zofe zu warten, erhob Mara sich und schlüpfte in ein Tagesgewand. Sie hob Ayaki aus dem Körbchen und eilte, nachdem sie versucht hatte, den schreienden Jungen zum Schweigen zu bringen, allein mit ihm auf den Gang.

Ein großer Schatten bewegte sich, kaum eine Handbreit vor ihr. Mara machte einen kleinen Satz zurück, während sie den Jungen eng an sich drückte. Dann erkannte sie das abgetragene Leder am Griff von Papewaios Schwert. Er mußte die Nacht vor der Tür zu ihren Gemächern verbracht haben.

»Warum seid Ihr nicht bei Keyoke in der Baracke?« fragte Mara. Die Erleichterung ließ ihre Stimme etwas schärfer klingen.

Papewaio verbeugte sich, ohne gekränkt zu sein. »Keyoke schlug vor, daß ich vor Eurer Tür Wache halten sollte, Lady. Diener hatten zufällig Gespräche zwischen den Soldaten der Ehrengarde des Kriegsherrn mit angehört und trugen Gerüchte bis in die Baracke. Man sollte die Wut der Mächtigen niemals auf die leichte Schulter nehmen, und ich füge mich der Weisheit eines solchen Rats.«

Mara setzte zu einer hitzigen Antwort an, doch dann erinnerte sie sich an den Attentäter und hielt sich zurück. Bei näherer Betrachtung erkannte sie, daß Keyoke und Papewaio versuchten sie zu warnen, ohne die Grenzen der Loyalität zu verletzen. Sie hatten schon früh die Möglichkeit in Betracht gezogen, daß Buntokapi während der Nacht voller Wut nach Hause zurückkehren könnte. In seinem Zorn hätte er nur zu leicht ihr gegenüber gewalttätig werden können, ein schändliches Verhalten zwar, aber nicht unwahrscheinlich bei einem so jähzornigen, an Ringen und täglichen Waffenübungen gewohnten jungen Mann, wie er es war. Die Krieger hatten jedoch dem Lord die Treue geschworen, und so hätte keiner von ihnen es wagen dürfen, zwischen ihn und die Mistress zu treten, ohne nicht auf der Stelle sein Leben und sämtliche Ehre zu verlieren. Doch Pape war schnell mit dem Schwert und erinnerte sich nur zu gut an die Ereignisse in der Hochzeitshütte; bei dem geringsten Anzeichen von Gewalt gegen Mara wäre Lord Buntokapi innerhalb weniger Atemzüge gestorben. Und den Griff des Roten Gottes könnte nichts und niemand mehr lösen, gleichgültig, wieviel Schande eine unehrenhafte Bestrafung über den schuldigen Diener bringen würde.

Mara lächelte trotz der großen Anspannung. »Ihr habt Euch die schwarze Binde bereits einmal verdient, Pape. Doch solltet Ihr Euch entscheiden, den Zorn der Götter ein zweites Mal zu riskieren – ich werde mich den ganzen Tag im Hain der Besinnung aufhalten. Schickt meinen Lord dorthin, wenn er nach Hause kommt und nicht gleich die Garnison der Acoma für den Krieg rüstet.«

Papewaio verbeugte sich; er war innerlich erfreut und erleichtert, daß die Lady der Acoma seine Wache stillschweigend befürwortete. Er verlegte seinen Posten vor den Eingang zum Hain der Besinnung und harrte dort aus, während die Morgendämmerung dem Sonnenaufgang wich und das Licht des frühen Morgens die weiten Besitztümer der Acoma in hellem Glanz erstrahlen ließ.

Die Mittagshitze kam und ging in schwüler Stille, fast so wie immer. Im mit Steinen eingefaßten Viereck des heiligen Teiches spiegelten sich ein wolkenloser Himmel und die sich rankenden Blätter eines nahen Busches. Ayaki schlief in seinem Körbchen unter dem Baum neben dem Natami der Acoma; er spürte nichts von der Gefahr, die sein junges Leben bedrohte. Mara war jedoch nicht in der Lage, ihren inneren Frieden zu finden, und so ging sie hin und her oder meditierte. Selbst die Disziplin des Tempels konnte nicht verhindern, daß ihre Gedanken immer wieder zu Buntokapi zurückkehrten, in dessen Händen jetzt das Schicksal der Acoma lag. Er war als Anasati geboren, hatte aber geschworen, die Ehre jener Ahnen zu schützen, die zu den Feinden seines Vaters zählten, und so konnte man nicht voraussagen, wem seine Treue wirklich gehörte. Maras eigenes Verhalten hatte ihn bestärkt, seine Leidenschaft auf die Konkubine Teani zu richten; und alle, Keyoke, Nacoya, Jican und die anderen, verabscheuten ihn wegen seiner Exzesse. Das Herrenhaus war sein Grundbesitz und sein Wohnsitz, doch in dem Haus in Sulan-Qu war er zu Hause. Mara biß sich auf die Lippe und blieb bei dem Natami stehen, wo sie vor nicht einmal zwei Jahren darauf verzichtet hatte, ihr Erbe selbst zu verwalten. Sie hatte daraufhin eine komplizierte Falle errichtet, die auf Buntokapis Eid und das tsuranische Konzept der Ehre baute. Es war eine zerbrechliche Basis, auf die sie ihre Hoffnungen gestellt hatte, denn bei all seinen Fehlern war Buntokapi nicht dumm.

Die Schatten wurden erst kleiner, dann wieder länger, und die Li-Vögel begannen in der kühleren Nachmittagsluft zu singen. Mara saß am heiligen Teich und spielte mit einer Blüte, die sie von einem nahen Busch gepflückt hatte. Die Blütenblätter waren blaß und außerordentlich fein; sie konnten – so wie sie – mit einem kurzen Handgriff zerdrückt und zermalmt werden. Die Bediensteten mochten glauben, daß sie sich in den heiligen Hain zurückgezogen hatte, weil sie um die Erlösung von der Schande beten wollte, die ihr Ehemann auf ihr Haus geladen hatte. Tatsächlich war sie dorthin gegangen, um nicht ständig die Furcht in ihren Augen sehen zu müssen, denn sollte der Lord der Acoma sich für den Krieg entscheiden, war ihr

Schicksal ebenso ungewiß. Einige mochten im Kampf fallen, und sie würden die Glücklichen sein. Andere würden durch den Strang nicht nur ihr Leben, sondern auch alle Ehre verlieren; aus vielen würden Sklaven werden, und einige wenige mochten als Gesetzlose und Graue Krieger in die Berge gehen. Sollte der Natami gestohlen werden, würden alle das Mißfallen der Götter kennenlernen.

Die Schatten zogen sich weiter in die Länge, und die Blume verwelkte in Maras Hand, vergiftet vom Salz ihres eigenen Schweißes. Ayaki wachte im Körbchen auf. Zuerst war er damit zufrieden, mit seinen fetten Händen nach den umherschwirrenden Insekten zu schlagen, die sich an den Blüten über seinem Kopf labten, doch dann wurde er unruhig. Die Zeit für seine Mittagsmahlzeit war längst vorüber. Mara warf die abgestorbene Blume weg und stand auf. Sie pflückte eine reife Frucht von einem der dekorativen Jomach-Bäume und schälte sie für ihr Kind. Der Junge beruhigte sich, während er an dem süßen Obst kaute. Erst dann hörte Mara die Schritte, die sich von hinten näherten.

Sie drehte sich nicht um. Wenn Papewaio am Eingang Wache stand, konnte es kein Attentäter sein. Die Priester Chochocans traten nicht ungefragt ein, und die Gärtner arbeiteten nicht, während der Herr oder die Herrin sich im Hain aufhielten, und niemand sonst durfte hereinkommen, ohne mit dem Tode bestraft zu werden. Die einzige lebende Person, die um diese Zeit ungestraft hier sein durfte, war der Lord der Acoma. Die Tatsache, daß er ohne Fanfare von seiner Wohnung in der Stadt nach Hause zurückgekommen war, zeigte Mara, daß er seinen Vater gesehen hatte und die Entwürdigung in den Augen des Kriegsherrn und die Beleidigung seines Geburtshauses ihn eingeholt hatten.

Mara schob den letzten Bissen der Jomach-Frucht in Ayakis

gierigen Mund. Sie sah, daß ihre Hände zitterten, und tat so, als würde sie die klebrigen Finger abtupfen, als Buntokapi gerade das andere Ende des heiligen Teiches erreichte.

Er blieb mitten auf dem Weg stehen, noch in einiger Entfernung von ihr, und seine Sandalen sprühten einen feinen Regen aus Kies ins Wasser. Tausend kleine Wellen zerstörten das Spiegelbild auf der Wasseroberfläche, und die Li-Vögel über ihnen verstummten. »Frau, du bist wie die giftige Dschungelviper, deren äußere Hülle schön genug ist, um für eine Blume gehalten zu werden, wenn sie ruht. Doch ihr Angriff kommt blitzschnell, und ihr Biß ist tödlich.«

Mara erhob sich langsam. Sie wandte sich zögernd um, ihre Finger noch rot vom Jomach-Saft. Schließlich blickte sie ihren Ehemann an.

Er mußte ohne standesgemäße Sänfte so schnell wie möglich aus der Stadt zurückgekehrt sein, denn eine dünne Schicht heller Straßenstaub bedeckte seine Kleidung. Er trug ein einfaches Tagesgewand, vermutlich war es noch dasselbe, das er angehabt hatte, als das Klopfen seines Vaters ihn aus dem Bett geholt hatte. Der Staub verbarg die Weinflecken, die an einem Ärmel die Stickerei befleckten. Maras Blick fiel auf die Kordeln seines Gürtels, auf das abgegriffene Leder seines Schwertgriffs und die muskulöse Brust, die sie durch den offenen Kragen seines Gewandes erkennen konnte. Sie sah die Spuren von Teanis Leidenschaft auf der Haut über dem Schlüsselbein und seine hart zusammengepreßten Lippen. Erst ganz zuletzt schaute sie in seine Augen, aus denen eine Mischung aus unterdrückter Wut, kindlicher Verwirrung und Verlangen sprach.

Mara war sich nicht bewußt, daß sie in den Augen ihres Ehemannes schön und in einem merkwürdigen Sinne unberührbar war. Sie verneigte sich. Die einzigen Worte, die ihr einfielen, schienen vollkommen unpassend.

Buntokapi starrte sie mit einer Eindringlichkeit an, deren Anblick schmerzhaft war. »Und wie das Gift der Viper, meine Gemahlin, bringt auch deines das Herz zum Stehen. Mit meisterhafter Berechnung beteiligst du dich am Spiel des Rates. Wie konntest du wissen, welches Gesicht ich tragen würde? Das der Anasati, zu denen ich durch Blut und Geburt gehöre? Oder das der Acoma, deren Ehre zu retten ich mit einem Treueeid schwor?«

Mara zwang sich, ihre verkrampfte Haltung etwas zu entspannen. Doch ihre Stimme zitterte leicht, als sie sagte: »Die Acoma sind eine alte, ehrenhafte Familie. Kein Lord, der ihren Namen trug, hat jemals in Schande gelebt.«

Buntokapi ging jetzt weiter, mit energischen Schritten stapfte er am Teich entlang und baute sich vor der schlanken Gestalt seiner Frau auf. Er beugte sich ein wenig hinab und griff nach ihren Handgelenken. »Ich könnte das ändern, stolzes Weib. Mit einem einzigen Streich könnte ich dafür sorgen, daß sich die Ehre deiner Ahnen in alle vier Winde zerstreut.«

Buntokapi zwang sie, in seine zornigen Augen zu blicken, die Macht des Mannes zu spüren, der ihr niemals etwas bedeutet hatte, und Mara mußte ihre ganze Kraft zusammennehmen, um aufrecht zu bleiben. Eine lange, bedrohliche Minute verstrich. Dann veranlaßte das Spiel der hin und her flitzenden Insekten Ayaki zu spontanem Gelächter. Buntokapi schaute nach unten und sah die Druckstellen auf ihrer Haut, die von seinem festen Griff herrührten. Etwas verlegen blinzelte er und gab sie frei, und während sie ihn betrachtete, schien es ihr, als würde jede Lebenskraft aus ihm herausfließen. Dann richtete er sich kerzengerade auf, und ein Ausdruck trat in sein Gesicht, den sie niemals zuvor gesehen hatte.

»Vielleicht hatte ich Unrecht an dem Tag, als wir heirateten«, meinte Buntokapi. »Vielleicht bin ich tatsächlich so dumm, wie du und mein Vater und meine Brüder glaubten. Doch um das Wohl meines Sohnes willen werde ich mutig als Soldat der Acoma sterben.«

Mara neigte ihren Kopf nach vorn, um plötzlich aufsteigende Tränen zu unterdrücken. Einen kurzen Augenblick hatte sie den Mann kennengelernt, zu dem ihr Ehemann hätte werden können – wäre er mit der gleichen Liebe und Fürsorge aufgewachsen, die seinen beiden Brüdern zuteil geworden war. Der Lord der Anasati mochte wenig getan haben, um die Fähigkeiten seines dritten Sohnes zu bestärken; sie jedoch hatte mit Buntos Unzulänglichkeiten gespielt, bis sie ihr Ziel erreicht hatte. Mara fühlte Schmerz in sich aufsteigen; als sie Triumph empfinden sollte, lernte sie nur Trauer kennen. Denn in diesem einen Augenblick hatte sie Buntokapis Fähigkeit zu wahrer Größe erkannt, einen kurzen Moment nur, als ob ein Hauch von Sonnenlicht durch die Wolken stößt. Eine Fähigkeit aber auch, die schon sehr bald im Tod verschwendet werden würde.

Doch die Wehmut währte nur wenige Sekunden. Buntokapi packte ihren Arm mit dem harten Griff eines Kriegers und zog sie unwirsch zur Seite. »Komm, meine Gemahlin. Nimm unseren Sohn aus dem Körbchen. Bevor die Sonne an diesem Tag untergeht, werdet ihr beide erleben, was es heißt, wie ein Lord der Acoma zu sterben.«

Ohne lange nachzudenken, wehrte Mara sich dagegen. »Nicht das Kind! Mylord, er ist noch zu jung, um verstehen zu können!«

»Schweig!« Buntokapi stieß sie unwirsch weiter, und Ayaki, durch seinen lauten Ruf erschreckt, begann zu weinen. »Ich sterbe für die Ehre meines Sohnes. Es ist nur recht, daß er sich daran erinnern soll. Genau wie du«, sagte der Lord der Acoma über das Gejammer des Kindes hinweg. Er hielt inne, und seine Lippen verzogen sich angewidert. »Du sollst Zeugin der Auswirkungen jenes Netzes sein, das du gesponnen hast. Wenn du am Spiel des Rates teilnehmen willst, mußt du wissen, daß die Dinge, mit denen du spielst, aus Fleisch und Blut bestehen. Es ist nur recht, daß du dich in Zukunft daran erinnerst, falls du weiterspielst.«

Mara nahm Ayaki hoch und verbarg die tiefe Sorge um ihr Kind. Als Buntokapis Schritte sich vom Hain entfernten, hielt sie einen Moment inne und bekämpfte den Drang zu weinen. Als sie nach der Ermordung ihres Vaters und ihres Bruders getrauert hatte, war sie überzeugt gewesen, ihre Position zu kennen, über Risiko und Einsatz Bescheid zu wissen. Buntokapi hatte ihr nun jedoch das ganze Ausmaß ihrer Unkenntnis vor Augen geführt. Sie fühlte sich gedemütigt und unaussprechlich schmutzig und drückte Ayaki fester an sich. Dem Befehl ihres Ehemannes mußte sie gehorchen. Irgendwie mußte sie die Kraft finden, um die letzten, bitteren Früchte ihres Sieges zu pflücken. Wenn nicht, würden die Minwanabi ihren Untergang mit lange zuvor entwickelten Plänen herbeiführen, die in Rücksichtslosigkeit in nichts denen nachstanden, mit denen sie den Fall Buntokapis in die Wege geleitet hatte, um für die Acoma Sicherheit vor dem Verrat der Anasati zu erlangen.

Die Soldaten der Acoma hatten sich zu einem peinlich genauen Viereck aufgestellt, und die leichte Brise, die vor Sonnenuntergang hin und wieder wehte, bewegte sanft die Federbüsche auf den Zeremonienhelmen der Offiziere. Innerhalb des Vierecks warteten Keyoke, Papewaio und ein anderer Krieger, der von den Anasati als Zeuge gesandt worden war. Zwischen ihnen stand Buntokapi in der bei diesem Ritus üblichen roten Robe und mit einer Schärpe im Grün der Acoma; in den Händen hielt er das Schwert, das ebenfalls rot war und so scharf, wie es den tsuranischen Schwertmachern überhaupt nur möglich war.

Mara wartete außerhalb des Vierecks, doch ein kleiner Erdhügel gewährte ihr direkte Sicht. Ayaki wurde ihr allmählich zu schwer, und sie nahm das Kind auf die andere Schulter. Sie wünschte, das Ritual wäre endlich vorüber. Ayaki war jetzt richtig wach und munter, er wühlte mit seinen kleinen Händen in Maras Haaren und Gewand und schrie hell auf, als er die Krieger in den farbenprächtig lackierten Rüstungen sah. Wie alles bei den Tsurani hatte auch der Tod seine eigene Zeremonie. Buntokapi stand starr wie eine Statue in der Mitte des Vierecks, in den Händen das Schwert, das für sein Ende bestimmt war, während Keyoke die Liste der Ehren vorlas, die er sich als Lord der Acoma verdient hatte. Die Auflistung war sehr kurz; eine einzige Schlacht und ein Dutzend Ringkämpfe. Mara schluckte schwer; sie war sich der Jugend ihres Mannes niemals so bewußt gewesen wie jetzt. Die Gesichter der Tsurani alterten sehr langsam, daher konnte man leicht vergessen, daß Buntokapi kaum zwanzig war, gerade einmal zwei Jahre älter als sie selbst.

Buntokapi stand aufrecht und ruhig da, durch und durch Soldat. Doch etwas in seinen Augen spiegelte die verzweifelte Entschlossenheit wider, die er aufbringen mußte, um diesen Augenblick durchzustehen. Mara schluckte erneut und löste vorsichtig Ayakis Finger von ihrem Ohrläppchen. Er lachte laut auf, bereit zu weiteren solcher Spielereien.

»Still«, schimpfte Mara.

Inzwischen hatte Keyoke seine Rede beendet. Er verneigte sich tief. »Geht in Ehre, Lord der Acoma, und laßt alle Männer sich an Euren Namen ohne Scham erinnern.«

Als er sich aufrichtete, nahmen die Krieger gleichzeitig die Helme ab. Die Brise wehte ihre feuchten Locken aus den schwitzenden Gesichtern, und mit ausdruckslosen Augen starrten sie auf das Schwert, das Buntokapi über seinen Kopf erhoben hatte.

Mara schluckte wieder; ihre Augen brannten von den salzigen Tränen. Sie versuchte an Lano zu denken, wie er blutüberströmt unter den Hufen der barbarischen Pferde lag. Doch der Anblick Buntokapis, wie er im nachlassenden Sonnenlicht mit dem erhobenen Schwert dastand, um den Göttern des Lebens den letzten Tribut zu zollen, war zu wirklich, als daß sie ihn so einfach beiseite schieben konnte. Abgesehen von seiner Grobheit im Bett und seinen jähzornigen Wutausbrüchen hatte er seine Frau nicht unterdrückt – hätte Mara mit der gleichen Intensität versucht, ihn zu formen statt zu zerstören … Nein, rief sie sich zur Ordnung, es darf kein Bedauern geben. Sie erinnerte sich an die Lehren Lashimas und verdrängte solche Gedanken aus ihrem Bewußtsein. Ausdruckslos sah sie zu, wie Buntokapi das Schwert herumdrehte und die Spitze gegen seinen Bauch richtete.

Es gab keine letzten Worte. Doch die Augen, die Maras Blick traf, waren voller dunkler Ironie und einer befremdlichen Bewunderung, in die sich der Triumph über das Wissen mischte, daß sie den Rest ihres Lebens mit diesen Augenblicken würde leben müssen.

»Bevor die Sonne an diesem Tag untergeht, werdet ihr beide erleben, was es heißt, wie ein Lord der Acoma zu sterben«, hatte er im Hain zu ihr gesagt. Mara klammerte ihre Hände unbewußt in die Falten von Ayakis Kleidung, als Buntokapi den Kopf senkte. Die großen Hände, plump auf dem Körper einer Frau, doch fähig beim Ringkampf und in der Schlacht, schlossen sich um das rotgeschnürte Leder des Schwertes. Die tiefstehende Sonne verlieh dem Schweiß auf seinen Handgelenken einen goldenen Schimmer. Dann packte er noch fester zu, machte einen schnellen, kurzen Schritt und warf sich nach vorn. Der Knauf der Waffe kam sauber auf der Erde auf, und die Klinge glitt durch seinen Körper. Hände und Griff berühr-

ten das Brustbein, und er grunzte, während sein Körper sich vor Schmerz versteifte.

Er gab keinen Schrei von sich. Nur ein Seufzer entfuhr ihm, während der rote Lebenssaft schnell zwischen seinen Fingern hindurch und aus seinem Mund rann. Als die Muskelkrämpfe langsamer wurden und beinahe aufhörten, wandte er seinen Kopf. Die mit Staub und Blut bedeckten Lippen formten ein Wort, das niemand hören konnte, und seine leblosen Augen hefteten sich auf die Frau und das Kind, die oben auf dem Hügel standen.

Ayaki begann zu schreien. Mara lockerte ein wenig ihre Hand; der Griff war für seinen jungen Körper zu fest gewesen, und der Schmerz in ihrer Brust zeigte ihr, daß sie aufgehört hatte zu atmen. Sie holte tief und schmerzhaft Luft. Jetzt endlich konnte sie gnädig die Augen schließen. Doch das Bild ihres toten Mannes, dessen Körper ausgestreckt auf dem Boden lag, schien sich auf der Innenseite ihrer Augenlider eingebrannt zu haben. Sie hörte nicht, wie Keyoke den Lord der Acoma für tot erklärte, tot mit allen Ehren. Statt dessen schienen die Sätze, die Buntokapi im Hain zu ihr gesprochen hatte, sie zu verfolgen. *»Wenn du am Spiel des Rates teilnehmen willst, mußt du wissen, daß die Dinge, mit denen du spielst, aus Fleisch und Blut bestehen. Es ist nur recht, daß du dich in Zukunft daran erinnerst, falls du weiterspielst.«* Versunken in eine rasch anwachsende Flut von Gedanken bemerkte Mara nicht, wie die Männer ihre Helme wieder aufsetzten und sich vor dem Verschiedenen verbeugten. Zeit und Ereignisse schienen in dem Augenblick von Buntokapis Tod festgefroren zu sein, bis Nacoya sie am Ellbogen berührte und zum Haus zurückführte. Die alte Amme sprach nicht, und das war eine Gnade, wenn auch Ayaki ziemlich lange schrie.

Nachdem Mara die Trauerkleider angelegt hatte, zog sie sich

zurück, allerdings nicht in ihr Schlafgemach, wie es Nacoya gewünscht hätte, sondern in den nach Westen zeigenden Raum, der früher das Arbeitszimmer ihres Vaters gewesen war. Dort beobachtete sie die Shatra-Vögel bei ihrem Flug an einem vom Sonnenuntergang wunderbar gefärbten Himmel. Doch die scharlachroten Farben erinnerten sie lediglich an Buntokapis Gewänder und an das blutige Schwert, mit dem er sich das Leben genommen hatte. Als die Dämmerung hereinbrach, entzündeten die Diener die Glaslampen und schlossen die Läden vor dem feuchten Tau. Mara sah sich in der Kammer um, die ihr als Kind wie das Herzstück des finanziellen Reiches ihres Vaters vorgekommen war; das Heiligtum war nicht länger dasselbe. Auf dem Tisch stapelten sich Dokumente, die Buntokapis Spiel- und Wettabenteuer betrafen: überwiegend Schulden, wie Mara aus der kläglichen Haltung erkennen konnte, die Jican in den vergangenen Wochen an den Tag gelegt hatte. Neue Gemälde, die der verstorbene Lord den Jagdszenen aus der Zeit von Maras Urgroßvater vorgezogen hatte, zierten jetzt die Läden. Ringer und Schlachtszenen waren nun darauf zu sehen, und der eine Laden zeigte eine Frau mit rötlichen Haaren.

Mara biß sich voller Widerwillen auf die Lippe. Zuerst hatte sie daran gedacht, das alte Bild wiederherzustellen, das sie aus der Zeit ihres Vaters und ihres Bruders kannte. Jetzt jedoch, wo der Staub der Baracken noch auf ihren Füßen lag und Buntokapis Selbstmord ihr deutlich im Gedächtnis war, änderte sie ihre Meinung. Die Kindheit lag hinter ihr. Wenn der Name der Acoma überleben sollte, mußte sie auch in sich Veränderungen zulassen, denn das Spiel des Rates erhob die Starken, ließ die Schwachen jedoch umkommen oder in unehrenhaftes Dunkel fallen.

Ein zaghaftes Klopfen erklang am Türladen. Mara fuhr zusammen, dann wandte sie sich um. »Herein.«

Jican trat hastig durch die Tür. Zum ersten Mal seit Wochen trug er keine Dokumente oder Needra-Rechnungen bei sich; seine Hände waren leer, und aufgewühlt verneigte er sich, bis seine Stirn den Boden vor den Füßen der Lady der Acoma berührte. Mara erschrak. »Hadonra, bitte erhebt Euch. In keiner Weise bin ich unzufrieden mit der Art, wie Ihr unter der Herrschaft meines verstorbenen Mannes Euren Pflichten nachgekommen seid.«

Doch Jican zitterte nur und verneigte sich noch tiefer; ein Häuflein erbärmlichen Elends kniete auf den wunderbaren Bodenfliesen. »Mistress, ich bitte um Vergebung.«

»Für was?« Verwirrt versuchte Mara ihrem Diener die Befangenheit zu nehmen. Sie trat zurück und setzte sich auf die Kissen, auf denen sie in der Vergangenheit oft gesessen und mit dem Hadonra lange Diskussionen über die Finanzen der Acoma geführt hatte. »Jican, bitte steht auf und sprecht.«

Der Hadonra hob seinen Kopf, doch er blieb auf den Knien. Er bemühte sich um die einem Tsurani angemessene Beherrschung, brachte jedoch lediglich ein zerknirschtes Aussehen zustande. »Mistress, ich bringe Schande über die Acoma. So sehr ich mich auch bemühe, ich kann keine –« Hier brach er ab und schluckte schwer. »Lady, gewährt mir Gnade, denn ich kann keine Trauer empfinden, wie ich es sollte bei dem Tod eines großen Lords. Er ging mit Ehre und Mut und verdient es, betrauert zu werden. Doch in aller Ehrlichkeit, ich kann nichts anderes spüren als Erleichterung.«

Mara senkte die Augen; die Verzweiflung des Hadonra verschaffte ihr Unbehagen. Sie griff nach einer Troddel, die sich von einem der Kissen gelöst hatte, und erkannte nüchtern, daß auch sie keine wahre Trauer um Buntokapi empfand. Der Schock über die Erkenntnis, was sie durch ihr Verhalten wirklich aufs Spiel gesetzt hatte, erschütterte sie, warf sie aus dem

Gleichgewicht und verwirrte sie. Doch wenn auch ihre Taten ihr Bewußtsein peinigten, sie verspürte nicht die Qualen des von ihrer Kultur geprägten Loyalitätskonflikts, wie sie der Mann vor ihr erlitt. Und sie fragte sich ganz nüchtern, ob das womöglich schlimme Auswirkungen auf ihr Seelenleben haben könnte.

Der Hadonra bewegte sich zitternd, und Mara erkannte, daß sie jetzt handeln mußte, auch wenn sie nur die gleichen beruhigenden Worte sprechen würde, an die sie selbst nicht so richtig glauben konnte. »Jican, alle wissen, daß Ihr großen Kummer unter dem Befehl meines verstorbenen Mannes erdulden mußtet. Er erkannte weder Eure Fähigkeiten an, noch hörte er auf die Weisheit Eures Rates. Ihr dientet Buntokapi in vollkommener Loyalität, solange er am Leben war. Jetzt ist er nicht mehr länger Euer Herr, und ich sage Euch, tragt das rote Band der Trauer um Euer Handgelenk. Handelt schicklich, denn die Tradition muß geehrt werden, doch vertraut Eurem Herzen. Wenn Ihr nicht trauern könnt, dann ehrt zumindest Buntokapis Andenken.«

Jican verneigte sich tief; seine nervöse Haltung ließ große Erleichterung erkennen. Er wußte, daß eine strengere Herrin ihn hätte auffordern können, sich das Leben zu nehmen. Doch im Laufe der Zeit hatte er begriffen, daß Mara mehr sah als die meisten Herrscher, wenn es darum ging, die kulturellen Bräuche auszulegen. Und selbst ihre verschworensten Feinde mußten die Kühnheit bewundern, mit der sie sich der Bedrohung durch die Anasati entledigt hatte.

Nachdem der Hadonra sie verlassen hatte, saß Mara noch viele Stunden allein da. Die Gefühle in ihrem Herzen waren weitaus schwieriger auseinanderzuhalten als die ihres Dieners. Sie sah zu, wie die Lampe niederbrannte, während sie vor sich hin grübelte und ab und zu sogar etwas einnickte. Träume kamen zu ihr, von Lanokota, ganz in Rot gekleidet, von ihrem Vater, der auf die Spitzen barbarischer Schwerter spuckte. Manchmal veränderte sich sein Körper, wurde zu dem von Buntokapi, und manchmal lag Lano im Staub, während Keyoke ihn für tot erklärte, tot mit allen Ehren. Ein anderes Mal wurde ihr Geist von dem Gejammer und Geschrei Ayakis gequält, das endlos weiterzugehen schien. Als die Dämmerung einsetzte, wurde sie wach. Sie schwitzte und fröstelte. Die Kerzen waren heruntergebrannt, und das Mondlicht schimmerte durch die Läden und malte silbergraue Muster auf die Fliesen. Mara lag still da und konzentrierte sich trotz des Aufruhrs ihrer Gefühle auf die eine Sache, die wirklich zählte. Es tat ihr leid um Buntokapi, doch sie bedauerte ihre Entscheidung nicht. Der Dienst im Tempel Lashimas mochte sie einst dazu auserwählt haben, sich dem Frieden und der Reinheit des Geistes zu widmen, die sie während ihrer Mädchenzeit gekannt hatte; doch jetzt, da sie die Macht geschmeckt und den Reiz des Spiels des Rates gekostet hatte, wußte sie, daß sie das niemals würde aufgeben können.

Eine leichte Brise rauschte durch die Akasi-Büsche und mischte den sanften Duft von Blumen mit dem Geruch der Tinte und Pergamentrollen. Mara lehnte sich in den Kissen zurück; ihre Augen waren halb geschlossen. Jetzt, da sie allein war, zollte sie ihrem Ehemann *die* eine Anerkennung, hinter der sie wirklich stehen konnte: An diesem Nachmittag im Hain hatte er für einen Moment wahre Größe gezeigt. Sein eigener Vater hatte diese Fähigkeit vergeudet, und sie hatte sich aus eigenen, egoistischen Zielen an seine Fehler gehalten. Das war nun nicht mehr zu ändern. Doch die Zukunft breitete sich wie ein leeres Stück Pergament vor ihr aus. Mara konnte dafür sorgen, daß Ayaki anders aufwuchs, daß der Mut und die Stärke seines Vaters bei ihm niemals in Dickköpfigkeit münden würden. Sie hatte einmal geschworen, alles aus Ayaki wegzuerziehen, was von Bunto stammte, und das zu fördern, was von den Acoma war. Jetzt wußte sie, daß Ayaki etwas von Buntokapi geschenkt bekommen hatte, das zu wertvoll war, um es zu verschwenden. Indem sie ihn liebte und für ihn sorgte und ihn diese Gaben entwickeln ließ, konnte sie den Acoma einen Sohn erziehen, der selbst die Anasati stolz machen würde; und genau das zu tun schwor sie sich.

Drei

Erneuerung

Mara lauschte dem Geräusch des Wassers.

Der winzige Bach, der aus dem Teich im heiligen Hain floß, ließ ein sanftes Plätschern hören, wenn sich an den Steinen in seinem Bett kleine Wellen brachen. Der Wind wehte durch die Äste der Bäume, ein unangenehmes Geräusch, das Ayakis nörgeliger Laune entsprach. Er sah seine Mutter ernst an, als sie die Urne mit den Überresten seines Vaters hochhob. Die Trauerzeremonie war für seine kleine Seele und seinen kleinen Geist zuviel; er wußte nur, daß der Wind kalt war und seine Mutter ihn nicht zum Spielen wegkrabbeln lassen würde.

Mara empfand weder Trauer noch Bedauern, als sie Buntokapis Asche in die Vertiefung neben dem Natami der Acoma schüttete. Ihr Mann war tot, und der Lord der Anasati betrauerte einen Sohn – wenn auch nur einen wenig geliebten dritten Sohn. Tecumas Bitterkeit war wahrscheinlich dennoch doppelt so groß, denn das Ende Buntokapis war von einer Person herbeigeführt worden, die sich außerhalb seiner Reichweite befand; als Mutter des einzigen Enkels der Anasati war Mara vor Vergeltung geschützt. Dennoch fühlte das Mädchen sich nicht als Siegerin. Der Wind war scharf und zerrte an ihrem Gewand. Mara zitterte. Niemals durfte sie zulassen, daß Bedauern in ihr aufstieg. Was sie getan hatte, war Vergangenheit; etwas anderes zu denken bedeutete, durch etwas Schlimmeres Schwierigkeiten zu bekommen als durch den Schatten ihres wütenden Mannes. Wenn sie dem Zweifel oder auch nur der

Unsicherheit erlaubte, sich zu entfalten, würde das womöglich in der Zukunft ihre Fähigkeit, Entscheidungen zu treffen, lähmen. Das jedoch würde ganz sicher zur endgültigen Vernichtung der Acoma durch die Hand ihrer Feinde führen, denn das Spiel des Rates ging weiter. Sie mußte jeden Anflug von Bedauern rigoros zurückdrängen, trotz ihrer augenblicklichen Trauer, und die Unentschlossenheit für immer in Schach halten.

Zum zweiten Mal in weniger als zwei Jahren führte Mara das Trauerritual durch. Doch jetzt war kein tief verborgener Schmerz in ihr, sondern nur Traurigkeit. Lord Sezu hatte sie gelehrt, daß der Tod ein Teil der Politik war, doch sie verstand jetzt, daß die kulturellen Regeln einfach nur eine Möglichkeit waren, Mord zu rechtfertigen. Diese Erkenntnis verunsicherte sie.

Mara suchte Trost in einem stillen Gebet, das sie an den Schatten ihres Mannes richtete. Buntokapi, dachte sie, welche Ruhe es deinem Geist auch immer bringen möge, zumindest bist du in Würde gestorben. Für einen Augenblick, wie kurz er auch gewesen sein mag, hast du dich dem Namen des Lords der Acoma würdig erwiesen. Dafür ehre ich dich. Möge deine Reise im Rad dir in deinem nächsten Leben einen besseren Lohn schenken.

Jetzt zerriß Mara ihre Kleidung, schnitt sich in den Arm und schmierte Asche zwischen ihre Brüste. Ayaki bewegte sich unruhig neben ihr, er hatte die Perlen weggestoßen, die Nacoya ihr geliehen hatte, um ihn beschäftigt zu halten. Mara legte auch die winzige Brust Ayakis frei und schmierte Asche darauf. Er schaute hinunter und verzog das Gesicht. Er war so stark wie sein Vater und schrie nicht, als Mara ihn zwickte; statt dessen schob er die Unterlippe vor und machte ein mißmutiges, streitlustiges Gesicht. Mara stach ihn mit dem Zeremoniendolch leicht in den Unterarm und erntete für den Versuch, das Ritual zu beenden, lautes Protestgeschrei. Sie hielt Ayakis Arm über den Teich und sah zu, wie sein Blut sich mit dem ihren im Wasser vermischte.

Die Tränen kamen mühelos. Allein und einmal nicht den prüfenden Blicken der sich um sie scharenden Vertrauten und Bediensteten ausgesetzt, gab Mara sich ihrer geheimen, innersten Furcht hin: daß sie der nächsten Runde im Spiel des Rates nicht gewachsen sein würde. Die Erniedrigung und der Schmerz, die sie durch Buntokapis Hände erlitten hatte, der Zweifel und die Qual, als sie seinen Niedergang geplant, jede Gefahr, der sie getrotzt hatte, um den Mörder ihres Vaters und Bruders zu überleben – dies alles konnte sich in nichts auflösen, fortgeweht vom Wind der Umstände und des politischen Glücks. Die Minwanabi schliefen niemals in ihrem Haß auf die Acoma. Manchmal fühlte Mara sich hilflos und ohne jede Hoffnung.

Sie versuchte sich an den Notwendigkeiten festzuhalten, die Stabilität versprachen, und kleidete Ayaki in sein winziges Festgewand. Dann zog auch sie ihr weißes Gewand an, beruhigte ihren jammernden Sohn und trug ihn durch den windigen Nachmittag zum Eingang des Hains.

Es war der Lärm, der sie warnend auf die Ankunft von Besuchern hinwies. Waffen klirrten im Hof, und die aufgeregte Stimme eines Dieners wehte über das Seufzen des Windes und das Rascheln der Blätter zu ihr herüber. Mara legte ihre Arme eng um Ayakis warmen Körper, was mit eindeutigem Protest beantwortet wurde. Angespannt und besorgt ging sie durch die Hecken, die sie noch vor allen Blicken verbargen. Beinahe stieß sie mit Keyoke zusammen, der bis an die Zähne bewaffnet war. Der alte Kommandeur hatte sich genau gegenüber des Eingangs aufgebaut, und nach der Befestigung der Schnallen zu urteilen, hatte er die Zeremonienrüstung in großer Eile angezogen. Die Besucher waren also von hohem Rang.

»Anasati?« fragte sie leise.

Keyoke entgegnete mit einem kurzen Nicken: »Papewaio und Nacoya warten auf Euch, Lady. Und Lujan sorgt in den Baracken für die Bereitschaft von zwei Kompanien.«

Mara zog die Augenbrauen zusammen. Keyoke hätte diese Vorsichtsmaßnahmen sicherlich nicht erwähnt, wenn Tecuma in friedlicher Absicht gekommen wäre. Ihre Furcht wurde bestätigt, als der Kommandeur langsam eine Hand zum Kinn führte und mit dem Daumen daran rieb.

Mara nahm einen tiefen Atemzug und duckte sich zur Seite, als Ayaki spielerisch seine Faust hin und her schwang. »Lashima wird Euch für Eure Weitsicht belohnen, Keyoke«, murmelte sie. Ihr Puls beschleunigte sich, als sie hinter der Hecke hervortrat und sich den Blicken der anderen offenbarte.

Der Hof war bis zum Bersten gefüllt mit einer Ansammlung von Höflingen, Bediensteten und Kriegern, die alle staubig von der Reise waren und einfache, nützliche Rüstungen trugen, nicht die stilvollen, schön verzierten, die bei offiziellen Besuchen üblich waren. Der Lord der Anasati wirkte wie ein gewaltiger Farbklecks, wie er so mitten zwischen den Farben seines Hauses und den Federbüschen der Trauer auf seiner Sänfte saß. Geduldig wartete er, seinen Berater Chumaka neben sich. Stille senkte sich über den Hof, als Mara sich näherte. Nacoya und Papewaio folgten einen Schritt hinter ihr. Die Soldaten der Anasati nahmen Haltung an, als die Lady der Acoma sich verbeugte – sie bewegte sich so wenig wie möglich, gerade genug, daß jemand von Tecumas Rang keinen Anstoß daran nehmen konnte.

»Willkommen, Vater meines Gemahls.«

»Meinen Gruß, *Tochter*,« sagte er voller Bitterkeit. »Ich sehe den Sohn meines Sohnes in Euren Armen. Darf ich ihn anschauen?«

Mara verspürte einen kleinen Stich. Die Präsentation des Enkelsohns hätte der Anlaß zu einem Fest der Freude sein sollen. Statt dessen reichte sie Ayaki in einem höchst angespannten Augenblick unausgesprochener Feindseligkeit den ausgestreckten Armen seines Großvaters. Die stark duftenden Stoffe und die scharfen Kanten der Edelsteine brachten das Kind dazu, sich unbehaglich zu winden, doch der Junge weinte nicht. Tecuma betrachtete das sture, kleine Gesicht. »Er sieht aus wie Bunto.«

Mara nickte zustimmend.

Nachdem er das Kind lange Zeit in seinen Armen gehalten hatte, gab Tecuma es in kaltem Schweigen wieder zurück. Mara reichte ihn weiter in die Obhut Nacoyas, die ihn beruhigte, wie sie viele Jahre zuvor bereits die Mutter des Jungen nach einem Trauerritual beruhigt hatte.

»Bring meinen Sohn in sein Zimmer«, sagte die Lady der Acoma. Als die alte Amme fortging, betrachtete Mara das feindselige Gesicht ihres Schwiegervaters. »Ich biete Euch die Gastfreundschaft meines Hauses.«

»Nein, Tochter.« Tecuma sprach das Wort höhnisch aus; jede Spur von Zärtlichkeit war mit Ayaki gegangen. »Ich werde meinen Fuß nicht in das Haus der Mörderin meines Sohnes setzen.«

Mara zuckte beinahe zurück. Mit großer Mühe brachte sie eine gelassene Antwort zustande: »Euer Sohn nahm sich selbst das Leben, Mylord, um seine Ehre wiederherzustellen.«

Tecuma neigte den Kopf. »Ich weiß, Mara. Aber ich kannte meinen Sohn. Er mag ungeschickt als Herrscher gewesen sein, doch nicht einmal er hätte es fertiggebracht, den Kriegsherrn und seinen eigenen Vater so zu beleidigen. Nur durch Euch konnte so etwas zustande kommen.« Etwas wie Achtung schlich sich für einen kurzen Augenblick in seine Haltung. »Ich anerkenne Eure Brillanz im Spiel des Rates, Mara von den Acoma« – seine Stimme wurde jetzt so hart wie Feuerstein –, »doch für diesen blutigen Sieg werdet Ihr eines Tages bezahlen.«

Mara sah Tecuma eindringlich an und begriff, daß Trauer und Wut ihn mehr sagen ließen als unter gewöhnlichen Umständen. Sie wappnete sich innerlich. »Mylord, ich gehorchte nur meinem Gemahl und Herrn und wiederholte vor Euch die Befehle, die er mir vor Zeugen gegeben hatte.«

Tecuma wischte mit einer wegwerfenden Handbewegung jeden Einwand beiseite. »Genug. Es ist nicht wichtig. Mein Enkel erbt den Mantel der Acoma, und er wird für ein festes Band zwischen meinem und seinem Haus sorgen.« Bei diesen Worten trat ein Mann aus seinem Gefolge hervor, ein magerer, raubtierhafter Bursche mit schrägstehenden Augen und einem Gürtel aus Caro-Fell. »Dies ist Nalgara, der sich an meiner Stelle um den Jungen kümmern wird, bis Ayaki das richtige Alter erreicht hat«, sagte der Lord.

Die Forderung traf Mara nicht unvorbereitet. »Nein, Mylord.«

Tecumas Augen zogen sich zusammen. »Ich habe das nicht gehört, was Ihr gerade gesagt habt.«

Doch Mara wußte, daß jede Entschuldigung ein Zeichen von Schwäche gewesen wäre. »Ihr werdet diesen Mann wieder mitnehmen, wenn Ihr abreist.«

Rüstungen quietschten und knarrten, als die Krieger der Anasati die Hände an ihre Waffen legten. Tecumas Arm zitterte; er war bereit, das Zeichen zum Angriff zu geben. »Weib, Ihr wagt es?«

In der Hoffnung, daß Lujan genug Zeit gehabt hatte, ihre eigenen Kompanien zu bewaffnen, wich Mara keine Handbreit von ihrer Linie ab. »Nein, Mylord. Ich verlange es.«

Tecuma ließ jetzt jede Form von Höflichkeit fallen. »Ich werde entscheiden, wie Ayakis Erbe verwaltet wird. Ich bin der Lord der Anasati.«

»Aber dies ist das Land der Acoma«, unterbrach ihn Mara.

Jetzt schwang auch in ihrer Stimme unverhüllter Zorn mit. »Der Lord der Anasati scheint zu vergessen, daß sein Sohn Lord der Acoma war. *Und die Acoma waren niemals Vasallen der Anasati, sie sind es jetzt nicht, und sie werden es auch in Zukunft nicht sein.* Euer Enkel hat den Titel des Lords geerbt. Als seine Mutter bin ich wieder die Herrscherin der Acoma, bis er alt genug ist, selbst zu regieren.«

Tecumas Gesicht verzerrte sich vor unterdrückter Wut. »Weib, wagt es nicht, mich zu verärgern!«

»Es scheint, daß Mylord ohnehin schon verärgert sind und es von geringer Bedeutung ist, was ich sage.« Mara versuchte Zeit zu gewinnen und suchte zwischen den Reihen der bewaffneten Anasati-Krieger nach dem Grün der Acoma. Doch die Gefolgschaft war zu dicht gedrängt, um einen Blick auf Lujans Männer freizugeben. Sie hatte keine andere Wahl, als fortzufahren. »Als Bunto der Lord der Acoma wurde, waren jegliche Verpflichtungen Euch gegenüber beendet, abgesehen von denjenigen, für die er sich freiwillig entschied. Ihr müßt das gewußt haben, Tecuma, *denn Euer Sohn konnte den Eid vor dem Natami der Acoma erst schwören, nachdem Ihr ihn aus der Loyalität Euch gegenüber entlassen hattet.* Zeigt mir irgendein Dokument, das Euch im Falle von Buntos Tod zum Wächter über Ayaki ernennt und mir das Recht abspricht, die Herrschaft zu übernehmen. Dann werde ich beiseite treten. Doch ohne rechtlichen Beweis seid Ihr nicht der Herrscher der Acoma.«

Ein kaum wahrnehmbares Zucken um Tecumas Lippen offenbarte eine hilflose Wut, der er keinen Ausdruck zu geben wagte.

Mara beeilte sich, ihre Argumentation zu Ende zu führen, bevor die Auseinandersetzung in offene Gewalt mündete. »Wir sind nicht vom gleichen Clan, also habt Ihr mit den Acoma nichts zu tun. Ihr habt nicht einmal das politische

Recht auf unsere Loyalität. Bunto hat sich niemals darum bemüht, unsere Bündnisse zu ändern, daher sind die Acoma noch immer Mitglied der Partei des Jadeauges, nicht der Partei der Kaiserlichen. Ihr besitzt hier keinerlei Autorität, Tecuma.« Sie vertraute jetzt blindlings auf Lujan, als sie eine Handbewegung machte, und zu ihrer außerordentlichen Erleichterung traten tatsächlich Lujan und drei Dutzend Soldaten der Acoma vor, bereit, ihre Herrin zu verteidigen. Hinter Tecumas Gruppe tauchten weitere fünfzig Soldaten auf, die ihre Kriegsrüstungen angezogen hatten, jederzeit kampfbereit, sollte es einen Grund dafür geben. Mara beendete mit einem ironischen Lächeln ihren Satz. »Ich werde wieder über die Acoma herrschen, bis Ayaki fünfundzwanzig ist.«

Der Lord der Anasati setzte zum Sprechen an, doch sein Berater Chumaka unterbrach ihn: »Mylord, sie hat recht. So lautet das Gesetz.«

Reglos ließ Tecuma einen langen Augenblick verstreichen, während seine Augen sich nachdenklich in die Ferne richteten. »Was geschieht mit dem Jungen, wenn Ihr sterbt?«

Mit ruhiger Stimme antwortete Mara: »Dann ist Ayaki Herrscher der Acoma, wie ich es wurde, bevor ich fünfundzwanzig war, ob er dazu bereit ist oder nicht.«

Tecuma machte eine kleine wegwerfende Geste, die Mara zeigen sollte, daß sie erneut nur eine Frau war, die sich allein einer Vielzahl von Feinden gegenüber sah. »Der Junge wird sicherlich sterben.«

Doch die Drohung verfehlte ihr Ziel, die junge Lady zu verunsichern. Respektvoll und aufrecht stand Mara da. »Möglicherweise durch die Hand des Lords der Minwanabi oder anderer, die sich über die Acoma erheben wollen.«

Tecuma gestand seine Niederlage ein. »Also gut, *Tochter*. Ihr habt Euren Standpunkt deutlich gemacht. Ich werde mich bemühen, Euch am Leben zu lassen, zumindest bis Ayaki mündig ist. Doch wenn Ihr irgend etwas unternehmt, das ich als Bedrohung der Anasati empfinde –«

»Droht mir nicht in meinem eigenen Haus, Vater meines Gemahls«, warnte Mara. »Ich könnte das hier und jetzt beenden.« Sie deutete auf Lujan und die Soldaten, die bereitstanden, den Befehl ihrer Herrin auszuführen. Die Überlegenheit der Acoma war jetzt erdrückend, nur etwa zwanzig Soldaten hätten den Lord der Anasati vor einem möglichen Angriff der beiden Kompanien schützen können. Wenn er noch länger auf seiner Forderung bestand, konnte er sehr schnell tot sein.

Mara betrachtete die starren Gesichtszüge ihres Schwiegervaters. »Ich habe nicht das Verlangen, mit Euch in Feindseligkeit zu leben, Tecuma. Eure Streitigkeiten mit meinem Vater waren ausschließlich politischer Natur.« Mit einem Seufzer, der mehr aussagte als Worte, schüttelte sie den Kopf. »Wir wissen beide, daß das, was ich getan habe, ebenso eine rein politische Angelegenheit gewesen ist. Solltet Ihr hier sterben … Jingu von den Minwanabi wäre ohne jeden wirklichen Gegner im Spiel. Nein, ich bitte Euch nicht, mein Verbündeter zu sein. Ich wünsche lediglich, daß Ihr nicht mein Feind seid.«

Tecuma ließ die Faust, die er bereits als Zeichen für seine Soldaten erhoben hatte, wieder sinken und entspannte die Hand. Er sah Mara scharf an. »Minwanabi … ja. Er hält sich bereits für mächtig genug, um es mit mir aufzunehmen.« Der Lord der Anasati seufzte; zumindest erkannte er die ruhige Kraft an, die von Maras Haltung ausging. »Vielleicht könnt Ihr das ändern.« Er schüttelte den Kopf. »Ich habe Euch unterschätzt. Möglicherweise ergeht es Jingu ebenso.«

Nachdem eine Minute vergangen war, ohne daß noch jemand etwas gesagt hätte, verbeugte er sich und kündigte seinen Aufbruch an. »Also gut, Mara. Ihr habt mein Wort darauf; solange

Ayaki lebt, werde ich mich Euch nicht in den Weg stellen, wenn Ihr gegen die Minwanabi vorgeht. Aber diese Versicherung gilt nicht dort, wo die Interessen der Anasati betroffen sind. Uns trennt immer noch sehr viel. Doch wenn mein Enkel eines Tages den Mantel der Acoma übernimmt, Lady, werdet Ihr erkennen, wie weit meine Erinnerung zurückreicht. Und sollte ihm vorher etwas zustoßen, werden Eure Tage von dem Augenblick an gezählt sein.«

Tecuma bedeutete seiner Gefolgschaft rasch, sich für den Marsch zurück nach Sulan-Qu aufzustellen. Der Wind zerrte an den Federbüschen der Offiziere und strich durch Maras dunkle Haare, während sie zusah, wie der Lord der Anasati und seine Begleiter den Hof verließen. Der erste Teil ihres Plans war erfolgreich gewesen. Für eine gewisse Zeit hatte sie den zweitmächtigsten Feind ihres Vaters neutralisiert; mehr noch, sie hatte aus ihm einen wenn auch noch zögerlichen Verbündeten gemacht. Es würde nicht viele im Kaiserreich geben, die es wagten, den Zorn Tecumas auf sich zu ziehen, indem sie seinem Enkel Schaden zufügten – nur die Lords der Keda, Xacatecas und Minwanabi und vielleicht noch ein oder zwei andere. Die meisten würden sich einer solchen Tat enthalten, zum Teil auch, um den Lord der Minwanabi nicht zu mächtig werden zu lassen. Durch ihre Feindschaft zu Jingu hatte Mara sich einigen Wert verschafft, auch wenn der nur darin lag, daß sie ihn beschäftigt hielt. Und trotz des Schutzes, den sie Tecuma abgerungen hatte, wußte sie, daß die Blutfehde weitergehen würde. Sie hatte den größten Widersacher ihrer Familie lediglich dazu gezwungen, vorsichtiger zu verfahren. Es würde keine stümperhaften Attentate mehr geben, dessen war sie sicher. Irgendwann würde der Angriff erfolgen, doch zum ersten Mal, seit Keyoke sie aus dem Tempel geholt hatte, konnte die Lady der Acoma das Gefühl genießen, ein bißchen Zeit gewonnen zu haben. Und die mußte sie jetzt sehr sorgsam nutzen.

Mara wandte ihre Gedanken den kommenden Aufgaben zu und entließ Lujan und die Krieger. Mit Keyoke und Papewaio an ihrer Seite kehrte sie in die Bequemlichkeit und Kühle ihres Gemaches zurück. Auf ihrem Plan stand als erstes eine Reise nach Sulan-Qu gleich am nächsten Tag, denn wenn Arakasis Information richtig gewesen war, wohnte dort in ihrem Haus eine Spionin der Minwanabi. So bald wie möglich mußte sie sich um Buntokapis Konkubine Teani kümmern.

Der ehemalige Lord der Acoma hatte sich als Wohnort nicht gerade einen der vornehmsten Stadtteile ausgesucht. Die Nebenstraße, in der das Haus lag, war ordentlich und ruhig, in angenehmer Entfernung zu den geräuschvollen Handelsstraßen, die durch die Stadt führten, und gleichzeitig waren die öffentlichen Arenen, in denen die Ringkämpfe ausgetragen wurden, von dort gut zu Fuß zu erreichen. Mara stieg aus der Sänfte, und ihre Sandalen knirschten leise auf den Ulo-Blättern, die während der trockenen Monate abfielen. Begleitet von einem kleinen Gefolge, zu dem auch Papewaio und Arakasi gehörten, trat sie auf die breite Tür zu, deren Pfosten in der Form von Kriegern geschnitzt waren, die sich zur Schlacht aufgestellt hatten. Ein merkwürdiger Diener öffnete den Laden.

Er verneigte sich tief. »Ich heiße die Lady der Acoma willkommen.«

Mara reagierte auf die Begrüßung mit einer schwachen Handbewegung und trat über die Schwelle in einen Schatten, der leicht rotgefärbt war, da das Sonnenlicht von Vorhängen gefiltert wurde. Der Geruch frischer Gewürze erfüllte die Luft, vermischt mit dem Öl der Möbel und dem Parfum einer Frau. Die vier Personen, die im Haus angestellt gewesen waren, sanken auf die Knie und warteten auf Maras Befehl. Die Lady der Acoma betrachtete jedoch die schönen Teppiche, die Waffen auf dem mit Muscheln verzierten Regal und die Truhen, die mit roten Edelsteinen geschmückt waren. Ihr Mann hatte aus dem Haus in der Stadt ein wirklich gemütliches Nest gemacht, entschied sie. Doch die Ausstattung und Dekoration des Hauses war noch von einem anderen Geschmack als nur dem ihres verstorbenen Mannes geprägt. Buntokapi hätte niemals Marmorstatuen von Nymphen in den Flur gestellt, und die Gemälde auf den Läden waren voller Blumen und eleganter Vögel; nirgendwo waren die Kampfszenen zu sehen, die er sonst immer bevorzugt hatte.

Mara wartete, bis Papewaio und Arakasi neben ihr standen. Zwar trug der erste sein Schwert ganz und gar nicht nur zum Schein, doch der zweite hatte den Offiziershelm mit Federbusch nur auf, um seine wahren Absichten zu verschleiern. Aber eigentlich benötigte Mara die Hilfe des Supais gar nicht, um die Frau zu erkennen, die das Herz ihres Mannes gewonnen hatte – damit sie für die Minwanabi spionieren konnte. Obwohl Teani sich mit dem übrigen Dienstpersonal unterwürfig verbeugte, war es unmöglich, sie für etwas anderes als die Mätresse Buntokapis zu halten.

Mara betrachtete eingehend ihr Profil und verstand die Besessenheit ihres Mannes. Die Konkubine war tatsächlich eine außerordentlich schöne Frau mit makelloser Haut und Haaren, die in der Sonne golden und rot aufblitzten – auch wenn Mara diesen Effekt eher einer künstlichen Bearbeitung denn der Natur zuschrieb. Obwohl sie auf dem Boden kniete, formte die leichte Seide ihres Gewandes eine volle, weiche Figur mit hohen und wohlgeformten, doch nicht zu großen Brüsten, einer schmalen Taille und breiten Hüften. Maras eigener Körper erschien ihr dagegen knabenhaft, und das störte sie, auch wenn es dafür keinen triftigen Grund gab. Denn Mara hatte für jede Minute, die Buntokapi nicht im Herrenhaus verbracht hatte, den Göttern gedankt. Trotzdem stimmte die überwältigende Schönheit der Frau, die er ihr vorgezogen hatte, sie jetzt verdrießlich. Eine warnende Stimme aus dem Tempel stieg plötzlich aus ihrer Erinnerung auf: »Hütet euch vor Eitelkeit und falschem Stolz.« Mara mußte beinahe lachen. Ja, sie fühlte sich in ihrer Eitelkeit gekränkt und in ihrem Stolz verletzt. Aber dennoch war das Schicksal in einer merkwürdigen und unerwarteten Weise freundlich zu ihr gewesen.

Jingu von den Minwanabi hatte diese Frau geschickt, um seinem Ziel, der Vernichtung der Acoma, näher kommen zu können. Doch statt dessen war es Teani nur gelungen, Buntokapi abzulenken und Mara die Gelegenheit zu geben, ihre eigenen Pläne sehr viel schneller in die Tat umzusetzen. Und das oberste Ziel all dieser Pläne war die Stärkung des Hauses Acoma ... und die Zerstörung der Minwanabi. Mara genoß diese Ironie in aller Stille. Wenn Teani zu ihrem Herrn zurückkehrte, durfte sie nicht wissen, daß ihre wahre Rolle entlarvt war. Jingu sollte in dem Glauben bleiben, diese Frau wäre von einer eifersüchtigen Ehegattin fortgejagt worden.

Umsichtig bedeutete Mara zweien ihrer Soldaten, an der Tür Wache zu stehen. Dann trat sie vor, achtete jedoch sorgfältig darauf, daß sie außerhalb der Reichweite eines Messers war, und sprach die immer noch auf dem Fußboden kniende Konkubine an: »Wie heißt du?«

»Teani, Mistress.« Die Frau hielt ihre Augen nach unten gerichtet.

Mara mißtraute ihrer Unterwürfigkeit. »Sieh mich an.«

Teani hob den Kopf, und Mara nahm bei ihren Kriegern ein Raunen wahr. Das goldene, herzförmige Gesicht der Konkubine bildete den Rahmen für zwei liebliche, beinahe bernsteinfarbene Augen. Ihre Gesichtszüge waren vollkommen und so süß wie der Honig in den Stöcken der Rotbienen. Doch hinter der Schönheit sah Mara etwas, das sie zögern ließ. Diese Frau war gefährlich, so gefährlich wie alle anderen, die sich am Großen Spiel beteiligten. Doch die Lady der Acoma ließ noch nicht einmal einen Hauch dieses Gedankens nach außen dringen. »Was sind deine Aufgaben?«

»Ich diente Eurem Gemahl als Zofe, Mistress«, antwortete Teani, immer noch auf den Knien.

Die Lady der Acoma lachte beinahe über die schamlose Lüge der Frau. Sich selbst Zofe zu nennen, während sie in einem Gewand vor ihr kniete, das mehr gekostet hatte als jedes, das in Maras Besitz war – ausgenommen ihre Kleidung für spezielle Zeremonien –, war eine Beleidigung der menschlichen Intelligenz. »Das glaube ich nicht«, sagte Mara brüsk.

Teanis Augen zogen sich leicht zusammen, doch sie sagte nichts. Plötzlich verstand Mara: Einen kleinen Augenblick hatte die Konkubine sich gefragt, ob ihre Rolle als Spionin entdeckt worden war. Mara wollte ihr jeden Verdacht nehmen und richtete ihre Fragen jetzt auf die anderen: »Was habt ihr für Aufgaben?«

Es stellte sich heraus, daß unter ihnen ein Koch, ein Gärtner und eine Zofe waren, was Mara allerdings bereits aus Jicans Mitteilungen erfahren hatte. Sie gab diesen dreien den Befehl, sich zum Gut zu begeben und vom Hadonra neue Aufgaben entgegenzunehmen. Sie verschwanden augenblicklich, als wären sie erfreut darüber, der folgenden Auseinandersetzung zwischen der Frau ihres verstorbenen Herrn und seiner Geliebten nicht beiwohnen zu müssen.

Als der Raum leer war bis auf Mara, Teani und die Soldaten, wandte sich Mara wieder an die Mätresse. »Ich fürchte, wir haben auf dem Herrenhaus keinen Bedarf an Euren Diensten.«

Teanis Gesichtsausdruck blieb bewundernswert unverändert. »Habe ich meine Herrin verärgert?«

Mara unterdrückte das Verlangen zu lächeln. »Nein, im Gegenteil, Ihr habt mir in den letzten Monaten viele Schmerzen, Unannehmlichkeiten und Verstimmungen erspart. Doch ich bin, was meinen Geschmack betrifft, nicht so unternehmungslustig wie einige Damen der großen Häuser; mein Appetit richtet sich nicht auf Mitglieder meines eigenen Geschlechts.« Sie blickte auf den noch schwach zu erkennenden Fleck auf Teanis Hals. »Ihr scheint die Vorliebe meines Mannes für … deftiges Vergnügen geteilt zu haben. Auf meinem Gut wären Eure Fähigkeiten nur verschwendet – es sei denn, Ihr möchtet gern meine Soldaten unterhalten.«

Teanis Kopf zuckte leicht, doch sie verhinderte, daß ihr Atem vor Wut zischend den Lungen entfuhr. Wider Willen mußte Mara ihrem Verhalten Bewunderung zollen. Sie hatte eine üble Beleidigung ausgesprochen. Als Kurtisane oder Mätresse besaß Teani eine gewisse Berechtigung und Legitimation in der Gesellschaft der Tsurani. In alten Zeiten hatte die tsuranische Kultur nur wenige Unterschiede zwischen der Kurtisane und der Frau eines Lords gekannt. Hätte Mara vor ihrem Ehemann den Tod gefunden, wäre es einer Kurtisane möglich gewesen, als Nachfolgerin in das Haus der Acoma einzuziehen. Und wenn Teani sowohl die Frau und den Herrn überlebt hätte, wären ihr als zum Haus gehörender, ständiger Mätresse bestimmte legale Rechte und Erbschaftsprivilegien sicher gewesen. Eine Frau der Ried-Welt genoß großes Ansehen als so etwas wie eine Handwerkerin oder sogar Künstlerin in den verschiedenen Spielarten des Vergnügens. Doch eine Soldatendienerin war eine Frau der niedrigsten Stufe. Frauen, die den Armeen des Kaiserreiches folgten, galten überall als Ausgestoßene und wurden verachtet, außer im Kriegslager. Diese Frauen besaßen keine Ehre. Mara hatte Teani eine Hure genannt, und wären die beiden Frauen Krieger gewesen, hätte sie jetzt um ihr Leben kämpfen müssen.

So starrte die Konkubine Mara lediglich an. Sie bemühte sich, wenigstens so viel Selbstkontrolle zustande zu bringen, daß sie überzeugend wirkte, und preßte ihren Kopf tief auf den Boden, bis die rotgoldenen Haare beinahe die Sandalen ihrer Herrin berührten. »Mylady, ich glaube, Ihr beurteilt mich falsch. Ich bin eine geübte Musikerin und verstehe etwas von der Kunst der Massage und der Unterhaltung. Ich beherrsche die sieben Arten, den Körper von Schmerzen und Qualen zu befreien: durch Druck, Streicheln und Reiben, mit Hilfe von Kräutern, Rauch oder Nadeln und durch Einrenken der Gelenke. Ich kann aus dem Gedächtnis Passagen aus den Sagas zitieren, und ich kann tanzen.«

Zweifellos besaß die Frau all die genannten Fähigkeiten, auch wenn Buntokapi wahrscheinlich wenig mehr als eine gelegentliche Massage genossen oder dann und wann einem Lied gelauscht hatte, bevor er mit ihr in die sexuelle Lust eingetaucht war. Doch Teani war auch eine Spionin und sehr wahrscheinlich eine geübte Attentäterin. Nun, da Buntokapi tot war, benötigte sie nur noch eine Gelegenheit, ihren Minwanabi-Herrn von Mara und Ayaki zu befreien und damit das Haus der Acoma für immer zu vernichten.

Die Furcht vor den Schachzügen Jingus veranlaßte Mara zu einer scharfen Antwort. Sie verweigerte Teani jede höfliche Geste und gestattete ihr noch nicht, sich aufzurichten. »Ihr werdet wenig Schwierigkeiten haben, eine neue Stellung zu finden. Eine Dienerin, die mit solchen Talenten gesegnet ist wie den Euren, wird sicherlich leicht das Wohlgefallen irgendeines großen Lords erregen, eines Lords, der begierig darauf sein wird, Euch an seiner Seite zu haben. In einer Stunde wird ein Makler hier erscheinen und das Haus schließen, um mit den Vorbereitungen zum Verkauf des Gebäudes und der Möbel beginnen zu können. Ich gestatte Euch, an Geschenken meines Mannes einzupacken, was Euch beliebt, und fordere Euch auf, dann schnell zu verschwinden. Denn von den Acoma wird nichts noch länger hierbleiben.« Sie hielt inne und betrachtete Teanis volle, runde Kurven mit Zufriedenheit. »Und natürlich darf für den neuen Besitzer kein unnützes, wertloses Zeug zurückbleiben.«

Mara drehte sich um und ging durch die Tür hinaus, als hätte sie die Konkubine, die sie gerade fortgeschickt hatte, schon weit aus ihren Gedanken verbannt. So sahen nur die aufmerksamen Augen Arakasis, wie Teani ihre eiserne Beherrschung verlor, die sie zur Täuschung ihrer Herrin aufrechterhalten hatte. Blanker Haß trat in das Gesicht der jungen Frau, und ihre Schönheit verwandelte sich in etwas Brutales, das dunkel, verzerrt und tödlich war. In diesem Augenblick begriff Arakasi, daß sie die Beleidigungen durch Mara von den Acoma in sorgfältiger Erinnerung behalten und sich für jede einzelne rächen würde.

Der Supai berief sich auf die Autorität, die der Offiziers-Federbusch ihm verlieh, und ergriff die Initiative, indem er zwei Kriegern befahl, die Anordnung ihrer Herrin zu überwachen. Dann schlüpfte er, noch bevor Teani ihre Wut wieder soweit im Griff hatte, um sich an sein Gesicht erinnern zu können, rasch durch die Tür hinaus ins Freie.

Draußen eilte er zu seiner Herrin. »Ist sie es?« fragte Mara.

Arakasi löste das Kinnband seines Helms, damit er mit ihr sprechen konnte, ohne daß jemand etwas davon mitbekam. »Allerdings, Mylady. Teani ist die Spionin. Bevor sie in der Stadt erschien, war sie eine Favoritin des Lords der Minwanabi und seine regelmäßige Bettgenossin. Warum ausgerechnet sie ausgewählt wurde, Lord Buntokapi auszuspionieren, ist mir nicht klar, doch sie muß ihren Herrn überzeugt haben, daß es seinen Interessen dienlich sein würde.« Sie erreichten die Sänfte. Das

Rascheln der dürren Blätter bewahrte sie davor, zufällig belauscht zu werden. Selbst noch in der ruhigsten Seitenstraße hielt Arakasi seine gewohnheitsmäßige Vorsicht aufrecht. Als er Mara in die Kissen half, flüsterte er: »Was Teani getan hat, bevor sie in den Dienst der Minwanabi trat, weiß unser Spion nicht.« Er warf einen bedeutungsvollen Blick auf das Haus. »Ich werde ruhiger schlafen, wenn meine Männer die Gelegenheit hatten, mehr über sie herauszufinden, denn ich fürchte, Ihr habt Euch heute eine Feindin gemacht, Lady. Nur ich sah den Ausdruck in ihren Augen, als Ihr hinausgegangen seid. Es war Mordlust.«

Mara ließ ihren Kopf zurücksinken und hielt die Augen halb geschlossen. Ob es klug war oder nicht, sie schob die Angelegenheit von sich, denn der nächste Schritt in ihren Plänen erforderte ihre ganze Aufmerksamkeit. »Tötet mich aus Pflichtgefühl, tötet mich aus persönlichen Gründen, das Risiko bleibt doch immer das gleiche.«

Ihr schlanker Körper versteifte sich etwas bei der ruckartigen Bewegung, als die Sklaven die Sänfte emporhoben. Arakasi schritt neben ihr her, ebenso wie Papewaio auf der anderen Seite. »Ihr irrt, Mylady«, murmelte er über das Stampfen der marschierenden Füße hinweg. »Wenn die Entschlossenheit sich nur auf Pflichterfüllung gründet, mögen einige scheitern. Aber geht es um Rache für eine persönliche Beleidigung, ist der Tod für viele keine Bedrohung, solange der Feind mit ihnen stirbt.«

Mara öffnete verärgert die Augen. »Ihr wollt also sagen, daß ich mich dumm verhalten habe?«

Arakasi zuckte vor ihrer Bemerkung nicht zurück. »Ich versuche Mylady nur nahezulegen, ihre Worte in Zukunft mit etwas mehr Bedacht zu wählen.«

Mara seufzte. »Ich werde mir Euren Rat zu Herzen nehmen. Wenn Keyoke dabei gewesen wäre, hätte er sich wahrscheinlich die ganze Zeit mit dem Daumen am Kinn gekratzt.«

»Das ist Papewaios Angewohnheit«, sagte Arakasi offensichtlich verwirrt.

Seine Herrin lächelte. »Ihr seid ein hervorragender Beobachter. Eines Tages werde ich Euch dieses Warnzeichen erklären. Doch jetzt laßt uns nach Hause gehen, dienstältester Offizier, denn die Hitze nimmt immer mehr zu, und es gibt noch viel, um das ich mich kümmern muß.«

Arakasi salutierte galant. Mit einer gewissen Dreistigkeit in seiner Rolle eines Befehlshabers der Acoma – alle wußten von seinem unbeholfenen Umgang mit dem Schwert – befahl er den Wachen, auf dem Rückweg zum Herrenhaus die Sänfte zu umringen.

Als der späte Nachmittag purpurne Schatten auf die Steinplatten warf, entfernte sich noch eine andere Sänfte durch das Nordtor aus Sulan-Qu. Als sie erst einmal auf der Kaiserlichen Straße waren, wandten sich die Träger mit den Abzeichen der Trägergilde in Richtung der Heiligen Stadt. Sie gingen in gemäßigtem Tempo, als hätte die Kundin hinter den Vorhängen um eine kleine Aussichtstour und etwas frische Luft in der offenen Landschaft gebeten. Als sie nach zwei Stunden den Befehl zu einer Pause gab, versammelten sich die Träger in einiger Entfernung zur Landstraße. Sie alle waren Freie, Mitglieder der Trägergilde, die von denen gemietet wurden, die keine eigene Sänfte mit Sklaven zur Verfügung hatten. Den Trägern stand laut Vertrag das Recht auf eine Pause von einer Stunde zu, und so kauten sie auf der leichten Kost herum, die sie in ihren Hüfttaschen trugen, und flüsterten bewundernd über die Frau, die sie für diese Reise angeheuert hatte. Sie war nicht nur verblüffend schön, sondern sie hatte ihnen auch eine sehr gute Bezahlung für etwas geboten, das sich bisher als außerordentlich einfache Arbeit erwiesen hatte.

Gerade trat ein Topfhändler aus dem Verkehrsstrom der Straße. Seine Waren baumelten an Riemen und Schnüren von einem langen Stab, den er auf der Schulter trug. Er blieb neben der Sänfte stehen, offensichtlich rang er nach Atem. Sein kantiges Gesicht war rot vor Erschöpfung, und seine Augen beobachteten rasch und genau. Die Frau hinter dem Vorhang war von dem Klappern seiner Waren neugierig geworden und winkte ihn näher zu sich heran. Sie tat so, als untersuchte sie einen der Töpfe. »Ich bin froh, daß Ihr Sulan-Qu noch nicht erreicht habt. Es hätte die Dinge nur noch schwieriger gemacht«, sagte sie zu ihm.

Der Händler betupfte mit einem Stück feinem Seidenstoff seine Stirn. »Was ist geschehen?«

Die Frau kräuselte ihre hübschen Lippen und ließ den Topf mit einem schrillen Klang fallen. »Wie ich vermutete. Die Acoma-Hexe weigerte sich, mich in ihren Haushalt zu übernehmen. Jingu war ein Narr, daß er das für möglich gehalten hat.«

Der Topfverkäufer, der gar kein Händler war, reagierte verärgert und untersuchte das Stück nach angeschlagenen Stellen. Als er keine fand, schien seine Miene sich wieder aufzuhellen. »Der Lord der Minwanabi hört auf keinen Rat außer seinem eigenen.«

Die Frau fuhr mit einem exquisit manikürten Fingernagel über die kunstvoll emaillierten Verzierungen eines Wasserbehälters. »Ich werde an Jingus Seite zurückkehren. Er wird den Rückschlag bei seinem Versuch, eine Spionin in das Haus der Acoma zu schleusen, bedauern, doch er wird mich vermißt haben.« Ihre Lippen verzogen sich zu einem verträumten Lächeln. »Es gibt einiges, das er vermißt hat, während ich weg war. Keines der anderen Mädchen hat meine ... Fähigkeiten.«

»Vielleicht mangelt es ihnen auch einfach nur an Eurer

Kühnheit, sie einzusetzen, Teani«, meinte der Topfhändler trocken.

»Genug.« Die Konkubine warf ihre goldbraunen Haare zurück, und der Umhang verrutschte. Ein kurzer Blick auf das, was darunter lag, brachte den Händler zum Lächeln, als er den Gegensatz zwischen der erstaunlichen Schönheit dieser Frau und ihrer unerwarteten Grausamkeit bemerkte. Teani, die seinen Ausdruck irrtümlich für männliche Begierde hielt und sich darüber amüsierte, brachte ihn wieder in die Gegenwart zurück. »Buntokapi war Jingu niemals von Nutzen. Mara hat immer die Kontrolle behalten, und sie war so schlau, ihren Lord dies erst erkennen zu lassen, als es bereits zu spät war. Richtet unserem wahren Meister aus, daß ich wieder in das Haus der Minwanabi zurückkehren und ihm an Informationen senden werde, was immer ich kann.«

Der Händler nickte und rieb mit schwielenlosen Fingern über das Holz seines Stabes. »Das ist gut. Ich trage diese verdammten Keramikwaren, seit ich heute morgen die Flußbarke unseres Herrn verlassen habe, und ich bin froh darüber, die Scharade beenden zu können.«

Teani sah ihn eindringlich an, als würde sie es genießen, wenn er sich unwohl fühlte. »Gebt mir den Behälter«, murmelte sie. »Die Träger müssen glauben, daß ich einen Grund hatte, mit Euch zu sprechen.«

Der Mann nahm den Wasserbehälter vom Haken. Emaille blitzte grell im Sonnenlicht auf, als er ihn der Frau mit unverhohlen ironischer Geste reichte. »Einer weniger zu schleppen.«

»Warum seid Ihr selbst gekommen?«

Der Händler zog eine Grimasse, denn der Stab drückte unbarmherzig auf seine Schulter, und er konnte nicht nach hinten greifen, um sich an einer juckenden Stelle zu kratzen. »Ich wagte nicht, jemanden sonst mit dieser Aufgabe zu betrauen.

Als wir auf der Barke meines Herrn letzte Nacht die Stadt verließen, fuhren wir nur wenige Meilen flußaufwärts und banden das Boot dann fest. Er vermutete, Ihr würdet immer noch in dem Haus verweilen, daher meine Verkleidung. Niemand von uns hätte gedacht, daß Lady Mara so erpicht darauf sein würde, sich von Buntokapis Besitz in der Stadt zu trennen. Sie hat schließlich erst gestern den Hain der Besinnung verlassen.«

Teani blickte zu dem Brunnen, an dem die Träger saßen und miteinander plauderten. Sie deutete mit dem Kopf in ihre Richtung. »Ich glaube, Ihr solltet lieber alle töten lassen. Einer von ihnen könnte von unserer Begegnung berichten.«

Der Händler betrachtete die acht Männer am Brunnen. »Es wird zwar eine unappetitliche Angelegenheit, aber das ist immer noch besser als die Entdeckung zu riskieren. Außerdem, wie kann die Trägergilde Euch dafür verantwortlich machen, wenn Ihr auf der Kaiserlichen Straße von Räubern angegriffen werdet? Ich werde die nötigen Vorkehrungen treffen lassen, kurz bevor Ihr den Besitz der Minwanabi erreicht, damit Ihr gleich in die Sicherheit von Jingus Armen eilen könnt. Und jetzt zu den Anweisungen unseres Herrn: Trotz allem, was geschehen ist, soll Lady Mara in Ruhe gelassen werden.«

Teani versteifte sich vor Überraschung. »Nach dem Mord an Buntokapi?«

»Unser Herr befiehlt es. Wir dürfen uns jetzt nicht länger unterhalten.« Mit einer Mimik, die von echtem Abscheu zeugte, hievte der Händler die klappernden Waren auf die andere Schulter.

Teani saß nur still da, als er ging; ihre sonst von Berufs wegen beherrschte Haltung war dahin. Mara von den Acoma erweckte eine persönlichere Wut, einen tieferen Haß in ihr als jeder andere Mensch, den sie zuvor gekannt hatte. Die Konkubine machte sich nicht die Mühe, den Grund herauszufinden.

Sie war die Tochter einer Frau aus der Ried-Welt, war mit sechs Jahren auf der Straße gelandet und hatte nur kraft ihres Verstandes überlebt. Ihre ungewöhnliche Schönheit hatte ihr schnell die Aufmerksamkeit der Männer eingebracht, und mehrere Male war sie nur knapp irgendwelchen Sklavenhändlern entgangen, obwohl sie kein Verbrechen begangen hatte, das eine solche Verurteilung hätte rechtfertigen können. Aber in den schmutzigeren Straßen des Kaiserreiches wurden die Feinheiten des Gesetzes schnell beiseite geschoben, wenn es um Geld ging. Teani hatte früh begriffen, daß die Ehre einigen Männern nichts bedeutete. Sie hatte Mißbrauch lange vor der Liebe kennengelernt und mit zwölf zum ersten Mal ihren Körper verkauft, an einen Mann, der sie zwei Jahre in seinem Haus behielt. Er hatte eine kranke Seele gehabt und Gefallen daran gefunden, die Schönheit mit Schmerzen zu quälen. Zuerst hatte Teani sich gewehrt, doch dann lehrte das Leiden sie, die Unannehmlichkeiten zu ignorieren. Schließlich hatte sie ihren Peiniger getötet, doch die Erinnerung an die Qual blieb bei ihr, wurde zu etwas Gewohntem, das sie verstand. Danach war sie mit Hilfe ihrer Schönheit und ihres angeborenen Verstandes die soziale Leiter emporgeklettert, hatte einen Wohltäter nach dem anderen gewählt, jeder noch reicher und mächtiger als der vorherige. Sieben Jahre diente sie jetzt schon ihrem gegenwärtigen Herrn, wenn auch niemals im Bett, wie es bei den anderen gewesen war. Dieser Lord blickte durch ihre liebliche Schönheit und die grausamen Leidenschaften hindurch und erkannte den steinernen Haß, der Teani in Wirklichkeit antrieb. Er setzte diese Eigenschaften erfolgreich gegen seinen Feind, den Lord der Minwanabi, ein und war niemals der Versuchung erlegen, ihre Beziehung zu etwas anderem zu machen als einer geschäftlichen Verbindung zu seinem Nutzen. Dafür zollte die Konkubine ihm ihre Loyalität, denn dieser Herr war einzigartig unter denen, die sie auf der langen Straße ihres Lebens getroffen hatte.

Doch nur Buntokapi hatte sie als Person berührt. Vor der Begegnung mit ihm hatte Teani wenig echtes Interesse an den Männern gehabt, mit denen sie geschlafen oder die sie ermordet hatte. Wenn der Lord der Acoma auch einem Porina-Bär in seiner Suhle geähnelt hatte, sogar bis zu dem Punkt, daß er genauso gestunken hatte, und wenn er auch noch mit dem Schweiß von den Ringkämpfen auf seiner Haut zu ihr geeilt war, um sie zu lieben, so hatte er sie zumindest doch verstanden. Buntokapi hatte ihr den Schmerz gegeben, den sie zum Überleben brauchte, und die Liebe, die sie in all den achtundzwanzig Jahren ihres Lebens niemals gekannt hatte. Teani zitterte leicht bei der Erinnerung an seine Hände, die sich auf dem Höhepunkt seiner Lust in ihr weiches Fleisch gekrallt hatten. Sie hatte ihre Nägel in seinen Rücken gegraben, ihn gelehrt, selbst Schmerz zu genießen. Doch Mara von den Acoma hatte all dem ein Ende gesetzt.

Teanis Finger preßten sich um das helle Emaille des Wasserbehälters, während der Zorn in ihrem Innern anschwoll. Buntokapi war ein Opfer vieler Fallen geworden, die zu seinem Tode geführt hatten, ruiniert durch seine natürliche Tendenz, die Ehre höher als das Leben zu schätzen. Teani verstand nichts von Ehre … aber dafür um so mehr von Rivalität. Diese Hündin von einer Frau – unschuldig wie ein Baby, dachte Teani angeekelt. Wie gern würde sie die kühle Fassade der Lady zerbrechen – und wie leicht! Welches Vergnügen würde die Konkubine daran finden, Mara stundenlang, vielleicht tagelang zu quälen, bevor sie sie zu Turakamu schickte. Teani leckte sich die Lippen, die Hitze brachte sie etwas ins Schwitzen. Allein die Vorstellung, wie sie die Lady der Acoma beherrschte, brachte ihr mehr Vergnügen, als sie beim Sex gehabt hatte, mit welchem

Mann auch immer. Doch die schändliche Weise, wie Mara sie aus dem Haus in der Stadt verjagt hatte, machte jede sofortige Rache zunichte. Jetzt hatte Teani keine andere Wahl, als erst einmal ihren Posten als Spionin im Haushalt Jingus wieder einzunehmen. Der feiste Lord der Minwanabi stieß sie ab, und es würde schwer werden, sein kriecherisches Wesen wieder zu ertragen, doch er und die Acoma waren unversöhnliche Feinde. Durch ihn wollte Teani ihre Genugtuung in die Wege leiten. Mara würde sterben, langsam und qualvoll oder zumindest in Schande, wenn es keine andere Möglichkeit gab. Daß der wahre Herr der Konkubine etwas anderes angeordnet hatte, tat nichts zur Sache. Teani hatte ihre Arbeitgeber bereits in der Vergangenheit mehrmals gewechselt.

Bei diesem Gedanken warf sie den Wasserbehälter kräftig auf die Kissen und gab ihren Trägern ein Zeichen, zu ihr zurückzukehren. Als sie die Straße überquerten, geriet der kräftige, grobe Körper des Anführers in ihren Blick. Er hatte schöne Muskeln und etwas Herrisches beim Gehen. Teani war von der Aussicht auf Gewalt und Rache erregt, und sie entschied, in einem abgeschiedenen Hain weiter vorn an der Straße anhalten zu lassen. Sie würde sich etwas Unterhaltung gönnen; der Mann und seine Kameraden würden ohnehin sterben – und sie vorher nicht noch für ihr Vergnügen zu benutzen wäre reine Verschwendung von gutem Fleisch. Abgesehen davon würden ein paar zusätzliche Flecken auf Gesicht und Körper Jingu überzeugen, daß wirklich Banditen sie mißhandelt hatten, und keinen Verdacht in ihm aufkommen lassen. Während Teani so nachdachte, zitterte sie vor Erwartung, als die Träger die Sänfte emporhoben und ihre Reise zur Heiligen Stadt wieder aufnahmen.

Ein Stück weiter die Straße hinunter blieb der Topfverkäufer stehen, als wolle er das Geld zählen, das die schöne Lady ihm gegeben hatte. Er lugte unter der breiten Krempe seines Hutes hervor und sah zu, wie die Sänfte sich entfernte, während er immer noch darüber sinnierte, was die Frau wohl so lange trödeln ließ, bevor sie die Träger zu sich rief. Die möglichen Tagträume eines Wesens wie Teani waren keine angenehme Vorstellung. Mit einem grunzenden Laut der Abscheu verlagerte er das Gewicht der Töpfe. Er war derjenige gewesen, der seinen Herrn davon überzeugt hatte, daß ihre Fähigkeiten weit über das Bett hinausreichten, und in der Vergangenheit hatte sich dieses Urteil gut ein Dutzend mal bezahlt gemacht. Doch in letzter Zeit zeigte Teani Anwandlungen von Unabhängigkeit, eine Tendenz, die Anordnungen auf ihre eigene Weise auszulegen. Allein auf der staubigen Straße, mitten im lärmigen Krach des vorübereilenden Verkehrs versuchte der unechte Händler abzuwägen, ob diese Eigenschaft wohl ein wachsendes Risiko bedeutete. Er beruhigte seine Unsicherheit in der üblichen Weise mit genau abgewogenen Argumenten: wie auch immer, Teani konnte den Minwanabi nur Unannehmlichkeiten bereiten. Wenn sie ihre Loyalität den Minwanabi anbot, würde Jingu im besten Fall eine Dienerin von zweifelhafter Glaubwürdigkeit erhalten. Abgesehen davon konnte man sie immer noch aus dem Verkehr ziehen, bevor sie zu einem echten Problem werden würde.

Verärgert über das Gewicht des Stabes, der in seine Schulter schnitt, wandte sich Chumaka, Erster Berater des Lords der Anasati, gen Sulan-Qu. Es würde für sie von Vorteil sein, daß sie Teani zurück in den Haushalt der Minwanabi schickten. Wenn sie auch alle überrascht hatte, indem sie in Buntokapis Haus aufgetaucht war, so glaubte Chumaka, daß die Dinge jetzt einen besseren Lauf nehmen würden. Sein Herr würde nicht mit ihm übereinstimmen, aber andererseits hatte sein Herr ja auch gerade erst einen Sohn verloren. Chumaka bewertete das nicht besonders hoch. Er hatte niemals viel für Bunto übrig gehabt, und wenn auch das Mädchen von den Acoma viel talentierter war als bisher angenommen, so waren doch die Minwanabi die wirkliche Bedrohung. Die Dinge im Hohen Rat kamen in Bewegung, und die Spannung des Spieles wuchs, während der Feldzug des Kriegsherrn auf Midkemia weiterging. Die genauen Einzelheiten einer Intrige brachten Chumakas Blut immer in Wallung. Götter, wie liebe ich die Politik! dachte er, während er die Straße entlangschritt. Es war ihm beinahe fröhlich zumute, und so begann er das Klappern seiner Waren mit lautem Pfeifen zu übertönen.

Nach ihrer Rückkehr von Sulan-Qu berief Mara eine Versammlung ein. All jene, die ihr am nächsten standen und zu ihren engsten Vertrauten zählten, trafen sich in ihrem Zimmer, während die kühle Dämmerung die Äcker und Thyza-Felder verschleierte. Nacoya saß zu ihrer Rechten; sie hatte als Schutz vor Turakamu, in dessen Domäne ihr verstorbener Herr eingetreten war, einen roten Schal um ihre Haare gebunden. Körbe mit rotem Schilf waren vor jede Tür des Herrenhauses gestellt worden, um auf die Trauerphase aufmerksam zu machen und die Augen des Roten Gottes von den Trauernden abzulenken.

Mara trug offizielle Kleidung in derselben Farbe, doch ihre Haltung hatte ganz und gar nichts Bekümmertes oder Wehmütiges an sich. Aufrecht und stolz saß sie da, als Jican, Keyoke, Papewaio, Lujan und Arakasi sich vor ihr verbeugten und auf den Kissen Platz nahmen, die für sie in einem Kreis auf dem Boden ausgelegt worden waren.

Als der letzte von ihnen sich niedergelassen hatte, blickte die Lady der Acoma sie der Reihe nach einzeln an. »Wir wissen, was geschehen ist. Niemand braucht jemals wieder davon zu sprechen. Doch bevor wir das Andenken Buntokapis für alle Zeit begraben, möchte ich noch eines sagen. Die Verantwortung dafür, was geschehen ist, und auch die Verantwortung dafür, was noch geschehen wird als Resultat dessen, was geschehen ist, liegt ganz allein bei mir. Niemand von denen, die den Acoma dienen, muß auch nur einen Augenblick lang fürchten, ehrlos gehandelt zu haben. Wenn in irgendwelchen Winkeln im Kaiserreich von Unehre geflüstert wird, trage allein ich die Last der Scham dafür.« Damit zog Mara das Tuch des Schweigens über ihren toten Mann. Niemals würden sie sich wieder fragen, ob sie ihren rechtmäßigen Herrn verraten hatten.

Beinahe abrupt wandte Mara sich anderen Angelegenheiten zu. Eigentlich schmeichelte die rote Farbe ihr, doch die tief gerunzelte Stirn verfinsterte ihr Gesicht, als sie sich an Keyoke wandte: »Wir müssen schnell neue Soldaten rekrutieren. Die Minwanabi haben einen Rückschlag erlitten, und ihre Pläne sind zunichte gemacht worden, doch wir müssen die Zeit, die uns zur Verfügung steht, nutzen und unsere Position ausbauen.«

Der Kommandeur nickte mit seinem üblichen ausdruckslosen Gesicht. »Das ist möglich, wenn wir jeden verfügbaren jüngeren Sohn zu uns rufen und alle von ihnen reagieren. Einige werden jedoch dem Ruf anderer Häuser folgen. Noch immer sind die Lords der Minwanabi und Kehotara damit beschäftigt, die dreihundert Männer zu ersetzen, die sie vor einigen Monaten zu uns geschickt hatten. Ich denke, wir können mit Sicherheit davon ausgehen, daß wir innerhalb der nächsten zwei Monate zweihundert neue Krieger erhalten – wenn es auch unerfahrene Jungen sein werden. Die anderen dreihundert, nach denen Ihr fragtet, werden wohl noch ein weiteres Jahr in Anspruch nehmen.«

Mara mußte sich mit dieser Antwort zufrieden geben; Buntokapi hatte beträchtliche Schulden hinterlassen, und Jican hatte erklärt, daß etwas Zeit nötig sein würde, das Vermögen des Hauses wieder auf den alten Stand zu bringen. Zu dem Zeitpunkt, da die Rekrutierung neuer Soldaten abgeschlossen sein würde, mußte sich auch die Finanzlage genug stabilisiert haben, um die Ausgaben für die Ausbildung neuer Krieger bezahlbar zu machen. Zudem würden dank der zaghaften Allianz mit den Anasati nur wenige wagen, die Acoma anzugreifen, und ganz sicher keiner davon offen.

Wie immer hatte Nacoya eine Warnung vorzubringen: »Mistress, wenn die Acoma an Verbündeten und militärischer Stärke gewinnen, müßt Ihr Euch ganz besonders vor indirekten Angriffen hüten.«

Arakasi stimmte ihr zu. »Mistress, an dem Tag, da Eure Trauerzeit offiziell endet, werdet Ihr ganz sicherlich von Ehemaklern Einladungen erhalten, die sie im Auftrag des einen oder anderen Bewerbers aussprechen. Wenn einige der ehrenwerten Söhne aus edlen Häusern herkommen, sind ganz sicher auch Spione der Minwanabi darunter.«

Mara dachte mit entschlossener Miene darüber nach. »Dann müssen wir sicherstellen, daß diese Spione nichts herausfinden, das es wert ist, ihren Herren berichtet zu werden.«

Das Treffen ging noch eine Zeitlang weiter, und Mara fühlte sich immer sicherer in ihre frühere Rolle als Herrscherin der Acoma ein. Als die Dunkelheit sich vertiefte und schweigende Sklaven die Lampen anzündeten, waren die Entscheidungen gefällt und neue Nachrichten besprochen; während der Spanne zwischen Einbruch der Nacht und Mitternacht war mehr Geschäftliches erledigt worden als während der gesamten Dauer von Buntokapis Herrschaft als Lord der Acoma. Schließlich erhob Jican sich mit einem Seufzer deutlicher Zufriedenheit. Welche persönliche Schuld oder Erleichterung die anderen wegen Buntokapis Tod verspüren mochten, blieb verborgen, als sie aufstanden und hinausgingen.

Als Nacoya, die etwas langsamer als die übrigen war, sich steif von ihren Kissen erheben wollte, winkte Mara sie spontan zurück. Die anderen hatten schon beinahe die Tür erreicht, doch sie hielten ehrerbietig inne, da Mara noch etwas von ihnen wollte.

Etwas Schelmisches blitzte in den Augen der Lady auf, als sie die erwartungsvollen Gesichter betrachtete. »Was würdet Ihr davon halten, wenn ich Nacoya offiziell zur Ersten Beraterin ernenne?«

Die alte Amme rang laut nach Atem, und Keyoke ließ ein seltenes Grinsen sehen.

»Die Stelle war seit Jajorans Tod unbesetzt«, erklärte Mara. Ihre Erheiterung vertiefte sich, als Nacoya, die niemals um Worte verlegen war, nur lautlos wie ein Fisch den Mund auf und zu machte.

Arakasi antwortete als erster; galant verbeugte er sich vor der betagten Frau. »Die Beförderung und die Ehre entsprechen Euren Jahren, alte Mutter.«

Lujan gab einen seiner verwegenen Kommentare zum besten, doch Papewaio hatte Nacoya gekannt, seit er ein kleiner Junge gewesen war, und er erinnerte sich noch sehr gut an ihre Güte. In absoluter Vernachlässigung des Anstands hob er die alte Frau hoch und wirbelte sie im Kreis durch die Luft.

»Nun geht und feiert«, rief Mara über die verwirrten Freudenschreie ihrer früheren Amme hinweg. »Niemals hat jemand aus der Dienerschaft der Acoma eine Beförderung mehr verdient als du.«

»Ich werde diese Erfahrung erst einmal verarbeiten müssen«, meinte Nacoya atemlos. Papewaio ließ sie herunter, vorsichtig, als wäre sie aus dem Glas, das die Cho-ja anfertigten; und als Keyoke, Arakasi, Jican und ein lachender Lujan sich um die Erste Beraterin drängten und sie umarmten, erkannte

Mara, daß sie in diesem Haus solche Freude seit dem Tod ihres Vaters nicht mehr gesehen hatte. Lashima, gib mir die Weisheit, damit sie von Dauer ist, betete sie; denn die Bedrohung durch die Minwanabi war noch nicht beendet, sondern nur zunächst durch eine unsichere Allianz zurückgedrängt.

Die traditionelle Trauerphase ging ihrem Ende zu, und die Priester Turakamus kamen, um das rote Schilf zu verbrennen, das seit drei Wochen in den Körben vor den Türen lag. Rauch hing noch immer über den Feldern der Acoma, als der erste Ehemakler eintraf, und innerhalb eines Tages lagen drei schmuckvoll geschriebene, mit Wachssiegeln versehene Petitionen in Maras Arbeitszimmer. Froh darüber, endlich eine andere Farbe als Rot tragen zu können, rief sie Nacoya und Arakasi herbei und besah sich das erste Pergament. Ein nachdenklicher Ausdruck trat auf ihr Gesicht. »Es scheint, daß der Lieblingshund unseres Freundes Minwanabi einen unverheirateten Sohn besitzt. Was wißt Ihr von ihm?«

Arakasi, der neben ihr saß, nahm das Dokument entgegen. Das Pergament war parfümiert, und der Geruch kämpfte gegen den der Akasi-Blüten hinter dem Fensterladen. »Bruli von den Kehotara. Sein Vater, Mekasi, versuchte zweimal ihn zu verheiraten, doch beide Angebote schlugen fehl. Jetzt dient der Junge in der Armee seines Vaters als Patrouillenführer, wenn er auch offensichtlich nicht gerade ein brillanter Taktiker ist. Seit er das Kommando übernommen hat, hat seine Gruppe nicht mehr als die üblichen Pflichten der Garnison ausgeführt.« Der Supai tippte mit dem Finger auf das Pergament, und ein schwaches Lächeln huschte über sein Gesicht. »Ich würde ihn aber nicht als dumm abstempeln. Wir können sicher sein, daß seine Werbung nur dazu dient, in seiner Gefolgschaft einen Spion der Minwanabi oder sogar einen Attentäter einzuschleusen.«

Mara nahm das Pergament wieder an sich und kaute mit den Zähnen auf der Unterlippe. Wenn sie das Angebot von Bruli von den Kehotara gar nicht erst anhörte, würde es als öffentliches Eingeständnis von Schwäche gewertet werden. »Sie wollen mich entweder bloßstellen oder töten«, sagte sie, doch von dem üblen Gefühl der Furcht in ihrem Herzen war in ihrer Stimme nichts zu hören. »Ich schlage vor, wir nehmen den Köder und hungern ihn aus.«

Ein wenig schüchtern in ihrer Rolle als Erste Beraterin enthielt sich Nacoya eines Kommentars. Doch Arakasi meldete sich zu Wort: »Das könnte gefährlich werden, Mistress. Brulis Vater, Mekasi, ist ein Spieler, und zwar kein guter. Er hat genug verloren, so daß seine Besitztümer schwer belastet sind. Sein Sohn ist ein eitler Junge, der darauf besteht, daß alles, was er trägt, vom Feinsten ist, und seine zwei älteren Schwestern und der ältere Bruder sind ähnlich. Ihre Ausgaben türmen den Schuldenberg immer höher und haben den Vater beinahe in den Ruin getrieben. Die Minwanabi beglichen die Rechnungen, doch nicht aus reiner Wohltätigkeit. Was Mekasi von den Kehotara wirklich gefährlich macht, ist die Bindung der Familientradition an den alten Kodex von Tan-jin-qu.«

Maras Hand schloß sich fester um das Pergament, denn sie war sich dieses Details nicht bewußt gewesen. Der Kodex von Tan-jin-qu – der Name war altes Tsurani und bedeutete ›lebenslang‹ oder ›bis zum Tod‹ – besagte, daß Mekasi die Kehotara in einer alten Form des Vasallentums an die Minwanabi gebunden hatte. Es war eine Form, die beinahe nur noch als historische Merkwürdigkeit in Erinnerung war. Zu ihren Grundsätzen gehörte, daß jedes Versprechen unmöglich rückgängig gemacht, ergänzt oder verändert werden konnte. Wenn Mekasi von den Kehotara Gehorsam gegenüber dem Lord der Minwanabi geschworen hatte, würde er auf Befehl Jingus ohne zu zögern sogar seine Kinder töten. Da betrogene Allianzen nichts Ungewöhnliches im Spiel des Rates waren, machte der Kodex von Tan-jin-qu die Kehotara so abhängig von den Minwanabi, als würden sie zu ihrem Haushalt zählen, sogar noch abhängiger als Familien des eigenen Clans. Nur wenn Mekasi starb und sein ältester Sohn den Mantel des Lords überstreifte, konnte die Familie über einen Neubeginn verhandeln. Bis dahin wären alle Versuche, den Kehotara zu drohen, sie zu schikanieren, zu kaufen oder zu bestechen, völlig sinnlos; sie würden die Minwanabi auf gar keinen Fall betrügen.

»Also gut«, meinte Mara und straffte sich entschlossen. »Wir müssen also sicherstellen, daß dieser Bruli in einer Art und Weise unterhalten wird, die zu ihm paßt.« Arakasi blickte seine Herrin neugierig an.

Nacoya versuchte höflich zu klingen, denn Maras Vorschlag war keine Kleinigkeit. »Ich nehme an, Ihr wollt dieser Petition Gehör schenken?« fragte sie.

»Natürlich.« Mara schien ganz weit weg zu sein. »Wir dürfen diesen Annäherungsversuch nicht übereilt zurückweisen. Wollen wir etwa eine solch erhabene Persönlichkeit wie den Lord der Kehotara beleidigen?«

»Dann habt Ihr also bereits einen Plan.« Arakasi lächelte.

Mara antwortete ohne jede Spur von Humor: »Nein. Aber ich werde einen haben, wenn es soweit ist und dieses Anhängsel von Jingu sich präsentiert – das heißt, sofern unsere Spione mir alle verfügbaren Informationen über Bruli und seine Familie zusammentragen können, bevor er mit seinem Gefolge hier erscheint.«

Arakasi beugte sich etwas vor; er war genötigt, ihre Kühnheit zu bewundern. »Das wird einiges kosten. Wir werden die schnellsten Läufer der Botengilde brauchen, und sie müssen an uns gebunden werden und uns die Treue schwören, damit die

Nachrichten nicht abgefangen oder mit Gewalt aus ihnen herausgequetscht werden können.«

»Natürlich«, antwortete Mara, obwohl sie wußte, daß Jican laut aufheulen würde. Männer, die bereit waren, für die Unversehrtheit der von ihnen mitgeführten Nachrichten zu sterben, konnte man mit nichts anderem als klingender Münze gewinnen. »Ihr solltet Euch als erstes darum kümmern, Arakasi.«

Der Supai erhob sich rasch, und die Begeisterung beflügelte seine Schritte. Dies war genau das, wofür sein Netzwerk vorgesehen war! Eine kühne Teilnehmerin am Spiel des Rates, die nicht ängstlich davor zurückschreckte, ihren Vorteil wahrzunehmen; und der besondere Zuschlag war, daß Maras Ziel ein Verbündeter der Minwanabi war. Plötzlich erschien ihm der Tag vollkommen.

Dunkelheit drang herein, als die Läden geöffnet wurden, um den Heiratsbewerber in die große Halle der Acoma zu führen. Bruli von den Kehotara war beinahe schön in seiner mit schwarzen Säumen geschmückten roten Rüstung; und selbst aus der Entfernung, von der Stirnseite der Halle, wo Mara unter dem Gewicht ihres gewaltigen Zeremonienkostüms auf ihrem Podest wartete, erkannte sie sofort, daß ihre Spione die Wahrheit gesagt hatten. Dieser Mann war eitel wie ein Pfau. Er hatte auch einigen Grund dazu; er war schlank, doch nicht muskulös, und während die Mehrheit der Männer in den drei wichtigen Nationen des Kaiserreiches eher zu Stämmigkeit neigte, bewegte er sich mit der Grazie eines Tänzers. Seine blauen Augen bildeten einen seltenen und verblüffenden Kontrast zu seinem beinahe schwarzen Haar, und ein warmes Lächeln lag auf seinen Lippen. Doch der Gedanke, daß es ihn genauso glücklich machen würde, die Frau auf dem Podest, der er sich näherte, zu töten wie zu heiraten, wich nicht aus Maras

Kopf, als sie für einen kurzen Moment darüber nachdachte, wie sehr sich Bruli doch von Bunto unterschied.

Als könnte sie ihre Gedanken lesen, neigte Nacoya sich in ihre Richtung und flüsterte ihr zu: »Er hat mehr Zeit damit verbracht, sich selbst im Spiegel anzusehen als Euch, Tochter.«

Mara unterdrückte ein Lächeln. Sie behielt ihre formelle Haltung bei, während sie den zweiten Sohn der Kehotara in ihrem Hause willkommen hieß.

Zwei wenig einnehmende Krieger der Kehotara begleiteten Brulis Sänfte, während sechs weitere bei den Acoma untergebracht waren. Mara war überzeugt, daß die Ehrengarde wegen ihres gewöhnlichen Aussehens ausgewählt worden war, um so den Kontrast zu ihrem gutaussehenden Herrn zu unterstreichen, wenn sie in das Haus der Lady der Acoma eintraten.

Einer der Soldaten trat vor; er agierte als Brulis Erster Berater. »Lady Mara, ich habe die Ehre, Euch Bruli von den Kehotara vorstellen zu dürfen.«

Nacoya reagierte darauf mit der rituell vorgesehenen Antwort: »Lady Mara heißt solch ehrenvolle Gäste wie Bruli von den Kehotara in ihrem Haus willkommen.«

In diesem Augenblick erschien ein kleiner Sklavenjunge durch eine Seitentür. Er trug einen Stab, an dem weiße Bänder befestigt waren, das Zeichen für die Ankunft einer Nachricht. Mara konnte nur mühsam ihre Erleichterung verbergen. »Bruli«, sagte sie rasch, »Ihr seid in meinem Haus willkommen. Erbittet von der Dienerschaft, was immer Ihr wünscht. Sie werden sich bemühen, alles für Euer Wohlergehen zu tun. Doch wenn Ihr mich jetzt bitte entschuldigen würdet, die Lady der Acoma darf ihre Geschäfte nicht lange vernachlässigen. Aber ich werde Euch wiedersehen, vielleicht morgen?«

Sie erhob sich und enthüllte eine schlanke Gestalt, die bisher von dem kunstvoll gearbeiteten Festkleid verdeckt gewesen war. Ihre Verbeugung hatte etwas Herrisches, und überstürzt hastete sie durch eine Seitentür hinaus. Bruli von den Kehotara blieb zurück, mit einem verwirrten Ausdruck auf dem Gesicht und unzähligen poetischen Worten, die ungesagt bleiben mußten.

Wie geplant nahm jetzt Nacoya die Dinge in die Hand. Sie wußte, daß Eitelkeit die große Schwäche dieses jungen Edlen war, und so trat sie an Brulis Seite, nahm seinen Arm und tätschelte ihn mütterlich.

Brulis Blick wurde hart; er starrte immer noch auf die Tür, hinter der Mara verschwunden war. »Mutter der Weisheit, das Verhalten der Lady grenzt an eine Beleidigung. Welche geschäftliche Angelegenheit hätte nicht Zeit, auf meine bescheidenen Worte des Lobes zu warten?« Bruli hielt inne und berührte mit der Hand seine Haare; er wollte sich vergewissern, daß er sie nicht in Unordnung gebracht hatte, als er den Helm zur Verbeugung abgenommen hatte. »Sicherlich ist es noch etwas anderes, was Lady Mara dazu gebracht hat, mich in einer solch abrupten Weise zurückzustoßen. Sagt mir, was ist nicht in Ordnung?«

Nacoya unterdrückte ein Lächeln, während sie den hübschen Mann in einen Nebenraum drängte, in dem Tische mit Wein und Früchten vorbereitet waren. »Junger Herr, nehmt einige Erfrischungen zu Euch. Dann werde ich Euch berichten, was ich noch niemandem zuvor erzählt habe, denn ich halte Euch für gutaussehend und reich an guten Manieren. Lady Mara ist ein junges Mädchen, wenn sie auch bereits Witwe ist. Ihr Vater, ihr Bruder und Ehemann waren alles Krieger, gute Krieger, doch sie sind das einzige, was sie kennengelernt hat. Sie ist der Männer in Rüstungen überdrüssig. Wenn Ihr ihre Gunst erringen wollt, kehrt sofort nach Sulan-Qu zurück und sucht dort nach dem besten Schneider. Laßt ihn hübsche Gewänder aus weichem Stoff und in strahlenden Farben entwerfen. Wenn Ihr morgen in der Kleidung eines Scholars oder eines Poeten erneut vor ihr erscheint, habt Ihr eine größere Chance, ihre kalte Reaktion auf Euer Werben zu verändern, als durch alles andere.«

Brulis Stirn legte sich gedankenvoll in Falten. Ein Krieger zu sein war das höchste Ziel eines jeden männlichen Tsurani, doch Frauen hatten alle möglichen merkwürdigen Anwandlungen. Seine blauen Augen hellten sich auf. »Ich danke Euch, alte Mutter. Euer Ratschlag klingt vernünftig.« Er seufzte voller Selbstvorwürfe und nahm den Wein an, den Nacoya ihm entgegenhielt. »Hätte ich etwas mehr Verstand, wäre ich selbst darauf gekommen. Natürlich, jetzt ist es so offensichtlich. Ich werde morgen zurückkehren und Mara wird erkennen, wie sanft ich sein kann, ein Mann der Feinheiten und Grazie, der weder Rüstung noch Waffen braucht, um seine Männlichkeit zu beweisen. Ich danke Euch.«

Nacoya zupfte an Brulis Ärmel, und ihre Stirn legte sich in vorgetäuschter Nachdenklichkeit in Falten. »Und Musik, denke ich. Mylady wäre beeindruckt von jedem Mann, der Geschmack an den schönen Künsten findet.« Bruli nickte und reichte das leere Glas einer Dienerin. »Meinen Dank, alte Mutter. Und jetzt werdet Ihr sicherlich verstehen, wenn ich nicht länger verweile. Wenn ich neue Gewänder vom Schneider fertigen lassen will, muß ich sofort nach Sulan-Qu aufbrechen.«

»Ihr seid ein sehr eifriger Bewerber, der die Aufmerksamkeit der Lady verdient.« Nacoya klatschte in die Hände, damit die Diener Brulis Sänfte herbeischafften und seine Wachen holten. Es folgte ein komisches Durcheinander, als Bruli die Ehrengardisten nach ihrer Größe aufstellte, damit sie während des Gehens ein harmonisches und ausdrucksvolles Bild abgaben. Nachdem er vom Herrenhaus aufgebrochen war, konnte sich Nacoya nicht mehr zurückhalten. Sie durchquerte die Halle, um auf die Tür zuzugehen, die zu Maras Gemächern führte, machte jedoch noch einmal kehrt. Dann gab es für ihr lautes Gelächter kein Halten mehr. Sie hielt sich die ausgetrocknete Hand vor den Mund und eilte zu ihrer Herrin. Wer sonst als eine Herrscherin hätte so auf Brulis Eitelkeit setzen und diese Schwäche auch noch zu einem Plan ausbauen können? Die Herren Jingu von den Minwanabi und Mekasi von den Kehotara würden lernen müssen, daß sich die Fragen der Ehre nicht immer mit Waffen austragen ließen.

Immer noch kichernd betrat Nacoya die Gemächer Maras, wo Jican und Arakasi bereits bei der Lady der Acoma warteten. Mara schaute von einer Schriftrolle auf und bemerkte, daß ihre Erste Beraterin immer noch eine Hand auf den Mund gepreßt hielt. »Du scheinst sehr amüsiert zu sein.«

Nacoya setzte sich langsam; ihre nicht ganz ordentlich sitzenden Haarnadeln rutschten noch weiter zur Seite. »Wenn ein Feind ohne Blutvergießen besiegt werden kann, welchen Schaden macht es dann, sich ein wenig daran zu ergötzen?«

Maras Interesse erwachte. »Dann funktioniert also unser Plan, Mutter meines Herzens?«

Nacoya entgegnete mit einem lebhaften Nicken: »Ich denke, ich kann Bruli für ungefähr eine Woche beschäftigt halten und Euch die Notwendigkeit ersparen, die Kehotara zu beleidigen. Unsere Idee entwickelt sich vorzüglich.«

Mara nickte zustimmend und nahm das unterbrochene Gespräch mit Jican wieder auf. »Sagtet Ihr, daß Hokanu von den Shinzawai die Erlaubnis erbittet, sich an die Acoma zu wenden?«

Der Hadonra betrachtete das Pergament in seiner Hand. Es war ein Werk guter, solider Schreibkunst, doch kein übermäßig verziertes Heiratsangebot. »Der Lord der Shinzawai erklärt, sein Sohn würde auf seinem Weg vom Haus der Familie in Jamar zurück zu den Gütern im Norden hier vorbeikommen. Er bittet darum, daß Hokanu bei Euch vorstellig werden darf.«

Mara erinnerte sich an Hokanu von ihrer Hochzeit her, ein dunkelhäutiger, auffallend gutaussehender Mann in ihrem Alter. Nacoya mußte sie nicht erst daran erinnern, daß er in der engeren Wahl als Ehemann gewesen war, bevor sie sich für Buntokapi entschieden hatte.

Mara spürte den durchdringenden Blick Arakasis und bat den Supai um seine Meinung.

»Es könnte möglicherweise gut sein, Hokanus Interesse zu verstärken. Die Shinzawai zählen zu den ältesten und einflußreichsten Familien im Hohen Rat; der Großvater war Kanazawai, Kriegsführer des Clans; nachdem er sich zurückgezogen hatte, wurde es Kamatsu. Zwei Kriegsführer nacheinander aus der gleichen Familie, das zeugt von einer seltenen Geschicklichkeit in der Politik der Clans. Und sie sind keine brutalen Spieler des Großen Spiels, sondern haben ihre Position durch Fähigkeit und Verstand errungen, ohne Blutfehden, ohne Schulden. Sie sind die einzige große Familie neben den Xacatecas, die weder mit dem Kriegsherrn noch mit den Minwanabi oder den Anasati paktiert. Allerdings sind sie in einen Plan der Partei des Blauen Rades verwickelt.«

Also auch Arakasi glaubte, daß eine Eheschließung den Acoma guttun würde. Doch Maras Interesse war rein politischer Natur. »Was für ein Plan?«

»Ich weiß es nicht.« Arakasi machte eine hilflose Geste. »Meine Spione sind nicht an den entscheidenden Stellen, um Informationen aus dem Innern des Blauen Rades zu bekommen. Ich würde sagen, es ist etwas in Planung, was dem Einfluß des Kriegsherrn einen Dämpfer verpassen soll, da das Blaue Rad innerhalb des Rates die Ansicht vertritt, daß Almecho in seinem Amt zu viel Macht besitzt. Doch hat diese Bewegung seit Almechos Invasion der barbarischen Welt beinahe vollständig aufgehört zu existieren. Selbst die Shinzawai stellen jetzt ihre Unterstützung zur Verfügung. Kamatsus ältester Sohn, Kasumi, ist Truppenführer der Kanazawai-Truppen auf Midkemia« – der Supai runzelte die Stirn, als er die fremden Namen aussprach – »und kämpft gegen die Armeen Crydees im westlichsten Teil der Provinz dessen, was die Barbaren das Königreich der Insel nennen.«

Mara war immer erstaunt über die große Menge an Informationen, die Arakasi bereithielt, sogar bis hin zu den unwichtigen Details. Er machte sich niemals Notizen oder trug Listen bei sich; seine Spione mußten ihre Berichte in kodierter Form als gewöhnliche Geschäftsdokumente tarnen. Und seine intuitiven Vermutungen waren von nahezu unheimlicher Überzeugungskraft.

»Glaubt Ihr, daß die Partei des Blauen Rades das Bündnis gewechselt hat?« fragte sie.

»Nein.« Arakasi schien ganz sicher zu sein. »Die Welt von Midkemia hält für die Ziele eines Mannes zu viele Reichtümer bereit, und Kamatsu ist ein zu schlauer Spieler des Spiels. Ich vermute, daß das Blaue Rad in einem kritischen Augenblick der Kriegsallianz seine Unterstützung entziehen und den Kriegsherrn, dessen Truppen auf ein viel zu großes Gebiet verstreut sind, damit gefährlich schwächen wird. Wenn es wirklich so kommt, werden die Nachwirkungen sicherlich sehr interessant.«

Mara dachte im Licht dieser Informationen noch einmal über die Nachricht des Lords der Shinzawai nach und beschloß zögernd, eine ablehnende Antwort zu geben. Ihre Pläne mit Bruli und der verworrene Zustand der Finanzen der Acoma hielten sie jetzt ohnehin davon ab, Hokanu die Ehre zuteil werden zu lassen, die er verdiente. Später einmal würde sie ihm vielleicht eine Einladung schicken, um die Absage wiedergutzumachen, die sie jetzt senden mußte. »Jican, beauftragt die Schreiber, einen freundlichen Brief zu schreiben, in dem wir den jüngeren Sohn des Lords der Shinzawai informieren, daß wir nicht in der Lage sind, ihm zur Zeit unsere Gastfreundschaft zu gewähren … Der Tod meines Lords hat ein großes Durcheinander im Acoma-Haushalt hinterlassen, und dafür bitten wir in aller Bescheidenheit um Verständnis. Ich werde das Pergament selbst unterzeichnen, denn Hokanu ist jemand, den ich nicht ernsthaft beleidigen möchte.«

Jican machte auf seiner Tafel eine Notiz. Dann runzelte er in einer Weise die Stirn, die auf mehr als nur gewöhnliche Niedergeschlagenheit hindeutete. »Da ist noch die Sache mit den Spielschulden des verstorbenen Lord Bunto, Lady.«

Mara, müde vom Sitzen, erhob sich und ging zu dem Fensterladen, der zum Garten zeigte. Sie starrte auf die Blumen. »Wieviel hat er verloren?«

Der Hadonra antwortete ohne zu zögern, als hätten die Zahlen ihn bereits seit einigen Nächten im Schlaf verfolgt. »Siebentausend Centuries, siebenundzwanzig Dimis, fünfundsechzig Cintis … und vier Zehntel.«

Mara wandte ihm das Gesicht zu. »Können wir bezahlen?«

»Sicherlich, doch es wird den Kapitalfluß eine Saison etwas begrenzen, bis die nächste Ernte verkauft ist.« Die Angelegenheit schien Jican zu schmerzen. »Wir werden einige Kredite aufnehmen müssen.«

Doch die Handwerker der Cho-ja begannen bereits mit der Produktion von verkäuflicher Jade; die Zeit der Schulden würde also kurz sein. »Bezahlt sie jetzt«, sagte Mara deshalb.

Jican schrieb wieder etwas auf die Tafel. »Dann ist da noch die Sache mit den Schulden des Lords der Tuscalora.«

»Welchen Schulden?« Die Ländereien der Tuscalora grenzten im Süden an den Besitz der Acoma, und nach Maras Kenntnis hatte es seit mehreren Generationen keine geschäftlichen Bande zwischen den Herrschern gegeben.

Jican seufzte. »Euer Ehemann war zwar ein schlechter Spieler, doch gar nicht so schlecht im Ringen. Er hat den besten Ringer der Tuscalora bei vier verschiedenen Gelegenheiten besiegt, und jedes Mal verlor Lord Jidu eine gehörige Menge. In der ersten Runde hatte er dreißig Centuries gesetzt, die er in Edelsteinen bezahlte. In der zweiten Runde ging es um fünfhundert Centuries; dies ist in einem Vertrag festgehalten, den er jedoch niemals erfüllte, weil es in den nächsten zwei Wetten um doppelt soviel oder gar nichts ging. Lord Jidus Meisterringer wurde geschlagen; es war eine ganze Woche lang Stadtgespräch von Sulan-Qu. Gegenwärtig schuldet der Lord der Tuscalora den Acoma eine Gesamtsumme von zweitausend Centuries.«

»Zweitausend Centuries! Das würde unsere Finanzlage beträchtlich entlasten.«

Jican zuckte mit den Achseln. »Wenn er genügend Vermögenswerte hat, um zahlen zu können, ja – ich habe zwei höfliche Erinnerungen geschickt und keine Antwort erhalten, wahrscheinlich, weil der Lord selbst auf Kredit lebt, bis die fällige Ernte für den Markt eingefahren ist.«

»Bereitet eine deutlich formulierte Zahlungsaufforderung vor, die über meinen Tisch geht.« Mara sah einen Moment gedankenverloren zur Seite. »Zu viele unserer Errungenschaften könnten verloren gehen, wenn jeder glaubt, Vorteile daraus ziehen zu können, daß wieder eine Frau das Haus der Acoma regiert. Laßt den Lord der Tuscalora wissen, daß ich eine sofortige Antwort erwarte.«

Mara las das Pergament, und Wut und eine gehörige Portion Angst schnürten ihr den Hals zu. Arakasi, Keyoke, Papewaio und Nacoya warteten still, bis sie die Antwort des Lords der Tuscalora zu Ende gelesen hatte. Sie blieb noch eine lange Zeit schweigend sitzen und tippte nur mit dem Finger gegen die Schriftrolle. »Wir können das nicht ignorieren«, sagte sie schließlich. »Keyoke, wie hätte mein Vater auf eine solche Nachricht reagiert?«

»Er hätte die Männer gleich jetzt zu den Waffen gerufen«, sagte der Kommandeur. Er blickte Sezus Tochter an. »Ich kann jederzeit losmarschieren, wenn Ihr es befehlt, Mistress.«

Mara seufzte, sie machte sich nicht die Mühe, ihre Anspannung vor diesen vier Menschen, die ihr am nächsten standen, zu verbergen. »Ich kann diese Mißachtung und Beleidigung nicht als Kriegserklärung auffassen, Keyoke. Wenn wir uns jetzt in eine Auseinandersetzung mit den Tuscalora einlassen, haben wir damit unseren Ruin besiegelt.«

Keyoke sah sie unverwandt an. »Wir können es mit ihnen aufnehmen.«

Maras braune Augen zwinkerten nicht, als sie dem Blick des Kommandeurs begegnete. »Doch zu welchem Preis? Die militärische Stärke der Tuscalora ist nicht so gering, daß wir einfach in ihr Gebiet einmarschieren könnten, ohne selbst Schaden zu erleiden.« Sie schüttelte den Kopf. »Sollen wir uns dort wiederfinden, wo wir nach dem Tod meines Vaters und Lanos waren? Dieses Mal werden unsere Feinde schneller zuschlagen.« Die Wut über die Aussichtslosigkeit der Lage ließ ihre Stimme belegt klingen. »Alles, was ich bis jetzt aufgebaut habe, alles, was ich ertragen habe, wäre umsonst gewesen.«

Nacoya gestikulierte leidenschaftlich, als sie jetzt das Wort ergriff. »Dann tut gar nichts, Lady. Die Summe ist nicht so groß, als daß es nötig wäre, Euch selbst und Ayaki einem Risiko auszusetzen. Rechnet mit diesem beleidigenden kleinen Mann ab, wenn Ihr in einer besseren Position seid.«

Mara wurde still. »Nein, ich muß etwas tun. Wenn wir die Zurückweisung unserer Forderung ignorieren, weiß bald jedes Haus, daß wir nicht in der Lage sind, auf die Beleidigung unserer Ehre angemessen zu antworten.« Sie ließ das Pergament auf den Tisch sinken, als wäre es vergiftet. »Dies hier muß beantwortet werden. Keyoke, bereitet die gesamte Garnison darauf vor, im Morgengrauen aufzubrechen. Ich möchte, daß die Männer so nah wie möglich an der Grenze zum Gebiet der Tuscalora Position beziehen, ohne ihre Wachen zu alarmieren.«

Keyoke neigte den Kopf zur Seite. »Das Gebiet dort ist ungeeignet für einen Angriff. Wir brauchen zwanzig Minuten bis zum Herrenhaus, falls es Probleme gibt.«

Mara starrte grimmig auf das Blumenbeet auf der anderen Seite des Fensterladens. »Es spielt keine Rolle, ob der Angriff fünf Minuten oder fünf Stunden dauert. Ich wäre ohnehin schon tot, wenn Ihr ankommt. Nein. Wir müssen unseren Vorteil durch etwas anderes zu gewinnen suchen als allein durch die Stärke unserer Waffen.«

Es folgte eine ausführliche Diskussion über die richtige Taktik, die sich bis weit nach der Dämmerung hinzog. Dienerinnen brachten eine kleine Mahlzeit, die größtenteils unberührt blieb; selbst Arakasi schien seinen Appetit verloren zu haben. Am Ende, als Keyoke und Papewaio ihr Wissen über Kriegsführung ausgeschöpft hatten, schlug Mara einen anderen Plan vor, einen, der eine gefährliche Hoffnung enthielt.

Nacoya wurde still und blaß. Papewaio saß nur da und strich immer wieder mit seinem Daumen über das Kinn, während Keyoke einfach nur grimmig dreinblickte. Nur Arakasi verstand wirklich Maras Bitterkeit, als sie ihre Berater entschuldigte. »Ich werde morgen abreisen, um Lord Jidu zu besuchen.

Und wenn die Götter den Acoma nicht wohlgesonnen sind, wird unser Untergang nicht eine Folge der Intrigen der Anasati oder des Verrates der Minwanabi sein, sondern er wird durch einen ehrlosen Mann herbeigeführt werden, der sich weigert, seine Schuld zu begleichen.«

Vier

Risiken

Mara zog die Stirn in Falten.

Sie verbarg ihre Besorgnis hinter einem Fächer aus gestärkter Spitze und befahl Papewaio, anhalten zu lassen. Papewaio gab dem anderen Offizier und den fünfzig Männern ihres Gefolges ein Zeichen, und die Träger setzten die Sänfte im Hof des Herrenhauses ab.

Mara zog die Vorhänge zur Seite, um einen besseren Blick auf ihren unfreiwilligen Gastgeber zu erhaschen. Jidu von den Tuscalora war ein fetter Mann mit einem rundlichen Mondgesicht und Augenlidern, die die langen Wimpern einer Frau zu umgeben schienen. Seine plumpen Handgelenke waren mit Jade-Armbändern geschmückt, und dunkle Muschelscheiben waren an dem gebauschten Stoff seines Gewandes befestigt, so daß er wie ein Kesselflicker klang, wenn er sich bewegte. Eine Parfumwolke umgab ihn; sie war so dicht, daß man fast schon glaubte, sie sehen zu können.

Mara hatte von Jican erfahren, daß Jidu vom Ertrag der Chocha-la-Büsche lebte. Die seltene Vielfalt der Chocha-Bohnen auf seinen Ländereien diente zur Herstellung des wertvollsten und begehrtesten Konfekts im ganzen Kaiserreich, und wegen einer anormalen Konzentration von Mineralen in der Erde waren die Tuscalora mit den herausragendsten Pflanzen gesegnet. Hätte Jidu den Verstand zum organisierten Arbeiten und Handel gehabt, hätte er ein äußerst reicher Mann sein können. So war er jedoch lediglich wohlhabend.

Doch wenn der Tuscalora-Herrscher auch seinen Besitz auf armselige Weise verwaltete, war dies kein Grund, ihn zu unterschätzen. Lord Jidus Art zu argumentieren hatte mehr als einmal zu Blutvergießen mit seinen Nachbarn im Süden geführt. Nur die Stärke der Acoma – vor dem Tod Sezus – hatte die Aggressivität des Mannes in Schach halten können. Mara kam in der Erwartung, daß es Probleme geben würde, und in der Hoffnung, eine Auseinandersetzung vermeiden zu können. Noch während sie Lord Jidu begrüßte, bezog ihre gesamte Garnison in angemessener Entfernung zur Grenze der Tuscalora Position, abgesehen von ein paar Wachen entlang der äußersten Grenze ihres Besitzes. Sollte es zu einem Kampf kommen, würden Tasido und Lujan einen gemeinsamen Angriff gegen die Tuscalora anführen, während Keyoke die Reserven zurückhalten würde, um im Notfall das Herrenhaus zu schützen. Wenn Maras Plan fehlschlug, der Kampf sich gegen sie richtete und die Acoma sich rechtzeitig zurückziehen konnten, um die Zahl ihrer Opfer auf ein Minimum zu begrenzen, würde die Truppe noch stark genug sein, um Ayakis Leben zu beschützen, bis sein Großvater ihn retten konnte. Mara verdrängte solche Gedanken. Unter solchen Umständen würde sie tot und alles in den Händen der Götter sein – oder in denen Tecumas von den Anasati.

Lord Jidu war von einem Läufer seiner Grenzwachen über die Besucherin informiert worden, und jetzt verbeugte er sich, ohne jedoch aus dem Schatten seiner Empfangshalle herauszutreten. Es schien ihn nicht weiter zu beunruhigen, daß Maras Ehrengarde kampfgerüstet erschien, denn er lehnte ungezwungen am Türpfosten. »Lady Mara, Eure Ankunft ist ein unerwartetes Vergnügen. Was verschafft mir diese Ehre?« Sein Gesichtsausdruck wurde sofort gelassen, als seine Besucherin ihren Kriegern befahl, sich unbefangen um die Sänfte herum aufzustellen. Die Lady hatte eindeutig vor zu bleiben, obwohl der Lord der Tuscalora unverblümt jede Höflichkeit vermissen ließ, indem er sie nicht zu einer kleinen Erfrischung ins Haus bat.

Mara fröstelte angesichts der berechnenden Augen des Mannes, doch sie zwang sich zu sprechen. »Lord Jidu, ich habe hier einen von Euch unterzeichneten Vertrag, nach dem Ihr meinem verstorbenen Ehemann die Summe von zweitausend Centuries in Metall schuldet. Mein Hadonra hat wegen dieser Angelegenheit in den letzten Wochen mehrmals Kontakt mit Eurem Hadonra aufgenommen. Als eine weitere Aufforderung, *von mir persönlich verfaßt,* Euch übergeben wurde, habt Ihr mit einer Beleidigung geantwortet. Ich bin gekommen, um mit Euch darüber zu reden.«

»Ich bin nicht sicher, ob ich verstehe, was Ihr meint«, sagte der Lord der Tuscalora. Er warf umständlich ein Stückchen Obstschale weg und schickte mit einer kurzen Kopfbewegung einen Diener rasch ins Haus. Im nächsten Augenblick flitzte der Läufer aus einem Seiteneingang und rannte in die Richtung, in der vermutlich die Unterkünfte der Soldaten lagen.

»Ich meine folgendes«, sagte Mara mit der ganzen Kraft, die sie aufbringen konnte. »Wenn Ihr sagt, Ihr würdet Euch nicht verpflichtet fühlen, auf meine Nachricht zu antworten, und wäret erfreut, wenn ich aufhören würde, Euch zu ›nerven‹, beleidigt Ihr meine Ehre, Lord Jidu.« Sie hob anklagend einen Finger in die Höhe und ähnelte dabei viel mehr ihrem Vater, als sie ahnte. »Wie könnt Ihr es wagen, mit mir zu sprechen, als wäre ich irgendeine Fischverkäuferin am Fluß! Ich bin die Lady der Acoma! Ich werde eine solche Behandlung von keinem Mann dulden! Ich verlange den Respekt, den man mir schuldet.«

Der Lord stieß sich jetzt vom Türpfosten ab, seine Haltung war längst nicht mehr träge und lässig. Er sprach mit ihr, als wäre sie ein Kind. »Lady Mara, Wettschulden werden normalerweise nicht so direkt beglichen. Euer verstorbener Ehemann hat dies verstanden.«

Mara ließ ihren Fächer zuschnappen; sie war sicher, daß der Mann versuchte sie hinzuhalten. In dem Augenblick, da seine gesamte Garnison unter Waffen sein würde, wäre es vorbei mit seiner spöttisch väterlichen Haltung. Sie schluckte und antwortete mit dem ganzen Stolz ihrer Ahnen: »Mein verstorbener Ehemann regiert nicht mehr, doch ich versichere Euch, hätte Lord Buntokapi eine solch unhöfliche Aufforderung erhalten, nicht mehr zu ›nerven‹, er hätte Euch mit dem Schwert gefordert. Glaubt nicht, daß ich weniger tun werde, wenn Ihr Euch nicht sofort entschuldigt und die Schulden begleicht.«

Lord Jidu strich über seine unförmige Taille wie ein Mann, der sich gerade von einem Festmahl erhob. Er blickte Mara scharf an, und seine Zufriedenheit kündigte noch vor dem Scheppern der Rüstungen und Waffen die Schwadron Tuscalora-Soldaten an, die kurz darauf in ihr Blickfeld geriet. Papewaios Körper neben ihr spannte sich an. Dies waren keine nachlässigen Hauswachen, sondern durch langjährigen Dienst an den Grenzen der Domäne geschulte Soldaten. Die Krieger stellten sich zu beiden Seiten des Eingangs in einer Formation auf, die ihnen einen klaren Vorteil versprach: Im Fall eines Angriffs würden die Bogenschützen der Acoma bergauf und gegen den grellen Schein der Sonne schießen müssen.

Lord Jidu plusterte sich bis zu den Grenzen seiner gedrungenen Gestalt auf und hielt inne, über seinen Bauch zu streichen. »Wenn ich Euch nun erkläre, daß bereits Eure Zahlungsaufforderung ein Affront ist, Lady Mara, was dann? Mich derart wegen einer Summe zu belästigen, die ich Euch schulde, enthält den Vorwurf, daß ich nicht zahlen will. Ich denke, damit habt Ihr die Ehre der Tuscalora beleidigt.«

Bei dieser Anschuldigung fuhren die Hände der Soldaten an der Tür zu den Schwertgriffen. Sie waren hervorragend ausgebildet, und ihre Angriffsbereitschaft lag spürbar in der Luft. Papewaio gab der Gefolgschaft der Acoma ein Zeichen, und Wachen in grünen Rüstungen verteilten sich ruhig um die Sänfte, die sie mit auswärts gerichteten Schilden schützten. Umgeben von Männern, die vor Anspannung und Entschlußkraft schwitzten, widerstand Mara dem inneren Drang, sich die feuchten Hände zu reiben. Hatte ihr Vater das gleiche gefühlt, als er die barbarische Welt angegriffen hatte, als er gewußt hatte, daß der Tod ihn erwarten würde? Sie bemühte sich, nach außen hin ruhig zu erscheinen, und schaute am Schild ihres Leibwächters vorbei dem Lord der Tuscalora direkt in die Augen. »Dann stimmen wir wohl darin überein, daß wir ein Problem zu bereinigen haben.«

Schweiß glitzerte auf Jidus Oberlippe, doch er wirkte keineswegs eingeschüchtert. Er schnippte mit den Fingern, und sofort begaben sich die Soldaten in Angriffsposition. Beinahe lautlos befahl auch Papewaio seinen Männern, sich bereit zu halten. Dann stieß er seine Ferse kurz rückwärts in den Kies, und Mara hörte ein schwaches, schleifendes Geräusch hinter der Sänfte. Der Bogenschütze, der sich dort versteckt hielt und vom Haus aus nicht gesehen werden konnte, hatte das Signal bemerkt. Verstohlen spannte er den Bogen, und Mara spürte Furcht wie eine kalte Klinge in ihr Herz dringen. Papewaio bereitete sich auf den Kampf vor.

Trotzdem zermürbte Lord Jidus Antwort sie nicht. »Ihr sprecht kühn für eine, die sich tief im Herzen der Domäne der Tuscalora befindet.«

Mara stieg aus der Sänfte und stand reglos in der Sonne. »Wenn die Ehre der Acoma nicht wiederhergestellt wird, kann nur Blut die Antwort sein.«

Die zwei Regierenden starrten sich prüfend an; dann warf Lord Jidu einen Blick auf Maras fünfzig Wachen. Seine eigene Schwadron war dreimal so groß, und inzwischen hatten sich vermutlich auch seine übrigen Truppen bewaffnet und warteten auf den Befehl ihrer Anführer, an der Grenze ihres Landes auf die grüngekleideten Soldaten der Acoma loszustürmen, von denen ihre Späher zuvor berichtet hatten. Der Lord der Tuscalora runzelte die Stirn in einer Weise, die die Dienerschaft veranlaßte, rasch im Haus Deckung zu suchen. »Es wird das Blut der Acoma sein, das vergossen wird, Lady!« Der Mann hob seine plumpe Hand und gab das Zeichen zum Angriff.

Schwerter wurden scharrend aus Scheiden gezogen, und die Bogenschützen der Tuscalora ließen einen ersten Pfeilhagel niederprasseln, noch während ihre vorderste Reihe vorwärts stürmte. Mara hörte die Schlachtrufe aus den Kehlen ihrer Soldaten; dann zerrte Papewaio sie nach unten und zur Seite, fort aus der Schußlinie. Doch es war zu spät. Mara spürte einen Stoß am Oberarm, der sie halb herumwirbelte. Sie fiel zurück, durch die Gazevorhänge hindurch auf die Kissen ihrer Sänfte. Ein Pfeil mit der blaßblauen Feder der Tuscalora steckte in ihrem Fleisch. Ihr wurde dunkel vor den Augen, doch sie schrie nicht.

Ihr Bewußtsein trübte sich, und sie hatte das Gefühl, als drehte der Himmel sich über ihr, während sich die Schilde ihrer Verteidiger schlossen, kaum eine Sekunde, bevor die Feinde in Reichweite waren.

Waffen prallten aufeinander, und die Schilde dröhnten dumpf. Kies knirschte unter sich hastig bewegenden Füßen. Mara konzentrierte sich auf die Tatsache, daß der eine Bogenschütze der Acoma, der wirklich zählte, seinen Pfeil noch nicht abgeschossen hatte. »Pape, das Signal«, preßte sie zwischen zusammengebissenen Zähnen hervor. Ihre Stimme klang sogar in ihren eigenen Ohren schwach.

Ihr mächtiger Truppenführer jedoch antwortete nicht. Mara wischte sich den Schweiß aus den Augen und blinzelte durch das Sonnenlicht und die wirbelnden Klingen hindurch, bis sie den federgeschmückten Helm sah. Doch Papewaio konnte nicht zu ihr kommen, so umringt war er von Feinden. Noch während Mara zusah, wie er einen Tuscalora-Soldaten mit einem Hieb in den Nacken tötete, sprangen zwei andere über ihren toten Kameraden und drangen auf ihn ein. Offensichtlich hatte Jidu den Befehl gegeben, den Offizier der Acoma niederzustrecken, in der Hoffnung, daß sein Tod Maras Truppe in Verwirrung stürzen würde.

Trotz ihrer Schmerzen mußte Mara diese taktische Überlegung bewundern. Bei der hohen Anzahl an Neulingen in der Truppe der Acoma-Krieger und ihrer geringen bis gar nicht vorhandenen Erfahrung auf dem Schlachtfeld kämpften viele dieser Männer Seite an Seite mit Kampfgenossen, die ihnen fremd waren. Und der unnachgiebige, konzentrierte Angriff von Jidus besten Soldaten brachte sogar Papewaio arg in Bedrängnis. Mara biß die Zähne zusammen. Es blieben nur noch wenige Minuten, bevor der Feind ihre Wachen überwältigt haben würde, und der Plan, den sie ausgearbeitet hatte, um ein Massaker zu verhindern, mußte immer noch in Gang gesetzt werden.

Sie hielt sich an der Sänfte fest, doch selbst diese kleine Bewegung brachte den Pfeil in ihrem Arm dazu, gegen den Knochen zu schaben. Wilder Schmerz schoß durch ihren Körper; sie wimmerte mit zusammengebissenen Zähnen und kämpfte gegen eine Ohnmacht an.

Klingen kreischten hell auf, schienen sich direkt über ihrem Kopf zu befinden. Dann stolperte einer der Krieger der Acoma nach hinten und brach zusammen; Blut strömte aus einer Öffnung seiner Rüstung. Er zitterte, und in seinen geöffneten Augen spiegelte sich der Himmel. Dann formten seine Lippen ein letztes Gebet an Cochocan, und das Schwert glitt aus seiner Hand. Tränen brannten in Maras Augen. So waren auch ihr Vater und Lano gestorben; bei dem Gedanken, daß der kleine Ayaki von einem feindlichen Speer aufgespießt werden könnte, wurde ihr schlecht vor Wut.

Sie streckte die Hand aus und griff nach dem schweißnassen Schwert des gefallenen Soldaten. Sie benutzte die Klinge wie einen Stock und kämpfte sich mühsam auf die Beine. Die Sonne brannte heiß auf ihren Kopf, und vor Schmerzen verschwamm alles vor ihren Augen. Immer neue Schwächeanfälle machten ihr zu schaffen, dennoch sah sie, daß es einem unglückseligen Pfeil gelungen war, ihren kostbaren Bogenschützen außer Gefecht zu setzen. Stöhnend lag er auf dem Boden und hielt die Hände über dem Bauch verkrampft. Der Pfeil, der Lujan und Tasido verkünden sollte, daß sie mit ihrem Teil des Plans beginnen sollten, glitzerte unbenutzt vor seinen Füßen in der Sonne.

Mara stöhnte auf. Rufe drangen an ihr Ohr, und das Geräusch der pausenlos aufeinanderprallenden Klingen erschien ihr wie der Trommelwirbel im Tempel Turakamus. Papewaio stieß einen Befehl aus, und die Acoma-Krieger, die noch kämpfen konnten, schlossen die Reihen, traten notgedrungen zurück über die noch warmen Körper ihrer Kameraden. Mara betete zu Lashima und bat um Kraft; dann streckte sie ihre zitternden Hände nach dem Bogen des gefallenen Schützen aus.

Der Hornbogen war schwer und unhandlich und der Pfeil schlüpfrig in ihren schwitzenden Händen. Ihre Hand rutschte von der Sehne ab, der Pfeil sank zur Seite. Es gelang ihr, ihn erneut anzulegen, doch der Blutandrang in ihrem Kopf ließ ihr einen Moment schwarz vor Augen werden.

Sie zwang sich, nur mit Hilfe des Tastsinns weiterzumachen. Die Sicht kehrte langsam zurück; ein Mann krachte gegen die

Sänfte, sein Blut spritzte über weiße Gaze. Mara hob den Bogen und versuchte ihn ungeachtet ihrer Schwäche und des Schmerzes zu spannen.

Ihre Bemühungen schlugen fehl. Ein mörderischer Schmerz schoß durch ihre Schulter, und ihre Lippen öffneten sich zu einem Schrei, den sie nicht unterdrücken konnte. Sie vergoß Tränen der Scham, schloß die Augen und versuchte es noch einmal. Der Bogen widerstand ihr wie eine eiserne Wurzel. Zitteranfälle schüttelten ihren Körper, und eine Ohnmacht drohte ihr Bewußtsein in Schwärze zu tauchen. Auch als in ihren Ohren die Schreie der Männer und das Klappern der Waffen immer schwächer wurden, versuchte sie weiter, den Bogen zu spannen; einen Bogen, der ihr vermutlich selbst dann widerstanden hätte, wenn sie sich bester Gesundheit erfreut hätte.

Plötzlich spürte sie die Unterstützung von anderen Armen. Kräftige Hände griffen um ihre Schultern herum und schlossen sich fest um die Finger, mit denen sie den ledernen Griff und die Sehne hielt. Wie durch ein Wunder verband sich jetzt die Kraft des Mannes mit ihrer, der Bogen krümmte sich – und der Pfeil sauste davon, begleitet von einem Schrei, der selbst den Kampflärm übertönte. Die Herrscherin der Acoma aber wurde ohnmächtig im Schoß eines Mannes mit einer Beinverletzung, der in der Wildnis den Tod eines verachteten Verbrechers hätte sterben müssen, wären sie und ihr verblüffendes Geschick nicht gewesen. Der Krieger legte sie auf die beschmutzten Kissen der Sänfte und band mit dem Stoff, den er eigentlich für seine eigene Wunde hatte benutzen wollen, die Pfeilwunde an ihrer Schulter ab, während um ihn herum die Soldaten der Tuscalora siegessicher immer weiter vordrangen.

Lord Jidu achtete nicht auf die frischen Früchte neben ihm, während er eifrig nach vorn geneigt auf einem Kissen im Eingang zu seinem Haus saß und den Kampf beobachtete. Er ließ sich von einem Sklaven frische Luft zufächeln, doch das nützte nicht viel. Die Aufregung brachte ihn zum Schwitzen, und Schweiß tropfte von seiner Stirn, als er den bevorstehenden Sieg verfolgte – auch wenn es länger dauerte, als er erwartet hatte. Viele seiner besten Soldaten lagen blutend auf dem Kiesweg, nicht wenige davon hatte der schwarzhaarige Offizier der Acoma gefällt, dessen Hände bis zu den Handgelenken rot waren. Er schien unbesiegbar, mit tödlicher Regelmäßigkeit hob und senkte sich seine Klinge. Doch der Sieg würde den Tuscalora gehören, wie begabt zum Töten der Offizier auch sein mochte. Unaufhörlich lichteten sich die Reihen um ihn, überwältigt von dem mächtigeren Gegner. Einen kurzen Augenblick erwog Jidu, ihn gefangennehmen zu lassen, denn sein Wert in der Arena würde die Kosten für diesen Kampf ausgleichen. Doch dann verwarf der Lord der Tuscalora diesen Gedanken wieder. Es war am besten, das hier schnell zu Ende zu bringen. Schließlich war da immer noch die andere Streitmacht der Acoma an seiner Grenze, die jetzt, nach dem Abschuß des Signalpfeils, zweifellos ebenfalls angreifen würde. Aber immerhin hatte einer der Bogenschützen die Lady getroffen, und möglicherweise verblutete sie ja genau in diesem Moment.

Lord Jidu griff nach einem Getränk auf dem Tablett. Er nahm einen großen Schluck und seufzte erwartungsvoll auf. Das Problem mit seinen Spielschulden gegenüber Lord Buntokapi löste sich einfacher, als er jemals zu hoffen gewagt hätte. Vielleicht würde er sogar den Natami der Acoma erhalten, um ihn bei den Gebeinen der Tuscalora-Ahnen begraben zu können. Dann dachte Lord Jidu an Tecuma von den Anasati, der von diesem Kampf nichts ahnte. Ein Lachanfall schüttelte ihn und ließ seinen Stiernacken erbeben. Den Acoma-Wurm gefangennehmen und Tecuma in die Knie zwingen! Den Jungen als Tausch dafür, daß die Anasati der Kriegsallianz ihre Unterstützung entzogen! Jidu lächelte bei dem Gedanken. Das Große Spiel verteilte nicht nur an die Schwachen, sondern auch an die Starken empfindliche Hiebe; und jeder Verbündete des Kriegsherrn mußte zurückgedrängt werden. Der Krieg raubte dem Handel mit Chocha zuviel Geld, nahm es unwiederbringlich weg und trug es in die Taschen der Rüstungsmacher und Waffenmeister.

Doch alles hing von diesem Sieg ab, und die Soldaten der Acoma weigerten sich mit einer beängstigenden Hartnäckigkeit zu sterben. Vielleicht hatte er zu vielen befohlen, die Acoma-Soldaten an der Grenze anzugreifen, dachte Jidu. Beide Seiten hatten bereits Verluste erlitten, doch jetzt stand es nicht mehr viel besser als zwei gegen eins zugunsten der Tuscalora. Wieder schob sich der grüne Federbusch des Offiziers ein Stück zurück, und der Erste Befehlshaber der Tuscalora forderte seine Leute auf, ihm nachzusetzen. Jetzt blieben nur noch eine Handvoll Soldaten zurück, die sich mit schwingenden Schwertern in den müden Händen um Maras Sänfte scharten. Ihr Ende stand unmittelbar bevor.

Plötzlich raste ein atemloser Bote auf das Herrenhaus zu. Der Mann warf sich vor seinem Herrn in den Staub. »Lord, die Truppen der Acoma sind durch die Gärten gedrungen und haben die Chocha-Büsche in Brand gesteckt.«

Laut brüllend vor Wut rief Jidu seinen Hadonra herbei. Doch es folgten noch schlimmere Nachrichten. Der Bote holte keuchend Luft und beendete seinen Bericht: »Zwei Befehlshaber der Acoma mit einer Truppe von dreihundert Kriegern haben zwischen den brennenden Feldern und dem Fluß Stellung bezogen. Keiner unserer Arbeiter kommt zum Wasser durch, um die Flammen zu bekämpfen.«

Der Lord der Tuscalora sprang auf die Füße. Jetzt wurde es ernst. Die Chocha-Büsche wuchsen erschreckend langsam, und bis ein neues Feld alt genug war, um genügend Ernte abzuwerfen und so seinen Verlust auszugleichen, wäre er längst nicht mehr am Leben. Wenn die Büsche abbrannten, konnte er mit den Erträgen der diesjährigen Ernte die Gläubiger nicht auszahlen. Der Ruin würde Jidus Haus heimsuchen und der Reichtum der Tuscalora zu nichts als Asche zerfallen.

Der Lord der Tuscalora befahl dem erschöpften Boten mit einer unwirschen Handbewegung, aus dem Weg zu gehen, und rief seinem Läufer zu: »Hol die Hilfstruppen aus den Baracken! Sie sollen den Arbeitern den Weg freimachen!«

Der Junge rannte los; und plötzlich verlor der Gedanke, daß Maras Eskorte so gut wie vernichtet war, seinen Reiz. Rauch hüllte den morgendlichen Himmel in ein teuflisches, rußiges Schwarz. Offensichtlich waren die Feuer hervorragend gelegt worden. Lord Jidu schlug den zweiten Boten beinahe, als der mit der Nachricht erschien, daß bald sämtliche Felder hoffnungslos in Flammen stehen würden – wenn nicht die Streitmacht der Acoma dazu gebracht werden konnte, der Löschtruppe den Weg zum Fluß freizugeben.

Jidu zögerte, dann gab er dem Hornträger ein Zeichen. »Sie sollen sich zurückziehen!« befahl er voller Bitterkeit. Mara hatte ihn vor die Wahl gestellt, entweder eine harte oder eine bittere Entscheidung zu treffen: Entweder mußte er ihr die Ehre zurückgeben und damit seinen Fehler als ein Zeichen der Unehre eingestehen, oder er konnte sie um den Preis der Zerstörung seines eigenen Hauses vernichten.

Der Bote entlockte dem Horn eine Serie von Tönen, und der Befehlshaber der Tuscalora drehte sich in offener Verwunderung um. Endlich war der Sieg zum Greifen nah, und sein Herr gab das Zeichen zum Rückzug. Doch der Gehorsam der Tsurani war sprichwörtlich, und so zog er seine Männer augenblicklich von den umzingelten feindlichen Wachen zurück.

Von den fünfzig Soldaten, die beim Herrenhaus der Tuscalora angekommen waren, standen jetzt nur noch weniger als zwanzig um die blutbespritzte Sänfte ihrer Herrin.

»Ich möchte einen Waffenstillstand!«, rief Jidu.

»Bietet der Lady der Acoma Eure offizielle Entschuldigung an!« rief der Offizier mit dem grünen Federbusch, der sein Schwert immer noch kampfbereit erhoben hatte, sollte es erneut zum Kampf kommen. »Stellt ihre Ehre wieder her, Lord Jidu, und die Krieger der Acoma werden ihre Waffen niederlegen und Euren Männern helfen, die Ernte zu retten.«

Der Lord der Tuscalora trat unruhig von einem Fuß auf den anderen; er war wütend, als er erkannte, daß er hereingelegt worden war. Das Mädchen in der Sänfte hatte diese Strategie von Anfang an verfolgt. Welch eine ärgerliche Wendung der Situation! Wenn Jidu noch länger nachdachte, wenn er sich auch nur die Zeit nahm, einen Läufer loszuschicken, um die Größe des Schadens feststellen zu lassen und herauszufinden, wie groß die Chance seiner Streitkräfte war, durchzubrechen, würde er möglicherweise alles verlieren. Er hatte keine andere Wahl als zu kapitulieren.

»Ich anerkenne die Ehre der Acoma«, rief Lord Jidu, obwohl ihn eine Scham ergriff, die ihm Bauchschmerzen bereitete, als hätte er unreife Früchte gegessen. Zögernd gab sein Erster Befehlshaber den Befehl, die Waffen niederzulegen, an die Krieger weiter.

Die überlebenden Soldaten der Acoma lockerten den Schildwall, müde, aber stolz. Papewaios Augen blitzten siegesgewiß, doch als er sich umdrehte, um den Triumph mit seiner Herrin zu teilen, erstarrte seine schweißüberströmte Gestalt. Hastig beugte er sich hinab; vergessen war das blutrote Schwert in seiner Hand. Und für einen letzten, boshaften Augenblick betete der Lord der Tuscalora darum, daß ihm das Glück hold wäre.

Denn wenn Lady Mara im Sterben lag, waren die Tuscalora ruiniert.

Mara erhob sich langsam; ihr Kopf schmerzte, und ihr Arm brannte. Ein Soldat band ihn mit einem von der Sänfte abgerissenen Stück Stoff ab. »Was …«, begann sie schwach.

Plötzlich beugte sich Papewaios Gesicht über sie. »Mylady?«

»Wie Ihr gehofft hattet, ordnete Jidu den Rückzug an, als seine Felder bedroht waren.« Er blickte über die Schulter, wo seine mitgenommenen und müden Krieger in Bereitschaft standen. »Wir sind immer noch in Gefahr, doch ich denke, Ihr habt im Augenblick die stärkere Position. Ihr müßt mit Jidu sprechen, bevor sich die Situation zum Schlechten wendet.«

Mara schüttelte den Kopf und gestattete Papewaio und einem anderen Soldaten, ihr aus der Sänfte zu helfen. Ihre Füße schienen ihr nicht gehorchen zu wollen, und sie klammerte sich an Papewaios Arm, als sie langsam über den blutbespritzten Kies zu den verbliebenen Soldaten schritt. Mara sah alles verschwommen; sie blinzelte mehrmals, um klarer sehen zu können, und bemerkte den sauren Geruch in der Luft. Der Rauch der brennenden Felder trieb wie ein Leichentuch auf das Herrenhaus zu.

»Mara!« Jidu klang verzweifelt. »Ich schlage einen Waffenstillstand vor. Befehlt Euren Männern, sich von meinen Feldern zu entfernen, und ich werde zugeben, daß ich Unrecht hatte, als ich meiner Verpflichtung nicht nachkam.«

Mara betrachtete den fetten, ängstlichen Mann und machte sich kühl daran, die Situation zum Vorteil der Acoma auszunutzen. »Ihr habt mich ohne Provokation meinerseits angegriffen. Glaubt Ihr, ich könnte Euch das Abschlachten vieler guter Männer für das Eingeständnis eines Unrechts vergeben, das Ihr mir ohnehin geschuldet habt?«

»Wir können unsere Probleme später klären!« schrie Jidu. Er wurde immer röter im Gesicht. »Meine Felder brennen!«

Mara nickte. Papewaio machte ein Zeichen mit seinem Schwert, und einer der Krieger sandte einen zweiten Signalpfeil in die Luft. Mara versuchte zu sprechen, doch ein Schwächeanfall überfiel sie. Sie flüsterte Papewaio etwas zu. »Meine Herrin sagt, daß unsere Arbeiter das Feuer löschen werden«, gab er weiter. »Aber unsere Männer werden ihre Stellung mit brennenden Fackeln beibehalten. Sollte irgend etwas nicht ordnungsgemäß verlaufen, werden sie die Chocha-la-Felder in Asche verwandeln.«

Jidu warf stürmische Blicke in alle Richtungen, als er krampfhaft über einen Weg nachdachte, wie er noch einen Vorteil für sich herausschlagen könnte. Ein zerrissener, rauchbefleckter Läufer rannte in den Hof. »Herr, die Acoma-Soldaten drängen unsere Männer zurück. Es gelingt den Hilfstruppen nicht, sich einen Weg zum Fluß zu bahnen.«

Der Lord der Tuscalora verlor jede Entschlußkraft. Gequält gab er auf und ließ sich in die Kissen zurücksinken. Mit den Händen rieb er über seine rundlichen Knie. »Also gut, Mara. Ich akzeptiere das Unausweichliche. Wir werden uns Euren Wünschen beugen.« Er wandte sich an seinen Ersten Befehlshaber: »Legt die Waffen nieder.«

Der Lord der Tuscalora schaute unsicher drein, während Mara ihr Gewicht verlagerte, um eine bequemere Stellung für ihren verwundeten Arm zu finden. Jidu hatte der Lady der Acoma angeboten, sich von seinem Heiler versorgen zu lassen, doch sie hatte abgelehnt und statt dessen Papewaio eine Bandage anlegen lassen. Die Soldaten der Acoma hielten immer noch ihre Position inmitten der Chocha-la-Felder, und der Kommandeur der Tuscalora bestätigte die schlimmsten Befürchtungen. Die

Acoma könnten die Felder erneut in Brand stecken, bevor die Tuscalora sie zurückdrängen konnten.

Jidu schwitzte und beeilte sich, die Angelegenheit als Mißverständnis abzutun. »Es war eine Vereinbarung unter Männern, Mylady. Ich hatte mit Eurem verstorbenen Ehemann viele Wetten abgeschlossen. Manchmal gewann er, manchmal ich. Wir ließen die Summen zusammenkommen, und wenn ich eine Wette gewonnen hatte, wurde der Betrag wieder abgezogen. Wenn ich später wieder im Vorteil war, ließ ich dafür die Schulden ansteigen. Das war ... eine Vereinbarung unter Lords.«

»Nun, ich spiele nicht, Lord Jidu.« Maras Gesicht wurde härter, und sie richtete ihre wütenden Augen auf ihren unfreiwilligen Gastgeber. »Ich denke, wir sollten einfach nur die Form der Bezahlung klären ... und der Wiedergutmachung für den Schaden, den Ihr meiner Ehre zugefügt habt. Hier sind heute Soldaten der Acoma gestorben!«

»Ihr verlangt etwas Unmögliches!« Der Lord der Tuscalora fuchtelte mit seinen rundlichen Händen in der Luft herum und offenbarte, unüblich für einen Tsurani, seine große Anspannung.

Mara wölbte die Brauen. »Ihr wollt diese Schuld immer noch nicht begleichen?« Sie blickte unverblümt auf die Acoma-Soldaten, die dicht aneinandergedrängt neben ihr standen. In ihrer Mitte befand sich ein Bogenschütze, bereit, einen weiteren Pfeil als Zeichen abzufeuern. Jidu starrte auf die Muschelpailletten, die seine Sandalen schmückten. »O Mylady ... Es tut mir leid, wenn ich Euch Unannehmlichkeiten bereiten muß. Doch auch Drohungen können die Tatsache nicht ändern, daß ich im Augenblick nicht in der Lage bin, die Schuld zu begleichen. Natürlich werde ich meiner Verpflichtung in vollem Umfang nachkommen, wenn die Umstände es zulassen. Darauf habt Ihr mein Ehrenwort.«

Mara saß reglos da. Ihre Stimme war hart und angespannt. »Ich bin im Moment nicht in der Stimmung, Geduld zu üben, Lord Jidu. Wann kann ich mit der Bezahlung rechnen?«

Jidu sah beschämt aus, als er Farbe bekennen mußte. »Ich habe gerade einige persönliche Rückschläge erlitten, Lady Mara. Aber ich kann Euch sicher versprechen, daß Ihr Eure Entschädigung erhaltet, wenn die diesjährige Ernte auf dem Markt ist.«

Falls sie auf den Markt kommt, dachte Mara treffend. Sie lehnte sich zurück. »Die Chocha-la-Ernte ist frühestens in drei Monaten fällig, Lord Jidu. Ihr erwartet ernsthaft von mir, daß ich bis dahin auf zweitausend Centuries Metall warte – und auf meine Wiedergutmachung?«

»Aber das müßt Ihr!« erklärte der Lord der Tuscalora verzweifelt. Angespannt gab er dem kleinen, dünnen Mann, der an seiner Seite saß, ein Zeichen. Sijana, der Hadonra der Tuscalora, rollte hastig ein Pergament auseinander, um die Finanzen des Gutsbesitzes vor ihnen auszubreiten. Er flüsterte wild in das Ohr seines Herrn und hielt dann erwartungsvoll inne. Lord Jidu tätschelte seinen Bauch mit wiedergewonnener Zuversicht. »Lady, tatsächlich könnte ich zweitausend Centuries jetzt sofort zahlen – plus weitere fünfhundert, um den Schaden zu erstatten, den Ihr erlitten habt. Doch die Zahlung einer solch großen Summe auf einen Schlag würde mich daran hindern, die Bepflanzung für das nächste Jahr auszudehnen. Lord Buntokapi hat das verstanden und mir einen angemessenen Rückzahlungsplan zugestanden, fünfhundert Centuries jährlich über einen Zeitraum von vier Jahren – sagen wir fünf Jahre, um die Wiedergutmachung ebenfalls zu begleichen.« Das Nicken des Hadonra wandelte sich jetzt in Bestürzung, und tiefe Röte überflutete Jidus Gesicht, als er bemerkte, daß er damit seiner ursprünglichen Behauptung widersprochen hatte, derzufolge die gesamte Summe mit zukünftigen Wetten verrechnet werden sollte. Da er sicher war, daß Mara diese kleine, doch schamvolle Lüge bemerken und thematisieren würde, versuchte er sie durch ein besonderes Entgegenkommen zu besänftigen. »Ich zahle natürlich auch Zinsen.«

Tiefe Stille trat ein, unterbrochen nur durch Jidus schweres Atmen und das kaum wahrnehmbare Quietschen der Rüstung Papewaios, als dieser sein Gewicht auf die Fußballen verlagerte. Mara öffnete mit der unversehrten Hand den Fächer, und ihre Haltung war giftig-süß. »Ihr argumentiert wie ein Geldleiher, während die Soldaten der Acoma tot vor Eurer Tür liegen? Wenn mein verstorbener Lord Euch diese Bedingungen zugestanden hat, mag das so gewesen sein. Zeigt mir das Dokument, und wir können uns darauf einigen.«

Jidu blinzelte. »Aber unsere Vereinbarung war nur mündlich, Lady Mara, ein Versprechen zwischen zwei Edlen.«

Der Fächer vibrierte in der Luft, als Maras Wut wieder zunahm. »Ihr habt keinen Beweis? Und trotzdem wagt Ihr es zu feilschen?«

Da seine Felder in der Hand der Acoma-Soldaten waren, schreckte Jidu davor zurück, wieder Fragen der Ehre ins Spiel zu bringen. »Ihr habt mein Wort darauf, Mylady.«

Mara zuckte innerlich zurück. Der Lord der Tuscalora hatte eine Situation geschaffen, in der sie ihn nur noch des Meineides beschuldigen konnte, eine Beleidigung, die kein Herrscher ignorieren konnte. Die Etikette verlangte jetzt von der Lady der Acoma, daß sie die Vereinbarung annahm, nach der sie in den nächsten drei Monaten nichts erhielt und dann erst einmal nur ein Fünftel des fälligen Betrags. Ansonsten blieb ihr nur die Wahl, den sinnlosen Kampf wieder aufzunehmen.

Sie hielt den Fächer jetzt reglos in der Hand. »Doch Eure Schuld ist bereits überfällig, Lord Jidu«, sagte sie. »Die Weigerung Eures Hadonra, dem Ersuchen in angemessener Zeit nachzukommen, führte dazu. Ich werde keine weiteren Verzögerungen mehr zulassen, oder aber Eure Felder werden in Brand gesteckt.«

»Was schlagt Ihr also vor?« fragte er schwach.

Mara legte den Fächer auf ihr Knie. Wenn die Wunde sie auch ganz offensichtlich mitnahm, so vermochte sie doch den geeigneten Augenblick hervorragend abzuschätzen. Sie machte Jidu ein Gegenangebot, bevor er sich wieder ganz erholt hatte. »Mylord, Euch gehört ein kleiner Streifen Land zwischen meinen nördlichen und südlichen Needra-Weiden. Es wird von einem trockenen Flußbett durchtrennt.«

Jidu nickte. »Ich kenne das Land.« Er hatte das Gebiet einmal Maras Vater angeboten, doch Sezu hatte abgelehnt, weil das Land wertlos war. Die Ufer des ausgetrockneten Flusses waren felsig und ausgewaschen und viel zu steil, um bepflanzt werden zu können. Ein schlauer Ausdruck trat auf das Gesicht des Lords der Tuscalora. »Könnt Ihr das Land gebrauchen, Mylady?«

Mara tippte gedankenvoll an den Fächer. »Wir haben kürzlich unsere untere Weide den Cho-ja überlassen. Jican könnte es möglicherweise für sinnvoll halten, wenn diese weiter unten liegenden Felder miteinander verbunden sind, vielleicht mit einer Plankenbrücke, damit die Needra-Kälber sie überqueren können, ohne ihre Beine zu verletzen.« Mara rief sich Lord Sezus Notiz in Erinnerung, die sie zufällig gefunden hatte – sie war an eine sehr mitgenommene Karte geheftet gewesen –, und unterdrückte ein Lächeln. Sie tat, als würde sie ihm einen Gefallen tun. »Lord Jidu, ich bin bereit, Eure Schulden als Tausch für das Land und alle Vorteile, die daraus erwachsen, zu erlassen. Darüber hinaus werdet Ihr schwören, Euch den Rest Eures Lebens nie wieder den Acoma entgegenzustellen.«

Der verschrumpelte Hadonra konnte seine alarmierte Anspannung nur mühsam verbergen; er richtete sich auf und flüsterte seinem Herrn etwas ins Ohr. Der Lord der Tuscalora hörte ihm zu und lächelte Mara dann salbungsvoll an. »Ich bin einverstanden, sofern den Tuscalora der Zugang zur Kaiserlichen Straße gestattet ist.«

Die Lady der Acoma antwortete mit einer graziösen Bewegung ihres Fächers. »Aber natürlich. Eure Arbeiter dürfen jederzeit nach Belieben ihre Wagen die Schlucht hinunter zur Kaiserlichen Straße fahren, Lord Jidu.«

»Abgemacht!« Lord Jidus Wangen wölbten sich zu einem breiten Lachen. »Mein Wort darauf! Und zwar freudig!« Dann verbeugte er sich in dem Versuch, die Spannung zu lockern. »Ich verneige mich ebenfalls vor Eurem Mut und Eurer Klugheit, Lady, daß diese unglückliche Auseinandersetzung zwei Familien näher zueinander geführt hat.«

Mara gab Papewaio ein Zeichen, und er half ihr, sich zu erheben. »Ich möchte Euren Eid darauf, Jidu. Bringt das Familienschwert her.«

Einen kurzen Augenblick lag wieder die alte Spannung in der Luft, denn Mara verlangte öffentlich den heiligsten Eid anstelle einer einfachen Versicherung. Doch bis die Felder der Tuscalora frei von den Acoma-Kriegern waren, wagte Lord Jidu nicht zu protestieren. Er schickte also einen Diener, um das Schwert seiner Vorväter holen zu lassen, das so alt war wie jedes andere im Kaiserreich, kostbarer Stahl in einer einfachen Scheide aus Schilfrohr. Mara und der Offizier sahen zu, als der Lord der Tuscalora das Heft in die Hand nahm und im Namen seiner Ahnen einen Eid leistete, demzufolge er das Mara gegebene Versprechen nicht brechen würde.

Endlich zufrieden, gab Mara ihren Soldaten ein Zeichen. Sie halfen ihr zurück in die blutbefleckte Sänfte. Ihr Gesicht war blaß. Die Träger hoben die Sänfte vorsichtig hoch. Als sie sich für den Marsch nach Hause bereitmachten, nickte Mara dem Lord der Tuscalora zu. »Die Schuld ist gerecht beglichen, Jidu. Ich freue mich, daß ich allen, die mich fragen, berichten kann, daß der Lord der Tuscalora ein Mann von Ehre ist und seinen Verpflichtungen ohne Zögern nachkommt.« Sie konnte sich eines ironischen Kommentars nicht enthalten. »Und daß er sich an sein Versprechen hält. Alle werden wissen, daß Ihr durch Euer Wort gebunden seid.«

Der Lord der Tuscalora reagierte nicht auf ihren spitzen Sarkasmus. Er hatte sie unterschätzt und einen großen Teil seines Prestiges durch einen Fehler verloren. Doch zumindest würde sein Verstoß gegen die Ehre nicht öffentlich bekannt werden, und für diese kleine Gunst dankte er dem Himmel.

Als die Gefolgschaft der Acoma in sicherer Entfernung vom Haus der Tuscalora war, schloß Mara die Augen und verbarg das Gesicht in ihren Händen. Papewaio trat näher an die Sänfte. »Ihr habt ein großes Risiko auf Euch genommen, Mylady. Und dennoch habt Ihr triumphiert.«

Maras Antwort wurde durch ihre Hände gedämpft. »Viele tapfere Männer sind getötet worden.«

Papewaio nickte. »Aber sie starben wie Krieger, Mistress. Jene, die durch Euch Ehre erlangt haben, werden vor den Göttern Euer Lob preisen.« Er brach ab, denn die Sänfte schien zu schaukeln. »Mylady?«

Papewaio blickte hinein, um nachzusehen, was mit seiner Herrin geschehen war. Mara hielt ihr Gesicht hinter den Händen verborgen und vergoß Tränen der Wut. Papewaio ließ sie eine Zeitlang in Ruhe. Dann meinte er: »Wenn die Schlucht überflutet ist, wird der Lord der Tuscalora es nicht einfach haben, seine Ernte zum Markt zu bringen.«

Mara nahm die Hände herunter. Trotz der roten Augen und ihrer Blässe spiegelte ihr Gesicht den Triumph wider, den sie mit ihrer Schläue erzielt hatte. »Wenn Jidu den langen Weg um die Schlucht herum nehmen muß, um die Kaiserliche Straße zu erreichen, werden die Chocha-la längst verdorben sein, bevor er Sulan-Qu erreicht. Der gute Lord der Tuscalora wird in große Not geraten, denn ich bezweifle, daß er in der Lage ist, den von mir geforderten Preis für die Benutzung meiner Needra-Brücke zu zahlen.« Als Papewaio seine Herrin neugierig anblickte, fuhr sie fort: »Ihr habt gehört, daß Jidu geschworen hat, sich den Acoma niemals zu widersetzen? Nun, das ist zumindest ein Anfang. Dieser fette Hund wird mein erster Vasall sein. Innerhalb des nächsten Jahres, Pape, innerhalb des nächsten Jahres.«

Während der Truppenführer der Acoma weiterging, dachte er über das nach, was seine junge Herrin erreicht hatte, seit er und Keyoke sie aus dem Tempel geholt und nach Hause gebracht hatten. Er nickte innerlich. Ja, Jidu von den Tuscalora würde vor Mara in die Knie gehen müssen oder seine Ernte verlieren. So war das Spiel, und Mara hatte den Sieg errungen. Daran konnte kein Zweifel bestehen.

Die hell bemalte Sänfte, die im Hof des Herrenhauses der Acoma stand, bestätigte, daß Bruli von den Kehotara bereits auf die Lady der Acoma wartete. Mara unterdrückte ihren Ärger. Sie war gerade vom Stock der Cho-ja zurückgekehrt, deren rasch wachsende Königin einen wunderbaren Balsam für die verletzte Schulter Maras bereitgehalten hatte. Die junge Frau schickte ihre Träger und die Eskorte fort. Bevor sie sich bei Bruli wieder entschuldigen lassen und sich zurückziehen konnte, mußte sie ihn zumindest persönlich begrüßen, wenn sie nicht riskieren wollte, die Kehotara zu beleidigen. Das jedoch war möglicherweise einer der Gründe, weshalb der Lord der Minwanabi den gutaussehenden Sohn seines Vasallen auf das Gut der Acoma geschickt hatte.

Misa, die hübschere ihrer Kammerzofen, wartete bereits hinter der Tür im Haus. Sie hielt Kamm und Bürste bereit, und über ihrem Arm hing ein reich besticktes Obergewand, dessen Farben die dunklen Augen ihrer Herrin betonten. Mara erkannte, daß Nacoya hinter diesem Willkommenskomitee steckte, und ergab sich ohne Kommentar. Reglos, mit kaum wahrnehmbar gerunzelter Stirn stand sie da, während Misas geschickte Hände ihre Haare zu einem Knoten flochten, den sie mit juwelenbesetzten Nadeln befestigte. Das Obergewand wurde vorn mit einer Reihe schmaler Schleifen zugebunden, verbarg aber dennoch die weiße Bandage an dem verletzten Oberarm. Mara prüfte Nacoyas Geschmack, schickte dann Misa mit einem kurzen Nicken fort und ging zur großen Halle, wo Nacoya während ihrer Abwesenheit den Gast unterhielt.

Der junge Sohn der Kehotara erhob sich und verneigte sich bei ihrem Eintreten. Er trug einen kostbaren Umhang mit Saphiren, und die hoch angesetzten Säume und Ärmel brachten seine Arme und Beine außerordentlich gut zur Geltung.

»Bruli, wie angenehm, Euch wiederzusehen.« Mara setzte sich auf die Kissen dem jungen Mann gegenüber, amüsiert über sein verändertes Erscheinungsbild. Er *sah* gut aus. Sie dachte im stillen darüber nach, wie viele der jungen Ladies geschmeichelt, ja sogar erpicht darauf wären, im Mittelpunkt des Interesses dieses Bewerbers zu stehen. Sein Lächeln strahlte hell, und er hatte einen unleugbaren Charme. In gewisser Weise war es schade, daß er in einem edlen Haus aufgewachsen war, denn er hätte nur zu leicht ein Meister in der Ried-Welt werden und sich eines Tages zurücklehnen können, nachdem ihn die Belohnungen der reichen Klientinnen, mit denen er seinen Charme geteilt hatte, zu einigem Wohlstand gebracht hätten.

»Mylady, ich bin erfreut, Euch wiederzusehen.« Bruli nahm Platz; er schob seine Sandalen sorgfältig unter die Waden. »Ich hoffe, das Geschäft mit Eurem Nachbarn verlief gut?«

Mara nickte abwesend. »Es ging nur um eine kleine Summe, die Jidu meinem verstorbenen Lord Buntokapi schuldete. Wir haben die Angelegenheit bereinigt.«

Interesse blitzte kurz in den Augen des jungen Mannes auf – ganz im Gegensatz zu seinem trägen Gesichtsausdruck. Mara erinnerte sich daran, daß Bruli möglicherweise selbst ein Spion der Minwanabi war, und sie lenkte das Gespräch auf ein unverfänglicheres Thema. »Mein Ausflug heute morgen hat mich erschöpft. Wenn Ihr mir Gesellschaft leisten wollt, werde ich Wein und Kekse in den Garten bringen lassen.« Sie ließ ihrer Taktik Zeit, sich zu entfalten, dann griff sie nach der einfachsten Ausrede. »Ich werde Euch dort treffen, sobald ich ein bequemeres Gewand angezogen habe.«

Nacoya nickte kaum merklich und bestätigte damit, daß Maras Verzögerung angemessen war. Der junge Bewerber verbeugte sich. Während eine Dienerin ihn hinausführte, eilte die Erste Beraterin der Acoma an die Seite ihrer Herrin. Ihre gewöhnlich griesgrämige Art war jetzt echter Besorgnis gewichen. »Konnten die Cho-ja Eure Schmerzen lindern?«

»Ja.« Mara zupfte an ihrem Gewand herum. »Und nun, Mutter meines Herzens, erkläre mir bitte, was dieser dumme Tand mit unseren Plänen für den jungen Bruli zu tun haben soll?«

Nacoyas Augen weiteten sich vor boshafter Freude. »Ah, Mara-anni, Ihr habt noch viel über die Männer zu lernen!« Sie nahm ihren Schützling fest an der Hand und führte sie ihn ihre Gemächer. »An diesem Nachmittag müßt Ihr Euer Bestes geben, um so verführerisch wie möglich zu sein, Mylady. Ich habe entsprechende Gewänder ausgewählt, die Ihr nach dem Bad anziehen sollt.«

Nacoya schritt über die Schwelle; sie versprühte die Aufregung einer Person, die an einer Verschwörung teilnimmt. Mara hörte, wie Dienerinnen hinter der kleinen Trennwand das Badewasser einfüllten, und sie sah verschiedene Kleidungsstücke hübsch ordentlich auf der Schlafmatratze ausgebreitet. Mara betrachtete die Auswahl ihrer Vertrauten mit skeptischem Blick. »Nacoya, es scheinen einige Teile zu fehlen.«

Nacoya lächelte. Sie nahm die dürftige Salonrobe auf, die gewöhnlich von den Ladies in ihren privaten Gemächern getragen wurde. Nacktheit war an sich kein gesellschaftliches Problem. Erwachsene und Kinder beider Geschlechter badeten zusammen, und nur ein kleiner Lendenschurz war zum Schwimmen erwünscht.

Doch wie bei allen Dingen, die mit dem Werben zusammenhingen, war auch das Verführen ein Zustand des Geistes. Wenn sie dieses winzige Stückchen Stoff im Garten in der Gegenwart eines Fremden trug, so war das weitaus reizvoller, als wenn sie nackt mit ihm schwimmen gehen würde.

Nacoya strich mit ihren kalten Fingern über das gazeartige Material. Sie blieb vollkommen ernst. »Wenn mein kleiner Plan funktionieren soll, muß Bruli von mehr angetrieben werden als nur dem Wunsch, seinen Vater zufriedenzustellen. Wenn er Euch begehrt, wird er Dinge tun, die er sonst niemals in Betracht ziehen würde. Ihr müßt Euch so verführerisch geben wie nur irgend möglich.«

Mara zuckte beinahe zurück. »Soll ich die Kokette spielen und Süßholz raspeln?« Sie wandte sich zur Seite und reichte ihren Spitzenfächer einer Dienerin, die gekommen war, um ihr die Reisekleidung abzunehmen.

»Das wäre nicht das Falscheste.« Nacoya ging zu einer Truhe und fischte eine kleine Phiole heraus. Dann summte sie leise zu dem Plätschern des Badewassers; es war eine alte Weise, die sie aus ihrer Jugend kannte und die dem Werben diente. Jetzt erschien Mara, in weiche Tücher gehüllt, hinter der Trennwand. Die alte Frau winkte die Dienerinnen beiseite und tropfte eine exotische Essenz auf Schultern, Handgelenke und zwischen die Brüste des Mädchens. Dann hob sie die Tücher hoch und betrachtete die nackte Gestalt ihrer Herrin. Sie widerstand dem Impuls zu kichern. »Ihr habt einen schönen, gesunden Körper, Mara-anni. Wenn Ihr Euch ein bißchen graziöser und eleganter bewegen könntet, habt Ihr in einer einzigen Minute sämtliches Blut aus seinem Kopf verbannt.«

Mara war ganz und gar nicht überzeugt und stellte sich vor das spiegelnde Glas, ein kostbares Geschenk eines Clanführers an ihrem Hochzeitstag. Gegen seine dunkle Patina präsentierte sich ein abgeblendeter Schatten ihrem Blick. Die Geburt hatte nur wenige Spuren auf dem gedehnten Gewebe hinterlassen, eine Folge der ständigen Pflege mit speziellen Ölen während der Schwangerschaft. Ihre Brüste waren etwas größer als vor dem Austragen Ayakis, doch ihr Bauch war so flach wie immer. Nach der Geburt ihres Sohnes hatte sie mit den Übungen des Tan-che begonnen, einem sehr alten, formellen Tanz, der den Körper stärkte und ihn gleichzeitig beweglich hielt. Doch Mara fand ihre schlanke Gestalt wenig attraktiv, besonders seitdem sie Teanis Reize gesehen hatte.

»Ich werde mich ziemlich dumm fühlen«, gestand sie ihrem Spiegelbild. Nichtsdestotrotz erlaubte sie den Dienerinnen, sie in das dürftige Gewand zu kleiden und sie mit verschiedenen blitzenden Juwelen sowie einer Schleife um ihr rechtes Fußgelenk zu schmücken. Weite Bauschärmel verbargen den Verband am Oberarm. Inzwischen laut summend, trat Nacoya hinter ihre Herrin und band ihr die Haare auf dem Kopf zusammen. Sie bändigte sie mit Nadeln aus Elfenbein und Jade, zupfte dann aber ein paar Locken heraus, mit denen sie kunstvoll das

Gesicht umrahmte. »So; Männer mögen es, wenn Frauen etwas unordentlich aussehen. Es fördert ihre Vorstellung, wie die Frau am Morgen aussehen könnte.«

»Mit verschlafenem Blick und geschwollenem Gesicht?« Mara lachte beinahe.

»Bah!« In gespieltem Ernst drohte Nacoya ihr mit dem Finger. »Ihr müßt erst noch lernen, was die meisten Frauen instinktiv wissen, Mara-anni. Schönheit ist ebensosehr eine Frage der Haltung wie des Gesichts und der Gestalt. Wenn Ihr den Garten wie eine Kaiserin betretet und Euch ganz langsam bewegt, als ob jeder Mann, der Euch sieht, Euer Sklave sei, wird Bruli ein Dutzend wunderschöner Tänzerinnen ignorieren, nur um Euch in sein Bett zu kriegen. Die Beherrschung dieser Kunst ist für eine Herrscherin genauso wichtig wie das Verwalten ihrer Ländereien. Denkt daran: Ihr müßt Euch langsam bewegen. Wenn Ihr sitzt oder Wein trinkt, seid so elegant wie möglich, wie eine Frau der Ried-Welt, wenn sie sich über die Balkonbrüstung zur Straße hinabbeugt. Lächelt und hört Bruli zu, als wäre alles, was er sagt, von außerordentlicher Brillanz, und sollte er einen Witz machen, so lacht um der Götter willen, selbst wenn es ein armseliger Scherz ist. Und wenn Euer Gewand etwas verrutscht und ein bißchen von Eurem Körper freigibt, laßt ihn einen kurzen Blick darauf werfen, bevor Ihr es wieder zurechtrückt. Ich möchte, daß dieser Sohn der Kehotara wie ein Needra-Bulle in der Brunftzeit hinter Euch herschnaubt.«

»Ich hoffe nur, daß sich der Plan als richtig erweist«, meinte Mara angeekelt. Sie fuhr mit den Fingern über die klimpernden Ketten an ihrem Hals. »Ich fühle mich wie die Gliederpuppe eines Händlers. Aber ich werde versuchen, mich wie Buntos kleine Hure Teani zu verhalten, wenn du glaubst, daß uns das einen Vorteil bringen könnte.« Dann wurde ihre Stimme schärfer: »Aber verstehe eines, Mutter meines Herzens. Ich werde diesen jungen Pfau nicht in mein Bett nehmen.«

Nacoya lächelte bei ihrem Vergleich mit dem gefiederten Vogel, den sich viele Edlen wegen seiner Schönheit hielten. »Ein Pfau ist er in der Tat, Mistress, und mein Plan erfordert, daß er uns sein schönstes Gefieder zeigt.«

Mara schaute gen Himmel, dann nickte sie. Sie ging in ihrem üblichen forschen Gang los, erinnerte sich jedoch daran, mit der größtmöglichen Nachahmung einer Frau der Ried-Welt aus der Tür zu treten. Sie versuchte lässig zu wirken, als sie sich dem jungen Bewerber näherte, und errötete vor Scham. Mara hielt ihren Auftritt für übertrieben bis an die Grenze der Peinlichkeit, doch Bruli saß aufrecht auf seinen Kissen. Er lächelte breit, sprang auf und verneigte sich tief vor der Lady der Acoma, während seine Augen in ihrem Anblick zu versinken drohten.

Als Mara es sich auf den Kissen bequem gemacht hatte, wollte der junge Mann ihr sogar selbst Wein einschenken, doch der Diener – Arakasi in Verkleidung – kam ihm zuvor. Seine Haltung zeigte keinerlei Spuren von Mißtrauen, doch Mara wußte, er würde niemals zulassen, daß seine Mistress ein Glas benutzte, das ein Vasall der Minwanabi berührt hatte. Als Mara sich plötzlich bewußt wurde, daß Bruli aufgehört hatte zu sprechen, warf sie ihm ein strahlendes Lächeln zu. Dann senkte sie beinahe schüchtern die Augen und heuchelte tiefes Interesse. Seine Gesprächsthemen waren banal und betrafen Leute und Ereignisse von geringer Bedeutung. Doch sie lauschte dem Klatsch des Hofes und der Städte, als würde das alles sie interessieren, und sie lachte bei Brulis Versuchen zu scherzen. Arakasi dirigierte die Haussklaven, die mit Tabletts voller weingetränkter Früchte kamen und gingen. Als Brulis Atem immer stärker nach Alkohol roch, löste sich seine Zunge, und sein Lachen dröhnte durch den Garten. Ein- oder zweimal legte er seine Finger leicht auf Maras Handgelenk, und wenn sie auch nicht im geringsten berauscht war, lief eine Gänsehaut über ihren Körper. Träge fragte sie sich, ob Nacoya vielleicht recht hatte und es mehr Liebe zwischen Männern und Frauen gab, als Buntokapis harter Umgang enthüllt hatte.

Doch sie blieb wachsam. Wenn auch Mara das Ganze lächerlich vorkam, unbeholfen, wie sie sich in der Rolle der Verführerin fühlte, so sagte ihr der distanzierte Teil ihres Bewußtseins, daß Bruli ganz und gar verzaubert war. Er wandte niemals seinen Blick von ihr. Einmal, als sie Arakasi zuwinkte, noch mehr Wein einzuschenken, rutschte ihr Gewand leicht auseinander. Sie nahm sich Nacoyas Rat zu Herzen und zögerte einen Augenblick, bevor sie es wieder schloß. Brulis Augen weiteten sich, und sein Blick schien auf der kleinen Wölbung ihrer leicht enthüllten Brüste haften zu bleiben. Sie fand es merkwürdig, daß eine solche Sache einen derart gutaussehenden Mann so aufwühlen konnte. Er mußte schon viele Frauen gehabt haben; warum sollte eine weitere ihn nicht langweilen? Doch Nacoyas Weisheit stützte sich auf die Erfahrungen vieler Jahre. Mara folgte der Anleitung ihrer Beraterin und ließ zu, daß einige Zeit später der Saum ihrer Robe etwas nach oben rutschte.

Bruli stolperte über seine eigenen Worte. Er lächelte und trank immer mehr Wein, um seine Unbeholfenheit zu verbergen, doch er konnte nicht anders, als auf den sich langsam entblößenden Oberschenkel zu starren.

Nacoya hatte recht gehabt. Mara trieb das Spiel noch etwas weiter. »Bruli, mit Eurer Erlaubnis möchte ich mich jetzt zurückziehen. Doch ich hoffe, Ihr habt Zeit und könnt mich wieder besuchen, sagen wir in« – sie zog einen Schmollmund, als wäre die Entscheidung darüber sehr schwierig, dann lächelte sie – »zwei Tagen, ja?« Sie versuchte sich so anmutig wie möglich zu geben, als sie aufstand, und kunstvoll rutschte ihr Gewand noch etwas weiter auseinander als zuvor. Brulis Gesicht wurde dunkelrot. Zu Maras Genugtuung versicherte er nachdrücklich, daß er außerordentlich gern zurückkehren würde. Dann seufzte er auf, als wären zwei Tage eine sehr lange Zeit.

Mara verließ den Garten, sich nur zu deutlich bewußt, daß er sie mit seinen Augen verfolgte, bis sie im Schatten des Hauses verschwunden war. Nacoya wartete an der ersten Tür; am Glitzern in ihren Augen war zu erkennen, daß sie das ganze Stelldichein beobachtet hatte.

»Haben alle Männer ihr Hirn zwischen den Beinen?« wollte Mara wissen. Sie runzelte die Stirn, als sie Brulis Verhalten mit der ernsten Art ihres Vaters und dem spitzbübischen Charme ihres Bruders verglich.

Nacoya scheuchte ihre Mistress brüsk vom Fensterladen weg. »Die meisten ja, den Göttern sei Dank.« Sie blieb vor der Tür zu Maras Gemächern stehen. »Mistress, die Frauen haben wenig Mittel, über ihr eigenes Leben zu bestimmen. Ihr habt das seltene Glück, eine Herrscherin zu sein. Der Rest von uns lebt von der Gnade unserer Lords und Ehemänner oder Väter, und was Ihr gerade eingesetzt habt, ist die mächtigste Waffe, die uns zur Verfügung steht. Fürchtet den Mann, der eine Frau nicht begehrt, denn für ihn werdet Ihr nur Werkzeug oder Feindin sein.« Leicht hämisch tätschelte sie Maras Schulter. »Doch unser junger Pfau ist hinüber, denke ich, was den Auftrag angeht, den er im Dienste seines Vaters ausführen sollte. Und jetzt werde ich mich beeilen, um ihn noch im Hof anzutreffen, bevor er fortgeht. Ich möchte ihm ein paar Vorschläge machen, wie er Euch gewinnen kann.«

Mara blickte der energisch davoneilenden Frau hinterher; die Haarnadeln rutschten bedenklich auf die linke Seite. Sie schüttelte den Kopf über die Verrücktheiten ihres Lebens und fragte sich, was Nacoya diesem dummen jungen Bewerber von den Kehotara wohl raten würde. Dann beschloß sie, darüber in einem heißen Bad weiter nachzudenken. Sie war etwas erschöpft von den Versuchen, Bruli mit der absichtlichen Zurschaustellung ihrer weiblichen Reize zu entflammen.

Fünf

Verführung

Der Junge riß die Augen weit auf.

Er saß auf seiner Matte vor dem äußeren Fensterladen und wandte sich mit einem fragenden Blick an seine Herrin. Der Junge arbeitete noch nicht lange als Läufer, und Mara nahm an, daß sein Gesichtsausdruck auf eine beeindruckende Ansammlung von Neuankömmlingen im Hof hindeutete. Sie entließ die neuen Krieger, die erst an diesem Morgen rekrutiert worden waren. Sie nahmen ihre Bögen auf, und als ein Diener eintraf, um sie zu ihren Baracken zu führen, wandte sie sich an den Läufer. »Ist es Bruli von den Kehotara?«

Der Sklavenjunge, jung und noch leicht zu beeindrucken, nickte rasch. Mara streckte sich kurz zwischen den Stapeln aus Pergamentrollen und Schriftentafeln und stand auf. Dann starrte auch sie überrascht nach draußen. Bruli näherte sich dem großen Haus in einer offensichtlich neuen Sänfte, deren reiche Verzierungen aus Perlenschnüren und Muscheleinlegearbeiten in der Morgensonne glänzten. Er trug aufs feinste bestickte Seidengewänder, und kleine Saphire glitzerten auf seiner Kopfbedeckung und betonten die Farbe seiner Augen. Doch damit war die Eitelkeit des Sohnes der Kehotara längst noch nicht zu Ende. Bruli hatte die Sänftenträger so ausgewählt, daß sie nach Größe und körperlicher Vollkommenheit zusammenpaßten; keiner von ihnen schien mitgenommen und zerlumpt, keinem war die Mühsal und Plage seiner Arbeit anzusehen. Diese Sklaven wirkten wie junge Götter, und ihre schlanken, muskulösen Körper waren eingeölt wie die von Athleten. Mara fühlte sich an die Aufführung eines Kindertheaters erinnert. Ein ganzes Dutzend Musiker begleitete die Ehrengarde der Kehotara. Sie spielten laut und kräftig auf den Hörnern und Viellen, während Bruli seine Ankunft zelebrierte.

Verwirrt bedeutete Mara einer Sklavin, die Schriftrollen wegzuräumen, während Misa half, ihr Aussehen etwas aufzufrischen. Da war Nacoya wieder am Werk gewesen. Dreimal hatte die Erste Beraterin den Jungen wieder weggeschickt, hatte ihn vor der ungeduldigen Reaktion ihrer Herrin gewarnt, sollte ein Bewerber nicht seinen Reichtum als Zeichen seiner Leidenschaft zur Schau stellen. Zweimal hatte Bruli mit Mara zusammen im Garten gegessen, und sie hatte sich wieder wie ein Stück Fleisch in der Auslage einer Metzgerbude gefühlt. Doch jedes Mal hatte sie bei einem seiner dummen Witze gelacht oder Überraschung vorgetäuscht, wenn es um eine Enthüllung über den einen oder anderen Lord im Hohen Rat ging. Bruli war aufrichtig zufrieden; er schien vollkommen entflammt zu sein. Bei ihrem letzten Treffen hatte Mara ihm gestattet, seine Leidenschaft durch einen kurzen Abschiedskuß auszudrücken, doch als sich seine Hände um ihre Schultern schlossen, löste sie sich geschickt aus seiner Umarmung. Er hatte flehende Worte hinterhergerufen, während sie durch die Tür gehuscht war und ihn verwirrt und erregt im vom Mondlicht gesprenkelten Garten zurückgelassen hatte. Nachdem Nacoya ihn zur Sänfte geleitet hatte, kehrte sie mit der Gewißheit zurück, daß die Enttäuschung dieses jungen Mannes seine Begierde nur noch verstärkte.

Mara legte einen betörenden Duft auf und befestigte kleine Glöckchen an den Handgelenken, dann schlüpfte sie in ein schamlos knappes Gewand, bei dessen Anblick sie sich wieder einmal erstaunt fragte, wo Nacoya solche Dinge nur fand. Misa steckte ihrer Herrin die Haare hoch und befestigte sie mit Smaragd- und Jade-Nadeln. Als Mara mit der Verkleidungsprozedur fertig war, trippelte sie davon, um den Werbenden zu begrüßen.

Als sie endlich erschien, weiteten sich Brulis Augen voll glühender Bewunderung. Er stieg etwas unbeholfen aus der Sänfte, während er den Rücken versteifte und sein Gewicht sorgfältig auf den Sandalen ausbalancierte. Mara unterdrückte einen Lachanfall; seine kostbaren Gewänder und die Kopfbedeckung waren offensichtlich schwer und unbequem. Die Bänder an den Ärmeln sahen aus, als würden sie ordentlich pieksen, und der breite Gürtel mit der farbenfrohen Stickerei nahm ihm die Luft und verstärkte das Gefühl der Hitze. Dennoch vermittelte Bruli den Eindruck eines Mannes, der sich rundum wohl fühlte. Er lächelte Mara charmant an und ließ sich von ihr in den kühlen Schatten des Herrenhauses führen.

Sie machten es sich in einem Zimmer mit Blick auf den Garten mit seinem Springbrunnen bequem, und Mara ließ Wein mit Früchten und Gebäck herbeibringen. Wie immer langweilte sie sich bei Brulis Unterhaltung; doch Arakasi, der wieder die Rolle des Dieners übernommen hatte, konnte dem Gespräch einige brauchbare Informationen entnehmen, da sie zu dem paßten, was er bereits durch seine Spione erfahren hatte. Mara staunte immer noch über die Fähigkeit ihres Supais, aus scheinbar banalem Klatsch ernsthafte Informationen herauszuziehen. In den vertrauten Gesprächen, die gewöhnlich den Besuchen Brulis folgten, hatte Arakasi einige interessante Theorien zu den Vorgängen im Hohen Rat von sich gegeben. Wenn seine Spekulationen richtig waren, würde sich die Partei des Blauen Rades schon sehr bald aus dem Krieg in der barbarischen Welt zurückziehen und damit den glorreichen Feldzug des Kriegsherrn ernsthaft gefährden. Sollte dies geschehen, würden die Anasati, die Minwanabi und Almechos andere Verbündete ganz sicher nach anderweitiger Unterstützung Ausschau halten müssen. Mara fragte sich, ob Jingu ihre Beseitigung erneut angehen würde, bevor die Minwanabi gezwungen sein würden, ihre Energie auf etwas anderes zu lenken.

Brulis plaudernde Stimme versiegte, und zu spät begriff Mara, daß sie den Gesprächsfaden verloren hatte. Sie überbrückte die Pause mit einem Lächeln, von dem sie nicht ahnte, wie umwerfend hübsch es sie machte. Bruli strahlte sie mit warmen Augen an. Seine Gefühle waren vollkommen aufrichtig, und einen Augenblick überlegte Mara, wie sie sich in seinen Armen wohl fühlen würde, verglichen mit der unfreundlichen Behandlung, die sie durch Buntokapi erfahren hatte. Doch dann beugte Arakasi sich etwas nach vorn, um ein Insekt totzuschlagen, und seine Kleidung raschelte am Weintablett. Bei der unerwarteten Bewegung fuhr Bruli zusammen, und eine Hand schnellte zu dem Dolch, den er in der Schärpe verborgen hatte. Von einer Sekunde zur nächsten hatte sich der glühende Bewerber in einen tsuranischen Krieger verwandelt, den nichts als angespannte Muskeln und kalte Augen kennzeichneten. Maras kurzfristige sentimentale Stimmung war sofort dahin. Im Vergleich mit seinesgleichen mochte dieser Mann durchaus zivilisierter sein, und er konnte sicherlich charmanter reden, besaß einen schöneren Körper und ein hübscheres Gesicht als der brutale Kerl, den sie einst geheiratet hatte. Doch tief im Innern war er ernst und herrisch. Wie Buntokapi würde er aus einem plötzlichen Impuls heraus töten oder Schmerz zufügen, ohne auch nur mit der Wimper zu zucken.

Mara ärgerte sich über diese Erkenntnis, als hätte sie für eine kurze Zeit etwas anderes in diesem Mann gesucht – oder in irgendeinem Mann. Daß diese Sehnsucht eine sinnlose Hoffnung war, rief in ihr den irrationalen Instinkt hervor, sich zu wehren. Sie tat, als wäre ihr nicht wohl bei der Hitze, fächelte sich eifrig Luft zu und schob schließlich das Oberteil ihres Gewandes etwas zur Seite, so daß sie Bruli einen tiefen Blick auf den größten Teil ihrer Brüste gewährte. Der Effekt trat sofort ein. Der junge Mann besänftigte sich und zog wie ein Sarcat seine kämpferischen Klauen wieder ein. Jetzt war eine andere Spannung in ihm, und er rückte näher zu ihr heran.

Mara lächelte; ein ruchloser Glanz trat in ihre Augen. Die kleinen Glöckchen an ihrem Handgelenk bimmelten in einem perfekten Akkord, einer Septim, als sie scheinbar zufällig den Arm des jungen Mannes berührte. »Irgend etwas stimmt heute nicht mit mir, Bruli, denn mir erscheint die Hitze heute ziemlich drückend. Würdet Ihr mit mir baden?«

Der junge Mann zerstörte beinahe seine prachtvolle Aufmachung, so hastig erhob er sich. Er reichte Mara die Hand, und sie ließ sich von ihm beim Aufstehen helfen. Sie achtete nicht darauf, ihre Kleidung wieder in Ordnung zu bringen, und so öffnete sich ihr Gewand noch weiter, so daß Bruli einen Blick auf die kleinen, reizenden Brüste und die Andeutung ihres festen Bauches erhaschte. Mara lächelte, als sie bemerkte, wohin er starrte. Mit langsamen, provozierenden Bewegungen band sie ihre Schärpe wieder zu, und kleine Schweißperlen bildeten sich unter Brulis Kopfbedeckung. »Ihr seht sehr erhitzt aus«, bemerkte sie.

Der junge Mann betrachtete sie mit unverhohlener Bewunderung. »Ich bin stets vor Leidenschaft für Euch entflammt, Mylady.«

Dieses Mal ermutigte Mara seine Kühnheit. »Wartet einen Augenblick«, sagte sie und ging mit einem einladenden Lächeln fort, um Nacoya zu suchen.

Die alte Frau saß gleich hinter dem Fensterladen, doch außer Sichtweite, und hatte etwas zum Sticken auf dem Schoß. Mara schoß die ziemlich unwichtige Erkenntnis in den Sinn, daß die Stiche auffallend zusammenhanglos waren. Dankbar, weil ihre Erste Beraterin keine Erklärung darüber erwartete, was in der Kammer beim Garten vorgefallen war, gab sie ihr rasch einige Befehle.

»Ich denke, wir haben unseren jungen Jiga-Hahn so weit, daß er kräht. Laß ein Bad vorbereiten. Wenn ich die Dienerinnen weggeschickt habe, gestatte uns fünfzehn Minuten allein. Dann schickst du den Läufer mit einer dringenden Nachricht zu mir. Und Misa soll sich bereithalten. Du hast gesagt, sie bewundert den Mann?«

Nacoya antwortete mit einem bedauernden Kopfschütteln. »Ah, Tochter, sorgt Euch nicht um Misa. Sie liebt Männer.«

Mara nickte und wandte sich ab, um zu ihrem Bewerber zurückzukehren. Doch Nacoya hielt sie am Handgelenk fest, und der Klang der winzigen Glöckchen erstarb unter dem Druck ihrer faltigen Hand. »Lady, seid vorsichtig. Die Wachen werden für Eure Sicherheit sorgen, doch Ihr spielt ein gefährliches Spiel. Überlegt genau, wie weit Ihr Bruli treiben wollt. Möglicherweise wird er zu ungeduldig, um sich noch aufhalten zu lassen. Zu diesem Zeitpunkt wäre es jedoch ein großer Schaden für die Acoma, wenn Pape ihn wegen versuchter Vergewaltigung umbringen müßte.«

Mara dachte an ihre geringen Erfahrungen mit Männern und entschied sich zur Vorsicht. »Schick den Läufer nach zehn Minuten hinein.«

»Geht jetzt.« Nacoya ließ ihre Herrin los, nachdem sie ihr noch einmal liebevoll die Hand getätschelt hatte. Den Göttern sei Dank, daß sie nicht hatte lügen müssen; Misa war Maras hübscheste Zofe, und ihr Appetit auf gutaussehende Männer war Gegenstand von allerhand schamlosem Klatsch unter den Bediensteten. Sie würde ihre Rolle mit echter Freude spielen.

Dienerinnen leerten den letzten Krug mit kaltem Wasser in die Wanne, dann zogen sie sich nach einer Verbeugung zurück und schlossen den Laden. Mara gab Brulis Hand frei. Die Glöckchen an ihren Handgelenken bimmelten lieblich, als sie mit tänzerischen Bewegungen ihre Schärpe löste und das Gewand auf den Boden fallen ließ. Eine mit Perlen verzierte Armspange verbarg die Narbe von ihrer Verletzung am Oberarm, und die Seide glitt über ihre elfenbeinfarbene Haut, rutschte über die Taille und die runden Hüften. Als der Stoff die Beine streifte und auf den Boden fiel, hob Mara erst den einen, dann den anderen nackten Fuß, um sich von dem Gewand zu befreien. Sie zelebrierte die Schritte bis zum vorderen Ende der hölzernen Wanne und achtete darauf, den Bauch einzuziehen und das Kinn emporzurecken. Aus dem Augenwinkel sah sie, wie Bruli stürmisch seine kostbare Kleidung ablegte; ihr Spiel mit dem Gewand hatte den jungen Mann so weit getrieben, daß er beinahe jeglichen Anstand verlor. Als er den Lendenschurz fortriß, sah sie den Beweis ihrer Wirkung allzu deutlich. Nur durch reine Willensanstrengung konnte Mara den Drang unterdrücken, lauthals loszulachen. Wie dumm Männer doch aussehen konnten, wenn sie erregt waren.

Bruli reckte sich. In dem sicheren Bewußtsein, daß sein Körper der Bewunderung wert war, sprang er auf die Wanne zu, tauchte seine schlanken Hüften mit einem genußvollen Seufzer ins Wasser, als wollte er nichts anderes als ordentlich naß werden. Mara wußte es jedoch besser. Bruli hatte auf diesen Augenblick gehofft, war den größten Teil der Woche unruhig gewesen vor leidenschaftlicher Erwartung. Er öffnete seine Arme und lud Mara ein, ihm Gesellschaft zu leisten. Sie aber lächelte statt dessen und griff nach einer Phiole und einem Stück Duftseife. Die unschätzbar teuren Metallglöckchen an den Handgelenken klingelten wieder, während sie die wohlriechenden Öle auf der Oberfläche des Wassers verteilte. Ein Regenbogen bildete sich schimmernd um Brulis athletische Gestalt. Er schloß voller Zufriedenheit die Augen, während sich die Glöckchen hinter ihm bewegten und kleine Hände begannen, seinen Rücken einzuseifen.

»Ihr fühlt Euch so gut an«, murmelte Bruli.

Ihre Hände schmolzen dahin wie Geister. Die Glöckchen sangen eine letzte Melodie und verklangen, und leichte Wellen wirbelten das Wasser auf. Bruli öffnete die Augen und fand Mara vor sich in der Wanne; mit sinnlicher Hingabe seifte sie ihren Körper ein. Er leckte sich über die Lippen, ohne die Berechnung in ihren hübschen Augen zu bemerken. Aus dem rührseligen Grinsen auf seinem Gesicht schloß Mara, daß sie die Rolle der Verführerin mit großer Überzeugung spielte.

Die Atemzüge des Mannes klangen jetzt beinahe so schwer wie die von Buntokapi. Mara war nicht überrascht, als Bruli nach einem anderen Seifenstück griff und sich anschickte, ihr zu helfen. Sie drehte sich anmutig beiseite und versank bis zum Hals im Wasser. Schaum und in allen Regenbogenfarben schillerndes Öl hüllten ihren Körper ein, und als Bruli die kräftigen Hände nach ihr ausstreckte, kam ihm die Lady mit einem Lächeln zuvor. »Nein, laßt mich.« Badeöl schwappte über den Rand der Wanne, als sie an seine Seite kam und spielerisch seinen Kopf unter Wasser drückte. Der junge Mann tauchte prustend unter und lachend wieder auf und grabschte mit den Händen nach ihr. Doch Mara war inzwischen hinter ihn geglitten. Aufreizend langsam wusch sie seine Haare. Bruli zitterte vor Vergnügen, als er sich die Berührung ihrer Hände auf anderen Stellen seines Körpers ausmalte. Mara arbeitete sich von den Haaren weiter nach unten, wechselte jetzt zu einer sanften Massage seines Nackens und Rückens. Bruli schob seinen Körper zurück und spürte die Spitzen ihrer Brüste an den

Schultern. Er langte mit den Händen nach hinten über seinen Kopf, doch ihre Hände entschlüpften ihm, glitten nach vorn und liebkosten jetzt seine Schlüsselbeine und die Brust. Mara bemerkte, wie sehr sein Körper inzwischen bebte, und sie hoffte inbrünstig, daß der Läufer endlich erscheinen würde. Es fielen ihr keine Verzögerungstricks mehr ein, und auf eine merkwürdige Weise, die sie nicht hatte vorhersehen können, spürte auch sie in ihren Lenden eine merkwürdige Spannung. Das Gefühl ängstigte sie, denn Buntokapis Zuwendungen hatten niemals solche Gefühle in ihr geweckt. Die wohlriechende Seife erfüllte die Luft mit einem blühenden Duft, und das Nachmittagslicht fiel durch die bunten Läden und verwandelte den Baderaum in einen weichen, sanften Ort für Liebende. Doch Mara wußte, daß es genausogut ein Ort des Tötens sein konnte, schließlich wartete Papewaio hinter dem Laden. Dieser Mann war ein Vasall der Minwanabi, ein Feind, und sie durfte nicht die Kontrolle verlieren.

Verführerisch fuhr sie mit der Hand an Brulis Bauch entlang und noch weiter hinunter. Er zitterte und lächelte sie an, und genau in diesem Moment wurde der Laden zurückgeschoben, und die atemlose Gestalt ihres Läufers erschien.

»Mistress, ich bitte um Vergebung, doch Euer Hadonra sagt, es sei eine Nachricht von höchster Wichtigkeit angekommen.«

Mara warf Bruli einen enttäuschten Blick zu und erhob sich aus der Wanne. Dienerinnen eilten mit Tüchern herbei, und Bruli, von seiner Lust gepeinigt, starrte dumpf den letzten glitzernden Stellen ihres nackten Fleisches hinterher, das jetzt in Leinentüchern verschwand. Mara lauschte der erfundenen Nachricht und wandte sich ihm mit offenem Bedauern zu. »Bruli, es tut mir fürchterlich leid, doch ich muß Euch jetzt verlassen und mich um eine unerwartete Angelegenheit von äußerster Dringlichkeit kümmern.«

Sie biß sich auf die Lippe und hielt schon eine Erklärung für den Fall bereit, daß er wissen wollte, was genau geschehen war. Doch seine Gedanken waren nur mit der Enttäuschung beschäftigt, und er fragte lediglich: »Kann das nicht warten?«

»Nein.« Mara machte eine hilflose Geste. »Ich fürchte, das geht nicht.«

Wasser schwappte über, als Bruli sich erhob, um dagegen zu protestieren. Mara eilte beflissen an seine Seite und drückte ihn sanft in die Wanne zurück. »Euer Vergnügen muß deshalb nicht unterbrochen werden.« Sie lächelte, jeder Zentimeter fürsorgliche Gastgeberin, und rief nach einer ihrer Dienerinnen. »Misa, Bruli hat sein Bad noch nicht beendet. Ich denke, du solltest hierbleiben und dich um ihn kümmern.«

Die hübscheste der Dienerinnen, die mit Tüchern hereingekommen waren, trat jetzt vor und zog ohne Zögern ihr Gewand und die Unterkleider aus. Sie hatte eine schöne, ja atemberaubende Figur, doch Bruli ließ sich nicht ablenken, sondern betrachtete nur Mara, die inzwischen ihre sauberen Kleider anzog und den Raum verließ. Leise schloß sich die Tür hinter ihr. Der Sohn des Lords der Kehotara ballte seine Hand zu einer Faust und ließ sie laut platschend ins Wasser klatschen. Dann, nach einigem Zögern, bemerkte er die Zofe. Allmählich verflog seine Enttäuschung und wich einem hungrigen Lächeln.

Er tauchte durch Schaum und zerfaserte Ölschlieren zu ihr und packte sie an den Schultern. Mara, verborgen hinter der Tür, wartete das Finale nicht ab, sondern schloß behutsam und geräuschlos die kleine Spalte im Laden. Nacoya und Papewaio folgten ihr den Flur entlang. »Du hattest recht, Nacoya. Ich verhielt mich wie eine Königin, und er bemerkte Misa kaum, bis ich fort war.«

Ein schwaches Plätschern drang vom Badezimmer zu ihnen, unterbrochen von mädchenhaftem Gekreische.

»Inzwischen scheint er sie sehr wohl bemerkt zu haben«, wandte Papewaio ein.

Nacoya ging darauf nicht ein. »Misa wird seinen Appetit nur noch mehr anregen. Er wird jetzt darauf brennen, Euch zu bekommen, Tochter. Ich glaube, Ihr habt mehr von den Männern gelernt, als ich vermutete. Doch es ist gut, daß Bruli sich in Eurer Gegenwart ruhig verhalten hat. Wenn Pape ihn hätte töten müssen …« Sie ließ den Gedanken unausgesprochen.

»Nun, er mußte es nicht.« Gereizt und sonderbar angewidert beendete Mara das Thema. »Ich werde mich jetzt in mein Arbeitszimmer begeben und dort verbergen. Gebt mir Bescheid, wenn Bruli mit Misa fertig und abgereist ist.« Sie entließ ihren Truppenführer und die Erste Beraterin mit einer knappen Handbewegung. Nur der Läufer war noch bei ihr; er reckte sich in dem Bestreben, den kräftigen Schritt eines Kämpfers nachzuahmen. Dieses Mal amüsierten sie seine Possen nicht. »Schick Jican zu mir ins Arbeitszimmer«, befahl sie ihm kurz angebunden. »Ich habe Pläne, die das Land betreffen, das wir vom Lord der Tuscalora erworben haben.«

Mara eilte entschlossen weiter, doch das quietschende Lachen eines Kindes ließ ihren Ärger verfliegen. Ayaki war aus seinem Mittagsschlaf erwacht. Mara lächelte nachsichtig und nahm einen anderen Weg. Die Intrigen und das Große Spiel des Rates konnten warten, bis sie einige Zeit mit ihrem Sohn verbracht hatte.

Als Bruli von den Kehotara das nächste Mal erschien, um Mara den Hof zu machen, wurde er von einem Dutzend Tänzern und Tänzerinnen begleitet, die ihr Handwerk alle außergewöhnlich gut verstanden und sich mit athletischer Grazie drehten und zur Musik eines ganzen Orchesters herumwirbelten. Die Sänfte, die der Prozession folgte, war wieder eine andere, geschmückt mit Metallen und Edelsteinen. Mara blinzelte gegen die grelle Spiegelung des Sonnenlichts und kam zu dem Entschluß, daß der Stil ihres Bewerbers nah an die pompöse Aufmachung herankam, die der Lord der Anasati bevorzugte.

»Warum wird jedes neue Treffen immer mehr zu einer Zirkusveranstaltung?« flüsterte sie Nacoya zu.

Die alte Frau rieb sich die Hände. »Ich habe Eurem jungen Bewerber erklärt, daß Ihr einen Mann schätzt, der seinen Reichtum stolz der Welt zur Schau stellen kann. Ich war allerdings nicht ganz so eindeutig.«

Mara warf ihr einen skeptischen Blick zu. »Woher wußtest du, daß er auf dich hören würde?«

Nacoya winkte dem jungen Mann lässig zu, der sich hoffnungsvoll aus der Sänfte lehnte, um einen Blick auf die Lady werfen zu können, der er den Hof machen wollte. »Tochter, habt Ihr es immer noch nicht gelernt? Liebe kann selbst den besten Mann dazu bringen, aus sich einen Narren zu machen.«

Mara nickte; zumindest verstand sie, warum ihre alte Amme darauf bestanden hatte, daß sie sich wie eine Hure verhielt. Der Auftrag seines Vaters allein hätte Bruli niemals dazu gebracht, ein solches Vermögen auszugeben. An diesem Morgen hatte Arakasi einen Bericht erhalten, nach dem der Junge die ohnehin wackligen Finanzen der Kehotara bis kurz vor den Bankrott getrieben hatte. Seinem Vater Mekasi würde es sehr peinlich sein, wenn er Jingus Gnade zur Rettung seiner Ehre benötigte.

»Um zwischen Euren Beinen liegen zu können, würde dieser Junge das Vermögen seines Vaters verschwenden«, erklärte Nacoya kopfschüttelnd. »Man könnte ihn beinahe ein bißchen bedauern. Der Genuß von Misa an Eurer Stelle zeitigte den gewünschten Effekt und hat seinen Hunger nach Euch nur noch gesteigert. Dieser Narr hat sich leidenschaftlich in Euch verliebt.«

Der Kommentar der Ersten Beraterin ging beinahe in der Fanfare der Hörner unter. Vielle-Spieler steigerten sich stürmisch in das Finale aus Arpeggios, während Bruli und seine Begleiter die Stufen zum Herrenhaus emporstiegen und den Garten betraten. Die Tänzer und Tänzerinnen wirbelten geschlossen herum und ließen sich in einem Halbkreis aus Verbeugungen vor Mara niederfallen, als Bruli erschien. Sein schwarzes Haar war dieses Mal zu Löckchen gewellt, und an seinen Armen hingen schwere Armreifen aus ziselierter Emaille. Als er vor sie trat, fiel sein prahlerisches Gehabe jedoch in sich zusammen. Er hatte erwartet, sie in einem luftigen Gewand zu sehen, doch sie trug eine bis unter die Knie reichende offizielle weiße Robe mit langen Ärmeln.

Obwohl er spürte, daß ein Problem in der Luft lag, führte er seine Verbeugung voller Anmut aus. »Mylady?« fragte er, während er seine Gefolgschaft beiseite winkte.

Mara bedeutete ihren Dienerinnen, in angemessener Entfernung zu warten. Sie runzelte ein wenig die Stirn, als würde sie gegen das Gefühl einer großen Enttäuschung ankämpfen, die zuviel war, als daß sie sie verbergen könnte. »Bruli, ich bin dabei, einiges zu begreifen.« Sie senkte die Augen. »Ich bin allein ... und Ihr seid ein sehr gutaussehender Mann. Ich ... Ich habe schlecht gehandelt.« Sie beendete hastig den Satz. »Ich habe meine Begierde über meinen Verstand herrschen lassen, und jetzt muß ich erkennen, daß Ihr mich für eine weitere dumme Frau haltet, die Ihr auf die Liste Eurer Eroberungen setzen könnt.«

»Aber nein!« unterbrach Bruli sie sofort betroffen. »Für mich seid Ihr die vorbildlichste aller Frauen, Mara.« Seine Stimme senkte sich ehrfurchtsvoll. »Mehr noch, Mara, ich liebe Euch. Ich würde niemals bei der Frau, die ich heiraten will, an Eroberung denken.«

Seine Aufrichtigkeit ließ Mara einen Augenblick schwanken, aber nicht viel länger. Trotz seines guten Aussehens war Bruli nur ein weiteres Exemplar aus der Gruppe eitler junger Männer, die mit nur wenig Klugheit und Weisheit gesegnet waren.

Mara wich einen Schritt zurück, als er die Hand nach ihr ausstreckte. »Ich würde Euch gerne glauben, Bruli, doch Euer eigenes Verhalten straft Eure hübschen Worte Lügen. Erst vor zwei Tagen habt Ihr in meiner Zofe einen leichten Ersatz für ...« Wie leicht die Lüge über die Lippen kommt, dachte sie. »Ich war bereit, mich Euch hinzugeben, lieblicher Bruli. Doch ich muß entdecken, daß Ihr nicht mehr als ein weiterer Abenteurer des Herzens seid und ich nur eine arme, bescheidene Witwe.«

Bruli ließ sich sofort auf ein Knie nieder. Es war die Geste eines Dieners, und sie bestürzte in ihrer Aufrichtigkeit. Er begann ernsthaft seine Liebe zu bekunden, doch Mara wandte sich brüsk ab. »Ich kann das nicht anhören. Es bricht mir das Herz.« Sie tat so, als wäre sie zu sehr verletzt, um dies ertragen zu können, und flüchtete in den Garten.

Als das Trippeln ihrer Sandalen im Haus verklang, erhob sich Bruli langsam wieder. Er spürte, wie Nacoya seinen Ellbogen berührte, und gestikulierte verlegen und verwirrt. »Ehrwürdige Mutter, wenn sie mich nicht anhören will, wie kann ich ihr dann meine Liebe beweisen?«

Nacoya gluckste verständnisvoll und tätschelte den Arm des Mannes, dann führte sie ihn geschickt am Orchester und der Tanzgruppe vorbei bis zu seiner herrlich eingerichteten Sänfte. »Frauen haben nicht viel Kraft, Bruli. Ihr müßt sanft und geduldig sein. Ich denke, das eine oder andere kleine Geschenk, zusammen mit einem Brief oder noch besser einem Gedicht, wird ihr Herz umstimmen. Vielleicht eines an jedem Tag, bis sie Euch zurückruft.« Sie berührte den Rand der Sänfte mit bewundernden Händen. »Ihr wißt, Ihr hattet sie bereits für Euch gewonnen. Hättet Ihr Euch nur zurückhalten und die Zofe in Ruhe lassen können, wäre sie ganz sicher Eure Frau geworden.«

Diese Enttäuschung war zuviel für Bruli. »Aber ich dachte, es war ihr Wunsch, daß ich das Mädchen nehmen sollte!« Seine Armreifen klapperten, als er die Arme in einer beleidigten Geste verschränkte. »Diese Zofe war eindeutig unverfroren genug in der Wanne, und … es war nicht das erste Mal, daß ich als Gast eines Hauses zum Zeitvertreib eine Dienerin angeboten bekam.«

Nacoya reizte ihre Rolle als gutmütige Großmutter bis zur Grenze aus. »Oh, Ihr armer Junge. Ihr wißt so wenig über das Herz einer Frau. Ich wette, es war niemals eine Frau, die Euch als Gast eine Zofe zum Anwärmen ins Bett geschickt hat.« Sie schwenkte einen Finger unter seiner Nase. »Es war ein Mann, der das tat, nicht wahr?«

Bruli starrte auf den feinen Kies auf dem Boden; er mußte ihr recht geben. Nacoya nickte kurz. »Seht Ihr, es war in einer bestimmten Weise ein Test.« Er kniff die Augen zusammen, und sie fuhr fort: »Nicht von Anfang an, das versichere ich Euch. Aber es ist einfach so: Hättet Ihr Euch angekleidet und wäret sofort gegangen, wäre meine Herrin bei Eurer Rückkehr die Eure gewesen. So aber …«

Bruli warf seine gekringelten Locken zurück und grunzte: »Und was soll ich jetzt tun?«

»Wie ich schon sagte, Geschenke.« Nacoyas Stimme bekam jetzt einen leicht tadelnden Ton. »Und ich denke, Ihr solltet beweisen, daß Ihr auf Eure Leidenschaft nur noch mit wahrer Liebe antworten wollt. Schickt die Mädchen weg, die Ihr Euch in Euren Gemächern in der Stadt haltet.«

Bruli richtete sich sofort argwöhnisch auf. »Ihr habt Spione! Wie sonst hättet Ihr wissen können, daß zwei Frauen aus der Ried-Welt in der Stadt bei mir wohnen?«

Obwohl tatsächlich Arakasis Spione diese Tatsache bestätigt hatten, nickte Nacoya nur in alter Weisheit. »Seht Ihr, ich habe richtig vermutet! Und wenn bereits eine alte, einfache Frau wie ich so etwas erraten kann, wird es meine Lady erst recht erraten haben.« Klein und verhutzelt neben dem stolzen Krieger, drängte sie ihn zum Tor, wo seine Sänfte wartete. »Ihr müßt gehen, junger Herr. Wenn Ihr wirklich ihr Herz gewinnen wollt, darf nicht der Eindruck entstehen, als würdet Ihr übermäßig lang mit mir sprechen. Meine Lady könnte sonst vermuten, daß ich Euch einen Rat gebe, und das würde ihr ganz und gar nicht gefallen. Geht also schnell, und seid großherzig im Beweis Eurer Ergebenheit.«

Der Sohn Mekasis ließ sich zögernd auf den Kissen nieder. Seine Sklaven schulterten die Stäbe der bunten Sänfte, und mit der Präzision einer Spieluhr ließen die Musiker den verabredeten Rückzugsmarsch ertönen. Frauen und Männer wirbelten in fröhlichen Kreisen und Drehungen umher, bis ein nörgelnder Ruf ihres Herrn der Vorstellung ein Ende bereitete. Die Viellen schrammten ein letztes Mal und schwiegen, und ein einsamer verspäteter Hornbläser brachte die Needra-Bullen auf den Weiden zum Brüllen. Wie passend, dieser letzte Abschiedsgruß vom Vieh, dachte Nacoya, als Bruli mit seinem Gefolge in düsterer Stimmung nach Sulan-Qu aufbrach. Die heiße Mittagssonne ließ die Kränze auf den Köpfen der Tanzschar und der Sklaven verwelken, und beinahe empfand die Erste Beraterin der Acoma Mitleid für den jungen Mann. Aber nur beinahe.

Die Geschenke trafen bereits ab dem nächsten Tag ein. Als erstes kam ein seltener Vogel, der ein schwermütiges Lied sang, zusammen mit einer Nachricht in Form eines eher mißlungenen Gedichts. Nacoya las es, nachdem Mara es zur Seite gelegt hatte. »Die Schrift beweist Übung. Er muß ein paar Dimis ausgegeben haben, um einen Poeten zu engagieren, der ihm dies verfaßt hat.«

»Dann hat er seinen Reichtum verschwendet. Es ist schrecklich.« Mara winkte eine Sklavin herbei, die das farbenfrohe Geschenkpapier des Vogelkäfigs wegschaffen sollte. Der Vogel selbst hoppelte von einer Schilfstange zur nächsten und sang sich das winzige Herz aus dem Leib.

In diesem Augenblick erschien Arakasi an der Schwelle zum Arbeitszimmer. »Mylady, ich habe den Spion für die Kehotara entdeckt.«

Mara befahl den Sklaven, den Vogel in ein anderes Zimmer zu bringen. »Wer ist es?« fragte sie, während sein Trällern im Flur verklang.

Arakasi nahm ihr Angebot an und trat ein. »Einer von Brulis Dienern eilte fort mit einer Nachricht, ich nehme an, um den Lord der Kehotara vor den Exzessen seines Sohnes zu warnen. Doch das Merkwürdige ist, daß ein anderer Sklave, einer der Träger, ebenfalls das Haus in der Stadt verlassen hat, um sich mit einem Gemüsehändler zu treffen. Ihre Unterhaltung betraf nicht das Gemüse, und es deutet alles darauf hin, daß er ein Spion der Minwanabi ist.«

Mara zupfte an einer Schleife. »Ist etwas geschehen?«

Arakasi verstand sie ohne weitere Worte. »Der erste Mann hatte einen unerfreulichen Unfall. Seine Botschaft fiel in die Hände eines anderen Gemüsehändlers, der zufälligerweise ein unerbittlicher Feind Jingus ist.« Der Supai zog ein Dokument aus seinem Gewand und reichte es Mara mit ernster Miene.

»Ihr riecht immer noch nach Seshi-Knollen«, meinte die Lady der Acoma mit gespieltem Vorwurf; dann begann sie, die Nachricht zu lesen. »Ja, dies beweist Eure Vermutungen. Es legt außerdem nahe, daß Bruli keine Ahnung davon hatte, daß ein zweiter Spion in seiner Gruppe war.«

Arakasi zog die Stirn in Falten, wie er es immer tat, wenn er etwas las, das auf dem Kopf stand. »Wenn diese Zahl stimmt, hat Bruli seinen Vater bereits nahe an den finanziellen Ruin getrieben.« Der Supai hielt inne und strich sich über das Kinn. »Mit Jicans Hilfe habe ich viele der Handwerker und Kaufleute überredet, ihre Rechnungen so lange zurückzustellen, bis wir möchten, daß sie sie losschicken. Dies ist der Lohn für Eure Praxis, die Rechnungen immer sofort zu begleichen.«

Mara nickte anerkennend. »Wieviel Zeit läßt dies den Kehotara noch?«

»Wenig. Wie lang könnte es ein Kaufmann aushalten, jemanden wie Bruli zu finanzieren? Schon bald werden sie nach dem Hadonra des Lords der Kehotara schicken, um ihr Geld einzufordern. Ich wäre liebend gern ein Insekt an der Wand, um zuzusehen, wie er den ganzen Packen Rechnungen erhält.«

Mara betrachtete den Supai mit prüfendem Blick. »Ihr habt noch mehr zu berichten.«

Arakasi zog überrascht seine Brauen hoch. »Ihr kennt mich mittlerweile ziemlich gut.« Doch ein fragender Tonfall schwang in diesem Satz mit.

Ruhig zeigte Mara auf seinen Fuß, mit dem er leicht auf den Teppich klopfte. »Ihr hört erst damit auf, wenn Ihr fertig seid.«

Der Supai mußte beinahe lächeln. »Zauberin«, sagte er bewundernd; dann wurde seine Stimme wieder ernst. »Die Partei des Blauen Rades hat gerade allen ihren Kommandeuren befohlen, sich von Midkemia zurückzuziehen, genau wie wir vermutet hatten.«

Mara kniff die Augen zusammen. »Dann haben wir keine Zeit mehr zu verlieren und müssen die Sache mit diesem eitlen und dummen Jungen schnell zu Ende bringen. In den nächsten Tagen wird sein Vater nach ihm schicken, selbst wenn er den gefährlichen Zustand seiner Finanzen noch nicht bemerkt haben sollte.« Sie klopfte geistesabwesend mit der Schriftrolle auf den Tisch, während sie über ihren nächsten Schritt nachdachte. »Arakasi, achtet darauf, daß kein Bote zu Bruli vordringt, bevor Nacoya ihn nicht davon überzeugt hat, mir die Sänfte als Geschenk zu überlassen. Und, alte Mutter, in dem Augenblick, da dies geschieht, ladet ihn wieder ein.« Maras Blick ruhte auf ihren beiden Vertrauten. »Und hoffentlich sind wir wirklich mit ihm fertig, bevor sein Vater ihm den Auftrag gibt, mich zu töten.«

Die folgenden vier Tage sandte Bruli jeden Tag ein neues Geschenk. Die Bediensteten stapelten alles in einer Ecke in Maras Arbeitszimmer, bis Nacoya sich mit säuerlicher Miene beklagte, daß der Raum wie ein Marktplatz aussähe. Der Haufen war beeindruckend – kostbare Gewänder aus feinster Seide; exotische Weine und Früchte, die unter hohen Kosten in das Kaiserreich gelangt waren; Edelsteine und sogar Schmuck aus Metall. Schließlich, am fünften Tag nach jenem Nachmittag, da sie den jungen Mann fortgeschickt hatte, kam die phantastische Sänfte an. Sofort gab Mara Arakasi den Auftrag, Bruli eine zweite Nachricht zukommen zu lassen, eine, die sie kaum einen Tag zuvor abgefangen hatten. Der Lord der Kehotara war endlich über die Exzesse seines Sohnes informiert worden und befahl dem Jungen strengstens, nach Hause zurückzukehren. In seiner Mitteilung hatte sich der alte Mann sehr genau darüber ausgelassen, was er von dem unverantwortlichen Verhalten seines Sohnes hielt.

Mara hätte amüsiert sein können, wäre Arakasi nicht so aufgebracht darüber gewesen, daß der Lord der Kehotara ohne Wissen seines Spions über die Situation hatte benachrichtigt werden können. Der Supai besaß einen empfindlichen Stolz, und er betrachtete jeden Fehler, wie klein er auch sein mochte, als persönliches Versagen in der Ausübung seiner Pflicht. Auch die Entdeckung des Minwanabi-Spions unter Brulis Leuten hatte ihn getroffen. Wenn es zwei Spione gab, warum dann nicht auch drei?

Doch die Ereignisse überschlugen sich jetzt zu sehr, als daß er die Sache hätte näher untersuchen können. Bruli von den Kehotara kehrte zum Herrenhaus der Acoma zurück, und Mara kleidete sich wieder in lässige Gewänder und legte Schminke auf, um den hartnäckigen Werbenden weiter zu verwirren. Er verbeugte sich und trat ein. Es fiel auf, daß keine Musiker dabei waren, ebenso fehlten die feinen Kleider, die Juwelen und die lockigen Haare. Mit rotem Gesicht und etwas befangen eilte der junge Mann durch die Begrüßungsformalitäten. Ohne eine Entschuldigung für seine Unhöflichkeit platzte er heraus: »Lady Mara, ich danke den Göttern, daß Ihr mir eine Audienz gewährt.«

Mara kam ihm zuvor; sie schien nicht zu spüren, daß sein Verhalten nicht länger nur von Leidenschaft geprägt war. »Ich habe Euch möglicherweise falsch beurteilt, mein Lieber.« Sie starrte schüchtern auf den Boden. »Vielleicht war es Euch ernst …« Dann machte sie ihm mit glühendem Liebreiz ein Angebot. »Wenn Ihr zum Essen bleibt, können wir uns noch einmal unterhalten.«

Deutliche Erleichterung spiegelte sich auf Brulis Gesicht, als er antwortete. Eine schwierige Unterredung lag vor ihm, und die Sache würde einfacher sein, wenn er Maras Sympathien wieder gewonnen hätte. Außerdem würde ein Verlobungsversprechen die Wut seines Vaters etwas beschwichtigen. Die Acoma konnten sich auf einen sicheren, soliden Reichtum stützen, und ein paar Schulden würden sie sicherlich ohne große Probleme zahlen können. Zuversichtlich, daß alles gut werden würde, wartete Bruli, während Mara Jican Anordnungen gab, für Brulis Gefolgschaft Quartiere herzurichten. Nachdem der Sohn des Lords der Kehotara in ein Gemach geführt worden war, kehrte Mara in ihr Arbeitszimmer zurück, wo Arakasi auf sie wartete – wieder einmal in der Verkleidung eines Gemüsehändlers.

Mara vergewisserte sich, daß sie allein waren. »Wann wollt Ihr aufbrechen?«

Arakasi, der unruhig auf und ab gegangen war, blieb stehen; er war kaum mehr als ein Schatten im Dunkel einer Ecke, in die wegen der Stapel von Brulis Geschenken kaum Licht fiel. Der Vogel trällerte wehmütig seine hübschen Lieder. »Heute nacht, Mistress.«

Mara warf ein Tuch über den Käfig, was die Melodie zu einer Serie schläfriger Töne dämpfte. »Könnt Ihr nicht noch einen oder zwei Tage warten?«

Er schüttelte den Kopf. »Auf keinen Fall länger als bis zum Tagesanbruch morgen früh. Wenn ich nicht gegen Mittag in einer bestimmten Schenke in Sulan-Qu erscheine und im Laufe der nächsten Woche an einigen anderen Orten, wird mein Ersatz aktiv werden. Es wäre fürchterlich, wenn Ihr plötzlich mit zwei Supai dastündet.« Er lächelte. »Und ich würde die Dienste eines Mannes verlieren, der nur sehr schwer zu ersetzen ist. Wenn die Angelegenheit allerdings derart lebenswichtig ist, finde ich eine andere Aufgabe für ihn und bleibe.«

Mara seufzte. »Nein. Wir müßten die Sache mit dem Kehotara-Jungen bis dahin eigentlich beendet haben. Ich möchte, daß Ihr Keyoke über die Identität des Minwanabi-Spions in Brulis Gefolge aufklärt. Und teilt ihm mit, daß ich heute nacht in Nacoyas Gemächern schlafen werde.« Der Singvogel unterbrach sein Piepen, als sie schwieg. »Was würdet Ihr sagen, wenn ich Pape und Lujan heute nacht in meinen Gemächern Wache halten ließe?«

Arakasi dachte nach. »Ihr glaubt, der junge Bruli wird Euch einen nächtlichen Besuch in Eurem Bett abstatten?«

»Wahrscheinlicher ist es, daß ein Attentäter aus seinem Gefolge es versuchen könnte.« Mara zuckte mit den Achseln. »Ich habe Bruli da, wo ich ihn haben wollte, doch ein bißchen mehr Unbehagen seinerseits könnte uns nicht schaden. Wenn jemand heute nacht durch den Flur wandert, werden wir es ihm einfach machen, meine Gemächer zu erreichen.«

»Ihr beeindruckt mich wie immer, Mistress.« Arakasi verneigte sich voller Ironie und Bewunderung. »Ich werde dafür sorgen, daß Keyoke von Euren Anordnungen erfährt.«

Mit einer einzigen, galanten Bewegung verschwand der Supai in der Dunkelheit. Er ging geräuschlos hinaus und den Flur entlang, ohne auch nur von der Zofe gesehen zu werden, die gekommen war, um Mara mitzuteilen, daß ihre Gewänder und das Bad auf sie warteten, sollte sie sich vor dem Essen noch frisch machen wollen. Mara schickte ihren Läufer zu Nacoya und informierte die alte Frau, daß Bruli jetzt die überfällige Nachricht seines Vaters erhalten sollte. »Es muß ihm unbedingt mitgeteilt werden, daß sie eben erst angekommen ist.«

Ein teuflisches Leuchten trat in Nacoyas Augen. »Darf ich ihm die Nachricht selbst überbringen, Mistress? Ich möchte gerne sein Gesicht sehen, wenn er sie liest!«

Mara lachte. »Du altes Ekel! Also gut, du hast meinen Segen. Bring sie ihm selbst. Aber übertreibe es nicht mit deinen Lügen. Die Briefe sind in der Stadt aufgehalten worden, was mehr oder weniger sogar stimmt.« Sie hielt inne und verbarg das kurze Aufflackern von Angst hinter ihrem Humor. »Glaubst du, das erspart mir sein Säuseln während des Essens?«

Doch Nacoya hatte sich bereits auf den Weg gemacht, um ihre Aufgabe zu erfüllen, und die einzige Antwort, die Mara erhielt, war ein schläfriges Zwitschern des Singvogels. Sie zitterte plötzlich und brauchte dringend eine heiße Wanne, die sie von ihren Gedanken über das Spiel trennte, das sie jetzt gegen den Lord der Kehotara zu Ende bringen mußte.

Die Öllampen brannten weich und verteilten goldenes Licht auf dem Tisch. Sorgfältig zubereitete Speisen dampften um ein Arrangement aus Blumen, und gekühlter Fisch glitzerte auf einem Bett aus frischen Früchten und Kräutern. Die Bediensteten in der Küche hatten eindeutig hart gearbeitet, um ein romantisches Essen für zwei Verliebte zuzubereiten, und dennoch saß Bruli unruhig auf seinen Kissen. Er schob das exquisite Essen auf seinem Teller hin und her und war mit seinen Gedanken offensichtlich ganz woanders. Selbst der tiefe Ausschnitt von Maras Gewand konnte seine Stimmung nicht aufhellen.

Schließlich tat Mara, als würde sie das verwirren, und sie legte ihre Serviette beiseite. »Was ist los, Bruli, Ihr scheint ziemlich aufgeregt. Fehlt etwas?«

»Mylady?« Der junge Mann schaute hoch, und seine blauen Augen waren überschattet vor Anspannung. »Ich zögere, Euch ... mit meinen Schwierigkeiten zu belästigen, doch ...« Er errötete und blickte verlegen nach unten. »Offen gestanden habe ich in meiner Leidenschaft, Euch zu gewinnen, meinem Haus große Schulden zugefügt.« Eine schmerzliche Stille setzte ein. »Ihr werdet mich zweifellos geringer achten, und ich werde in Euren Augen an Format verlieren, doch die Pflicht gegenüber meinem Vater verlangt, daß ich Euch um einen Gefallen bitte.«

Plötzlich bereitete Brulis Unbehagen Mara kaum noch Genuß, und ihre Stimme klang heftiger als geplant. »Was für einen Gefallen?« Sie schwächte die Wirkung etwas ab, indem sie ihre Gabel niederlegte und sich um einen betroffenen Gesichtsausdruck bemühte. »Natürlich werde ich Euch helfen, wenn ich kann.«

Bruli seufzte, doch seine unglückliche Stimmung war keineswegs verflogen. »Wenn es Eurem Herzen möglich ist, so gnädig zu sein, hätte ich gerne einige von den Geschenken … jenen, die ich Euch schickte … könntet Ihr sie vielleicht zurückgeben?« Seine Stimme brach ab, und er schluckte schwer. »Nicht alle, aber vielleicht die etwas teureren.«

Maras Augen schimmerten wie dunkle Teiche und voller Sympathie. »Ich denke, ich kann es übers Herz bringen, einem Freund zu helfen, Bruli. Doch die Nacht ist noch jung, und die Köche haben hart gearbeitet, um uns zufriedenzustellen. Warum vergessen wir nicht die unerfreulichen Sorgen und genießen das Essen? Gleich bei der ersten Mahlzeit morgen versuchen wir, Eure Probleme zu lösen.«

Obwohl er auf eine andere Antwort gehofft hatte, nahm Bruli seinen angekratzten Stolz zusammen und überstand den Rest des Abends. Seine Unterhaltung war leidenschaftslos und sein Humor augenfällig abwesend, doch Mara tat, als würde sie es nicht bemerken. Sie rief einen Poeten herein, der ihnen vorlas, während Dienerinnen Süßspeisen und Brandy reichten; und zu guter Letzt half das Getränk, denn der unglückliche Sohn der Kehotara bat schließlich um die Erlaubnis, sich zur Ruhe begeben zu dürfen. Er verschwand einfach, ganz ohne einen weiteren romantischen Annäherungsversuch, mit dem einzigen Wunsch, die Nacht ohne irgendwelche Qualen einfach nur schlafend verbringen zu können.

Nebel schwebte über den Needra-Weiden und legte sich im Mondlicht wie ein Seidentuch über die Senken. Die Nachtvögel sangen, und die Schritte eines Wachpostens gaben hin und wieder Antwort. Doch in den Gemächern der Lady im Herrenhaus zerriß noch ein anderer Klang die Stille. Papewaio stieß mit dem Fuß gegen Lujans Rippen.

»Was ist?« kam die schläfrige Antwort.

»Unsere Lady schnarcht nicht«, flüsterte Papewaio.

Lujan gähnte und gab sich mißmutig wegen der angekratzten Würde. »Ich schnarche nicht.«

»Dann war das aber eine hervorragende Nachahmung.« Der Truppenführer lehnte sich auf seinen Speer. Seine Silhouette hob sich gegen das Mondlicht vor dem Fensterladen ab. Er verbarg seine Erheiterung, denn er mochte den ehemaligen Grauen Krieger sehr. Papewaio achtete Lujan als guten Offizier, und er schätzte Lujans Art, die sich so ganz von seiner eigenen Schweigsamkeit unterschied.

Plötzlich warnte ihn ein leises Rascheln im Flur, und er richtete sich auf. Auch Lujan hörte es, denn er ließ den Rest seines Protestes unausgesprochen. Die beiden Offiziere verständigten sich mit Handzeichen über ihre Vorgehensweise. Jemand, der nicht gesehen werden wollte, näherte sich vom äußeren Gang. Der Fremde war jetzt nur noch sechs Schritte vom Laden entfernt. Papewaio hatte an jeder Kreuzung im Flur hinter Maras Gemächern eine neue Matte auf den Boden gelegt; jeder, der sich der Tür näherte, mußte ein Rascheln verursachen.

Das Geräusch war ihr Zeichen. Ohne irgendwelche Worte zog Lujan sein Schwert und nahm seinen Platz an der Tür ein. Papewaio lehnte seinen Speer in eine Ecke und zog sowohl ein Schwert als auch einen Dolch. Mondlicht spiegelte sich auf dem Lack, als er sich auf Maras Matratze legte und die Waffen unter dem Laken fest umklammerte.

Die Minuten verstrichen, ohne daß etwas geschah. Dann wurde der Laden, der zum Gang beim Garten führte, geräuschlos zur Seite geschoben. Der Eindringling zögerte nicht lange, sondern schlüpfte mit gezogenem Dolch durch die schmale Spalte und beugte sich rasch über das, was er für die schlafende Gestalt der Lady der Acoma hielt.

Papewaio rollte sich nach rechts und kauerte dann in Kampfstellung, Schwert und Dolch zur Abwehr erhoben. Klinge erklang auf Klinge, während Lujan sich dem Attentäter von hinten näherte, um ihn am Wegrennen zu hindern.

Das schwache Mondlicht verriet ihn jedoch, als sein Schatten nach vorn auf den Boden fiel. Der Attentäter stieß die Klinge in die Kissen, und die Jiga-Federn wirbelten durch die Luft. Er rollte sich zur Seite und sprang auf die Füße – um zu erkennen, daß er in eine Falle geraten war. Obwohl er die Kleidung eines Trägers trug, reagierte er mit der geübten Schnelligkeit eines Kriegers und schleuderte seinen Dolch nach Papewaio. Der Truppenführer sprang behende zur Seite. Ohne jedes Geräusch gelangte der Eindringling an ihm vorbei, wirbelte herum, um zu verhindern, daß ihn ein Schwert in den Rücken traf. Er krachte durch die Papiertür und stürzte mit voller Wucht auf den dahinterliegenden Weg.

Lujan folgte ihm dicht auf den Fersen. »Er ist im Garten!«

Sofort tauchten weitere Wachen der Acoma in den Gängen auf. Überall öffneten sich Läden, und Keyoke stürzte sich ins Getümmel, gab Befehle, die sofort befolgt wurden. Die Krieger verteilten sich und droschen mit ihren Speeren auf die Büsche ein.

Papewaio rappelte sich wieder auf und wollte sich gerade an der Suche beteiligen, als Keyoke ihn leicht an der Schulter berührte. »Ist er entkommen?«

Der Truppenführer stieß einen Fluch aus und beantwortete bereits die Frage, die der Kommandeur erfahrungsgemäß als nächstes stellen würde. »Er versteckt sich irgendwo hier auf diesem Gelände, doch du mußt Lujan fragen, wenn du wissen willst, wie er aussieht. Das Mondlicht kam ihm zu Hilfe, und ich habe nicht viel mehr als einen Schatten erkennen können.« Er hielt inne, während Keyoke nach dem früheren Banditen schicken ließ, und fuhr dann nachdenklich fort: »Er ist von durchschnittlicher Größe und Linkshänder. Und sein Atem stank ziemlich nach Jomach-Früchten.«

Lujan vervollständigte die Beschreibung: »Er trägt die Tunika und den Gürtel eines Trägers, doch seine Sandalen sind mit weichem Leder besohlt, nicht mit gehärtetem Needra-Fell.«

Keyoke winkte den zwei am nächsten stehenden Soldaten zu und gab ihnen knappe Befehle. »Sucht die Quartiere ab, die den Kehotara zur Verfügung gestellt worden sind. Findet heraus, wer fehlt; er ist unser Mann.«

Eine Minute später kamen zwei andere Krieger, die einen schlaffen Körper schleppten. Sowohl Papewaio als auch Lujan erkannten den Attentäter, und beide bedauerten, daß er noch Zeit gefunden hatte, sich den zweiten, kleineren Dolch ins Herz zu stoßen.

Keyoke spuckte auf die Leiche. »Eine Schande, daß er ehrenvoll durch die Klinge starb. Zweifellos hat er von seinem Herrn die Erlaubnis dafür bekommen, als ihm der Auftrag erteilt wurde.« Der Kommandeur sandte einen Mann los, der die Suchtrupps zurückrief. »Zumindest hat der Hund von den Minwanabi die Möglichkeit eines Fehlschlags miteinbezogen.«

Mara mußte von diesem Zwischenfall ohne weitere Verzögerung benachrichtigt werden. Keyoke deutete wegwerfend auf die Leiche. »Entsorgt dieses Aas, aber hebt ein Stück auf, durch das er identifiziert werden kann.« Dann nickte er Papewaio und Lujan zu: »Gute Arbeit. Nutzt den Rest der Nacht zum Schlafen.«

Die beiden Männer tauschten Blicke aus, als der Kommandeur der Acoma-Streitmacht in die Nacht davonschritt. Keyoke ging gewöhnlich sparsam mit Lob um. Dann grinste Lujan, und Papewaio nickte. In unausgesprochenem, vollem Einverständnis wandten sich die beiden Männer den Soldatenunterkünften zu, um vor der wohlverdienten Ruhe noch gemeinsam einen Schluck zu sich zu nehmen.

Als Bruli von den Kehotara am nächsten Morgen beim Frühstück erschien, sah er auf erbärmliche Weise nicht gerade aus, als wäre er auf der Höhe. Sein hübsches Gesicht war geschwollen, und seine Augen waren gerötet, als hätten ihn die ganze Nacht Alpträume geplagt. Doch mit ziemlicher Sicherheit hatte er über sein Dilemma mit den Geschenken gegrübelt und nichts von dem Attentäter gewußt, der in seinem Gefolge in den Haushalt der Acoma gelangt war. Mara bezweifelte, daß er nach dem Verlust seiner Selbstkontrolle beim Abendessen genug Geschick beweisen könnte, um so zu tun, als wäre kein Anschlag auf ihre Person unternommen worden.

Sie lächelte, halb aus Mitleid. »Mein Freund, es scheint Euch nicht gutzugehen. Hat Euch die Unterbringung letzte Nacht nicht gefallen?«

Bruli zwang sich zu seinem gewinnendsten Lächeln. »Doch, Mylady. Die Gemächer, die Ihr mir gegeben habt, waren sehr schön, aber ...« Er seufzte, und sein Lächeln verschwand. »Ich stehe einfach unter einem großen Druck. Bezüglich der Angelegenheit, die ich gestern abend erwähnte, würde ich Euch gerne um Nachsichtigkeit und Entgegenkommen bitten ... wenn es Euch möglich wäre ...«

Maras Herzlichkeit verschwand. »Ich glaube nicht, daß das klug wäre, Bruli.«

Die Luft roch nach frischem Thyza-Brot, doch das schien gar nicht zu der Situation zu passen. Bruli erinnerte sich dumpf daran, daß das Frühstück auf dem Tisch kalt wurde, und sah seiner Gastgeberin direkt in die Augen. Seine Wangen färbten sich in einer sehr wenig tsuranischen Weise dunkel. »Mylady«, begann er, »Ihr scheint Euch nicht des Druckes bewußt zu sein, den Ihr verursacht, wenn Ihr meine Bitte ablehnt.«

Mara sagte nichts, sondern gab einer Person, die links hinter dem Laden stand, ein Zeichen. Eine Rüstung quietschte als Antwort, und Keyoke kam mit dem blutigen Kopf des Attentäters herein. Er legte die Trophäe ohne jede Umschweife geradewegs auf den Teller vor dem jungen Bewerber.

»Ihr kennt diesen Mann, Bruli.« Es war keine Frage.

Bruli wurde blaß; aber nicht wegen der gräßlichen Trophäe auf seinem Teller, sondern weil die Stimme der Lady der Acoma einen Ton enthielt, den er noch nie bei ihr gehört hatte. »Er war einer meiner Träger, Lady. Was ist geschehen?«

Der Schatten des Offiziers fiel auf ihn. Maras nächste Worte kamen schneidend und hatten einen metallischen Klang. »Ein Attentäter, Bruli, kein Träger.«

Der junge Mann blinzelte; einen kurzen Augenblick lang war sein Gesicht völlig ausdruckslos. Dann sank er in sich zusammen, und eine Locke seines schwarzen Haares verdeckte die Augen. Das Geständnis kam widerwillig. »Der Herr meines Vaters«, sagte er und meinte Jingu von den Minwanabi.

Mara gönnte ihm eine kleine Verschnaufpause, während sie den Kommandeur bat, sich neben sie zu setzen. Als Bruli sich wieder soweit im Griff hatte, um ihrem Blick standhalten zu können, nickte sie. »Der Mann war ohne Zweifel ein Spion der Minwanabi. Genauso wie Ihr für Euren Vater.«

Bruli versuchte gar nicht erst, sich gegen etwas aufzulehnen, das ohnehin nutzlos war. Der verzweifelte Blick wich aus seinen Augen. »Ich bitte darum, als Krieger sterben zu dürfen, Mara.«

Mara ballte ihre Fäuste auf der Tischdecke. »Als Krieger, Bruli?« Sie lachte voll bitterem Zorn. »Mein Vater und Bruder waren Krieger, Bruli, Keyoke ist ein Krieger. Ich habe dem Tod ins Gesicht gesehen und bin eher einer als Ihr.«

Der junge Mann spürte etwas, das ihm noch nie bei einer Frau begegnet war, und er sprang abrupt auf. Die Tassen auf dem Tisch wackelten. Die Verbindung mit den Minwanabi verlieh dem gräßlichen Rest des Trägers eine doppelte Bedeutung. Bruli zog einen Dolch aus seiner Tunika. »Ihr werdet mich nicht wie einen Verbrecher hängen, Lady.« Keyokes Hand schoß zu seinem Schwert, bereit, seine Lady zu verteidigen. Doch als Bruli die Klinge umdrehte und sie gegen seine eigene Brust richtete, erkannte der Kommandeur, daß der Sohn der Kehotara nicht vorhatte, sie anzugreifen.

Mara schoß in die Höhe; ihre Stimme klang wie ein Peitschenhieb. »Nehmt den Dolch weg, Bruli!« Er zögerte, doch sie fuhr fort: »Niemand wird Euch hängen. Ihr seid ein Narr, kein Mörder. Ihr geht nach Hause und erklärt Eurem Vater, wie sein Bündnis mit Jingu sein Haus in Gefahr gebracht hat.«

Beschämt und schweigend wich der gutaussehende Bewerber vor der Wucht ihrer Aussage zurück. Ganz langsam sickerte die wahre Bedeutung all der letzten Ereignisse zu ihm durch, bis er zu dem unausweichlichen Schluß kam: Er war benutzt worden, rücksichtslos, bis in seine tiefsten Gefühle. Todernst und ohne jede Spur seiner bisherigen Zuneigung verbeugte er sich. »Ich gratuliere, Lady. Es ist Euch gelungen, mich dazu zu bringen, meinen Vater zu betrügen.«

Wenn man seiner impulsiven Natur freien Lauf ließ, würde er seine beschädigte Ehre wahrscheinlich sofort wiederherstellen, indem er sich kurz hinter der Grenze der Acoma-Domäne in sein Schwert stürzte. Mara überlegte rasch; sie mußte ihm zuvorkommen, denn sein Selbstmord würde die Kehotara nur noch mehr anstacheln, den Wunsch des Lords der Minwanabi nach der Zerstörung der Acoma energisch zu unterstützen. Sie hatte einen Plan geschmiedet, doch der Tod des Jungen war darin nicht vorgesehen. »Bruli?«

»Mylady?« Er zögerte seinen Abschied noch hinaus, doch weniger aus einem Gefühl der Hoffnung heraus als aus Resignation.

Mara bedeutete ihm, sich zu setzen, und er gehorchte, wenn auch ziemlich steif. Bei dem Geruch des Essens wurde ihm übel, und Scham lastete auf seinen Schultern.

Mara konnte ihm den bitteren Geschmack der Niederlage nicht versüßen; doch Buntokapi hatte sie gelehrt, sich nicht zu brüsten, wenn das Spiel ihr den Sieg beschert hatte. »Bruli, ich empfinde kein Bedauern darüber, daß ich zur Sicherheit dessen, was unter meinem Schutz steht, das Notwendige getan habe«, sagte sie sanft. »Doch ich habe kein Verlangen, Euch unnötige Schwierigkeiten zu bereiten. Daß Euer Vater meinem größten Feind dient, ist für uns beide nicht mehr als ein Geburtsfehler. Wir sollten nicht streitsüchtig sein. Ich werde die meisten Eurer exotischen Geschenke zurückgeben, wenn Ihr mir zwei Versprechen gebt.«

In dieser mißlichen Lage schien Bruli wieder zu sich selbst zu finden. »Ich werde die Ehre der Kehotara nicht betrügen.«

»Das verlange ich nicht von Euch.« Mara beugte sich mit ernstem Gesicht vor. »Ihr müßt versprechen, daß Ihr die Tradition der Tan-jin-qu nicht wieder erneuert, solltet Ihr Eurem Vater und Bruder als Lord der Kehotara folgen. Erklärt Ihr Euch bereit, Euer Haus frei vom Vasallentum gegenüber den Minwanabi zu halten?«

Bruli machte eine wegwerfende Handbewegung. »Die Chancen, daß dies geschehen wird, sind sehr gering, Lady Mara.« Sein älterer Bruder war Erbe, und sein Vater erfreute sich bester Gesundheit.

Mara deutete auf sich, als würde sie damit auf seine Bemerkung antworten; wer unter den Sterblichen konnte wissen, was das Schicksal noch bringen würde?

Beschämt über die Hoffnung, die seine Atemzüge schneller werden ließ, fragte Bruli: »Und die zweite Bedingung?«

»Wenn Ihr die Herrschaft erlangt, werdet Ihr mir einen Gefallen schulden.« Mara ging mit der Vorsicht eines Diplomaten vor. »Sollte ich sterben oder sollte ich nicht mehr den Mantel der Herrscherin tragen, geht Euer Versprechen nicht auf meinen Nachfolger über. Doch wenn ich lebe und Ihr Lord der Kehotara seid, werdet Ihr einmal, nur ein einziges Mal, tun, was ich von Euch verlange. Ich werde Euch möglicherweise darum bitten, eine bestimmte Handlung zu unterstützen, sei es im Handel oder in der Schlacht oder im Spiel des Rates. Bestätigt dies, und Ihr seid frei von allen zukünftigen Verpflichtungen.«

Bruli starrte ausdruckslos auf das Tischtuch, doch seine angespannte Haltung verriet, daß er seine Möglichkeiten abwog. Mara wartete. Sie hatte die zweite Bedingung spontan hinzugefügt, um die Gedanken des jungen Mannes vom Selbstmord abzulenken, doch als er dasaß und die Sache durchdachte, rasten auch ihre eigenen Gedanken. Sie erkannte, daß sie sich noch eine weitere Möglichkeit eröffnet hatte, wie sie im Spiel des Rates Vorteile erzielen konnte.

Bruli mußte sich entscheiden zwischen dem Tod und der finanziellen Schande seiner Familie einerseits und dem Abbruch der Beziehung zu einem Verbündeten und der Möglichkeit eines Versprechens, das er vielleicht niemals zu halten gezwungen sein würde, andererseits. Er hatte seine Wahl rasch getroffen. »Lady, ich habe vorschnell gesprochen. Euer Vorschlag ist hart, doch ich werde trotzdem das Leben wählen. Wenn die Götter mir den Mantel der Kehotara-Herrschaft bringen, werde ich tun, was Ihr verlangt.« Er stand langsam auf, und seine Haltung nahm verächtliche Züge an. »Doch die Möglichkeit, daß ich anstelle meines Bruders den Mantel des Lords erbe, ist sehr gering. Es war närrisch von Euch, so zu handeln.«

Mara haßte den nächsten Augenblick wegen seiner Grausamkeit, als sie schweigend einem beim Laden stehenden Diener ein Zeichen gab. Er verbeugte sich und reichte ihr ein Dokument mit einem zerrissenen Siegel. »Dies ist hier eingetroffen, Bruli. Es war für Euch bestimmt, doch da Euer Vater es als angemessen empfand, in Eurem Gefolge einen Attentäter zu verstecken, sah sich mein Hadonra zur Wahrung meiner persönlichen Sicherheit gezwungen, es zu lesen.«

Das Papier war mit roten Schleifen zugeschnürt, der Farbe Turakamus. Eine Kälte, die Bruli niemals für möglich gehalten hätte, durchdrang ihn plötzlich, und er hob widerwillig die Hand. Das Papier schien zu leicht, um die Nachrichten zu transportieren, die er in der Schrift des Ersten Schreibers seines Vaters las. Neue Trauer traf ihn mitten ins Herz, und er zerknüllte das Pergament mit zitternden Fäusten. Irgendwie gelang es ihm, die Kontrolle zu behalten. »Frau, Ihr seid nichts als Gift, so tödlich und hinterhältig wie das des Keti-Skorpions, der sich unter den Blüten der Blumen versteckt.« Als sie ihm den Vorschlag unterbreitet hatte, war ihr längst klar gewesen, daß Mekasis ältester Sohn in der barbarischen Welt gestorben war, ein Opfer des Feldzugs des Kriegsherrn. Sie hatte Bruli eine Falle gestellt, in dem sicheren Bewußtsein, daß er bereits den Titel des Nachfolgers geerbt hatte. Jetzt verbot ihm die Ehre, sein einmal gegebenes Wort zurückzunehmen.

Bruli bebte vor Wut, und er betrachtete die Frau, die er einst, dumm genug, geliebt hatte. »Mein Vater ist ein robuster Mann, dem noch viele Jahre bevorstehen, Acoma-Hexe! Ich gab Euch mein Versprechen, doch Ihr werdet niemals lang genug leben, um zu erfahren, wie es gehalten wird.«

Keyoke versteifte sich und griff argwöhnisch nach seinem Schwert, doch Mara antwortete nur mit müdem Bedauern. »Bezweifelt niemals, daß ich meinen Preis einfordern werde.

Denkt daran, wenn Ihr die Geschenke zurücknehmt, die Ihr mir machtet. Laßt mir nur den Singvogel, denn er wird mich an einen jungen Mann erinnern, der mich zu sehr liebte, um noch klug sein zu können.«

Ihre Aufrichtigkeit brachte Erinnerungen hervor, die jetzt schmerzhaft und bitter waren, und seine Wangen brannten von der Intensität gegensätzlicher Gefühle. »Ich bitte Euch um die Erlaubnis, mich zu verabschieden. Wenn wir uns das nächste Mal treffen, möge der Rote Gott mir gewähren, daß ich Eure Leiche sehe.«

Er machte auf dem Absatz kehrt, sich nur zu bewußt, daß jeder in Hörweite stehende Soldat der Acoma bereit war, diese Beleidigung zu beantworten. Doch Mara legte ihre Hand beschwichtigend auf Keyokes Arm und schwieg, während der junge Mann fortging. Nach einiger Zeit verklang das Trampeln der Gefolgschaft der Kehotara aus dem Hof. Nacoya kam herbei; sie sah zerzaust aus, und ihr Mund war zu einer verärgerten Linie zusammengepreßt. »Was für ein beharrlicher junger Mann«, brummte sie, änderte jedoch sofort die Richtung, als sie Maras Schweigen bemerkte.

»Noch eine Lektion, Kind: Männer sind in Liebesdingen sehr leicht zu verletzen. Meistens heilen diese Wunden nur sehr schlecht. Ihr mögt diese Runde des Spiels gewonnen haben, doch Ihr habt Euch auch einen tödlichen Feind geschaffen. Niemand ist gefährlicher als jene, deren Liebe sich zu Haß gewandelt hat.«

Mara deutete unverblümt auf den Kopf des toten Trägers. »Jemand muß den Preis für die Machenschaften der Minwanabi bezahlen. Ob andere Leidenschaften Brulis Geist beschäftigen oder nicht, wir haben gesiegt. Bruli hat genug von dem Reichtum seines Vaters ausgegeben, um die Kehotara in eine sehr verletzliche Position zu bringen. Jingu wird finanzielle

Unterstützung leisten müssen, und alles, was diesem Jaguna Unbehagen verschafft, ist eine Wohltat.«

»Tochter meines Herzens, das Schicksal verläuft selten nach so einfachen Regeln.« Nacoya trat einen Schritt näher, und zum ersten Mal schaute Mara auf und sah die Pergamentrolle, die sie in ihren alten Händen hielt. Die Schleifen und das Siegel waren orange und schwarz, Farben, die sie niemals unter ihrem Dach erwartet hätte. »Dies ist soeben eingetroffen«, sagte ihre Erste Beraterin. Zögernd und mit steifem Rücken reichte sie ihrer Mistress das Pergament.

Mara riß die Schleifen und das Siegel mit Händen auf, die viel zu sehr zitterten, um sie noch unter Kontrolle zu halten. Die Schriftrolle löste sich mit einem leichten Rascheln in der Stille, die jetzt im Zimmer herrschte. Mara las, doch ihr Gesicht blieb ausdruckslos wie das einer Wachsfigur.

Nacoya hielt den Atem an; Keyoke suchte in der unbeweglichen Haltung des Kriegers Zuflucht; und schließlich hob Mara den Kopf.

Sie stand auf und schien plötzlich ganz zerbrechlich im Glanz der Sonne. »Wie Ihr vorausgesagt habt«, meinte sie zu den zwei ältesten Vertrauten ihres Haushaltes. »Der Lord der Minwanabi bittet um meine Anwesenheit bei der offiziellen Geburtstagsfeier unseres erhabenen Kriegsherrn.«

Die Farbe wich langsam aus Nacoyas faltiger Haut. »Ihr müßt absagen«, meinte sie sofort. Seit unzähligen Generationen hatte kein Acoma einen Fuß auf das Land der Minwanabi gesetzt, zumindest nicht, ohne von Soldaten begleitet worden zu sein, die für die Schlacht gerüstet waren. Mara darum zu bitten, Jingus Haus zu betreten und mit seinen Verbündeten gesellschaftlich zu verkehren, kam einer sicheren Einladung zum Sterben gleich. Nacoya schloß etwas zäh: »Eure Ahnen würden Euch die Schmach vergeben.«

»Nein!« Die Lady der Acoma biß sich auf die Lippe; hart genug, daß sie weiß wurde. »Wenn ich ablehne, riskiere ich, Almecho ernsthaft zu beleidigen, und nach dem Verrat der Partei des Blauen Rates wird seine wohlbekannte Wut sehr schnell einsetzen.« Ihre Stimme versiegte, doch es blieb unklar, ob wegen des Bedauerns, daß sie sich Jingu stellen mußte, bevor sie dazu bereit war, oder aus Angst um ihre eigene Sicherheit. Der unerhörte Druck ließ ihr Gesicht zu einer unlesbaren Maske erstarren. »Die Acoma dürfen sich keiner Drohung beugen. Ich werde mich in die Festung des Feindes begeben, der nichts so sehr wünscht wie meinen Tod.«

Nacoya unternahm einen schwachen Versuch, sie davon abzuhalten, dann wandte sie sich verzweifelt ab. Es zerriß Mara das Herz, als sie die gekrümmten Schultern ihrer Ersten Beraterin sah, und gegen jede Hoffnung versuchte sie, Trost zu spenden. »Mutter meines Herzens, faß Mut. Bedenke, daß der Lord der Minwanabi nicht triumphieren kann, wenn Turakamu nach meinem Geist greift, solange er nicht auch Ayaki ermordet. Glaubst du, er würde die gemeinsame Macht der Acoma und Anasati heraufbeschwören, um das Leben meines Sohnes auszulöschen?«

Darauf fand Nacoya keine Antwort; zumindest schüttelte sie unsicher den Kopf. Doch ihr Herz sagte ihr, daß Jingu sogar das wagen könnte, wenn er nur seinen alten Feind vernichtet sehen würde. Schlimmeres war in der Vergangenheit des Spiels des Rates geschehen und aus weit nichtigeren Gründen als einer Blutfehde.

Sechs

Einverständnis

Der Läufer verschwand.

Mara klammerte ihre verkrampften Hände um den Rand des Schreibtisches und wünschte verzweifelt, daß er zurückkäme. Zu leicht konnte die Nachricht, die er zur Botengilde brachte, ihren Tod und den endgültigen Untergang der Acoma bedeuten. Doch die Alternative hieß, ohne Ehre weiterzuleben, die Ahnen zu beschämen und den alten Kodex ihres Hauses zu beschmutzen. Mara streckte und dehnte einen Augenblick ihren angespannten Rücken, dann rief sie Nacoya herbei, um der alten Frau mitzuteilen, daß sie die offizielle Zusage auf die Einladung der Minwanabi abgeschickt hatte.

Nacoya trat mit grimmiger Bedächtigkeit ein – ein deutliches Zeichen, daß sie den Läufer beim Verlassen des Herrenhauses gesehen hatte. Das Alter hatte ihrer Scharfsinnigkeit nichts anhaben können; sie hatte bereits erraten, daß in dem versiegelten, hölzernen Zylinder, den er bei sich hatte, nicht irgendwelche von Jican unterzeichnete Anweisungen für die Makler waren.

»Ihr habt eine ganze Reihe Vorbereitungen zu treffen, Herrscherin.« Das Benehmen der ehemaligen Amme war genau so, wie man es von einer Ersten Beraterin erwarten konnte; doch die langen Jahre der Vertrautheit ließen sich nicht einfach durch eine Änderung der Stellung beiseitewischen. Mara wurde der Schärfe im Ton der alten Frau gewahr und wußte, daß Angst dahintersteckte: Angst um ihre Herrin und um alle anderen auf den Gütern der Acoma, die ihr Leben dem Natami der Acoma geweiht hatten. Den Haushalt der Minwanabi zu betreten bedeutete, das Monster herauszufordern, indem man sich in seinen Rachen begab. Nur die Mächtigsten würden überleben, und das Bild der Acoma im Rat hatte sich seit dem Tode Lord Sezus und seines Erben nur wenig erholt.

Dennoch gab Mara ihrer engsten Vertrauten keine Möglichkeit, sich an solchen Klagen festzubeißen. Sie war schon lange nicht mehr das unerfahrene Mädchen, das Lashimas Tempel verlassen hatte, sondern zutiefst entschlossen, sich nicht von der Bedrohung durch die Minwanabi überwältigen zu lassen. Panik würde Jingu nur den Sieg bescheren; und sein impulsiver Charakter würde es vielleicht ermöglichen, ihm einige unvorhersehbare Vorteile für ihr Haus abzuringen. »Kümmere dich um alles Notwendige für diese Reise, Nacoya, und laß die Zofen meine Garderobe zusammenstellen. Papewaio soll einige Krieger für meine Ehrengarde auswählen, solche, die vertrauenswürdig und erfahren sind, die Keyoke jedoch während meiner Abwesenheit nicht zum Schutz des Gutes benötigt.« Sie schritt auf dem polierten Boden vor einem Regal voller Pergamentrollen auf und ab. Dann hielt sie inne und zählte die Tage nach. »Ist Arakasi bereits zurückgekehrt?«

Eine Woche war vergangen, seit Bruli und Arakasi das Herrenhaus verlassen hatten, der eine, um sich mit der Wut seines Vaters auseinanderzusetzen, der andere, um das Agenten-Netzwerk seiner Herrin am Laufen zu halten. Nacoya rückte eine heruntergerutschte Haarnadel wieder zurecht. »Er kehrte vor weniger als einer Stunde zurück, Mistress.«

Mara runzelte konzentriert die Stirn. »Ich werde mit ihm reden, wenn er gebadet und sich erfrischt hat. In der Zwischenzeit schicke nach Jican. Wir müssen noch viel Geschäftliches besprechen, bevor wir zu der Geburtstagsfeier des Kriegsherrn aufbrechen.«

Nacoya verneigte sich mit deutlichem Zögern. »Wie Ihr wünscht, Mylady.« Sie erhob sich still und ging hinaus. Mara blieb allein mit einigen wartenden Dienerinnen zurück und starrte in die Nachmittagssonne, die die Läden des Arbeitszimmers beleuchtete. Der Künstler hatte seine Jagdszenen mit meisterhafter Leidenschaftlichkeit gestaltet – die vollendete Grazie eines Mördervogels, der schnelle Wildvögel jagt. Mara zitterte. Sie fühlte sich nicht viel kräftiger als ein Vogel und fragte sich, ob sie wohl jemals wieder die Gelegenheit haben würde, derartige Kunstwerke in Auftrag zu geben.

Dann tauchte Jican auf, mitsamt ganzen Stapeln von Pergamenten und Rechentafeln sowie einer langen Liste von Entscheidungen, die vor ihrer Abreise noch zu treffen waren. Mara schob ihre Unruhe beiseite und zwang sich zur Konzentration auf die Angelegenheiten des Handels. Besonders lästig war der Teil in Jicans sauber zusammengestelltem Bericht, mit dem er ihrem Wunsch nach Sklaven von Midkemia entgegentrat. Sie wollte mit deren Hilfe neue Weiden für die Needras herrichten lassen, da die Tiere durch den Schwarm der Cho-ja vertrieben worden waren. Mara seufzte und rieb sich die Stirn.

Sie war jetzt zu angespannt, um auf ihrer Entscheidung zu beharren, und so stellte sie den Erwerb solcher Sklaven erst einmal bis nach dem Geburtstag des Kriegsherrn zurück. Wenn sie das Treffen auf dem Besitz der Minwanabi überleben sollte, würde sie Zeit genug haben, mit Jicans zögerlicher Haltung fertig zu werden. Doch wenn Jingu von den Minwanabi seine Ziele umsetzen konnte, was das ganze Problem ohnehin nur noch theoretischer Natur. Ayaki würde einen Regenten der Anasati erhalten oder getötet werden, und die Acoma würden geschluckt oder vernichtet werden. Unruhig und gereizt griff Mara nach der nächsten Liste. Zum ersten Mal hoffte sie, Jican würde schnell fertig werden und verschwinden.

Der Nachmittag war bereits verstrichen, als Jican sich endlich von seiner Herrin verabschiedete. Mara ruhte sich ermattet im abendlichen Schatten aus und verlangte nach kühlen Früchten und Getränken. Dann befahl sie ihrem Läufer, Arakasi zu holen, und schickte einen Diener los, um sich den neuesten Bericht über die Einzelheiten des Minwanabi-Haushalts von der Anzahl seiner Küchenjungen bis zu den Namen und Geschichten seiner Konkubinen bringen zu lassen.

»Ist alles in Ordnung?« fragte Mara, als Arakasi eintrat.

»Mistress, Euren Spionen geht es gut. Ich kann dem Bericht jedoch kaum etwas Wesentliches hinzufügen, da ich ihn bereits vor dem Bad ergänzt habe.« Er reckte seinen Kopf und wartete auf das weitere Vorgehen seiner Herrin. Mara sah, daß er müde und ausgemergelt von der Reise war, und sie bat ihn zu den Kissen, vor denen das Tablett mit Früchten stand.

Als Arakasi sich niedergelassen hatte, informierte sie ihn über die Geburtstagsfeier des Kriegsherrn im Herrenhaus der Minwanabi. »Es darf uns nicht ein einziger Fehler unterlaufen«, betonte sie, als der Supai einen Zweig mit San-Beeren in die Hand nahm.

Ruhiger als gewöhnlich und ohne gespieltes Getue trennte Arakasi eine Frucht nach der anderen vom Stengel. Dann seufzte er. »Gebt mir einen Platz in Eurer Ehrengarde, Mylady.«

Mara hielt den Atem an. »Das ist gefährlich.« Sie sah den Supai scharf an, sich nur zu bewußt, daß sein Durst nach Rache genauso groß war wie der ihre. Wenn er seine Umsicht nicht verlor, würde er alles daran setzen, der Falle zu entgehen und den Sieg zu erringen.

»Es wird in der Tat gefährlich werden, Lady. Und es wird Tote geben.« Arakasi zerdrückte eine Beere zwischen den Fingern, und der Saft lief rot über seine Handfläche. »Dennoch bitte ich Euch, mich mitzunehmen.«

Langsam und vorsichtig verbannte Mara die Unsicherheit aus ihrem Herzen. Sie nickte zustimmend, wenn auch die Tatsache zwischen ihnen unausgesprochen blieb, daß Arakasi in seiner Bereitschaft, das Leben seiner Herrin zu schützen, sehr leicht getötet werden konnte. Denn der Supai sah zwar gut aus in der Rüstung eines Kriegers, doch er hatte wenig Übung im Umgang mit Waffen. Seine Bitte, sie dennoch begleiten zu dürfen, sprach mehr als alles andere für die Gerissenheit und Falschheit, die sie vom Lord der Minwanabi zu erwarten hatte. Arakasi hegte zudem den Wunsch, falls sie scheitern sollte, selbst einen letzten Versuch gegen Jingu wagen zu können, solange er noch in seiner Reichweite war. Das schuldete sie ihm für die Cho-ja und all das, was er für die Sicherheit der Verteidigung der Acoma getan hatte.

»Ich hatte eigentlich vor, Lujan mitzunehmen ... doch er könnte hier benötigt werden.« Keyoke hatte inzwischen widerstrebend anerkannt, daß Lujan unabhängig von seiner spitzbübischen Art ein mit außerordentlichen Fähigkeiten begnadeter Offizier war. Und wenn Keyoke gezwungen war, Ayaki zu verteidigen ... Mara zwang sich, ihre Gedanken von diesem Thema abzuwenden. »Geht zu Pape. Wenn er Euch einen Offiziershelm leiht, könnt Ihr ihm helfen, mein Gefolge zusammenzustellen.« Mara brachte ein kurzes Lächeln zustande. Arakasi verneigte sich. Sobald er verschwunden war, klatschte Mara scharf in die Hände, um das Tablett mit der zermatschten Beere von einer Dienerin fortschaffen zu lassen.

Im schwächer werdenden Licht betrachtete Mara noch ein letztes Mal den Fensterladen. Das Warten war endlich vorbei, der Mördervogel kauerte über seiner Beute. Der Lord der Minwanabi mochte stolz und zuversichtlich und stark sein – sie mußte trotzdem einen Weg finden, wie sie ihn auf seinem eigenen Besitz besiegen konnte.

Es war eine unbequeme Reise. Die Straßen im Spätsommer waren trocken und voller Staub, und unaufhörlich wirbelte er von den Wagen auf. Nach der kurzen Strecke über Land bis Sulan-Qu setzten Mara und ihr Gefolge, das aus fünfzig Ehrenwachen bestand, die Reise zu den Ländereien der Minwanabi in einer Barke fort. Das rege Treiben in der Stadt und am Hafen beeindruckte Mara nicht; die Nacktheit der Sklaven ließ sie kaum den Kopf wenden, so sehr war sie mit den Machenschaften ihres Feindes beschäftigt. Als sie sich mit Nacoya auf den Kissen unter dem Dach der Barke niederließ, dachte sie darüber nach, daß sie es nicht mehr seltsam fand, über das Haus ihres Vaters zu herrschen. Jahre waren vergangen, seit sie Lashimas Tempel verlassen hatte. In diesen Jahren hatte sie sich verändert, war an ihrer Aufgabe gewachsen, und mit diesen Gedanken kam genügend Entschlossenheit, ihre Furcht zu verbergen. Auch in Keyokes Haltung schien sich der gleiche Stolz zu spiegeln, als er seine Soldaten auf dem Deck verteilte. Dann begann der Barkenführer mit seinem Gesang, und die Sklaven machten das Boot los und stemmten sich auf die Staken. Kleine Wellen kräuselten sich am bemalten Bug, als die Barke der Acoma sich vom vertrauten Ufer entfernte.

Die Reise flußaufwärts dauerte sechs Tage. Mara verbrachte die meiste Zeit mit schweigsamem Nachdenken, während die Sklaven die Barke durch meilenweite schlammige Ebenen und bitter riechende getrocknete Thyzafelder stakten. Nacoya schlief an den Nachmittagen; an den Abenden verließ sie den Schutz der Gazevorhänge und gab den Soldaten mütterliche Ratschläge, während sie nach den Stechinsekten schlug, die sich in großen Wolken von den Ufern erhoben. Mara lauschte, während sie an einer Frucht lutschte, die sie von einem Händler gekauft hatte; sie wußte, die alte Frau glaubte nicht daran, lebend wieder nach Hause zurückzukehren. Und tatsächlich schien jeder Sonnenuntergang kostbar, wenn die Wolken sich golden auf der ruhigen Wasseroberfläche spiegelten und der Himmel sich schnell verdunkelte und zur Nacht wurde.

Die Ländereien der Minwanabi lagen etwas abseits an einem kleinen Seitenarm des großen Flusses. Die Sklaven, schweißbedeckt von der frühen Morgenhitze, stakten die Barke durch das Gewirr langsamerer Handelsboote. Unter der Leitung des erfahrenen Barkenmeisters manövrierten sie durch ein verwahrlostes Dorf aus Pfahlbauten, das von den Familien der Fischer bewohnt wurde; der Fluß verengte sich dahinter, und die seichten Stellen und Untiefen machten tieferem Wasser Platz. Mara ließ den Blick über niedrige Berge schweifen, über Ufer mit Bäumen, die in Form geschnitten worden waren. Dann kam die Barke in ein Gewässer, das noch kein Mitglied der Acoma befahren hatte – außer vielleicht ihre allerältesten Ahnen, denn der Ursprung für die Blutfehde mit Jingus Linie lag so weit in der Vergangenheit, daß niemand sich mehr an ihren Beginn erinnern konnte. Die Strömung wurde hier schneller, da das Flußbett schmaler wurde. Die Sklaven mußten hart arbeiten, um die Barke weiterzutreiben. Mara zwang sich zur Ruhe, als ihr Boot weiter auf ein beeindruckend bemaltes Gebetstor zuhielt, das die ganze Breite des Flusses überspannte. Hier war die Grenze des Gebietes der Minwanabi.

Ein Soldat verneigte sich vor Mara und deutete mit seiner sonnengebräunten Hand auf die gestufte Struktur, die das Gebetstor krönte. »Habt Ihr es bemerkt? Trotz der Farbe und der Verzierungen ist dieses Bauwerk eigentlich eine Brücke.«

Mara fuhr leicht zusammen, denn die Stimme war ihr vertraut. Sie betrachtete den Mann näher und lächelte über die Klugheit ihres Supais. Arakasi hatte sich so perfekt in die Reihe der Ehrenwachen eingegliedert, daß sie beinahe vergessen hätte, daß er an Bord war.

Arakasi wandte seine Aufmerksamkeit wieder dem Tor zu. »Es heißt, in unfriedlichen Zeiten beziehen dort Bogenschützen der Minwanabi mit ölgetränkten Stoffetzen Stellung, um jedes Boot zu beschießen, das flußaufwärts kommt. Eine gute Verteidigungsmöglichkeit.«

»So langsam, wie wir uns bewegen, könnte wohl niemand von dieser Seite her auf den See der Minwanabi gelangen und am Leben bleiben.« Mara warf einen Blick nach achtern auf die schäumende Strömung. »Aber wir könnten ganz sicherlich schnell genug fliehen.«

Arakasi schüttelte den Kopf. »Schaut nach unten, Mistress.«

Mara lehnte sich über die Bordwand der Barke und sah ein riesiges, geflochtenes Tau. Es war an den beiden Säulen des Tors befestigt und hing nur wenige Zentimeter unter dem flachen Kiel des Bootes. Sollte es ein Problem geben, konnte ein Mechanismus im Torturm das Tau heben, so daß es wie eine Barriere jede Barke an der Weiterfahrt hinderte. »Diese Art der Verteidigung ist für ein fliehendes Boot genauso tödlich wie für jede angreifende Flotte.«

»Und es wäre klug von mir, das im Kopf zu behalten, nicht wahr?« Mara löste ihre feuchten Finger aus dem Stoff des Gewandes, das sie zuvor unklammert hatte. Sie versuchte ihr Gefühl von Unbehaglichkeit unter Kontrolle zu behalten und gab Arakasi mit einer höflichen Handbewegung zu verstehen, daß er sich entfernen sollte. »Ich werde mir Eure Warnung zu Herzen nehmen, Arakasi. Aber sagt nichts davon zu Nacoya, denn sie würde sonst so laut kreischen, daß es den Frieden der Götter stört!«

Der Supai erhob sich mit einem Grunzen, hinter dem sich ein Lachen verbarg. »Ich brauche nichts zu sagen. Die alte Mutter sieht jede Nacht Messer unter ihrem Bett liegen.« Er senkte seine Stimme. »Ich habe beobachtet, wie sie sechsmal ihre Kopfkissen und Decken umdrehte, selbst dann noch, als Papewaio längst ihre Bettstatt untersucht hatte.«

Mara entließ ihn mit etwas mehr Nachdruck – sie war nicht in der Lage, seinen Humor zu teilen. Nacoya war nicht die einzige, die Alpträume hatte. Als die Barke sich weiterkämpfte und der Schatten des »Gebetstores« auf sie fiel, erschauderte sie unter einem Frösteln, als hätte sie den Atem Turakamus gespürt.

Steinerne Fundamente warfen die Geräusche der gegen die Strömung ankämpfenden Barke zurück. Dann brannte das Sonnenlicht wieder auf sie herab, grell und blendend nach der Dunkelheit. Mara blickte durch den Gazevorhang am Vordach hinaus und wurde mit einem völlig unerwarteten Anblick konfrontiert.

Das Panorama, das sich vor ihren Augen ausbreitete, war atemberaubend schön. Das Herrenhaus lag im Scheitelpunkt eines breiten Tals auf der gegenüberliegenden Seite eines großen Sees und erinnerte an einen magischen Ort aus einem Kindermärchen; jedes Gebäude war in Form und Farbe vollkommen. Das Herzstück war ein unglaublich alter Palast aus Stein, der auf einem Hügel mit Blick auf den See gebaut worden war. Niedrige Mauern wanden sich den Hügel hinab, zwischen terrassenförmig angelegten Gärten und kleineren Gebäuden, von denen viele zwei- oder dreistöckig waren. Das Gut der Minwanabi war wahrhaftig ein eigenes Dorf aus Bediensteten und Soldaten, alle Jingu treu ergeben. Doch was für ein wunderbarer Ort, dachte Mara. Und sie konnte sich eines kurzen Anflugs von Neid nicht erwehren, daß ein so erbitterter Feind in solchem Glanz lebte. Die Brise vom See würde das Haus selbst in den heißesten Monaten kühlen, und eine kleine Flotte aus orangefarbenen und schwarzen Stechkähnen ging auf Fischfang, damit der Lord der Minwanabi immer frischen Koa-Fisch zum Essen hatte. Als die Sklaven die Staken gegen Ruder austauschten, um die Barke über den See zu bringen, tauchte ein weit nüchternerer Gedanke in Maras Kopf auf: Das Tal war wie ein Flaschenhals, leicht zu verteidigen und noch einfacher zu verschließen. Wie die giftige Flaschenpflanze, die Insekten verschlang, indem sie sie mit süßen Gerüchen anlockte, machte die Form dieses Tals jede Hoffnung auf schnelle, unbemerkte Flucht zunichte.

Auch Papewaio hatte dies erkannt, denn er forderte seine Krieger auf, die Waffen anzulegen, als sich ein anderes Boot näherte. Die große Barke geriet schnell in Sichtweite und enthüllte ein Dutzend Bogenschützen der Minwanabi mit einem Patrouillenführer an ihrer Spitze. Er grüßte und befahl ihnen mit einer Handbewegung, die Ruder einzuziehen. »Wer kommt in das Land der Minwanabi?« fragte er, als die Barken sich einander näherten.

Papewaio rief hinüber: »Die Lady der Acoma.«

Der Offizier der Minwanabi grüßte. »Ihr dürft passieren, Lady der Acoma.« Er gab seinen eigenen Ruderern ein Zeichen, und die Barke der Minwanabi nahm ihre Patrouille wieder auf.

Arakasi zeigte auf drei weitere solcher Barken. »Sie haben überall auf dem See Bogenschützen verteilt.«

An Flucht vom Sitz des Lords der Minwanabi war eindeutig nicht zu denken. Es blieb nur Sieg oder Tod. Mara spürte ihre Handflächen feucht werden, doch sie widerstand der Versuchung, sie an ihrem Gewand abzuwischen. »Sehen wir zu, daß wir schnell zum Haus kommen, Pape.«

Papewaio gab dem Barkenmeister ein Zeichen, und die Sklaven nahmen die Ruder wieder auf.

Die Barke hielt auf den Hafen zu, und das Haus der Minwanabi erwies sich bei näherem Hinsehen als genauso schön, wie es schon von der anderen Seite des Sees aus gewirkt hatte. Jedes Gebäude war sorgfältig bemalt, wobei Pastellfarben gegenüber dem gewöhnlichen Weiß vorherrschten. Unbekümmert farbenfrohe Banner und hell beschirmte Laternen hingen von den Dachbalken und flatterten in der Brise. Der sanfte Klang von Windglockenspielen erfüllte die Luft. Selbst die Kieswege zwischen den Gebäuden waren mit beschnittenen Büschen und blühenden Pflanzen gesäumt. Mara erwartete, daß der Hofgarten im Innern des Guts üppiger und aufwendiger sein würde als jeder, den sie bisher gesehen hatte.

Die Ruderer der Acoma legten die Riemen ein, und einer warf eine Leiter in die Richtung des Arbeiters, der zusammen mit einer Begrüßungsgruppe aus Edlen am Dock wartete. Zuvorderst stand Desio, der älteste Sohn der Minwanabi. Sein Kopf war mit einer Kopfbedeckung aus Orange und Schwarz geschmückt, das Zeichen seines Ranges als Erbe des Hauses.

Livrierte Diener fingen die anderen Leinen auf, als die Barke sanft gegen die Pfähle stieß. Hauswachen standen bereit, und Desio schritt Maras Sänfte entgegen, als die Träger sie ans Ufer brachten.

Der Erbe der Minwanabi nickte steif, kaum mehr als die Andeutung einer Verbeugung, was fast schon einer Beleidigung gleichkam. »Im Namen meines Vaters heiße ich Euch zu unserer Feier zu Ehren des Kriegsherrn willkommen, Lady der Acoma.«

Mara machte sich nicht die Mühe, den Gazevorhang ihrer Sänfte beiseite zu schieben. Sie betrachtete die fette, sackförmige Gestalt Desios und konnte nur wenig Intelligenz in den schiefergrauen Augen entdecken. Sie antwortete mit einem Nicken, das an Deutlichkeit seiner Begrüßung entsprach. Einen langen Moment sagte niemand etwas, dann sah Desio sich gezwungen, Maras überlegenen gesellschaftlichen Rang anzuerkennen. »Geht es Euch gut, Lady Mara?«

Mara nickte leicht. »Es geht mir gut, Desio. Die Acoma sind

erfreut, Lord Almecho die Ehre erweisen zu dürfen. Sagt Eurem Vater, daß ich diese Begrüßung zu schätzen weiß.«

Desio reckte das Kinn empor; es ärgerte ihn, daß er seinen niedrigeren Rang eingestehen mußte. Er war zu stolz, um eine Ermahnung von einem Mädchen hinzunehmen, das durch den Vorhang hindurch noch wie ein Kind aussah. »Der Empfang für das Begrüßungsbankett wird eine Stunde nach Mittag beginnen. Ein Diener wird Euch zu Eurer Unterkunft bringen.«

»Die Ehre der Minwanabi liegt in den Händen von Dienern?« Mara lächelte liebreizend. »Daran werde ich mich erinnern, wenn ich den Lord, Euren Vater, begrüße.«

Desio errötete. Eine betretene Atmosphäre entstand, und ein Patrouillenführer der Minwanabi trat vor, um sie zu beenden. »Mylady, mit Eurer Erlaubnis werde ich Eure Soldaten zu dem Ort führen, der für sie ein wenig abseits vorbereitet worden ist.«

»Ich gebe Euch die Erlaubnis nicht!« sagte Mara zu Desio. »Entsprechend der Tradition bin ich befugt, fünfzig Soldaten zu meinem persönlichen Schutz bei mir zu behalten. Wenn Euer Vater etwas anderes wünscht, werde ich sofort abreisen, und er kann meine Abwesenheit dem Kriegsherrn erklären. Ich vermute, unter solchen Umständen werden die Acoma nicht das einzige große Haus sein, das umkehrt.«

»Zu viele Familien sind gekommen, um Almecho zu ehren.« Desio hielt inne. »Ihr müßt verstehen, wenn wir die Ehrenwachen jedes Lords und jeder Lady in den Baracken beim Haus unterbringen würden, wäre das Gut vollgestopft wie ein Kriegslager. Almecho liebt Ruhe. Um ihn zu ehren, werden alle Soldaten am Taleingang bleiben, wo unsere Hauptgarnison untergebracht ist.« Desio zuckte schwach mit den Achseln. »Es gibt keine Ausnahmen. Alle werden gleich behandelt.«

Ohne zu zögern schaltete sich Nacoya ein: »Dann bürgt Euer Vater mit seiner Ehre für die Sicherheit?«

Desio nickte. »Offensichtlich.« Damit Gäste in einer solchen Situation eine klare Zusage für ihre Sicherheit erhielten, haftete der Gastgeber gewöhnlich mit seiner persönlichen Ehre für die Sicherheit seiner Gäste. Sollte trotz eines solchen Arrangements einer der Besucher Opfer einer Gewalttätigkeit werden, konnte Lord Jingu von den Minwanabi die Schande durch nichts Geringeres auslöschen als durch seinen eigenen Tod. Der Erbe der Minwanabi sprach mit einem Diener. »Führe die Lady, ihre Erste Beraterin, zwei Zofen und ihren Leibwächter zu den Zimmern, die für die Acoma vorbereitet sind.«

Er schnippte mit seinen Fingern zu einem Offizier mit einem Federbusch in Orange. »Truppenführer Shimizu und einige Soldaten werden dafür sorgen, daß Eure Soldaten in den Baracken der Hauptgarnison gut untergebracht sind.«

Mara war erschreckt und verärgert, aber doch nicht ganz überrascht darüber, daß der Lord der Minwanabi dafür gesorgt hatte, sie von ihrer Ehrenwache zu trennen. Sie warf Arakasi einen beschwichtigenden Blick zu. Sie würde den Frieden der Gastfreundschaft nicht stören, indem sie jetzt Unruhe verbreitete, besonders nicht, da viele der anwesenden Hausdiener die Narben früherer Schlachten unter den weiten Ärmeln ihrer Livrees trugen. Nein, die Acoma würden nicht mit Gewalt triumphieren, sondern durch List und Tücke – wenn sie überhaupt die Möglichkeit hatten zu überleben. Mit einem zustimmenden Blick wählte Mara Papewaio als ihren Leibwächter. Dann folgte sie mit Nacoya, zwei Dienerinnen und dem erfahrensten und fähigsten ihrer Krieger dem Diener zu der Zimmerflucht, die den Acoma zugewiesen worden war.

Das Haus der Minwanabi war außerordentlich alt. Feuersbrünste hatten es verschont, und auch die Verheerungen längst vergessener Schlachten und halberinnerter Kriege hatte es durch die hervorragend geschützte Lage im Tal überstanden.

Der für die tsuranischen Häuser übliche rechteckige Grundriß mit einem Hof im Innern war im Laufe der Jahre viele Male geändert, ausgebaut, erweitert und geteilt worden. Die Anlage war langsam den Hügel hinabgewandert, als neue Bauten hinzugefügt worden waren, und das Herz des Gutes der Minwanabi war über die Jahre angeschwollen, bis es zu einem Gewirr aus Gängen, Innenhöfen und miteinander verbundenen Gebäuden geworden war, in dem Regelmäßigkeit und Ordnung nur noch als Hauch der Erinnerung an ein ehemals gültiges Prinzip existierten. Während Papewaio ihr aus der Sänfte half, erinnerte sich Mara bestürzt daran, daß sie auf Bedienstete angewiesen sein würde, um sich von oder zu ihren Gemächern führen zu lassen, denn die Struktur war so komplex, daß man sie sich nicht beim ersten Hindurchgehen merken konnte.

Die Gänge wanden und schlängelten sich, und jeder Hof schien wie der andere zu sein. Mara hörte das Gemurmel von Stimmen durch halbgeöffnete Läden; einige gehörten vertrauten Edlen des Kaiserreiches, doch die meisten waren ihr fremd. Dann schienen die Stimmen weit zurückzubleiben, und eine Stille wie die vor dem Angriff eines Dschungelraubtiers legte sich über den eleganten Korridor. In dem Augenblick, da der Diener den Laden zu ihrer Suite öffnete, wußte Mara, daß Jingu sie töten wollte. Warum sonst hatte er sie in einer solch finsteren Ecke seines Hauses untergebracht, wo sie von den anderen beinahe vollkommen isoliert waren?

Der Diener verneigte sich, lächelte und erklärte, daß zusätzliche Zofen der Lady der Acoma oder ihrer Ersten Beraterin zur Verfügung stehen würden, falls sie Hilfe beim Bad oder Anziehen benötigten.

»Meine eigenen Dienerinnen werden genügen«, sagte Mara scharf. Gerade hier, an diesem Ort, wollte sie keine Fremden in ihrer Nähe haben. Sobald die Träger ihr letztes Gepäckstück hineingetragen hatten, schloß sie den Laden. Papewaio brauchte keine Aufforderung, um mit einer schnellen und aufmerksamen Untersuchung der Räume zu beginnen. Nacoya jedoch schien beinahe unter einer Art Schock zu stehen. Dann begriff Mara. Bis auf eine einzige, kurze Reise – als sie dem Sohn der Anasati Maras Heiratsangebot unterbreitet hatte – hatte die alte Zofe vermutlich niemals in ihrem ganzen Leben die Ländereien der Acoma verlassen.

Die Erinnerung an Lano gab Mara die Fähigkeit zu handeln. Sobald Papewaio die Räume für sicher befunden hatte, ließ sie ihn an der Tür Position beziehen. Nacoya sah ihre Herrin an, und Erleichterung trat in ihre Augen. »Wenn Jingu für die Sicherheit seiner Gäste haftet, können wir vielleicht erwarten, daß der Frieden eines Staatsaktes bewahrt bleibt.«

Mara schüttelte den Kopf. »Ich fürchte, der Wunsch hat Sand in deine scharfen Augen gestreut, alte Mutter. Jingu bietet sein Leben als Garantie gegen gewaltsame Angriffe durch seine Leute und die der anderen Gäste, das ist alles. Er übernimmt keine Haftung für ›Unfälle‹.« Sie wartete nicht, bis die Furcht Besitz von ihr ergriffen hatte, sondern befahl Nacoya schnell, ein Bad für sie vorzubereiten und sie für das Bankett und ihre erste persönliche Begegnung mit dem Lord der Minwanabi herzurichten.

Im Gegensatz zur großen Halle der Anasati, die dunkel und stickig gewesen war und nach altem Wachs gerochen hatte, schien der Versammlungsraum der Minwanabi weiträumig und hell. Mara blieb in dem galerienartigen Eingang stehen und bewunderte den Anblick, bevor sie sich zu den anderen Gästen gesellte, die sich wie federgeschmückte Vögel unten versammelt hatten. Der Raum war in eine natürliche Höhle am Kamm des Hügels gebaut worden, und er war riesig; Eingang und Podest lagen sich auf entgegengesetzten Seiten gegenüber. Das hohe Dach war eine Konstruktion aus Balken und Papierläden, die sich zum Himmel hin öffneten; der Boden war tief eingelassen. Mehrere kleinere Galerien säumten die Halle; sie ermöglichten nicht nur den Blick auf die untere Etage, sondern von Balkonen aus auch den auf die Landschaft der Umgebung. Steinerne Säulen stützten den Baum in der Mitte, während ein Bach in einem Kiesbett durch kleine Gruppen blühender Bäume und Mosaike aus gebrannten Ziegeln plätscherte und in einen kleinen, spiegelnden Teich unterhalb des Podestes mündete. Irgendwo, irgendwann mußten die Minwanabi einen Architekten und Künstler von ungewöhnlichen Fähigkeiten verpflichtet haben. Der begnadete Künstler mußte jedoch im Dienst einer früheren Generation der Minwanabi gestanden haben, denn die grellste Kleidung von allen trugen der Lord und die Lady auf dem Podest. Mara zuckte zusammen, aber weniger, weil sie wie die meisten Tsuranis von dem grün- und orangefarbenen Kleid seiner Frau beeindruckt gewesen wäre. Mara weinte beinahe bei dem Gedanken, daß all die Schönheit, die sie umgab, an einen Feind wie Jingu verschwendet wurde.

»Die Götter müssen dieses Haus mit besonderem Reichtum gesegnet haben«, brummte Nacoya. »Doch die Göttlichen haben wenig Sinn für das Praktische gelassen, behaupte ich. Denkt doch nur daran, wie viele Insekten dieses Dach hineinläßt, ganz zu schweigen von Staub und Schmutz und Regen.«

Mara lächelte ihre alte Amme nachsichtig an. »Würdest du sogar versuchen, ein Schlangennest zu bemuttern? Abgesehen davon bin ich sicher, daß die Minwanabi das Dach bei schlechtem Wetter gut abdecken. Jingus Frau trägt zu viel Schminke und kann es sich nicht leisten, unerwartet naß zu werden.«

Nacoya gab nach, mit der Bemerkung, daß ihre Augen nicht so gut wären, ja, daß sie seit ihrer Jugend niemals gut gewesen wären. Mara tätschelte beschwichtigend die Hand ihrer Vertrauten. Strahlend schön in ihrem mit Zuchtperlen besetzten Kleid, die lockigen Haare mit grünen Bändern durchflochten, begann sie, die Treppen zum großen Saal hinabzusteigen. Papewaio folgte in seiner Gala-Rüstung; und obwohl er seine Herrin und ihre Erste Beraterin zu einem gesellschaftlichen Treffen begleitete, bewegte er sich mit einer Wachsamkeit, die eher auf ein Schlachtfeld gepaßt hätte. In vielerlei Hinsicht waren die offiziellen Zusammenkünfte der Tsuranis noch gefährlicher. Unter den höflichen Umgangsformen und all der Pracht schlummerte ungeahnter Ehrgeiz, und wie sich die Allianzen im Spiel des Rates änderten, konnte auch hier jeder anwesende Lord zum Feind werden. Wenige würden zögern, den Acoma Schaden zuzufügen, sollte dies dem eigenen Haus nützen. Andere wiederum, die normalerweise nicht mit Maras Haus verfeindet waren, mochten auf dem Territorium der Minwanabi ihr Fähnchen plötzlich nach dem Wind hängen.

Mara, die einen einfachen Geschmack hatte, ließ sich von dem zur Schau gestellten Reichtum nicht blenden. Ihre zurückhaltende Kleidung verstärkte den Eindruck noch, der sich ohnehin bei den Lords und Ladys im Saal gebildet hatte. Die meisten hielten sie für ein junges, unerfahrenes Mädchen, das durch die Heirat mit den mächtigeren Anasati Schutz für ihr Haus gesucht hatte. Jetzt, da Buntokapi tot war, war sie wieder Freiwild. Mara war es recht, und sie ließ das Mißverständnis bestehen, während sie an den anderen vorbeiging; dadurch erhöhten sich ihre Chancen, unbemerkt eine kleine Information, einen Kommentar oder eine Bemerkung aufzuschnappen, die sich als nützlich erweisen könnte. Als sie den Fuß der Treppe erreicht hatte und durch die Menge auf das Podium zuging, um den Lord der Minwanabi zu begrüßen, betrachtete sie die Gesichter der anderen Gäste und merkte sich, wer wo mit wem plauderte. Ihre Tempelerfahrung kam ihr dabei sehr zugute. Sie antwortete höflich denen, die sie grüßten, ließ sich jedoch nicht durch ihr herzliches Lächeln oder ihre freundlichen Worte in Sicherheit wiegen.

Jingu von den Minwanabi verfolgte ihr Näherkommen mit dem ausgehungerten Interesse eines Jaguna. Mara sah, wie er die Unterhaltung mit seinem Berater unterbrach, als sie die Stufen emporstieg, um ihn zu begrüßen. Der bevorstehende Augenblick machte auch sie nachdenklich, denn zum ersten Mal sah sie dem ältesten Feind ihrer Familie ins Gesicht. Der Lord der Minwanabi war ein sehr korpulenter Mann und hatte ganz sicher seit seiner Jugend keine Rüstung mehr getragen. Doch Gerissenheit und Bösartigkeit glitzerten immer noch in seinen Augen. Perlenbänder waren um seine Handgelenke gewunden, und Muschelketten hingen an seinem Hals, glänzend vom Schweiß seines Nackens. Seine Verbeugung fiel etwas kleiner aus, als es bei einer Herrscherin eigentlich angemessen gewesen wäre. »Mylady von den Acoma«, sagte er mit einer Stimme, die so belegt und salbungsvoll war wie seine gesamte Erscheinung, »wir sind glücklich, daß Ihr Euch entschlossen habt, uns zu Ehren des Kriegsherrn zu besuchen.«

Mara war sich bewußt, daß all die anderen anwesenden Edlen ihre Blicke auf sie richteten und darauf warteten, wie sie auf diese Beleidigung reagieren würde. Sie antwortete freundlich, doch auch ihre eigene Verbeugung war sehr oberflächlich und nur von kurzer Dauer. »Wir danken dem Lord der Minwanabi für die Einladung.«

Maras Haltung ärgerte Jingu, und er winkte jemanden zu sich auf das Podium. »Ich möchte Euch jemanden vorstellen, die Ihr vermutlich kennt.« Dann verzogen sich seine Lippen zu einem hungrigen, erwartungsvollen Lächeln.

Die Lady der Acoma zeigte keinerlei Reaktion, als auf Jingus

Aufforderung eine Frau das Podium betrat. Arakasi hatte sie vorgewarnt, daß Teani irgendwo im Haushalt der Minwanabi auftauchen könnte, denn schon seit langer Zeit war ihnen bekannt, daß die Konkubine eine Spionin der Minwanabi war. Doch die Tatsache, daß Buntokapis frühere Geliebte es geschafft hatte, in den innersten Zirkel um Jingu vorzudringen, gab Mara zu denken. Die Frau war möglicherweise gerissener, als sie bisher angenommen hatte. Zumindest war sie ganz offensichtlich seine Favoritin, so eingehüllt in kostbarer Seide und Juwelen, mit einer Kette aus seltenem Metall um ihren schlanken Hals. Doch Schmuck und Schönheit vermochten nicht die Bösartigkeit ihres Charakters zu verdecken. Tiefer Haß auf Mara brannte in ihren hübschen Augen, und seine Intensität ließ die Herrin der Acoma frösteln.

Den Blick einer Frau von Teanis Stellung zu erwidern wäre eine unnötige Höflichkeit gewesen und hätte zu leicht als Eingeständnis eigener Schwäche interpretiert werden können. So richtete Mara ihre Aufmerksamkeit und Worte nur an den Lord der Minwanabi links von ihr. »Meine Beraterin und ich sind gerade erst nach einer langen und ermüdenden Reise eingetroffen. Würden Mylord uns unsere Plätze zuweisen, damit wir einige Erfrischungen zu uns nehmen können, bevor das Bankett und die Festlichkeiten beginnen?«

Mit einem Schnipsen seines pummeligen Fingers strich Jingu die Fransen auf seinem Kostüm wieder glatt, dann verlangte er nach einem kühlen Getränk. Während er darauf wartete, daß seine Diener seinem Wunsch nachkamen, strich seine Hand abwesend über Teanis Arm, eine Geste, die seine Frau ignorierte. Als niemand mehr daran zweifeln konnte, daß er die Wünsche seiner Gäste zurückstellte, ehe nicht seine eigenen befriedigt waren, nickte er einem Diener süffisant zu. »Bring Lady Mara und ihre Bediensteten zum drittletzten Tisch, nah am Eingang zur Küche, damit sie so schnell wie möglich bedient werden.« Seine fette Leibesfülle schwabbelte, als er über den Einfallsreichtum seiner beleidigenden Bemerkung offenherzig lachte.

Eine Lady von Rang mochte eine solche Plazierung entwürdigend finden, doch Teani genügte diese Geste nicht. Sie grollte, innerlich wütend, weil Mara sie nicht beachtete, und griff in das Gespräch ein. »Ihr solltet sie bei den Sklaven unterbringen, Mylord. Alle wissen, daß die Größe der Acoma auf dem Wohlwollen der Anasati beruht und selbst der Schutz durch Lord Tecuma seit dem Tode seines Sohnes ziemlich brüchig geworden ist.«

Dieser Affront war zu groß, als daß Mara ihn hätte übergehen können. Sie vermied es zwar, Teani direkt zu antworten, schnappte aber nach dem Köder, den Jingu für sie ausgelegt hatte. Sie warf einen feurigen Blick auf sein fettes, lachendes Gesicht. »Erhabener Lord der Minwanabi, alle wissen von Eurer … Güte, doch sicherlich findet auch Ihr wenig Nutzen darin, die Überbleibsel eines anderen Mannes in Euren Dienst zu übernehmen.«

Jingu legte einen Arm um Teanis Schultern und zog ihren schlanken Körper an sich. »Ihr bringt die Situation durcheinander, Lady Mara. Diese Frau wurde von keinem Mann fallengelassen, sondern war nur eine Mistress, die ihren verstorbenen Herrn überlebt hat. Ich werde es Euch nur einmal sagen. Teani ist ein geschätztes und würdiges Mitglied meines Haushaltes.«

»Natürlich.« Mara deutete eine kaum wahrnehmbare Verbeugung an, als wollte sie sich entschuldigen. »Legt man Euren reichlich bekannten Geschmack zugrunde, muß sie Euch vortrefflich dienen, Jingu. In der Tat, mein verstorbener Ehemann konnte sich nicht beklagen« – Mara warf Teani einen flüchtigen Blick zu –, »doch war Buntokapis Appetit ziemlich derber Natur.«

Teanis Augen sprühten Funken. Die Kurtisane war wütend, weil Mara sich nicht die Mühe machte, sie direkt wegen der Beleidigung anzusprechen. Der Lord der Minwanabi war alles andere als amüsiert; er hatte diese kleine Beinahe-Jungfrau aus dem Tempel Lashimas erniedrigt, doch sie war nicht im mindesten eingeschüchtert. Tatsächlich hatte sie sich während dieses ersten Schlagabtauschs gut gehalten. Und da seine Diener bereits neben ihr standen, um sie und ihr Gefolge zu ihren Plätzen zu geleiten, konnte Jingu ohne Einbuße an Anstand nichts anderes tun, als sie zu entlassen.

Die Festlichkeiten vergingen für Mara nur langsam. Das Essen, die Musik und die Tänzer und Tänzerinnen waren von ausgesuchtester Qualität, doch der Tisch gleich neben der Küche war heiß, laut und ständig von dem Gewirr vorbeieilender Diener und Dienerinnen umgeben. Die Hitze und Gerüche aus der Küche verursachten Mara Übelkeit, und noch bevor der erste Gang des Banketts serviert wurde, wirkte Papewaio angespannt. Das unaufhörliche Kommen und Gehen der Fremden, die in der Küche zu tun hatten, zerrte an seinen Nerven, besonders, da auf jedem Tablett Gegenstände lagen, die als Waffen benutzt werden konnten. Er hatte gehört, was Mara zu Nacoya über mögliche »Unfälle« gesagt hatte. Und wenn es auch unwahrscheinlich war, daß der Lord der Minwanabi in dieser Situation einen Mordanschlag verüben würde, so wich Teanis giftiger Blick niemals von Mara. Der Truppenführer der Acoma ließ daher äußerste Vorsicht walten, und als das Dessert abgeräumt worden war, berührte er sanft Maras Schulter. »Lady, ich schlage vor, daß Ihr Euch noch vor der Dunkelheit in Eure Gemächer zurückzieht. Die Gänge sind uns fremd, und wenn Ihr auf die Hilfe des Lords der Minwanabi angewiesen seid, könnten die von ihm zur Verfügung gestellten Diener möglicherweise andere Anweisungen erhalten haben.«

Mara schien mit ihren Gedanken weit weg gewesen zu sein und nur langsam wieder zurückzukehren. Ihr Haar war perfekt frisiert und ihre Haltung wachsam, doch hatte die Müdigkeit dunkle Ringe unter ihren Augen hinterlassen. »Wir müssen einen Weg finden, wie wir Arakasi eine Nachricht zukommen lassen können, damit er weiß, wo er uns erreichen kann, wenn es notwendig werden sollte.«

Papewaio antwortete grimmig: »Wir können nichts tun, ohne zu riskieren, daß wir entdeckt werden, Lady. Vertraut Arakasi. Seine Spione können ihn ohne Gefahr erreichen, und er wird Euch von allein finden, wenn es darauf ankommt.«

Mara nickte nur; in dem Geräusch klappernder Tische, als die Diener und Dienerinnen den Saal für eine Darbietung von Akrobaten räumten, war ihre Stimme nicht zu hören. Sie tätschelte Nacoyas Arm und stand dann auf, um sich beim Lord der Minwanabi zu entschuldigen. Ihre Kopfschmerzen waren echt genug, und da der Kriegsherr ohnehin nicht vor dem folgenden Tag auftauchen würde, konnte man es ihr nicht vorwerfen, wenn sie sich jetzt zurückzog. Wenn überhaupt, so wollte sie den Eindruck einer jungen und unerfahrenen Frau hinterlassen, der es an Sinn für Feinheiten mangelte. Sich zeitig zurückzuziehen würde diesen Eindruck bei den Gästen nur verstärken, ihr vielleicht sogar eine Atempause verschaffen, um über eine mögliche Verteidigung nachzudenken. Der Lord der Minwanabi würde es schwer haben, seinen Plan umzusetzen, wenn die Augen eines jeden Rivalen Ausschau nach einer Schwachstelle hielten, um sie gegen ihn zu benutzen.

Mara beauftragte den Diener, der ihre Teller abtrug, dem Lord von ihrem Aufbruch zu berichten. Zu dem Zeitpunkt, da die Nachricht auf dem Podest angekommen war und der große Lord das Gesicht mit einem breiten, selbstzufriedenen Grinsen in Falten legte, waren die Stühle, wo die Acoma gegessen hatten, bereits verwaist. Jingu war so verliebt in diesen Triumph, daß er Teanis gleichzeitiges Verschwinden gar nicht bemerkte. Sie war es leid, ihren Herrn zu bearbeiten, um endlich die Chance zu erhalten, die Lady der Acoma vor ihrem Ende quälen zu dürfen. So war sie gegangen, um sich ihren eigenen Methoden zuzuwenden, die sie ihrem Ziel näherbringen könnten – in dem Wissen, daß die Getränke und die luxuriöse Unterhaltung den Appetit ihres Herrn genügend befriedigen würden.

Teanis Kopfbedeckung, ein blauer Seidenschal, flatterte hinter ihr her, als sie einen der hinteren Gänge des Herrenhauses der Minwanabi entlanghastete. Sie machte sich nicht die Mühe, ihn zurechtzurücken, und hielt auch nicht an, um die auf die Schultern gefallenen goldbraunen Haare wieder hochzustecken. Die Gemächer von Truppenführer Shimizu lagen gleich auf der anderen Seite des nächsten Innenhofes, und so war keine List mehr nötig – um diese Stunde würde ohnehin nur noch der Sklave unterwegs sein, der die Öllampen anzündete. Teani schlüpfte mit einem geheimnisvollen Lächeln durch den letzten Laden. Heute würde der Sklave erst spät kommen, so beschäftigt, wie er mit den Wünschen von Jingus Gästen war. Der alte Jaguna konnte furchtbar knauserig sein, wenn es darum ging, für sein Personal zu sorgen. Die Politik kam immer an erster Stelle beim großen Lord, eine Eigenschaft, die seine Offiziere ihm manchmal übelnahmen.

Das Mondlicht strömte auf den Hof und verlieh Teani einen goldenen Schimmer. Sie öffnete den Kragen ihres Gewandes und ließ den Stoff weit genug rutschen, daß er einen Blick auf ihren herausfordernden Busen freigab. Ihre Zähne blitzten, als sie lächelte. Wenn sie es richtig anstellte, würde die dürre, kleine Acoma-Hexe noch in dieser Nacht sterben. Wie süß würde es sein, ihre Schreie zu hören.

Die Läden, die auf der anderen Seite des Hofes zu Shimizus Gemächern führten, standen einen Spalt offen. Eine Lampe brannte im Innern und warf die verzerrte Silhouette eines Mannes an die Wand, der mit einer Flasche in der Hand vornübergebeugt auf seinen Kissen saß. Er trinkt wieder, dachte Teani angeekelt, und das nur, weil sie in der großen Halle zu lange aufgehalten worden war, während sie erfolglos versucht hatte, Jingu den Befehl zur Ermordung Maras abzuringen. Die Konkubine wollte sich dieses Vergnügen nicht nehmen lassen. Die Tatsache, daß ihr Lord sich nicht darum scherte, ihr diese Aufgabe zu übertragen, ließ Teani keine andere Wahl, als ihn zu überlisten.

Sie warf ihre Haare mit einer schwungvollen Bewegung über die nun beinahe bloßen Schultern und ging weiter auf den offenen Laden zu. Sie trat so leise ein, daß der dunkelhaarige Mann im Zimmer für einen Augenblick nichts bemerkte. Teani ließ sich Zeit und betrachtete ihn.

Shimizu, Truppenführer der Minwanabi, galt bei seinen Soldaten als ein Mann mit glühender Loyalität, leidenschaftlichen Überzeugungen und einem offenen Wesen. Seine schnellen Reflexe und sein nahezu unfehlbares Urteilsvermögen auf dem Schlachtfeld hatten ihm eine frühe Beförderung beschert. Sein Gesicht war jung für seine Position, es hatten sich noch keine Falten eingegraben außer den Narben, die er sich in der Ausübung seines Berufes eingehandelt hatte. Sein einziger Fehler war seine Dünnhäutigkeit; sie brachte ihn manchmal ohne Vorwarnung zum Explodieren. Die Augen waren von schweren Lidern beschattet, und seine Stimmungen waren schwer zu erahnen, es sei denn, er trank. In der leicht pikierten Art, wie er die Unterlippe vorschob, erkannte Teani seine Enttäuschung und Wut – es war die beleidigte, explosive Haltung, die Männern eigen ist, wenn sie von einer Geliebten versetzt worden sind. Teani gratulierte sich insgeheim dafür, wie hervorragend sie diese Aufgabe gelöst hatte. Sie hatte festgestellt, daß dieser Mann ein Narr war, innerlich krank vor Sehnsucht und Begierde nach ihrem Körper, einer jener gefühlsbetonten Jugendlichen, die Verlangen mit Liebe verwechselten. Und als sie den Schweiß auf seiner muskulösen Brust sah, wußte Teani, daß Shimizu auf ihr Geheiß hin alles für sie tun würde; ein perfekt geschmiedetes Werkzeug für ihre Pläne wie so viele andere vor ihm, Männer wie Frauen.

Außer Mara. Die Lady der Acoma war ihr entkommen. Deshalb brachte Teani ihr verführerischstes Lächeln zustande und legte von hinten eine Hand auf Shimizus schweißbedeckte Schulter.

Shimizu zuckte heftig zusammen, seine Hand schoß vor und griff nach dem Schwert, das er immer auf den Knien hatte. Die Klinge fuhr mit einem singenden Geräusch aus der Scheide und pfiff in einer blitzschnellen Drehung durch die Luft – auch dann noch, als er seine Geliebte schon erkannte. Die Spitze berührte weiche Seide und hielt inne, nur knapp davon entfernt, das Blut der Konkubine zu vergießen.

»Frau!« Shimizus Gesicht wurde erst blaß, dann rötete es sich aus Wut über Teanis Zuspätkommen und ihr heimtückisches Eindringen. Als er sich wieder gefangen hatte, bemerkte er einen eigenartigen Glanz in ihren Augen. Ihre Lippen waren leicht geöffnet, als wäre das Schwert ein Liebhaber, den es zu umarmen galt. Ihre Brustwarzen richteten sich auf, und sie atmete hörbar, erregt durch die Berührung der rasiermesserscharfen Spitze auf ihrer Haut. Die Erinnerung an ihre merkwürdigen Leidenschaften minderte seine Willkommensfreude etwas, und mit leichtem Ekel steckte er das Schwert in die Scheide zurück. »Du bist verrückt, Frau, völlig krank im Kopf. Ich hätte dich niederstrecken können.«

Doch Wut und Ekel hielten niemals lange an. Als Teani ihr Gesicht emporhob und ihre Brüste fest gegen seine Tunika preßte, senkte Shimizu seinen Kopf wie ein Verhungernder und genoß den Kuß, der durch die kleine Berührung mit dem Tod für ihn die richtige Würze erhalten hatte. Sie hatte ihn wie ein Puzzle enträtselt. Bei jeder Berührung schien er bis auf die Knochen hinwegzuschmelzen. Shimizu war unfähig, seine Begierde zu unterdrücken, und er suchte mit den Fingern nach den Schleifen, die ihr Kleid zusammenhielten. »Kannst du bleiben, meine Geliebte? Sag mir, daß Jingu mit seinen Gästen beschäftigt ist und du heute nacht nicht in sein Bett zurückkehren mußt.«

Teani spielte mit ihrer Zunge in seinem Ohr und blies ihren heißen Atem gegen seinen Nacken. »Jingu erwartet mich heute nicht in seinem Zimmer«, log sie. Sie wartete, bis er mit den Fingern hartnäckiger an ihrer Kleidung zerrte, dann stieß sie ihn leicht von sich. »Doch heute nacht kann ich trotzdem nicht hierbleiben.«

Shimizu runzelte die Stirn, und sein Blick wurde im Licht der einzigen Öllampe plötzlich hart. »Weshalb nicht? Teilst du deine Leidenschaft noch mit jemand anderem?«

Teani lachte; sie ließ ihn einen Augenblick zappeln, bevor sie ihr Gewand noch weiter öffnete und ihre wohlgeformten Brüste entblößte. Shimizu versuchte einen strengen Blick beizubehalten, doch seine Aufmerksamkeit war deutlich auf etwas anderes gerichtet. »Ich liebe niemanden sonst, mein schöner Krieger.« Sie hüllte ihre Stimme in gerade genug Sarkasmus, um ihm einen letzten Zweifel zu lassen. »Es ist eine offizielle Aufgabe, die mich heute nacht von deiner Seite ruft. Also, möchtest du jetzt das bißchen Zeit, das wir haben, vergeuden, oder ...« Sie stöhnte und biß sanft zu, als er ihre letzten Worte mit einem Kuß erstickte.

Doch dieses Mal hielt sie sich noch genügend zurück, damit er nicht völlig willenlos wurde.

Seine Hände strichen kräftiger über ihre bloße, seidige Haut, und sein Ton wurde fordernder: »Warum hat es dann so lange gedauert, bis du gekommen bist?«

Teani warf ihre honigfarbenen Haare scheinbar gekränkt zurück. »Wie mißtrauisch du bist. Fürchtest du, daß dein Schwert nicht genug ist, um eine Frau zu befriedigen?« Sie tat einen Schritt zurück, um ihn etwas zu quälen und ihm einen besseren Blick auf ihren halbnackten Körper zu gewähren.

Shimizu runzelte die Stirn, und seine Hände umfaßten ihre Schultern. Doch jetzt schmolz Teani in seinen Armen dahin wie Butter. Ihre Finger glitten geübt durch den Schlitz in seinem Gewand. Er spannte sich in köstlicher Vorahnung an, als sie mit den Fingernägeln an der Innenseite seiner Schenkel entlangfuhr.

»Und solch ein mächtiges Schwert«, murmelte sie. Sie senkte die Augenlider und zog einen Schmollmund. »Mylord von den Minwanabi hat mich mit ermüdenden Anordnungen aufgehalten. Es scheint, daß er die Acoma-Hexe tot sehen will, und ich bin diejenige, die er für diese schmutzige Arbeit auserwählt hat.«

Er zog sich zurück, obwohl ihre Hände am Ziel waren und ihn in einer Weise streichelten, die ihm am meisten gefiel. Sofort wußte Teani, daß sie zu schnell vorgegangen war; oder sie hatte sich in der Vorgehensweise geirrt. Augenblicklich beugte sie sich hinab, ließ ihre Haare an seinen Oberschenkeln entlangstreichen und liebkoste sein Fleisch mit der Zunge.

Shimizu ließ sich mit der Antwort Zeit; dann verstärkte sich der Druck seiner Hände auf ihrem Rücken, und seine Stimme erklang träumerisch über ihr. »Es ist äußerst seltsam, meine Geliebte, daß Mylord eine solche Anweisung gegeben hat.«

Teanis Interesse verstärkte sich. Sie richtete sich auf und

machte sich daran, seine Sandalen aufzubinden. »Götter, mußt du immer die genagelten Sohlen im Haus tragen?«

Shimizu bewegte sich ungeduldig, doch die Konkubine machte sich weiter an seinen Sandalen zu schaffen. Die harte Brustwarze strich gegen seine Kniekehle, während sie arbeitete, und das machte ihn so verrückt, daß er ihre nächste Frage beantwortete, ohne weiter nachzudenken.

»Weshalb? Oh, mein Herr erzählte mir gestern, daß die Acoma-Hexe sterben sollte, doch wollte er zuerst ihren Willen brechen. Sie erschrecken, sagte er, indem er ihre Dienerinnen und ihre Gefolgschaft tötet, damit sie vollkommen allein wäre, wenn er wirklich zuschlagen würde.« Hier hielt Shimizu inne und errötete; er war sich bewußt, daß seine Zunge sich gelockert hatte. Er kraulte mit einer Hand in dem rotgoldenen Haar und zog Teani von der Sandale fort, die noch zugebunden war. »Ich denke, daß du lügst, Frau. Du gehst nicht, um Mara zu töten, sondern um dich heute nacht mit einem anderen zu vereinigen.«

Teanis Augen blitzten, zum Teil vor Aufregung, weil sich Gewalt um sie herum zusammenbraute; zum Teil aber auch, weil Männer so lächerlich vorhersehbar waren. Sie leugnete die Anschuldigung nicht, sondern provozierte ihn eher noch mehr, indem sie meinte: »Wie kommst du zu der Annahme, daß ich lüge?«

Shimizu ergriff ihre Handgelenke und zog ihren Körper mit einem Ruck zu sich heran. »Ich behaupte, du lügst, weil ich die Anordnung erhalten habe, morgen einen angeblichen Überfall zu inszenieren und dafür zu sorgen, daß Papewaio, Truppenführer der Acoma, tot auf Maras Türschwelle liegt. Warum also sollte Mylord, ohne den Auftrag rückgängig zu machen, dir befehlen, das Mädchen heute nacht Turakamu zu übergeben?«

Erhitzt durch seine kräftige Berührung und überwältigt von der Leichtigkeit, mit der sie sein Ego gereizt und ihn dazu gebracht hatte, sie mit Vertrauensseligkeit zu überhäufen, hob Teani herausfordernd ihr Kinn. »Woher soll ich die Wege großer Männer kennen?« Sie blickte ihn an, um sich zu vergewissern, daß sein Hunger noch immer entfacht war. »Liebster, du bist über jede Vernunft hinaus eifersüchtig. Sollen wir ein Abkommen schließen, um unsere Gefühle zu beruhigen? Ich werde heute nacht bei dir schlafen und Lord Jingu erklären, daß ich versucht hätte, Lady Mara mit dem Messer zu töten, es mir aber nicht gelungen sei. Als Entgegenkommen dafür mußt du jedoch meine Ehre wiederherstellen, indem du das Mädchen morgen gemeinsam mit Papewaio töten wirst.«

Shimizu sagte nichts, sondern drückte Teani eng an sich. Seine Finger bewegten sich unaufhörlich, sie nestelten an dem Gewand herum, bis es sich vom Körper löste. Sie trug nichts darunter, und an der fieberhaften Eile, mit der er sein eigenes Gewand und seine Tunika auszog, erkannte die Konkubine, daß sie ihn da hatte, wo sie ihn haben wollte. Sein deutlich spürbares Verlangen, das alle anderen Gedanken auslöschte, war Antwort genug. Er würde morgen tun, was sie verlangt hatte, um sicherzustellen, daß sie ihm gehörte, nur ihm allein, für die Dauer der ganzen Nacht. Shimizu hielt ihr Zittern fälschlicherweise für Leidenschaft. Als er sie nahm, waren seine Gedanken voller Liebe; doch die wunderschöne Kurtisane, mit der er sich vereinigte, antwortete mit kaltblütiger, erfahrener Geschicklichkeit, um das Erreichen ihres Ziels sicherzustellen, daß Mara, Lady der Acoma, mit einer Klinge im Herzen sterben würde.

Mara wachte wenig erholt nach einer langen und unruhigen Nacht auf. Ihre Dienerinnen spürten ihre angespannte Stimmung. Sie holten schweigend ihre Gewänder und flochten Seidenbänder in ihr Haar, während Nacoya wie immer in den frühen Morgenstunden vor sich hin grummelte. Mara war zu unruhig, um auf das Mahl zu warten, das vom Personal der Minwanabi serviert wurde, und so drängte sie Papewaio, das tägliche Ritual des Schwertschärfens zu beschleunigen, um anschließend einen kleinen Spaziergang am Seeufer zu unternehmen. Eine Idee, die ihre Erste Beraterin zu säuerlichem Schweigen veranlaßte.

Doch bevor Mara nicht das genaue Ausmaß der Gefahr kannte, zog sie es vor, jedes vorgegebene Muster zu vermeiden. Ehe sie nicht eine Möglichkeit gehabt hatte, mit den Gästen zusammenzukommen und zu beobachten, welche Bündnisse fest und welche schwach geworden waren, konnte sie nicht wirklich wissen, wie mächtig der Lord der Minwanabi inzwischen war.

Mara atmete tief ein; sie versuchte die frische Luft und den Glanz der Sonne auf der Wasseroberfläche zu genießen. Die Brise entfachte kleine Wellen über den Untiefen, und die Fischerboote dümpelten an den Anlegeplätzen vor sich hin, warteten darauf, daß kräftige Männerhände die Ruder führten. Dennoch brachte Mara die Ruhe des Sees keine Entspannung. Sie war sich bewußt, daß Nacoyas Schritte nicht so rüstig waren, wie sie hätten sein können, und so schlug sie schließlich vor, zum Herrenhaus zurückzukehren.

»Das ist weise, Mistress«, sagte Nacoya in einem Ton, der verriet, daß die Lady nicht dort hätte spazierengehen sollen, wo Sand und Tau die Seidenbänder ihrer Sandalen verunreinigen konnten. Doch dem Tadel der alten Frau mangelte es an Schwung. Ihre Augen waren traurig, und ihr Herz war schwer, so weit fort von den Gütern der Acoma. Als sie sich umwandten und wieder auf das prunkvolle Heim des Lords der Minwanabi zugingen, mit all seinen Gärten und Bannern und der möglicherweise todbringenden Versammlung von Gästen, nahm Papewaio ihren Arm und stützte sie, ohne um Erlaubnis zu fragen.

Der Empfang zur Begrüßung Almechos, des Kriegsherrn, begann am späten Morgen, wenn auch der Würdenträger, den es zu ehren galt, wahrscheinlich nicht vor dem Nachmittag erscheinen würde. Als Mara bei den Festlichkeiten eintraf, hatten sich die meisten der Edlen des Kaiserreiches bereits eingefunden, geschmückt mit Federbüschen und Juwelen und hungrig vor Ambitionen. Das Spiel des Rates durchdrang alle Aspekte des tsuranischen Lebens, wenn auch keine anderen so sehr wie außergewöhnlich kostspielige offizielle Angelegenheiten. Die Gäste mochten unter Markisen mit wunderschönen Fransen wandeln, exquisit zubereitetes Essen genießen, Klatsch und Tratsch austauschen oder Geschichten über den Heldenmut der Ahnen von sich geben, sie mochten gelegentlich auch Wetten abschließen oder Geschäfte tätigen. Doch jeder anwesende Lord betrachtete seine Standesgenossen mit prüfendem Blick, beobachtete, wer sich bei wem einschmeichelte und, ganz besonders, wer sich zurückzog, still blieb oder, was noch aussagekräftiger war, wer gar nicht da war. Wie die übrigen studierte auch Mara die Gesichter und die Farben des jeweiligen Hauses, ganz im Bewußtsein, daß sie im Gegenzug von den anderen beobachtet wurde. Der Lord der Techtalt und sein Sohn nickten ihr als Begrüßung kaum richtig zu, was bedeutete, daß bereits viele vermeiden würden, mit ihr gesehen zu werden, solange die Stellung der Acoma sich nicht stabilisiert hatte.

Mara tat den Vorfall geschickt als unwesentlich ab, indem sie Nacoya zu einem Tisch führte und einen Diener mit Erfrischungen beauftragte. Sie achtete darauf, nur Speisen zu sich zu nehmen, die sie auf den Tellern der anderen Gäste gesehen hatte, und als das Essen kam, achteten die anderen darauf, ob sie und ihre Erste Beraterin auch gut aßen oder die nervliche Anspannung ihren Appetit beeinflußte. Papewaio sah es, und er hätte gelächelt, wenn das Protokoll ihm als Ehrenwache so etwas gestattet hätte. Mara achtete selbst auf die allerkleinsten Feinheiten, denn nur das entgangene Frühstück hatte die pingelige Nacoya dazu bringen können, trotz des gewaltigen Drucks eine Erfrischung zu sich zu nehmen. Diese Vorgehensweise blieb bei jenen Gästen, die zusahen, nicht ohne Wirkung. Einige nickten in verstohlener Bewunderung, andere flüsterten heimlich in den Ecken. Wieder andere interessierten sich für die Angelegenheiten der Acoma gar nicht, sondern waren vielmehr in eigene Machenschaften verstrickt.

Mara hörte den Lord der Xacatecas mit tiefer Stimme lachen; er sagte etwas, das den dritten Sohn der Ling zusammenzucken und erblassen ließ. Die Nachkommen und Cousins der Xosai schienen überall, wohin man schaute, und die im Norden geborene Frau der Kaschatecas flirtete schamlos mit dem Ersten Berater der Chilapaningo. Der Würdenträger wirkte so steif wie getrocknete Needra-Haut; wahrscheinlich war ihm ihre Zuwendung äußerst peinlich, doch sie sprach zu schnell und faßte ihn zu fest am Ärmel, als daß er sich hätte entschuldigen und davonmachen können.

Mara ließ ihren Blick über die Menge schweifen und bemerkte die große Vielzahl an Kleidungsstilen und Hausfarben. Sie teilte die Gäste in zwei Kategorien ein: diejenigen, die Verbündete waren oder nicht stark genug, sie herauszufordern, und diejenigen, die eine Bedrohung darstellten oder sich an ihr rächen wollten. Da die Minwanabi zu den Fünf Großen Familien in Tsuranuanni zählten, hatte jedes mächtige Haus im Kaiserreich irgendeinen Repräsentanten geschickt. Mara bemerkte, daß die Keda, die Tonmargu und die Oaxatucan da waren, jeweils mit ihrem Kreis von Schmeichlern. Geringere Lords hielten sich ein wenig abseits oder trachteten danach, daß etwas von der Gunst auch auf sie abfiel. Die violette Kopfbedeckung des Lords der Ekamchi neigte sich zu seinem Ersten Berater hinab, während das rote Gewand des Lords der Inrodaka sich mit der Kleidung zweier Diener biß, deren Livree Mara nicht einordnen konnte. Nachdem sie die anwesenden Gäste studiert hatte, überfiel Mara ein leichtes Frösteln. Nirgendwo sah sie eine Tunika in Scharlachrot und Gelb.

Als hätte sie ihre Verunsicherung gespürt, schob Nacoya den Teller beiseite, auf dem nur ein paar Knochen des Jiga-Vogels als letzte Reste ihrer Mahlzeit verblieben waren. »Ich kann den Lord der Anasati nirgends entdecken«, sagte sie direkt. »Wenn die Götter seine Ankunft nicht verzögert haben, meine Tochter, seid Ihr und Euer junger Sohn in größter Gefahr.«

Nacoya führte nicht weiter aus, was sich daraus ganz offensichtlich ergab. Die Abwesenheit einer prominenten Familie war immer von politischer Bedeutung, und ein besonders bedeutsamer Aspekt war der, daß Tecumas Schwur, die Acoma um Ayakis willen zu schützen, ihr nichts nützen würde, solange nicht er oder sein ältester Sohn anwesend waren. Ohne den Schutz der Anasati hatte Mara nur fünfzig Krieger, die in Baracken außerhalb ihrer Reichweite untergebracht waren. Die Kälte, mit der der Lord der Techtalt sie begrüßt hatte, bekam jetzt eine neue Bedeutung; denn es schien möglich, daß Buntokapis Affront gegenüber dem Kriegsherrn dem Namen der Anasati mehr Schaden zugefügt hatte, als Mara geglaubt hatte. Die Gefahr, in der sie sich befand, wuchs im gleichen Verhältnis. Möglicherweise hielt sich der Lord der Minwanabi für mächtig genug, die Acoma zu vernichten und dann den Krieg zu gewinnen, der zwangsläufig ausbrechen würde, wenn Tecuma seine Streitkräfte ausschickte, um den Titel Ayakis zu verteidigen.

»Ihr hättet die Einladung nicht annehmen sollen«, flüsterte Nacoya.

Mara machte eine schroffe Handbewegung. Nicht einmal die Tatsache, daß zwei Häuser jetzt in großer Gefahr waren, konnte ihren Beschluß ändern. Sie würde überleben, die Niederlage in einen Triumph verwandeln, wenn das Glück ihr die passende Waffe in die Hand gab. Doch die Abwesenheit eines Verbündeten, mit dem sie gerechnet hatte, bereitete ihr genug Sorgen, daß ihre Aufmerksamkeit nachließ. So merkte sie nicht, daß Teani an diesem Morgen zu spät zum Empfang kam und einen geheimnisvollen, selbstzufriedenen Ausdruck im Gesicht hatte, wann immer sie Mara ansah. Auch erhob die Lady der Acoma sich nicht schnell genug vom Tisch, um dem Lord der Ekamchi auszuweichen, der plötzlich neben ihr auftauchte und ein anzügliches Grinsen zur Schau trug.

»Guten Tag, Lady der Acoma. Welch eine Überraschung, daß Ihr nicht einen Eurer neuen Cho-ja-Krieger zum Schutz Eurer Gesundheit mitgebracht habt.«

Mara verneigte sich förmlich; sie erkannte eine uncharakteristische Kühnheit in der Art des schwammigen Mannes. »Um meine Gesundheit ist es bestens bestellt, Lord der Ekamchi. Und mit Papewaio an meiner Seite mangelt es mir nicht an Schutz.«

Der Lord der Ekamchi zog eine Grimasse – er hatte guten Grund, sich an den Mut und das Können des Truppenführers der Acoma zu erinnern. Dennoch behielt er sein beharrliches Auftreten bei und enthüllte dadurch eine Veränderung in den Bündnissen, ehe Mara es auf andere Weise herausfand. Die Lady der Acoma ahmte ohne es zu wissen ihren Vater nach, als sie sich für einen kühnen Weg entschied und die Angelegenheit auf den Tisch brachte, bevor sie unter weniger günstigen Umständen angeschnitten werden konnte. »Ihr habt möglicherweise in der letzten Zeit mit Tecuma von den Anasati gesprochen?«

»Oh!« Der Lord der Ekamchi war erstaunt. Doch seine Augen blitzten kurz triumphierend auf, als er sich wieder in der Gewalt hatte. »Ich bedauere, Euch mitteilen zu müssen, daß unser Gast, der Lord der Minwanabi, sich entschieden hat, Tecuma von den Anasati zu dieser Feier nicht einzuladen. Er möchte den Kriegsherrn nicht an die zurückliegende unerfreuliche Situation erinnern, ja, an die Beleidigung, die der gute Mann durch den Sohn hat erleiden müssen, der in die Familie der Acoma eingeheiratet hatte.«

»Buntokapi ist ehrenvoll gestorben«, sagte Mara eisig. »Ihr erniedrigt Euch selbst, wenn Ihr schlecht von den Toten sprecht.« Ihre Worte waren eine Warnung und zugleich eine Herausforderung an die Ehre der Ekamchi, sollte er das Thema nicht fallenlassen.

Der Lord, der sie beleidigt hatte, wandte sich ab, doch nicht ohne noch eine letzte Spitze zum besten zu geben. »Doch ich weiß, daß Tecuma auch nicht hätte kommen können, wenn die Umstände es zugelassen hätten. Er ist anderweitig beschäftigt, habe ich gehört, seit ein Angriff auf seine reichste Handelskarawane die Verteidiger bis auf den letzten Mann vernichtet hat. Er verlor all seine Waren und zweihundert Krieger an eine überaus brutale Bande von Dieben.« Der Lord der Ekamchi lächelte, denn er wußte ebensogut wie Mara, daß ein solches Gemetzel nicht von gewöhnlichen gesetzlosen Männern hätte durchgeführt werden können. Irgendeines der großen Häuser forderte die Anasati unverfroren heraus; und nur eines von ihnen lag in einer Blutfehde mit den Acoma, die Tecuma zu einem unfreiwilligen Bündnis gebracht hatten.

»Betet zu den Göttern um die Gesundheit Eures Sohnes«, höhnte der Lord der Ekamchi.

Er ging davon, und Mara verpaßte die Gelegenheit zu einer Erwiderung. Die Tatsache, daß ein so geringer Lord es wagen konnte, sie zu beleidigen, war ein großer Schock und gemahnte sie gleichzeitig daran, daß in den Augen ihrer unbedeutendsten Feinde ihr Tod bereits beschlossene Sache war.

Sieben

Ankunft

Der Kriegsherr erschien.

Er trat im Klang einer Flötenfanfare ein, und sein goldgesäumtes weißes Gewand glänzte im Sonnenlicht. Zwei schwarzgekleidete Gestalten gingen an seiner Seite. Als die Gäste sie sahen, wurden sie augenblicklich still. Selbst der Lord der Minwanabi zögerte, bevor er den Mann begrüßte, der nach dem Kaiser der mächtigste im ganzen Land war. Als Jingu einen Schritt nach vorn trat, um sich zu verbeugen, drückte seine Haltung eher Unterwürfigkeit und Ergebenheit aus als Freude. Die Gegenwart der schwarzbemäntelten Erhabenen hatte häufig diese Wirkung auf Menschen. Niemand wußte, was die Magier dachten, und was sie taten, wurde von niemandem in Frage gestellt. Sie existierten jenseits des Gesetzes, und ihre einzige Aufgabe bestand darin, dem Kaiserreich zu dienen. Daß Almecho zwei von ihnen zu seiner Geburtstagsfeier mitgebracht hatte, berührte jeden einzelnen anwesenden Gast; kein Plan konnte als sicher gelten, und kein Bündnis war wirklich zuverlässig, solange die Magie wie ein wildes Gebilde in ihrer Mitte war. Einige wisperten, daß Almecho einige der Schwarzen Roben für seine Sache gewonnen hätte, andere behaupteten, daß ein großer Teil der Politik des Kriegsherrn in der Stadt der Magier geschmiedet würde.

Mara beobachtete die formelle Begrüßungszeremonie von einem unauffälligen Platz in einer Ecke aus. Sie war irgendwie erleichtert, die Erhabenen an Almechos Seite zu sehen, denn noch etwas anderes als nur ihre Not würde die Aufmerksamkeit in Anspruch nehmen … zumindest für eine Weile. Sie war es leid, mit den beißenden Bemerkungen der anderen Gäste umgehen zu müssen, und es machte sie krank, daß der Lord der Ekamchi immer wieder die Abwesenheit Tecumas betonte. Die Gegenwart der Erhabenen würde lange Schatten auf die Intrigenspiele werfen; sie konnten die Künste der Magie ins Spiel bringen und Gerechtigkeit rasch und ohne Aufschub widerfahren lassen – ihren Worten war die Kraft des Gesetzes inne. Sie konnten Jingu in seinem eigenen Haus vernichten, wenn sie glaubten, er würde das Kaiserreich gefährden, und Desio würde sich nur vor ihnen verneigen und den rituellen Satz sprechen: »Euer Wille geschehe, Erhabene.«

Doch es war Brauch, daß die Erhabenen sich vom Spiel des Rates fernhielten, und so mußte es ein anderer Schachzug sein, der die beiden Magier herführte. Mara lächelte in sich hinein. Was immer der Grund für ihr Erscheinen war, die Wirkung war zweischneidig: Ihre Feinde hatten jetzt andere Sorgen, doch gleichzeitig gewann auch der Lord der Minwanabi eine freiere Hand, um auf ihren Tod hinzuarbeiten, da die Gäste sich auf etwas anderes konzentrierten.

Doch noch während Mara die gesamte Bedeutung in ihrem Kopf abwog, begannen die Gäste sich entsprechend ihrem Rang zu versammeln, um dem Kriegsherrn ihre Ehrerbietung zu bezeugen. Mara und Nacoya würden schon bald aus dem Schutz ihrer Ecke treten müssen, denn die Acoma zählten zu den ältesten Namen im Kaiserreich, und sie waren diejenigen, die direkt nach den ursprünglichen Fünf Großen Familien kamen. Dennoch zögerte die Lady etwas, während sich die Keda und Tonmargu aufstellten. Dann, als auch der Lord der Xacatecas sich aufmachte, seinen Platz in der Reihe einzunehmen, bahnte sie sich ihren Weg durch die Menge.

»Geh langsam«, befahl sie Nacoya. Während andere Familien in großen Gruppen aus Söhnen, Töchtern, Angeheirateten und Cousins und Cousinen vortraten, von denen auch noch jedes einzelne Mitglied der Blutslinie das Recht auf eine eigene Ehrenwache besaß, bestand ihre eigene Gruppe nur aus der Ersten Beraterin und Papewaio. Die anderen Lords und ihre Berater nahmen ihre Gegenwart oft nicht wahr, bis sie an ihnen vorbeigeschritten war, da Größe und Macht sich selten ohne Fanfaren zeigten. Häufig konnte Mara genug von den Unterhaltungen anderer mitbekommen, um das ungefähre Thema herauszufinden, bevor die Sprecher ihre Nähe wahrnahmen. Mehr als eine Gruppe flüsternder Gäste glaubte in den Erhabenen diejenigen wiederzuerkennen, die Almecho in der Versammlung der Magier bei seiner Kampagne gegen die barbarische Welt unterstützt hatten. Einige andere Magier wurden mittlerweile regelmäßig mit dem Kriegsherrn gesehen und hatten sich den Spitznamen »Schoßmagier des Kriegsherrn« eingehandelt. Die Kapuzen verdeckten ihre Gesichter und erschwerten den Versuch zu entscheiden, um welche beiden Magier es sich jetzt handelte. Doch wenn diese beiden hier Ergoran und sein Bruder Elgahar waren, würden mehr als nur die Pläne eines einzelnen Lords einen Rückschlag erleiden.

Als die Xacatecas anfingen, sich zu verbeugen, reagierte Mara auf Nacoyas mütterlichen Druck und ging zum Podest. Kamatsu von den Shinzawai und sein Sohn schlossen sich hinter ihr an, als sie die Stufen emporstieg; dann gingen die Xacatecas, und sie sah sich Almecho und ihrem Gastgeber, Jingu von den Minwanabi, gegenüber.

Die Erhabenen blieben an einer Seite stehen, ihre einzigartige soziale Rangstufe nahm sie von jeder formellen Rolle in der Begrüßungszeremonie aus. Doch als sie sich verbeugte, konnte Mara einen deutlichen Blick auf einen von ihnen werfen und erkannte die gekrümmte Nase und die dünnen Lippen Ergorans unter der schwarzen Kapuze. Der Kriegsherr ergriff ihre Hand, als sie sich erhob, und ein leicht sarkastischer Zug stahl sich in sein Lächeln, als er seinerseits den rituellen Begrüßungsspruch aufsagte. Er hatte augenscheinlich ihr letztes Treffen nicht vergessen, als sie pflichtgemäß die Worte Buntokapis bezüglich der Needra-Ställe wiedergegeben hatte. Die Etikette hinderte ihn allerdings daran, das Thema anzuschneiden, da der Ritus des Selbstmords den Fleck auf der Ehre der Acoma wieder beseitigt hatte. Doch nichts hielt den Kriegsherrn davon ab, ein Gespräch zu beginnen, das Mara einiges Unbehagen verschaffte.

»Lady Mara, welch eine unerwartete Freude. Ich sehe mit Freude, daß Ihr den gleichen persönlichen Mut besitzt wie Euer Vater – und in dieses Nest von Feinden marschiert seid.« Er hielt noch immer ihre Hand und streichelte sie in einer väterlich begütigenden Geste, während er sich Jingu von den Minwanabi zuwandte. Sein Gastgeber hielt mühsam seine Wut zurück, er war über die letzte Bemerkung genauso erschüttert wie Mara. »Jingu, Ihr plant doch nicht etwa, meine Geburtstagsfeier durch Blutvergießen zu verderben, nicht wahr?«

Der Lord der Minwanabi wurde tiefrot, als er zu einer Entgegnung ansetzte, doch Almecho schnitt ihm das Wort ab. Er wandte sich wieder Mara zu. »Sorgt nur dafür, daß Euer Leibwächter einen leichten Schlaf an Eurer Tür hat, Lady. Jingu weiß, er macht mich sehr wütend, wenn er bei Eurer Ermordung nicht die äußere Form wahrt.« Er warf einen Blick auf seinen Gastgeber. »Ganz davon zu schweigen, daß er seinen Gästen Sicherheit versprochen hat und es nicht sehr effektiv wäre, Euch zu töten, wenn er sich ebenfalls das Leben nehmen müßte, wie?«

Der Kriegsherr lachte. In dieser Sekunde wußte Mara, daß das Große Spiel tatsächlich nur ein Spiel für diesen Mann war.

Wenn es Jingu gelang, die Lady der Acoma in einer Weise umzubringen, in der er öffentlich die Verantwortung dafür von sich weisen konnte, würde der Kriegsherr nicht nur keinen Anstoß daran nehmen, sondern ihm auch noch insgeheim zu seiner Schlauheit gratulieren. Selbst wenn Jingu versagte, war die ganze Situation für Almecho nichts als eine abwechslungsreiche Unterhaltung. Schweiß bildete sich auf Maras Rücken. Sie zitterte trotz ihrer Bemühung um Selbstbeherrschung, und nahe an ihrem Ellbogen flüsterte der zweite Sohn der Shinzawai seinem Vater etwas zu. Almechos Augen zogen sich zusammen; Maras Gesicht mußte aschfahl geworden sein, denn der Kriegsherr drückte ihre Hand.

»Macht Euch keine Sorgen, kleiner Vogel; Jingu überrascht uns vielleicht alle und benimmt sich.« Almecho grinste breit. »Die Wetten stehen günstig, daß Ihr eine kleine Chance habt, das Ende der Feier noch lebend zu erleben.«

Er machte noch immer keine Anstalten, sie freizugeben, doch bevor er weiter Vergnügen aus ihrer mißlichen Lage ziehen konnte, erklang eine höfliche Stimme.

»Mylord Almecho …« Kamatsu von den Shinzawai schaltete sich in die Unterhaltung ein. Der frühere Kriegsführer des Kanazawai-Clans hatte sein Leben mit Hofintrigen verbracht und war erfahren genug, das Thema mit einem Charme zu wechseln, den nur sehr wenige hätten zustandebringen können. »Erst vor ein paar Minuten wies Lady Mara mich darauf hin, daß ich bei ihrer Hochzeit keine Gelegenheit hatte, Euch meinen jüngeren Sohn vorzustellen.«

Almechos Aufmerksamkeit war genügend abgelenkt, daß Mara ihre Finger zurückziehen konnte. Sie machte einen kleinen Schritt nach links, und ohne den Rhythmus zu unterbrechen, bewegte sich Kamatsu genauso. Almecho besaß keine angemessene Alternative, als den Lord der Shinzawai, der genau vor ihm stand, zu begrüßen. Ein gutaussehender junger Mann begleitete seinen Vater. Kamatsu lächelte. »Darf ich Euch meinen zweiten Sohn Hokanu vorstellen?«

Der Kriegsherr runzelte die Stirn, er war einen Moment aus dem Konzept geraten. Er neigte seinen Kopf leicht in Hokanus Richtung, doch bevor sein berühmtes Naturell sich eine weitere abschätzige Bemerkung einfallen lassen konnte, fuhr Kamatsu fort: »Ihr habt seinen älteren Bruder, Kasumi, getroffen. Ich bin sicher, Ihr erinnert Euch an ihn, Almecho – er ist der Kommandeur der zweiten Armee des Kanazawai-Clans, die bei Eurem Feldzug eingesetzt ist.«

Wieder nahmen die freundlichen Bemerkungen dem Kriegsherrn die Möglichkeit zu mehr als nur einer höflichen Bemerkung. Die beiden Shinzawai traten auf das Podest und zwangen andere hinter ihnen, sich dem Kriegsherrn weiter zu nähern. Als Almecho einen letzten Blick auf Mara warf, ergriff Kamatsu wieder das Wort. »Wir werden Eure Zeit nicht länger in Anspruch nehmen, Lord, denn es warten noch viele hier, die Euch begrüßen wollen. Möge das Lächeln der Götter auf dieser Geburtstagsfeier ruhen.«

Dem Kriegsherrn blieb nichts anderes übrig, als sich dem nächsten Gast zuzuwenden. Zu diesem Zeitpunkt hatte Mara ihre Fassung zu einem großen Teil bereits wiedererlangt. Sie dankte still den Göttern für die Rückkehr ihres Verstandes und nickte dem Lord der Shinzawai in dankbarer Anerkennung leicht zu. Kamatsu bewegte sich von der Empfangsreihe weg, doch als Antwort neigte er seinen Kopf ebenfalls leicht nach unten. Seine Haltung zeigte etwas, das sie nicht mehr erfahren hatte, seit sie die Grenzen der Minwanabi-Ländereien überschritten hatte: Sympathie. Der Lord der Shinzawai war vielleicht kein Verbündeter, doch er hatte sich auch nicht als Feind erwiesen. Er hatte viel riskiert, als er Almecho bei seinem Vergnügen unterbrochen hatte, und doch hatte er diesen Akt kühn zu Ende geführt. Während der Vater fortging, sah Mara den Sohn noch verweilen; seine dunklen Augen folgten ihr. Sie lächelte den jungen Mann unaufdringlich an, doch sie wagte nicht, ihren Dank in Worten auszudrücken, da der Lord der Minwanabi sonst glauben könnte, die Acoma und Shinzawai hätten sich gegen ihn verbündet. Nacoya zupfte ungeduldig an ihrem Ärmel und eilte mit ihr in den relativen Schutz einer Ecke.

»Ihr müßt diesen Ort verlassen, Mara-anni«, drängte sie, sobald sie einen Augenblick für sich waren. Während Papewaio sich zwischen seine Herrin und die übrigen Gäste stellte, führte sie aus, weshalb. »Ihr habt hier keine Verbündeten mehr, nachdem der Kriegsherr sich mit den Acoma einen Spaß gemacht hat. Wenn Ihr bleibt, werdet Ihr Euer Leben verlieren, und Keyoke wird einen Krieg führen müssen, um Ayaki zu beschützen. Es ist besser, die Schande einer Flucht zu ertragen, als den Verlust des Natami zu riskieren.«

Mara saß auf einem bestickten Kissen und kämpfte gegen die Müdigkeit an, die an ihren Schultern und ihrem Rücken zerrte. »Wir können jetzt nicht gehen.«

»Mädchen, wir müssen!« Mehr als jemals zuvor zeigte sie jetzt offene Furcht und sank vor den Knien ihrer Herrin zu Boden. »Es geht um das Fortbestehen der Acoma.«

Mara tätschelte leicht die Hand ihrer Ersten Beraterin. »Mutter meines Herzens, wir können dieser Auseinandersetzung nicht entfliehen. Denn dann würde unsere Position im Spiel tief genug sinken, daß wir mit Recht zur Zielscheibe von Almechos Humor würden. Ich zweifle außerdem daran, daß wir lebend entkommen könnten. Wenn wir irgendwie über das Land der Minwanabi hinausgelangen könnten, wären wir, ohne daß Jingu ein Risiko eingehen müßte, sehr verwundbar gegenüber offenen Angriffen von ›Banditen‹. Hier, mit seinem Sicherheitsversprechen, haben wir immer noch eine Chance, unser Leben zu retten.«

»Zählt nicht zu sehr darauf, Mistress«, sagte Nacoya säuerlich. »Jingu von den Minwanabi hätte niemals die Tochter Sezus hierhergeholt, wenn er sie wieder entfliehen lassen wollte. Dieser Ort ist für Euch wie ein Nest giftiger Dornen, angefüllt mit hundert tödlichen Fallen. Selbst mit der Gunst der Götter könnt Ihr ihnen nicht allen entgehen.«

Mara fuhr hoch; Wut loderte in ihr auf. »Du hältst mich noch immer für ein Mädchen, alte Mutter. Das ist ein Irrtum. Jingus Drohungen und selbst der Spott des Kriegsherrn bringen mich nicht dazu, meine Ahnen zu beschämen. Irgendwie, mit Schläue oder durch Politik, werden wir dieser Falle entkommen und triumphieren.«

Obwohl sie innerlich genauso verängstigt war wie Nacoya, gelang es Mara, die Worte mit einiger Überzeugung auszusprechen. Die ältere Frau hörte sie und war ein wenig beruhigt, während auf der gegenüberliegenden Seite des Saales Hokanu von den Shinzawai die stolze Haltung von Mara von den Acoma beobachtete. Sie hatte bewundernswert viel Mut für eine so junge Frau. Wenn der Lord der Minwanabi ihren Tod wünschte, würde er einen sehr hinterhältigen Plan benötigen, denn dieses Mädchen stand ihrem Vater in nichts nach.

Danach verstrich der Nachmittag nur zäh. Jingu von den Minwanabi hatte für Musiker und Akrobaten gesorgt und sogar eine Posse im Segumi-Stil bestellt, die nur aus einem Akt bestand. Doch nicht einmal in der Anwesenheit der Erhabenen konnte die Liebe der Tsurani für die Schönen Künste die Verlockungen der Politik vollkommen in den Schatten stellen. Einige Lords hatten gehofft, sich die Tatsache zunutzemachen zu können, daß Almecho seine Position durch die Kriege in der barbarischen Welt überreizt hatte. Jetzt, da zwei der Magier, die alle Übergänge zwischen Kelewan und Midkemia überwachten, wie die Schatten der Mitternacht unter ihnen weilten, wagten nicht einmal die kühnsten Lords, Unterstützung für ihre Machenschaften zu suchen. Mara hörte viele verärgerte Bemerkungen darüber, daß Almecho bei der Veranstaltung, die eigentlich eine Feier zu seinen Ehren hätte sein sollen, seine Verbindung mit den Erhabenen zur Schau stellte.

Als nach der letzten Verbeugung der Schauspieler der Vorhang fiel, trat Desio von den Minwanabi auf die Holzbühne, die für die Vorstellung errichtet worden war. Seine Schritte hallten hohl auf den Brettern, als er auf die Mitte der Bühne zuging und mit erhobenen Armen um Ruhe bat.

Köpfe wandten sich um, und das Flüstern der Unterhaltungen versiegte. Die Federn seiner Manschetten flatterten, als Desio die Arme wieder senkte und seine Verkündigung machte: »Späher der Minwanabi haben von einigen Problemen berichtet, die auf dem Fluß aufgetreten sind. Eine Gruppe von Piraten ist vom Norden her eingedrungen, und zwei Barken sind in der Nähe der Grenze dieses Landes ausgeraubt und verbrannt worden.« Gemurmel drang durch den Saal, versiegte jedoch wieder, als der Erbe der Minwanabi weitersprach: »Lord Jingu hat sich die Bitte des Kriegsherrn zu Herzen genommen, daß sein Geburtstag nicht durch Blutvergießen getrübt werden soll. Um dies gewährleisten zu können, hat er das Anheben der Kette am Gebetstor angeordnet, durch das der Flußarm vom See abgetrennt wird. Jede Barke, die versucht, vom Fluß aus einzudringen, wird unverzüglich verbrannt. Wer von den Gästen diese Feier frühzeitig verlassen will, sollte uns dies mitteilen, damit die diensthabenden Krieger sie hinauslassen können.« Desio beendete seine Rede mit einer ehrerbietigen Verbeugung und einem unverblümten Lächeln in Richtung der

Lady der Acoma. Die Akrobaten nahmen jetzt seine Stelle auf der Bühne ein, und die Feier für den Kriegsherrn ging weiter.

Es gelang Mara, bei dieser neuesten Entwicklung der Machenschaften der Minwanabi keinen Groll zu zeigen. Er hatte es nicht nur geschafft, jeden Versuch, früher abzureisen, als Feigheit zu brandmarken, sondern auch noch einen guten Grund geliefert, sollte ein Gast auf dem Fluß hinter den Toren überfallen und getötet werden. Nicht einmal ein Bote konnte ohne Jingus Wissen zu den Gütern der Acoma gelangen. Mara blickte Papewaio an und erkannte an seinen müden Augen, daß er das gleiche dachte; selbst Keyoke konnte nicht gewarnt werden. Das Risiko war jetzt noch weit größer, als ihre Berater angenommen hatten. Wenn sie starb, würde sehr wahrscheinlich ein Angriff auf Ayaki erfolgen, noch bevor die Kunde von ihrem Tod die Güter der Acoma erreichen konnte.

Ein alter Freund ihres Vaters, Pataki von den Sida, ging an ihrem Tisch vorbei und verneigte sich höflich. »Ihr tut gut daran, Euren Leibwächter zum Schlafen fortzuschicken«, sagte er so leise, daß nur Mara und Nacoya ihn hören konnten.

»Euer Rat ist klug, Mylord.« Sie lächelte und bemühte sich, nicht ganz so müde auszusehen. »Doch ich habe ihm dies bereits früher vorgeschlagen, und Papewaio sagte, er bräuchte keinen Schlaf.«

Der bereits etwas ältere Lord nickte; er war sich genauso im klaren wie die anderen, daß die Hingabe des Kriegers nicht ganz unangebracht war. »Seid vorsichtig, Tochter Sezus«, sagte Pataki. »Almecho hat nicht viel übrig für Jingu. Es würde ihn ergötzen, wenn die Ziele der Minwanabi einen Dämpfer erhielten, doch er benötigt ihre Unterstützung für seinen kleinen Krieg in der barbarischen Welt. Sollte es Jingu also gelingen, Euch ohne Schande zu töten, wird Almecho nichts gegen ihn unternehmen.« Einen Augenblick betrachtete der Lord der

Sida das Podest, auf dem der Ehrengast saß. Beinahe nachdenklich fügte er hinzu: »Dennoch würde Almecho mit Freuden seinen rituellen Selbstmord verfolgen, sollte Jingu nachweislich den Eid, für die Sicherheit der Gäste zu sorgen, gebrochen haben.« Pataki lächelte, als hätten sie nur gewöhnliche Höflichkeiten ausgetauscht. »Viele von den hier Anwesenden haben einen Anteil an dem, was mit den Acoma geschieht, Mylady. Doch niemand außer den Minwanabi wird gegen Euch vorgehen. Zumindest kennt Ihr Euren Feind.«

Ein Gefühl der Wärme stieg plötzlich in Mara auf, und sie nickte respektvoll. »Ich denke, ich kenne auch meinen Freund, Lord Pataki.«

Der alte Mann lachte; er tat so, als reagiere er auf eine witzige Bemerkung. »Die Sida und die Acoma sind seit vielen Generationen in Ehren miteinander ausgekommen.« Er warf einen Blick auf seinen eigenen Tisch, wo zwei Enkel saßen. »Hin und wieder haben Euer Vater und ich sogar über eine mögliche Verbindung gesprochen.« Verschmitztheit trat in seine Augen. »Ich würde mich freuen, wenn wir beide uns einmal über solche Dinge unterhalten könnten. Jetzt muß ich aber zu meiner Familie zurückkehren. Die Götter mögen Euch beschützen, Mylady.«

»Und die Götter mögen Euch beschützen«, erwiderte Mara.

Nacoya beugte sich näher zu Mara. »Zumindest ein Mann hier ist wie Euer Vater«, flüsterte sie.

Mara nickte. »Dennoch wird er keinen Finger rühren, wenn Jingu handelt.« Es war bekannt, daß die Schwachen in der Öffentlichkeit starben, ohne daß Zuschauer eingriffen, solange die Form gewahrt blieb. Der Lord der Minwanabi würde zuschlagen. Die einzige Frage war, wann.

Hinter den geöffneten Läden war das von der Dämmerung eingehüllte Seeufer zu sehen, und der See glitzerte wie eine Decke aus gehämmertem Silber im Abendrot. Ein Stern nach dem anderen erschien am Himmel, während Sklaven mit Dochten und Ölkannen ihre Runde machten und die Lampen anzündeten. Bald würde es dunkel sein, und die Gefahr würde zunehmen. Mara folgte den anderen Gästen zu der Bankett-halle, sie tat ihr Bestes, um ihrer heiteren und fröhlichen Stimmung zu entsprechen. Doch aus vollstem Herzen wünschte sie, ein Krieger zu sein, um mit Rüstung und Waffe kämpfen zu können, bis der Tod sie oder ihren Feind gefunden hatte; voller Angst durch eine lächelnde und lachende Menge zu gehen hieß Stück für Stück vernichtet zu werden, bis aus der Würde eine Maske geworden war, hinter der sich der Wahnsinn verbarg.

Die Mahlzeit, die Jingu von den Minwanabi zu Ehren des Kriegsherrn servieren ließ, war von einigen der besten Köche im ganzen Kaiserreich zubereitet worden; dennoch aß Mara, ohne wirklich etwas zu schmecken, als sie von den Gerichten nahm, die auf Platten mit seltenen Metallrändern serviert wurden. Sie hielt sich während des Essens aufrecht, um Nacoyas angespannte Nerven etwas zu beruhigen. Ihr war die ganze Zeit über bewußt, daß Papewaio gegen die Müdigkeit ankämpfte. Sie mußte ihn nicht fragen, um zu wissen, daß er die ganze vergangene Nacht ohne Pause an der Tür Wache gestanden hatte. Doch obwohl er ein starker Mann war und einen scharfen Geist und festen Willen besaß, konnte er nicht sicher sein, daß er seine Fassade der Wachsamkeit noch länger würde aufrechterhalten können. Bei der erstbesten Gelegenheit entschuldigte Mara sich und ihr Gefolge, und sie verließen das Fest.

Die dunklen Schatten unter ihren tiefen Kapuzen machten es unmöglich, den Gesichtsausdruck der Erhabenen zu erkennen, doch sie folgten Mara mit ihren Blicken, als sie sich erhob.

Almecho zu ihrer Rechten lächelte, er stieß mit dem Ellbogen dem Lord der Minwanabi leicht in die Rippen. Aus allen Teilen des Saales verfolgten zufriedene Blicke, wie die Lady der Acoma ihrer angejahrten Ersten Beraterin auf die Füße half.

»Ich wünsche Euch angenehme Träume«, murmelte Desio von den Minwanabi, als die kleine Gruppe sich auf den Gang zubewegte.

Mara war zu müde, um etwas zu erwidern. Etwas später, als der Lord der Ekamchi sie im Türrahmen aufhielt, um einen letzten Witz auf ihre Kosten zum besten zu geben, sah Papewaio, wie sie die Schultern straffte. Die Vorstellung, daß seine Mistress von diesem kleinen fetten Mann noch eine einzige weitere Beleidigung würde erdulden müssen, entzündete die Wut des großen Kriegers. Bevor Mara etwas sagen konnte und die anderen Gäste auf die Situation aufmerksam wurden, ergriff Papewaio den Lord der Ekamchi bei den Schultern und drängte ihn aus dem Türrahmen und aus der Sicht der anderen Speisenden.

Der Lord der Ekamchi riß erstaunt den Mund auf. Dann zitterten seine plumpen Wangen vor Wut. »Beim Zorn der Götter!« fluchte er. »Ignoranter Flegel, glaubt Ihr, Ihr könntet mich ohne Strafe anfassen?«

Die Leibwächter rasselten mit ihren Waffen, doch sie standen hinter seinem fetten Rücken und hatten keine Möglichkeit, Papewaio zu erreichen.

Der Truppenführer der Acoma reagierte auf das Geschrei mit nüchterner Gleichgültigkeit. »Wenn Ihr meine Herrin noch einmal belästigt, werde ich mehr tun, als Euch nur anzufassen«, warnte er. »Ich werde Euch mit *Gewalt* anfassen!«

Ekamchi geiferte. Seine Wachen zogen die Schwerter halb heraus; sie hielten sich nur deshalb zurück, weil Papewaio ihrem Herrn Schaden zugefügt haben würde, ehe sie ihn daran hindern konnten.

»Tretet zur Seite«, forderte Mara den Lord, der den Durchgang versperrte, mit klarer Stimme auf. »Selbst Ihr wagt es nicht, die Geburtstagsfeier des Kriegsherrn mit Blutvergießen zu beflecken, Techachi von den Ekamchi.«

Das Gesicht des fetten Lords rötete sich noch mehr. »Wenn ein Diener Hand an einen Mann meines Ranges legt, bedeutet es für ihn das Todesurteil«, nörgelte er.

»Ich verstehe«, sagte Mara und nickte weise.

Papewaio nahm seinen Helm ab und enthüllte das schwarze Tuch der Scham, das bereits um seinen Kopf gewunden war. Er lächelte.

Der Lord der Ekamchi wurde blaß, trat zur Seite und stotterte hastig eine Entschuldigung. Er konnte nicht die Exekution eines Mannes fordern, der bereits zum Tode verurteilt war; und wenn er seinen Wächtern befohlen hätte anzugreifen, hätte er dem Schuft lediglich einen ehrenhaften Tod durch die Klinge beschert. Der Lord, der sich in einer mißlichen Lage gefangen fühlte und Mara um so mehr dafür haßte, stolzierte zum Bankett zurück.

»Geh rasch weiter, alte Mutter«, flüsterte Mara Nacoya zu. »Hier auf den Fluren ist es nicht sicher für uns.«

»Glaubt Ihr, Eure Gemächer wären sicherer?« gab die alte Frau zurück, doch sie kam dem Wunsch ihrer Herrin nach und beschleunigte ihren Schritt.

Doch wie Mara vermutet hatte, bekam Nacoya durch den privaten Rahmen und die Ruhe wieder einen klaren Kopf. Sie hatte bequemere Kleidung angezogen und saß auf den Kissen, während sie ihre Herrin trocken über die verschiedenen Möglichkeiten, an einem feindlichen Hof zu überleben, aufklärte.

»Ihr müßt Lampen draußen aufstellen, jeweils gegenüber dem Fensterladen«, beharrte sie. »Auf diese Weise wird ein Attentäter, der einzudringen versucht, einen Schatten an der

Wand werfen, und Ihr könnt ihn kommen sehen. Außerdem müssen die Lichter hier drinnen unbedingt zwischen Euch und den Fenstern aufgestellt werden, damit Eure eigene Gestalt sich nicht als Silhouette für jemanden abbildet, der draußen lauert.«

Mara nickte; sie war weise genug, Nacoya weiter plappern zu lassen. Den Trick mit den Lampen hatte sie von Lano gelernt und gleich eine ihrer Zofen mit dieser Aufgabe betraut. Schon bald saßen sie und die alte Frau in Licht gebadet da, während die unerschütterliche Gestalt Papewaios am Eingang wachte.

Da sie jetzt nichts mehr ablenken konnte, spürte Mara das Gewicht ihrer eigenen Sorgen. Sie vertraute sie ihrer Ersten Beraterin an: »Nacoya, was ist mit den fünfzig Kriegern, die bei den Baracken stationiert sind? Der Eid der Minwanabi, für die Sicherheit der Gäste zu sorgen, schließt unser Gefolge nicht ein, und ich fürchte, daß ihr Leben in Gefahr ist.«

»Ich glaube nicht.« Die Zuversicht der alten Frau kam unerwartet nach der Unsicherheit, die sie den ganzen Tag ausgestrahlt hatte.

Mara spürte Wut in sich aufsteigen, beherrschte sich jedoch. »Es wäre so einfach, sie zu töten. Eine falsche Behauptung, daß ein Sommerfieber in den Baracken ausgebrochen wäre – allein beim leisesten Verdacht einer Krankheit würden ihre Körper verbrannt werden. Niemand könnte hinterher beweisen, wie unsere Soldaten gestorben sind …«

Nacoya umfaßte Maras Handgelenke. »Ihr macht Euch unnötige Sorgen um das Falsche, Mara-anni. Der Lord der Minwanabi wird sich nicht mit unseren Kriegern abgeben. Mistress, alles was er tun muß, ist Euch und Ayaki niederzustrecken, und jeder Mann, der das Acoma-Grün trägt, wird ein Grauer Krieger werden, herrenlos und verflucht von den Göttern. Dieses Schicksal wird Jingus Geschmack weit besser entsprechen, denke ich.«

Hier hielt die Erste Beraterin inne. Sie suchte den Blick ihrer Herrin, doch deren Augen waren geschlossen. »Mara, hört mir zu. Andere Gefahren warten auf uns, lauernd wie eine zusammengerollte Relli in der Dunkelheit. Ihr müßt Euch vor Teani in acht nehmen.« Nacoya richtete sich auf; sie machte noch immer keine Anstalten, sich zurückzuziehen. »Ich habe sie den ganzen Tag beobachtet, und sie starrte Euch unverwandt an, sobald Ihr ihr den Rücken gekehrt hattet.«

Doch Mara war zu müde, um weiter aufmerksam zuzuhören. Sie hatte sich mit einem Ellbogen in die Kissen gestützt und ließ ihre Gedanken ohne besonderes Ziel umherschweifen. Nacoya betrachtete sie mit alten Augen und wußte, das Mädchen hatte die Grenzen dessen erreicht, was sie ertragen konnte. Doch sie durfte nicht schlafen, denn wenn ein Attentäter zuschlug, mußte sie in der Lage sein, die Lampen zu löschen und sich rasch in die Ecke zurückzuziehen, die Papewaio für den Notfall bestimmt hatte, damit er nicht versehentlich die falsche Person mit seinem Schwert erschlagen würde.

»Habt Ihr zugehört?« fragte Nacoya scharf.

»Ja, Mutter meines Herzens.« Doch nun, da der Kriegsherr selbst Vergnügen an der Zwangslage der Acoma fand, war Teani eine ihrer geringsten Sorgen. So dachte sie zumindest, als das Licht Schatten, die vom Tod zu künden schienen, über die Truhen warf, die ihre Kleider und Juwelen enthielten. Wie wären Lano oder ihr Vater Lord Sezu mit der Ehre der Acoma in dieser Situation umgegangen? Mara runzelte die Stirn; sie versuchte zu erraten, wie die beiden, die durch die Hände der Minwanabi gestorben waren, ihr hätten helfen, ihr Anweisungen hätten geben können. Doch es kam keine Antwort. Am Ende war sie nur auf ihren eigenen Verstand angewiesen.

Diese Schlußfolgerung verfolgte sie in einen unruhigen Schlaf. Obwohl ihr Instinkt sie davor warnte zu schlafen, erinnerte sie nun an ein dünnes, müdes Kind. Nacoya, die sie großgezogen hatte, seit sie ein Baby war, konnte es nicht länger ertragen, ihr zuzusetzen. So erhob sie sich von den Kissen und begann in einer Truhe zu wühlen.

Mara lag in tiefem Schlaf, als die alte Frau zurückkehrte. Sie hatte eine Reihe hauchdünner Seidenschals in den Händen, die sie in der Nähe der Lampen bei den Schlafmatratzen anbrachte – eine letzte Vorbereitung, bevor auch sie sich der Erschöpfung hingab. Was geschieht, geschieht, dachte sie. Zwei Frauen, zwei Zofen und ein übermüdeter Krieger waren keine Gegner für den gesamten Haushalt der Minwanabi. Nacoya hoffte nur, daß der Angriff bald erfolgen würde, damit Papewaio noch genügend Wachsamkeit besäße, um sich wehren und kämpfen zu können.

Doch die Nacht schleppte sich ohne Zwischenfall hin. Die alte Amme nickte ein und schlief, während der wachende Krieger hinter dem Laden gegen den betäubenden Schleier der Erschöpfung kämpfte. Seine überreizten Nerven ließen ihn Bewegungen im Garten sehen, merkwürdige Schatten, die von lauernden Gefahren kündeten. Doch immer, wenn er zwinkerte, lösten sich die Formen in einen Busch oder Baum auf, oder der Schatten wanderte einfach weiter, als das kupferne Gesicht des Mondes schwächer wurde und hinter einer Wolke verblaßte. Von Zeit zu Zeit nickte Papewaio ein, nur um beim kleinsten Hauch eines Geräusches in die Höhe zu schießen. Als der Angriff dann tatsächlich kam, war er dennoch eingeschlafen.

Mara fuhr mit einem Ruck aus dem Schlaf; sie schwitzte und war verwirrt und unsicher, wo sie sich befand. »Cala?« murmelte sie. Cala war die Zofe, die ihr gewöhnlich zu Hause diente.

Dann weckten sie ein schreckliches Reißen von Papier und das Geräusch von brechendem Holz vollends. Körper krachten nicht weit von ihren Kissen entfernt auf die Ziegel des Fußbodens, gefolgt vom schmerzerfüllten Stöhnen eines Mannes.

Mara rollte sich von den Kissen und stieß dabei Nacoya an. Die alte Frau erwachte mit einem schrillen Schreckensschrei, und während Mara sich auf der Suche nach der schützenden Ecke, die Papewaio vorbereitet hatte, durch die Dunkelheit tastete, blieb Nacoya zurück. Ihre Hände sammelten die Schals zusammen und warfen sie in Panik über die Lampe. Feuer schoß wie eine Fontäne empor, blitzend und blendend in der Dunkelheit. Mara kam mit einem Ruck zum Stehen, ihre Schienbeine stießen gegen einen unvertrauten Beistelltisch. Schreckliche Geräusche erfüllten die Dunkelheit jenseits des zerrissenen Ladens.

Mara schrie jetzt und flehte um Hilfe von Lashima, während sie durch das flackernde Feuer schielte, das um die Lampe tobte. Sie sah, wie Nacoya ein Kissen hob und alles zusammen gegen den zerstörten Laden warf, wie es das zerrissene Papier entzündete.

Die Flammen schossen wild empor, sie warfen goldenes Licht über die verdrehte Gestalt eines Fremden, der der Länge nach auf der Türschwelle lag und mit Papewaio rang. Der Truppenführer der Acoma kauerte auf dem Mann, seine Hände krallten sich um seinen Hals. Die Kämpfenden schienen ungefähr gleich groß und gleich kräftig zu sein, doch wenige waren zu einer ähnlichen Kampfeswut wie Papewaio fähig. Jeder der beiden versuchte den anderen zu erwürgen. Papewaios Gesicht war eine einzige rote, schmerzverzerrte Maske, genau wie das seines Gegners. Dann schnappte Mara nach Luft. Mit einem tiefen Schrecken sah sie den Dolch, der aus einem Armloch von Papewaios Rüstung herausragte.

Trotz seiner Verwundung besaß Papewaio noch außerordentliche Kraft, und die Finger um seinen Hals gaben nach. Mit einem letzten Ruck riß er den Kopf des Attentäters hoch, zog mit beiden Händen daran und brach ihm mit einem berstenden Geräusch das Genick. Schlaffe Arme rutschten von Papewaios Hals, der Körper zuckte ein letztes Mal. Papewaio lockerte seinen Griff und ließ den Körper mit dem schrecklich verdrehten Kopf zu Boden gleiten. Währenddessen bewegten sich schwache Schatten im Hofeingang hinter ihm. Nacoya wartete nicht ab, als was sie sich entpuppen würden, sondern erhob ihre Stimme zu dem lautesten Schrei, den sie hervorbringen konnte.

»Feuer! Aufwachen! Aufwachen! Es brennt im Haus!«

Mara griff die Idee auf und stimmte in die Rufe ein. In den trockenen Sommern konnte sich ein tsuranisches Herrenhaus als Folge einer falsch behandelten Lampe nur zu leicht entzünden. Und die Flammen, die Nacoya in Gang gesetzt hatte, fraßen sich bereits gierig durch das Gerüst, von dem die Dachziegel gehalten wurden. Die Minwanabi, ihre Bediensteten und die Gäste konnten die Bedrohung durch ein Feuer nicht einfach links liegen lassen. Sie würden kommen, aber vermutlich zu spät, als daß es noch von Bedeutung wäre.

Als das Licht heller wurde, sah Mara, wie sich Papewaio suchend nach seinem Schwert umblickte. Er schaute über die Schulter und verschwand aus ihrem Blick, als würde er nach etwas greifen. Das darauf folgende Geräusch ließ Mara das Blut in den Adern gefrieren: Es war das Schmatzen eines Schwertes, das sich in Fleisch grub, dann ein qualvolles Stöhnen. Sie rannte los, rief gleichzeitig seinen Namen. Der schwache Glanz seiner grünen Rüstung führte sie zu ihm, bis sie ihre Ehrenwache schwanken und schwer zu Boden stürzen sah. Hinter ihm glänzte der orangefarbene Federbusch eines Offiziers der Minwanabi im Licht der tanzenden Flammen. Truppenführer Shimizu richtete sich mit blutverschmiertem Schwert auf. In seinen Augen las Mara die reine Mordlust.

Dennoch floh sie nicht. In den anderen Gemächern hinter ihr wurden Lichter angezündet und Läden zurückgezogen; bemäntelte Gestalten rannten herbei, aufgeschreckt von Nacoyas Schreien.

Die Gegenwart von Zeugen schützte Mara jetzt, und sie trat dem Mörder Papewaios entgegen. »Wollt Ihr mich vor den Augen der anderen Gäste ermorden und auf diese Weise Euren rechtmäßigen Lord zum Tod verdammen?«

Shimizu blickte sich schnell um und sah die anderen, die über den Hof herbeieilten. Flammen fraßen sich rasch am Dach hoch, und ein Chor von anderen Stimmen fiel in Nacoyas Rufe ein. Der Alarm verbreitete sich rasch im ganzen Herrenhaus, und schon bald würde jeder verfügbare Mann mit Wasserkübeln hier erscheinen.

Die Gelegenheit, Mara zu töten, war vorüber. Shimizu mochte Teani lieben, doch der Ehrenkodex eines Kriegers würde niemals eine Kurtisane höher bewerten als die Ehre. »Lady, ich habe lediglich Eurer Ehrenwache geholfen, einen Dieb zu stellen. Es war der Wille der Götter, daß er in Ausübung seiner Pflicht gestorben ist. Doch jetzt müßt Ihr vor dem Feuer fliehen!«

»Dieb?« Mara verschluckte sich beinahe an dem Wort; ihr zu Füßen lag niedergestreckt Papewaio, ein Dolch mit schwarzem Heft in der Schulter. Dieser Stoß hätte ihn niemals getötet, ganz im Gegensatz zu der klaffenden Wunde in seinem Herzen.

Die ersten Gäste trafen laut schreiend ein. Der Truppenführer der Minwanabi nahm keine weitere Notiz von Mara und ordnete an, die Zimmer zu räumen. Die Flammen hatten bereits die Eckpfeiler erreicht, und Lack verwandelte sich in weißen Rauch und erfüllte die Luft mit einem bitteren Geruch.

Nacoya drängte sich durch die Gäste hindurch, griff nach ein paar Habseligkeiten, während die zwei wimmernden Zofen die größte Truhe aus der Gefahrenzone schafften. »Kommt, Kind.« Nacoya griff Mara am Ärmel und versuchte sie über den Flur zu ziehen und in Sicherheit zu bringen.

Tränen und Qualm brannten in Maras Augen. Sie widerstand Nacoyas Bemühungen und gab den Dienern der Minwanabi, die gekommen waren, um zu helfen, ein Zeichen. Nacoya ließ einen gotteslästerlichen Fluch hören, was selten genug vorkam, doch Mara weigerte sich noch immer, sich zu bewegen. Zwei Diener nahmen den sich abmühenden Mädchen die Truhe ab. Andere eilten herbei, um den Rest von Maras Besitz vor den Flammen zu retten. Zwei kräftige Arbeiter nahmen Nacoya am Arm und führten sie aus dem Gefahrenbereich.

Shimizu zog Mara am Gewand. »Ihr müßt kommen, Lady. Die Wände werden bald einstürzen.« Die Hitze der Flammen war bereits unerträglich.

Die Wasserträger begannen mit ihrer Arbeit. Wasser zischte auf das brennende Holz, allerdings an der Wandseite, die dem toten Dieb auf der Erde entgegengesetzt war. So hatte seine Kleidung bereits Feuer gefangen, und die Flammen vernichteten jeden möglichen Beweis für einen Verrat. Benommen weigerte sich Mara, sich in das Unausweichliche zu fügen. »Ich werde nicht eher gehen, bis der Körper meines Truppenführers von hier weggetragen wird.«

Shimizu nickte. Ohne jedes Gefühl beugte er sich hinab und schulterte den Körper des Kriegers, den er gerade erst mit einem Schwert getötet hatte.

Mara folgte ihm durch die Gänge; sie hustete wegen dem Qualm und Rauch, während der Mörder vor ihr den Körper des tapferen Papewaio in die Kühle der Nacht brachte. Sie stolperte hinter Dienern her, die sich mit schwappenden Eimern abschleppten, um den Kampf gegen die Flammen zu gewinnen, damit das Haus ihres Herrn nicht vollkommen vernichtet werden würde. Mara bat die Götter inständig darum, es brennen zu lassen, alles abbrennen zu lassen, damit Jingu auch nur ein Zehntel des Verlustes spürte, den sie durch Papes Tod erlitten hatte.

Wäre sie allein gewesen, hätte sie jetzt vielleicht um den Verlust des treuen Freundes geweint; doch zwischen den schläfrigen Gästen wartete Jingu von den Minwanabi. Seine Augen strahlten hell vor Siegesfreude.

Shimizu ließ Papewaios Körper auf das kühle Gras hinab. »Herr, ein Dieb – einer Eurer Diener – versuchte, seine Flucht zu verschleiern, indem er sich die Verwirrung zunutze machte, die durch die neuen Gäste im Haus entstanden ist. Als ich ihn fand, hatte die Ehrenwache der Lady der Acoma ihn bereits getötet, doch dieser mutige Krieger war ebenfalls nicht mehr am Leben. Ich entdeckte dies bei dem toten Mann.« Shimizu reichte seinem Lord ein Halsband von durchschnittlicher Schönheit, das jedoch aus kostbarem Metall bestand.

Jingu nickte. »Es gehört meiner Frau. Der Dieb muß ein Hausdiener sein, der es aus unseren Gemächern stahl, während wir speisten.« Mit bösartigem Grinsen wandte er sich an Mara. »Es ist eine Schande, daß ein solch fähiger Krieger sein Leben lassen mußte, nur weil er ein Schmuckstück zu beschützen hatte.«

Es gab keinen Beweis, keine Zeugen, die diese offensichtliche Lüge hätten zurückweisen können. Doch Maras scharfer Verstand kehrte wie ein kalter Windstoß zurück. Mit eisiger Haltung verneigte sie sich vor Jingu. »Mylord, es ist wahr, daß mein tapferer Truppenführer Papewaio gestorben ist, indem er den Reichtum Eurer Frau gegen einen Dieb verteidigte.«

Der Lord der Minwanabi verstand ihre Zustimmung als Zeichen ihrer Kapitulation und der Anerkennung seiner Überlegenheit im Spiel, und so kehrte er sein Mitgefühl heraus: »Lady,

Euer Truppenführer diente meinem Haus mit großem Heldenmut, der nicht unbemerkt bleiben wird. Alle Anwesenden sollen erfahren, daß er sich in höchstem Maße ehrenhaft verhalten hat.«

Mara blickte ihn herausfordernd an. »Dann ehrt Papewaios Geist, wie er es verdient. Wahrt sein Gedächtnis durch eine angemessene Zeremonie und gewährt ihm ein Begräbnis, das seinem Opfer entspricht.«

Die Rufe der Löschtruppe füllten die Pause, als Jingu überlegte, Maras Forderung zurückzuweisen. Doch dann sah er den Kriegsherrn, der auf der anderen Seite des Innenhofes hinter einem geöffneten Laden stand und ihm zugrinste.

Almecho wußte, daß Papewaios Tod Mord gewesen war; doch da die vorgebrachten Entschuldigungen nicht das Protokoll verletzten, amüsierten ihn solche Kleinigkeiten außerordentlich. Außerdem hatte Mara niemals um Gnade gefleht oder sonstwie die Brutalitäten des Großen Spiels verschmäht, und so war es nur recht, wenn sie von ihrem Feind diese Wiedergutmachung forderte. Almecho kehrte die Kameradschaft mit Jingu hervor und wandte sich an ihn: »Mein lieber Gastgeber«, rief er, »die Metalljuwelen Eurer Frau haben den mehrfachen Wert eines solchen Rituals. Um der Götter willen, Jingu, gebt dem Acoma-Mann sein Begräbnis. Durch seinen Tod habt Ihr noch eine Schuld zu begleichen, und da er sein Leben während meiner Geburtstagsfeier verloren hat, werden zwanzig meiner Kaiserlichen Weißen an seinem Scheiterhaufen stehen, um ihn zu ehren.«

Jingu nickte ehrerbietig in Almechos Richtung, doch selbst im Licht der Flammen, die immer noch aus den schönen Gemächern schossen, offenbarten seine Augen nichts als kalte Wut. »Heil, Papewaio. Morgen werde ich seinen Schatten mit einer Beerdigung ehren«, gestand er Mara widerwillig zu.

Mara verneigte sich und ging zu Nacoya. Sie ließ sich von ihren Zofen stützen, während sie zusah, wie Shimizu sich der schlaffen Leiche Papewaios entledigte und sie gleichgültig den Fremden übergab, die den Körper für die Beerdigung vorbereiten würden. Tränen drohten Mara zu überwältigen. Es erschien ihr unmöglich, ohne Papewaio zu überleben. Die Hände, die jetzt leblos über das feuchte Gras schleiften, hatten einst ihre Wiege bewacht, kaum daß sie geboren war; sie hatten ihr bei einigen ihrer ersten Schritte Halt gegeben und sie vor der Ermordung im heiligen Hain bewahrt. Die Tatsache, daß der Lord der Minwanabi jetzt eine aufwendige Zeremonie bezahlen mußte, um den Krieger eines feindlichen Hauses zu ehren, schien ihr ein hohler Sieg und bedeutungslos. Nie mehr würde das flammendrote Hemd mit seinen Troddeln und seiner Stickerei an Festtagen die Augen anderer beunruhigen; und in diesem Augenblick bedeutete der Verlust Papewaios weit mehr als jede Macht, die sie im Spiel des Rates errungen haben mochte.

Acht

Die Beerdigung

Die Trommeln dröhnten.

Die Gäste Jingus von den Minwanabi versammelten sich für die Beerdigung Papewaios in der Haupthalle des Herrenhauses. Mara war aus Ehrerbietung gegenüber dem Gott des Todes ganz in Rot gekleidet; sie führte zusammen mit ihrer gegenwärtigen Ehrenwache, einem Mitglied der Kaiserlichen Weißen des Kriegsherrn, die Prozession an. Die Trommelschläge wurden lauter und kündigten den Beginn der Zeremonie an. Mara hatte einen Wedel aus Ke-Schilf in den Händen, den sie als Zeichen für die Wartenden, sich in Bewegung zu setzen, emporhalten würde. Jetzt war es soweit. Doch sie schloß die Augen und zögerte noch.

Müdigkeit und Trauer hinterließen einen Schmerz in ihrem Innern, den keine Zeremonie zu lindern vermochte. Die Acoma waren Krieger, und Papewaio hatte sein Leben gegeben, um seiner Herrin zu dienen. Er hatte sich einen ehrenvollen Tod verdient, und dennoch sehnte sich Mara danach, ihn unter den Lebenden zu sehen.

Die Trommeln ertönten wieder, drängender diesmal. Mara hob das scharlachrote Schilf empor. Sie fühlte sich einsamer als jemals zuvor in ihrem Leben, während sie die Prozession den Gang entlang führte, um den Schatten Papewaios, des Truppenführers der Acoma, zu ehren. Jingu von den Minwanabi und der Kriegsherr folgten gleich hinter ihr, dann kamen die mächtigsten Familien des Kaiserreiches. Schweigend schritten sie nach draußen ins Tageslicht, das jetzt von Wolken verdüstert war. Maras Schritte waren schwer, ihre Füße schienen sich zu weigern, weiterzugehen, und doch brachte sie bei jedem Trommelschlag einen weiteren Schritt zustande. Sie hatte in der vergangenen Nacht in der Sicherheit der Gemächer des Kriegsherrn geschlafen, doch es war der bleierne Schlaf einer allesumfassenden Müdigkeit gewesen, und so war sie nicht wirklich erfrischt erwacht.

Einer der seltenen Stürme war aus dem Norden hereingebrochen und hatte Nieselregen mitgebracht. Tiefhängende Nebelschwaden kräuselten sich auf der Oberfläche des Sees, so daß er in dem gedämpften Licht steingrau schimmerte. Die Feuchtigkeit kühlte die Luft nach den vielen Wochen trockener Hitze ab, und Mara schauderte. Der Boden unter ihren Füßen war so klamm wie der Tod selbst. Sie dankte der Göttin der Weisheit, daß Nacoya nicht darauf bestanden hatte, an der Beerdigungszeremonie teilzunehmen. Sie waren überein gekommen, daß die alte Frau Unwohlsein vorschützen sollte, die Folge von dem Rauch und Leid der Ereignisse der letzten Nacht. Im Augenblick lag sie sicher auf ihrer Matratze in den Gemächern des Kriegsherrn.

Mara führte die Prozession den sanften Hügel zum Seeufer hinunter, dankbar, daß sie sich nur um ihre eigene Sicherheit kümmern mußte. Die Gäste, die paarweise hinter ihr schritten, waren nervös und unberechenbar wie gefangene Tiere. Niemand von ihnen glaubte die Mär, daß ein Diener die Juwelen der Lady der Minwanabi gestohlen hatte. Niemand von ihnen hatte genug Dreistigkeit besessen und darauf hingewiesen, daß die angebliche Beute in Shimizus Besitz war, während die Flammen den Körper des Diebes verzehrt hatten, noch bevor ihn jemand erreichen konnte. Doch es gab keinen Beweis dafür, daß Jingu seinen Eid, die Sicherheit der Gäste zu schützen, verletzt hatte. Nach diesen Ereignissen mochten Mara und ihre Gefolgschaft nicht mehr die einzigen Ziele für Intrigen sein; keiner der anwesenden Lords würde sich für den Rest der Zusammenkunft zu entspannen wagen, denn es mochten welche unter ihnen sein, die der unsicheren Atmosphäre begegneten, indem sie selbst zuschlugen.

Nur der Kriegsherr schien sich zu amüsieren. Da er die Stimme des Kaisers im Kaiserreich war, boten ihm die Rückschläge der rivalisierenden Parteien, die jetzt hinter ihm gingen, die gleiche Freude wie die Festlichkeiten, mit denen sein Geburtstag geehrt wurde. Diese hatte man wegen Papewaios Beerdigung auf den nächsten Tag verschoben. Almecho wußte, solange sein Gastgeber, der Lord der Minwanabi, seine Aufmerksamkeit auf Mara von den Acoma konzentrierte, würde er nicht danach streben, Weiß und Gold zu tragen – zumindest diese Woche noch nicht.

Obwohl die meisten Gäste in angemessenem Schweigen gingen, hörte Almecho nicht auf, Jingu Scherze ins Ohr zu flüstern. So geriet der Lord der Minwanabi wegen der Schlingen des vorgeschriebenen Protokolls in eine heikle Situation: Sollte er ernst bleiben und damit die übliche Haltung eines Lords bei der Beerdigung eines Mannes an den Tag legen, der bei der Verteidigung seines Besitzes gestorben war? Oder sollte er sich der Stimmung seines Ehrengastes anpassen und zu den Witzen lächeln, die Almecho mit aller Wahrscheinlichkeit deshalb vorbrachte, um genau dieses Dilemma zu erzeugen?

Doch Mara konnte keine Befriedigung aus Jingus Unbehagen ziehen. Vor ihr, auf einer Landzunge jenseits der Anlegestelle, erhob sich der Scheiterhaufen des Truppenführers der Acoma. Er war mit seinem Federbusch und in der zeremoniellen Rüstung aufgebahrt worden, und auf seiner Brust ruhte das Schwert. Darauf lagen seine Hände, ihre gekreuzten Gelenke mit einer scharlachroten Kordel verbunden; es war das Symbol für die Herrschaft des Todes über das Fleisch. Hinter ihm standen die fünfzig Krieger der Acoma. Es war ihnen gestattet worden, an der Zusammenkunft zu Ehren ihres verstorbenen Offiziers teilzunehmen. Mara mußte aus ihrer Gruppe Papewaios Nachfolger auswählen, einen Soldaten, der während der restlichen Feier als Ehrenwache dienen würde. Bei dem Gedanken vergaß sie beinahe weiterzugehen. Es bereitete ihr eine unsägliche Qual, sich jemand anderen an Papes Stelle vorzustellen. Die praktische Seite in ihr funktionierte nichtsdestotrotz. Ihr nächster Schritt war wieder sicher, und ihre Entscheidung war gefallen. Arakasi würde den Umhang der Ehrenwache tragen müssen, denn um der Bedrohung durch die Minwanabi begegnen zu können, war jede Information notwendig, die er hatte sammeln können.

Mara trat zu der Bahre. Sie senkte den scharlachroten Schilfwedel, und die Gäste verteilten sich um Papewaios Leiche in einem Kreis, der nur im Osten und Westen unterbrochen war. Die in Reih und Glied aufgestellten Krieger der Acoma warteten an Papewaios Kopfseite, und jeder von ihnen richtete die Schwertspitze gegen den Boden, als Zeichen für einen gefallenen Krieger.

Die Trommeln dröhnten und verstummten wieder. Mara erhob ihre Stimme, um die eigentliche Zeremonie zu eröffnen. »Wir haben uns hier versammelt, um der Taten Papewaios zu gedenken, Sohn des Papendaio, Enkel des Kelsai. Allen Anwesenden soll kundgetan werden, daß er den Rang eines Truppenführers der Acoma innehatte, eine Position, die er sich durch viele verschiedene Ehren verdient hatte.«

Mara hielt inne und schaute nach Osten. Jetzt schloß ein weißgewandeter Priester Chochocans die kleine Lücke im Kreis; der Mann symbolisierte das Leben und trug Armbinden aus Thyza-Halmen. Die Lady der Acoma verneigte sich in Ehrfurcht; dann zählte sie die Taten auf, die Papewaio in Ausübung seines Dienstes vollbracht hatte und die der Erinnerung wert waren, angefangen vom ersten Tag seines Eides vor dem Natami der Acoma. Während sie sprach, ließ der Priester den Mantel fallen. Nackt bis auf die Symbole seines Amtes tanzte er zur Feier des starken, mutigen Kriegers, der in seiner Prunkrüstung auf der Bahre lag.

Die Liste von Papewaios Ehren war lang. Ein gutes Stück vor dem Ende mußte Mara um ihre Beherrschung kämpfen. Doch auch, als ihre Aufzählung kurz ins Stocken geriet, wurden die Gäste weder unruhig, noch schienen sie gelangweilt. Leben und Tod sowie der Erwerb von Ruhm auf eine dem Ehrenkodex entsprechende Weise zählten zu den wichtigsten Dingen der tsuranischen Zivilisation, und die Taten dieses ganz besonderen Dieners der Acoma waren beeindruckend. Rivalitäten, Haß, selbst Blutfehden endeten vor der Grenze des Todes, und solange der Priester den Tanz zur Erinnerung an Papewaio aufführte, anerkannten der Lord der Minwanabi und jeder andere vornehme Gast das Ansehen des Verschiedenen.

Doch auch die besten Fähigkeiten eines Kriegers konnten ihm keine Unsterblichkeit bescheren. Schließlich kam Mara zu der Nacht, als die Klinge eines Diebes eine brillante Karriere beendet hatte. Der Tänzer neigte sich vor der Bahre zur Erde, und die Lady der Acoma wandte sich nach Westen, wo ein rotbemäntelter Priester in der kleinen Lücke des Kreises stand. Sie verbeugte sich respektvoll vor dem Stellvertreter Turakamus, und der Priester im Dienst des roten Todesgottes warf seinen Umhang fort.

Er war mit einem roten Totenkopf maskiert, denn die Sterblichen lernten das Gesicht des Todes erst kennen, wenn sie an der Reihe waren, den Roten Gott zu grüßen. Die Haut des

Priesters war rotgefärbt, und seine Armbinden bestanden aus Schlangenhaut. Wieder erhob Mara ihre Stimme. Den Rest brachte sie mit tadelloser Beherrschung zu Ende, denn ihr Leben hing jetzt von ihrer Fähigkeit ab, das Große Spiel zu spielen. Mit schallender Stimme beschrieb sie den Tod eines Kriegers. Und mit echter tsuranischer Neigung zum Theatralischen und Zeremoniellen verwandelte sie die bloße Aufzählung zu einer Auszeichnung der Ehren Papewaios.

Der Priester Turakamus tanzte währenddessen den Tod des Kriegers – mit Kühnheit, Ruhm und Ehre, die in der Erinnerung weiterlebten. Nachdem er seinen Tanz beendet hatte, zog er ein schwarzes Messer hervor und durchtrennte die scharlachrote Kordel, die Papewaios Handgelenke miteinander verband. Die Zeit des Fleisches war vorüber, jetzt mußte der Geist für den Tod von den Fesseln befreit werden.

Mara schluckte; ihre Augen waren trocken und hart. Sie nahm aus den Händen des Priesters Turakamus die flammende Fackel entgegen, die am Fuß der Bahre gebrannt hatte, und hob sie zusammen mit einem stillen Gebet an Lashima gen Himmel. Jetzt mußte sie Papewaios Nachfolger benennen, den Mann, der seine früheren Pflichten übernehmen würde, damit sein Geist von jeglicher sterblicher Verpflichtung befreit war. Zutiefst traurig schritt Mara zum Kopfende der Bahre. Mit zitternden Fingern befestigte sie das rote Schilf an dem Helm des Kriegers. Dann zog sie den Federbusch hervor und wandte sich der schweigenden Reihe der Soldaten der Acoma zu, die den nördlichen Teil des Kreises bildeten.

»Arakasi«, sagte sie, und obwohl ihre Aufforderung kaum mehr als ein Wispern war, hatte der Supai verstanden.

Er trat vor und verneigte sich.

»Ich bete zu den Göttern, daß ich weise gewählt habe«, murmelte Mara, als sie Fackel und Federbusch in seine Hände legte.

Arakasi richtete sich auf und betrachtete sie mit dunklen, rätselhaften Augen. Dann wandte er sich wortlos ab und rief nach seinem Waffenkameraden Papewaio. Der Priester Chochocans trat wieder in den Kreis, jetzt mit einem Schilfkäfig, der einen weißgefiederten Tirik-Vogel enthielt, das Symbol des Geistes der Wiedergeburt. Als die Flammen an dem trockenen Holz unter und um Papewaios Leichnam leckten, durchtrennte der Priester die Gitterstäbe. Mara beobachtete mit feuchten Augen, wie der weiße Vogel in den Himmel schoß und im Regen verschwand.

Das Feuer zischte und prasselte qualmend in der feuchten Luft. Die Gäste hielten aus Achtung noch einen Moment inne, bevor sie langsam wieder zum Gutshaus zurückschritten. Mara blieb zurück, zusammen mit ihren fünfzig Kriegern und ihrer neugewählten Ehrenwache. Sie wartete, bis das Feuer niedergebrannt sein würde und die Priester Chochocans und Turakamus die Asche Papewaios zusammentragen würden. Sie würde in einer Urne verschlossen unter der Mauer des heiligen Hains der Acoma begraben werden, zu Ehren der Tatsache, daß Papewaio im loyalen Dienst gegenüber der Familie gestorben war. Eine Zeitlang war Mara allein mit Arakasi, weit weg von den prüfenden Blicken der anderen Gäste.

»Ihr habt Nacoya nicht mitgebracht«, murmelte Arakasi. Seine Worte waren wegen des Knisterns des Scheiterhaufens kaum zu hören. »Mistress, das war sehr schlau.«

Die Wahl seiner Worte durchbrach die Lethargie, die durch die Trauer entstanden war. Mara wandte leicht ihren Kopf und betrachtete den Supai eingehend, um den Grund für den Sarkasmus zu erfahren, den sie aus seinen Worten herausgehört hatte. »Nacoya ist im Herrenhaus, sie ist krank.« Mara hielt inne; sie wartete auf eine Antwort. Als keine kam, fuhr sie fort. »Wir werden sie in einer Stunde treffen. Glaubt Ihr, Ihr könnt uns bis dahin am Leben erhalten?« Der Rest des Tages war der Besinnung und der Erinnerung an Papewaio gewidmet. Doch Mara bezog sich auf die Gäste, die, wieder weit entfernt von der Bahre, sich erneut den Mechanismen des Spiels hingeben würden. Arakasi, wenn auch durchaus fähig, war nicht gerade ihr herausragendster Schwertkämpfer.

Der Supai nahm diese Botschaft mit der Andeutung eines Lächelns auf. »Sehr weise, Mylady, allerdings.«

Sein erleichterter Tonfall war es, der Mara begreifen ließ. Er hatte befürchtet, sie würde vor den Minwanabi zu fliehen versuchen, jetzt, wo sie wieder mit ihren Kriegern zusammen war. Sicherlich hätte Nacoya zugestimmt, als Opfer zur Täuschung der wahren Absichten ihrer Herrin bis zum Ende zurückzubleiben. Mara schluckte, wieder quälte sie die Trauer. Wie bereitwillig hätte die alte Frau sich an einer solchen List beteiligt und ihre Preisgabe an ein feindliches Haus als einen Schachzug betrachtet, der das Fortbestehen der Acoma sicherte.

»Papewaio war Opfer genug«, sagte Mara. Die Schärfe in ihrer Stimme reichte, um Arakasi klarzumachen, daß Flucht das letzte ihrer Ziele war.

Der Supai nickte schwach. »Gut. Ihr hättet ohnehin keine Chance. Die Minwanabi haben das Gut mit ihren Armeen umstellt. Nach außen hin hat es den Anschein, als ginge es um den Schutz der Gäste. Doch ich habe einige Soldaten während der Trinkgelage und Würfelspiele sagen hören, daß viele andere ohne Farben außerhalb der Gutsgrenzen warten, die als Piraten oder umherziehende Banden von Gesetzlosen der Lady der Acoma eine Falle stellen wollen.«

Maras Augen wurden weit. »Und wie habt Ihr das herausgefunden? Indem Ihr Euch eine orangefarbene Tunika geborgt und unter den Feind gemischt habt?«

Arakasi gluckste leise. »Wohl kaum, Mylady. Ich habe meine

Informanten.« Er betrachtete seine Herrin, studierte das blasse Gesicht, das nur von dem schwachen Schein des heißen Feuers etwas erhellt wurde. Ihre zarte Gestalt stand aufrecht, und der Blick ihrer Augen war besorgt, aber entschlossen. »Da wir also bleiben und uns dem Lord der Minwanabi entgegenstellen, solltet Ihr einige Dinge erfahren.«

Jetzt zeigte Mara eine Spur von Triumph. »Treuer Arakasi. Ich habe Euch gewählt, weil ich darauf vertraute, daß Ihr den Lord der Minwanabi genauso haßt wie ich. Wir verstehen einander sehr gut. Jetzt erzählt mir alles, was helfen könnte, diesen Mann zu demütigen, der meine Familie getötet und einen Krieger ermordet hat, der mir sehr nahestand.«

»Er hat eine schwache Stelle in seinem Haushalt«, sagte Arakasi ohne lange Vorrede. »Eine Relli in seinem Nest, von der er nichts weiß. Ich habe herausgefunden, daß Teani eine Spionin der Anasati ist.«

Mara holte tief Luft. »Teani?« Sie versuchte die Situation abzuschätzen und spürte die Kälte des Regens plötzlich noch deutlicher. Die ganze Zeit hatte Nacoya darauf beharrt, daß die Konkubine gefährlicher wäre, als Mara glauben wollte. Mara hatte nicht zugehört; ein Fehler, der sie all das hätte kosten können, wonach sie strebte, denn hier war eine Dienerin der Minwanabi, der es gleichgültig war, ob Jingu durch Maras Tod sein Leben und seine Ehre verlieren würde. Tatsächlich würde Tecuma ein solcher Schachzug gefallen, denn auf einen Schlag würde Buntokapis Tod gerächt und der Mann beseitigt werden, der dem kleinen Ayaki vermutlich gefährlich geworden wäre. Doch Mara hielt sich nicht mit Selbstvorwürfen auf, sondern dachte darüber nach, wie sie diese Information zu ihrem Vorteil nutzen konnte. »Was wißt Ihr noch über Teani?«

»Die Neuigkeiten sind sehr frisch. Ich habe sie erst letzte Nacht erhalten.« Arakasi hob den Federbusch und neigte seinen Kopf, um den Helm aufzusetzen. Auf diese Weise konnte er direkt in Maras Ohr sprechen, ohne daß es Aufsehen erregen würde. »Ich weiß, daß die Konkubine ein Verhältnis mit einem hochrangigen Offizier hat. Der Lord der Minwanabi vermutet es, doch ihm fehlen die Beweise. Jingu stehen viele Frauen zur Verfügung, doch sie ist seine Favoritin. Er will nicht auf sie verzichten ... auf ihre Fähigkeiten.«

Mara dachte darüber nach. Sie starrte in die Flammen von Papewaios Scheiterhaufen, und eine Erinnerung kehrte zurück, eine Erinnerung an Feuer und Dunkelheit, als die noch warme Leiche Papes im Hof vor ihren Füßen gelegen hatte. Teani hatte den Lord der Minwanabi begleitet. Doch während Jingu sich überrascht gegeben hatte, schien Teani wirklich von Maras Gegenwart überrascht gewesen zu sein. Jingu hatte kurz mit Shimizu gesprochen, der ganz sicher Papes Mörder war, während Teanis Augen dem Truppenführer der Minwanabi mit einer Zufriedenheit gefolgt waren, die von beunruhigender Intensität gewesen war. Mara war zu diesem Zeitpunkt mit Papewaio beschäftigt gewesen, und der merkwürdige Haß der Konkubine schien nicht bedeutsam. Jetzt allerdings gewann die Erinnerung an Wichtigkeit, besonders, da Teanis Reaktion Shimizu sichtbar Unbehagen bereitet hatte. »Wie ist der Name von Teanis Geliebtem?« fragte Mara.

Arakasi schüttelte den Kopf. »Ich weiß es nicht, Mistress. Doch sobald wir das Herrenhaus erreichen, kann ich meine Agenten beauftragen, es herauszufinden.«

Mara wandte ihren Kopf ab, als die Flammen sich an Papewaios Körper zu schaffen machten. Der Anblick war zu schmerzhaft, und die Geste gab ihr eine bessere Gelegenheit, mit Arakasi über das Prasseln des Feuers hinweg zu sprechen. »Ich verwette die Ernte eines ganzen Jahres, daß es Shimizu ist.«

Arakasi nickte; sein Gesicht drückte Sympathie aus, als hätte seine Lady einige wohlwollende Gedanken über den Wert des Verstorbenen geäußert. »Dagegen wette ich nicht, Mistress; er ist ganz sicher der naheliegendste Kandidat.«

Das ölgetränkte Holz unter Papewaio fing endlich Feuer, und die Flammen schossen hoch in den Himmel, heiß genug, um selbst die Knochen und die gehärtete Fellrüstung zu verzehren. Nur Asche würde nach dem Abkühlen des Scheiterhaufens zurückbleiben.

»Pape«, murmelte Mara. »Ihr werdet zusammen mit meinem Vater und meinem Bruder gerächt werden.« Ein leichter Nieselregen hatte eingesetzt, und es schien Mara, als würde der Himmel weinen, während die Flammen alles verschlangen, was am treuesten und zuverlässigsten Krieger der Acoma sterblich war. Sie wartete. Ihr war längst nicht mehr kalt, als ihre Gedanken sich mit dem Anfang eines Plans beschäftigten.

Nach der Beerdigung kehrte Mara in die Gemächer des Kriegsherrn zurück. Sie war naß bis auf die Knochen und wurde von einer Ehrenwache begleitet, die genauso wie sie Wasser auf den gewachsten Holzboden tropfte. Nacoya hatte sich von ihrer Schlafmatratze erhoben. In gereizter Stimmung befahl die alte Frau Maras beiden Zofen, sich nicht mehr mit den zwei Truhen abzugeben, die in die neuen Gemächer geschafft werden mußten, sondern sich sofort um ihre Herrin zu kümmern.

Die Lady der Acoma wehrte die beiden Zofen ab und schickte sie zurück zum Packen der Truhen. Obwohl sie wußte, daß Nacoya überreizt war, gab es keinen Grund für sie, sich nach der Beerdigung in aller Eile umziehen und erfrischen zu müssen. Jetzt brauchte sie erst einmal die Sicherheit der Gemächer des Kriegsherrn.

Mara wartete nur so lange, bis sie ihre tropfenden Haare geschüttelt hatte, so daß sie lose über die Schultern hingen. Dann nickte sie Arakasi zu, der die Urne mit Papewaios Überresten neben die Kleidertruhen stellte und nach vorn trat.

»Geht und sucht Desio«, trug Mara dem Mann auf, der jetzt die Rolle eines Kriegers spielte. »Sagt ihm, wir würden Diener benötigen, um uns und unseren Besitz in die neuen Gemächer bringen zu lassen, die der Lord der Minwanabi den Acoma zuteilt.«

Arakasi verneigte sich. Er ließ nicht im geringsten erkennen, daß der Auftrag möglicherweise anders als nur wörtlich gemeint war. Schweigend ging er; ihm war klar, daß Mara wußte, er würde Desio finden – doch nicht auf dem direktesten Weg. Der Supai würde seine Kontaktpersonen suchen und mit etwas Glück mit genau den Informationen zurückkehren, die Mara über Teani benötigte.

Bei Sonnenuntergang besserte sich das Wetter etwas, und mit dem Nachlassen des Regens wurden die Gäste des Lords der Minwanabi unruhig durch die erzwungene Untätigkeit während der Zeit der Besinnung. Einige von ihnen versammelten sich in den größeren Innenhöfen, um dort Mo-Jo, ein Kartenspiel, zu spielen, während andere Scheinkämpfe veranstalteten, die von den geübteren Kriegern der Ehrenwachen ausgetragen wurden und über die die anderen hohe Wetten abschlossen. Aufgrund von Papewaios plötzlichem Tod nahm Mara verständlicherweise nicht teil; doch da sich auch Mitglieder des Minwanabi-Haushalts beiläufig unter die Gäste mischten und die anwesenden Lords sich ungezwungen gaben, konnte Arakasi hier hervorragende Informationen erhalten. Mara beobachtete ihn von dem nur leicht angelehnten Laden ihrer neuen Gemächer aus, doch sie konnte nicht beurteilen, ob der Supai Kontaktpersonen im Gefolge eines jeden wichtigen Lords hatte oder ob der Mann nur außerordentlich geschickt darin war, selbst loyale Männer in zwanglose Gespräche zu verwickeln. Wie auch immer er sich seine Informationen beschaffte, als Arakasi bei Sonnenuntergang mit einem zweiten Bericht zurückkehrte, war sein Wissen über Teani ausgesprochen detailliert.

»Ihr hattet recht, Lady. Ganz sicher ist Shimizu der Liebhaber Teanis.« Arakasi nahm dankbar Thyza-Brot und köstlich geräuchertes Fleisch von einem Tablett entgegen, das Nacoya ihm reichte. Mara hatte sich entschieden, das Abendessen in ihren Räumen einzunehmen, und den Supai eingeladen, ihr Gesellschaft zu leisten.

Die Lady der Acoma beobachtete mit ausdruckslosem Gesicht, wie Arakasi Needra-Fleisch auf dem Brot verteilte. Seine geschickten Finger rollten das Resultat zu einer Rolle zusammen, die er mit der Haltung eines geborenen Edlen aß. »Mehr noch«, fuhr er fort, sich nur zu bewußt, daß Mara verstehen würde. »Teani hat den Truppenführer der Minwanabi an der Angel wie einen Fisch. Er folgt ihr, sobald sie daran zieht, obwohl seine Vernunft ihm eigentlich davon abraten müßte.«

An dieser Stelle unterbrach der Supai die Mahlzeit. »In der vergangenen Nacht stritten sich die beiden Geliebten.« Er grinste. »Der Diener, der die Lampen anzündete, hörte zufällig mit und blieb da, um die Dochte zu säubern. Die Unterhaltung faszinierte ihn. Der Mann teilte sich meinem Agenten nur zögernd mit, da der Name ihres Lords erwähnt worden war, doch wie immer ihr letztes Treffen auch gewesen sein mag, Teani gibt sich seither so schnippisch wie eine Hexe. Wir können also sicher sein, daß Shimizu alles tun wird, um ihre Gunst wiederzugewinnen.«

»Alles?« Mara hatte genug vom Essen und winkte Nacoya herbei. Sie brachte feuchte Tücher zur Reinigung von Gesicht und Händen. »Das eröffnet uns doch einige Perspektiven, nicht wahr?« Während Arakasi sich weiter bediente, ließ Mara ihren Gedanken freien Lauf: Shimizu hatte Papewaio erschlagen, und es war Teil eines Verrats gewesen; möglicherweise bearbeitete Teani ihn jetzt so lange, bis er zugab, daß sein Lord den Tod des Acoma-Offiziers befohlen hatte. Als Spionin der Anasati war Teani nicht durch wirkliche Loyalität an Jingu gebunden. Sie war die einzige Dienerin seines Haushalts, die sich weigern würde, für die Ehre der Minwanabi zu sterben. Mara hatte ihre Entscheidung getroffen. »Ich möchte, daß Ihr Teani eine Nachricht überbringt«, sagte sie zu Arakasi. »Kann dies unbemerkt geschehen?«

Jetzt war es Arakasi, der den Appetit verlor. »Wenn ich mir erlauben darf zu vermuten, welchen Plan Ihr im Kopf habt – er ist riskant, nein, er ist geradezu äußerst gefährlich. Nach meiner Einschätzung können wir uns nicht darauf verlassen, daß die Konkubine ihren wirklichen Herrn, den Lord der Anasati, schützen wird. Sie hat bereits zuvor einen Herrn betrogen, vielleicht sogar mehr als einen, und ich habe den Verdacht, daß sie zumindest einen ermordet hat.«

Auch Mara hatte sich mit Teanis Lebensweg beschäftigt – wie die mißbrauchte Straßenhure begonnen hatte, ihren Beruf zu lieben, und sogar noch mehr: Sie wußte alles über ihre verdrehten Ambitionen. Diese Frau hatte in der Vergangenheit Liebhaber und Freunde verkauft und sogar Männer ermordet, die ihr Bett geteilt hatten. Zuerst hatte sie es aus Gründen des Überlebens getan, später jedoch aus bloßer Gier und einem extremen Hunger nach Macht. Es zählte in diesem Augenblick nicht viel, daß Mara die Meinung Arakasis über die Zuverlässigkeit der Konkubine teilte. »Arakasi, wenn Ihr einen besseren Plan habt, will ich ihn gerne hören.«

Der Supai machte eine ablehnende Geste; und tief in seinen Augen konnte Mara Zustimmung erkennen, als sie fortfuhr: »Also gut. Holt mir ein Pergament und eine Feder, und seht zu, daß meine Nachricht bei Einbruch der Nacht zu dieser Frau gelangt.«

Arakasi verneigte sich und tat, wie ihm geheißen. Innerlich bewunderte er die Kühnheit und den Mut, mit denen Mara ihre Ziele verfolgte; doch seinen scharfen Augen entging das leichte Zittern ihrer Hand beim Niederschreiben der Notiz nicht, mit der sie die Wiedergutmachung für die machthungrige Habgier des Lords der Minwanabi endgültig in Angriff genommen hatte.

Die Lampe flackerte im Luftzug, als Teani zur Tür schritt. Sie wirbelte herum, und die Bewegung ihres Umhangs ließ einen Luftzug über die Wangen von Truppenführer Shimizu streichen.

»Du hättest mich nicht um diese Zeit herrufen sollen«, sagte er, unzufrieden mit sich selbst, weil sein Ärger bereits wieder zu verschwinden drohte. »Du weißt, ich kann meine Pflicht deinetwegen nicht vernachlässigen, und ich muß in einer Stunde die Wache übernehmen.«

Teani stellte sich ins Licht, und die goldfarbenen Strähnen in ihren geflochtenen Haaren leuchteten. Ihr Anblick raubte ihm fast den Verstand. Die Kurven ihrer Brüste unter dem dünnen Gewand ließen jegliche Pflicht sehr unwirklich werden. »Dann geh also zu deiner Wache, Soldat«, sagte die Konkubine.

Shimizu senkte die Augen, Schweiß glänzte auf seiner Stirn. Wenn er jetzt ging, würde er mit den Gedanken nicht bei seiner Aufgabe sein, und der Lord der Minwanabi könnte vor seiner Tür genausogut niemanden stehen haben. Der Truppenführer war in einem Dilemma zwischen der Ehre und der brennenden Gier nach seiner Geliebten gefangen. »Du kannst mir auch einfach sagen, weshalb ich kommen sollte.«

Teani setzte sich, als wäre jegliche Kraft und Zuversicht aus ihr gewichen. Sie sah ihren Geliebten mit den erschreckten Augen eines kleinen Mädchens an, ließ jedoch gezielt das Gewand verrutschen und enthüllte einen Teil ihrer nackten Haut, als sie sich nach vorn beugte. »Shimizu, ich wußte nicht, an wen ich mich sonst hätte wenden können. Mara von den Acoma will mich umbringen lassen.«

Sie wirkte so verletzlich, daß sich sein Herz zusammenzog. Shimizus Hand schloß sich spontan um sein Schwert. Wie immer siegte ihre Schönheit über seinen Instinkt, der ihn warnend daran erinnerte, daß ihre Worte auch eine Täuschung sein konnten. »Woher weißt du das, meine Geliebte?«

Teani senkte die Lider, als würde sie gegen ihre Verzweiflung ankämpfen.

Shimizu nahm den Helm ab und legte ihn hastig auf einen Beistelltisch, dann beugte er sich zu ihr hinab. Er umschloß ihre Schultern mit einer Umarmung und vergrub seinen Mund in ihren duftenden Haaren. »Erzähl es mir.«

Teani zitterte. Sie barg ihr Gesicht in seiner Stärke und erlaubte seinen Händen, sie zu streicheln, die Furcht zu verjagen, die ihr beinahe die Sprache verschlagen hatte. »Mara hat mir eine Nachricht geschickt«, brachte die Konkubine schließlich hervor. »Sie behauptet, daß ihr verstorbener Ehemann mir als Erbe einige Juwelen hinterlassen hat. Um zu vermeiden, daß mein Lord von meiner Indiskretion erfährt, fordert sie mich auf, heute nacht, wenn alle schlafen, in ihren Gemächern zu erscheinen und den Schmuck abzuholen. Ich weiß aber, daß Buntokapi mir keine Geschenke hinterlassen hat. In der Nacht, als er mich in Sulan-Qu verließ, wußte er, daß er zum Sterben auf das Gut zurückkehrte, und er sorgte vor seinem Abschied für mich.«

Shimizu schüttelte sie sanft, als würde er ein Kind beim Schmollen unterbrechen. »Du bist nicht in Gefahr, meine Süße.

Die Lady der Acoma kann dich nicht zwingen, dieser Aufforderung nachzukommen.«

Teani hob ihren Kopf, und ihre Brüste preßten sich gegen den Truppenführer. »Du kennst sie nicht«, flüsterte sie immer noch verängstigt. Sie schien am Rande äußerster Qual und Pein. »Mara war schlau und kaltherzig genug, den Tod des Vaters ihres eigenen Sohnes zu inszenieren. Wenn ich mich dieser Einladung verweigere – wie lange wird es dann dauern, bis sich ein Attentäter an meine Schlafstätte schleicht und ein Messer in mein Herz jagt? Shimizu, ich werde jeden Tag in Angst und Furcht leben. Nur in deinen Armen fühle ich mich sicher vor den schrecklichen Plänen dieser Frau.«

Shimizu spürte einen Hauch von Kälte in sich aufsteigen. Sein Körper spannte sich an, als hätte die Frau in seinen Armen einen Nerv berührt. »Was möchtest du, daß ich tue?« Ihre Unsicherheit erweckte in dem Krieger den Wunsch, sie zu beschützen; doch er konnte Mara nicht töten, ohne das Versprechen der Minwanabi zu verletzen, derzufolge allen Gästen unter ihrem Dach Schutz gewährt wurde. »Nicht einmal deinetwegen kann ich meinen Lord verraten«, fügte Shimizu warnend hinzu.

Teani schien dies nicht im geringsten zu erschüttern; sie griff mit der Hand unter Shimizus Tunika und fuhr mit den Fingern über die Muskeln seines Oberschenkels. »Ich würde niemals von dir verlangen, dich selbst mit der Arbeit eines Attentäters zu beschmutzen, mein Geliebter. Doch würdest du als mein Mann deiner Frau gestatten, ohne Schutz die Höhle eines gefährlichen Tieres aufzusuchen? Wenn ich zu dieser Verabredung gehe, nachdem deine Wache endet, würdest du mich begleiten? Wenn Mara mir Schaden zufügen will und du mich verteidigst, wird unser Lord nichts als Lob für dich übrig haben. Dann hast du nicht nur seinen Erzfeind getötet, sondern es auch noch auf eine Art getan, die nicht den Schatten der Schande auf sein Haus fallen läßt. Wenn du aber recht hast« – sie zuckte mit den Schultern, als wäre diese Möglichkeit nur sehr gering – »und die Nachricht der Frau etwas Wahres enthält, wird es nicht schaden, wenn ich einen Begleiter mitbringe, nicht wahr?«

Shimizu entspannte sich jetzt vollkommen, und ihre Zärtlichkeiten strömten über seine Haut wie guter Wein. Daß ein Mitglied des Haushalts der Minwanabi eine Ehrenwache zu einem Treffen mit einem Gast mitbrachte, war völlig in Ordnung, wurde sogar erwartet; und auf diese Weise konnte er rechtmäßig für die Sicherheit seines Schützlings sorgen, sollte ihr Leben bedroht sein. Die Erleichterung lockerte ihn, und er küßte sie. Der fiebrigen Intensität seiner Antwort entnahm Teani, daß der Krieger, den sie manipulierte, in seinem Entschluß wankte wie ein Schilfrohr im Wind. Wenn sie ihn um Maras Tod gebeten hätte, wäre er zutiefst unsicher gewesen, wem er mehr Loyalität schuldete: seinem Lord oder der Frau in seinen Armen.

Mit allergrößter Vorsicht, die sie auch hätte walten lassen, wenn sie eine tödliche Waffe gezogen hätte, schob Teani Shimizu von sich. In ihren Augen war keine Spur von Befriedigung zu sehen, nur Resignation und Tapferkeit, als sie den Helm vom Beistelltisch nahm und Shimizu in die Hand drückte. »Ehre unseren Lord, mein Geliebter. Wir werden uns hier wiedertreffen, wenn deine Wache beendet ist, und zusammen zu Mara von den Acoma gehen.«

Shimizu setzte den Helm auf. Er befestigte die Bänder noch nicht, sondern beugte sich hinab und küßte sie stürmisch. »Wenn Mara es wagt, dir Schaden zuzufügen, muß sie sterben«, flüsterte er. Dann riß er sich los und schritt rasch zur Tür.

Als Shimizu im dämmrigen Licht verschwunden war, rieb Teani über die roten Stellen an ihrem Körper, die vom Druck seiner Waffen herrührten. Wilde Freude glomm in ihren Augen, und sie löschte die Lampe, damit niemand den Augenblick des Triumphes miterleben konnte. Alles, was sie jetzt noch tun mußte, war Mara zu einem Angriff zu provozieren oder einen vorzutäuschen, sollte die Hexe auf Beleidigungen nicht reagieren. Dann zwang der Ehrenkodex der Krieger Shimizu zur Verteidigung Teanis, und er konnte zuschlagen. Was für eine Rolle spielte es schon, wenn sich Maras Tod im Großen Spiel als schändliche Handlung herausstellen würde? Wieso sollte der den Minwanabi zugefügte Schaden für eine Konkubine Bedeutung haben, deren Loyalität Tecuma von den Anasati gehörte? Buntokapis Mörderin würde Fleisch für die Jagunas werden, und dieser Triumph war für Teani wichtiger als jede andere Überlegung.

Weit jenseits des Balkongeländers ergoß sich das Mondlicht golden über den vom Wind aufgewühlten See. Doch Mara trat nicht nach vorn, um die Aussicht zu bewundern. Arakasi hatte ihr davon abgeraten, als sie die neuen Gemächer zum ersten Mal besichtigt hatte. Das Geländer des Balkons wie auch die Stützen und einige der Bodenplanken am Rand waren alt, manche bestanden gar aus uraltem Holz. Doch die Pflöcke, mit denen sie befestigt waren, wirkten neu, ihnen fehlte die matte Färbung, die Chican-Holz gewöhnlich annahm, wenn es von Wind und Wetter gegerbt war. Jemand hatte alles für einen »Unfall« vorbereitet. Ein Weg aus glasierten Steinziegeln führte drei Stockwerke unter ihrem Fenster um den Garten herum. Niemand, der von diesem Balkon fallen würde, konnte einen solchen Sturz überleben. Es würden nicht viele Fragen auftauchen, sollte ihr Körper am nächsten Morgen dort unten zerschmettert aufgefunden werden; ganz offensichtlich hatte das alte Geländer nachgegeben, als sie sich darübergelehnt hatte.

Die Nacht verdunkelte die Gänge und Gemächer im Herrenhaus der Minwanabi. Nur wenige Gäste waren noch wach.

Mara machte es sich unruhig auf den Kissen neben Nacoya bequem; sie vermißte Papewaio und sehnte sich nach Schlaf und der Sicherheit ihres eigenen Hauses.

Sie war in ein einfaches Gewand gekleidet und trug Armreifen aus emaillierten Muscheln, die von den Cho-ja angefertigt worden waren. Die Lady der Acoma stützte ihren Kopf in die Handflächen. »Die Konkubine muß jeden Augenblick erscheinen.«

Nacoya sagte nichts, doch Arakasi antwortete von seinem Posten hinter dem Eingang mit einem zweifelnden Schulterzucken. Seine Geste zeigte an, daß er Teani für absolut unberechenbar hielt; dennoch hatte sie ihnen mitgeteilt, daß sie nach dem Wachwechsel um Mitternacht kommen würde. Mara spürte Kälte in sich aufsteigen, obwohl die Nacht warm war. Sie sehnte sich Papewaio mit seiner legendären Kampferfahrung herbei. Arakasi mochte die Rüstung einer Ehrenwache tragen, doch seine Fähigkeiten im Umgang mit Waffen waren nichts, dessen er sich rühmen konnte. Dennoch hätte sie ohne das Netzwerk des Supais überhaupt keinen Plan gehabt. Mara beruhigte ihre Nerven mit Hilfe der Disziplin, die sie im Tempel erlernt hatte, und wartete. Schließlich hörte sie Schritte im Gang.

Sie schenkte Arakasi ein selbstzufriedenes Lächeln; dann verbannte sie diesen Ausdruck aus ihrem Gesicht. Die Schritte kamen näher, und zusätzlich zum erwarteten Geklimper teurer Juwelen erklang das Klirren einer Rüstung und von Waffen. Teani hatte einen Krieger zur Begleitung mitgebracht.

Nacoya blinzelte schläfrig; sie war schwerhörig genug, um die Besucher, die sich auf dem Korridor näherten, nicht wahrzunehmen. Doch sie richtete sich auf, als Mara, gewarnt durch Arakasis Verbeugung, zur Tür starrte. Man konnte sich immer darauf verlassen, daß er die richtige Haltung für die jeweilige

Rolle an den Tag legte. Nacoya schätzte das Ausmaß seiner Ehrerbietung. »Die Konkubine hat eine Ehrenwache mitgebracht, wie es ihr gutes Recht ist«, murmelte sie. Es war nicht mehr möglich, Mara zu warnen, daß jede Handlung, die als aggressives Verhalten gegenüber Teani interpretiert werden würde, einen Angriff auf ein Mitglied des Haushalts der Minwanabi darstellte. Die Ehrenwache würde dann berechtigt sein, Jingus Konkubine zu verteidigen, ja sie wäre sogar dazu verpflichtet.

Obwohl Mara eine überaus hoheitsvolle Haltung eingenommen hatte und eiserne Selbstbeherrschung an den Tag legte, konnte sie eine kleine Anwandlung von Furcht nicht unterdrücken, als der Krieger, der Teani begleitete, durch die Tür trat und in ihr Blickfeld geriet. Er trug den orangefarbenen Federbusch eines Truppenführers der Minwanabi, und seine Figur entsprach der des Offiziers, den Mara dabei beobachtet hatte, wie er seine blutige Klinge aus Papewaios Körper zog.

Die Konkubine ging hinter ihm; sie war in dunkle Seide gehüllt. Kostbarer Metallschmuck steckte in ihrem goldbraunen Haar, und Armreifen glitzerten an ihren Handgelenken. Als sie durch die Tür trat, stellte sich Arakasi gewandt vor ihre Begleitung. »Wir beide warten hier … bis wir gebraucht werden.«

Es entsprach dem Protokoll, daß ein bewaffneter Krieger sich seiner Herrin nur mit ihrer Erlaubnis nähern durfte. Er winkte Teani über die Türschwelle, und die Lampen flackerten in einer vom See herüberwehenden Brise.

Mara sah mit steinernem Blick zu, wie Teani sich verbeugte. Obwohl die Konkubine eine kurvenreiche Figur besaß, wirkte sie bei näherem Hinsehen gar nicht so weich. Sie bewegte sich mit der Eleganz einer Jägerin, und ihre Augen spiegelten Schläue und Zuversicht. Mara musterte die Frau mit geübten

Augen, doch geschickt plazierte Seidenfalten enthüllten nichts als verführerische Dreiecke aus nackter Haut. Wenn Teani Waffen bei sich führte, so waren sie gut verborgen.

Mara war sich plötzlich bewußt, daß die Konkubine sie ebenfalls abschätzend betrachtete, und sie nickte ihr zum Gruß steif zu. »Es gibt einiges, das wir besprechen müssen.« Sie deutete auf die Kissen ihr gegenüber.

Teani nahm die Einladung an und setzte sich. »Wir haben in der Tat viel zu besprechen.« Mit einem spitzen Fingernagel schnippte sie Staub von ihrer Manschette. »Doch es hat nichts mit irgendwelchen Geschenken von Eurem verstorbenen Ehemann zu tun, Lady. Ich kenne den wahren Grund, weshalb Ihr mich hierherbestellt habt.«

»Tatsächlich?« Eine kleine Pause trat ein, die Mara weiter ausdehnte, indem sie Nacoya fortschickte, eine Kanne mit heißem Aub-Blütentee zu holen. Teani war beherrscht genug, die Stille nicht als erste zu durchbrechen, und schwieg. Mara begegnete dem Haß in ihren Augen mit aller Ruhe. »Ich zweifle daran, daß Ihr alles wißt, was ich sagen will.«

Während Nacoya mit der Kanne zurückkehrte, beobachtete der Offizier, der Teani begleitete, jede Bewegung. Da Arakasi Maras Verdacht bestätigt hatte, daß Shimizu der Geliebte der Konkubine war, wußte sie seinen fanatischen Gesichtsausdruck richtig zu deuten. Er wartete angespannt wie eine Relli kurz vor dem Angriff.

Nacoya stellte Tassen und Gewürzrindestreifen vor die Kissen. Als sie den Tee einschenkte, ergriff Teani wieder das Wort: »Ihr erwartet doch sicherlich nicht, daß ich in Euren Gemächern Tee trinken werde, Lady der Acoma.«

Mara lächelte, als wäre die Behauptung, sie könnte einen Gast vergiften, alles andere als eine Beleidigung. »Ihr habt die Gastfreundschaft der Acoma früher sehr gern in Anspruch genommen.« Als Teani sich entrüstet wehren wollte, nippte sie ein wenig an ihrer Tasse und begann mit den Worten: »Ich habe gesehen, daß Ihr Truppenführer Shimizu als Ehrenwache mitgebracht habt. Das ist gut, denn was ich zu sagen habe, betrifft auch ihn.«

Teani sagte nichts, doch Shimizu an der Tür verlagerte sein Gewicht auf die Fußballen. Arakasi legte die Hand locker auf seinen Schwertgriff, auch wenn er für einen echten Krieger kein Gegner war.

Mara konzentrierte sich einzig auf die hübsche Kurtisane vor ihr. Sie sprach jetzt mit einer Stimme, die so leise war, daß die Soldaten an der Tür sie nicht hören konnten. »Meine Ehrenwache Papewaio wurde gestern nacht ermordet, doch nicht von einem Dieb. Ich sage Euch, daß Eure Ehrenwache Shimizu ihm sein Schwert ins Herz rammte und dadurch die Schutzerklärung der Minwanabi verraten hat.«

Eine Brise vom See ließ die Lampe erneut flackern. Teani lächelte im Schatten und winkte Nacoya abrupt herbei, um sich noch Tee einschenken zu lassen. »Ihr seid keine Bedrohung für die Minwanabi, Lady Mara.« Verächtlich, als würde ihre Gegenwart außerordentlich geschätzt, krümelte sie etwas Gewürzrinde in die Tasse, führte sie an die Lippen und trank. »Papewaio kann nicht ins Leben zurückkehren, um das zu bezeugen.« Teani hatte sich nicht die Mühe gemacht, ihre Stimme zu senken, und jetzt richtete Shimizu seine Augen auf die Lady der Acoma.

Schweiß bildete sich entlang ihrer Wirbelsäule. Für ihren Vater, ihren Bruder und für Pape zwang sie sich fortzufahren: »Das ist wahr. Doch ich behaupte, Euer Herr ist schuldig, und Euer Krieger war sein Instrument. Ihr beide werdet diese Tatsache beschwören … oder Jingu wird seine hübsche Geliebte durch den Strang sterben sehen.«

Teani versteifte sich. Sie setzte die Teetasse ab, ohne etwas zu verschütten. »Das ist eine Drohung, die Kinder zum Fürchten bringen mag. Warum sollte mein Herr mir einen schamvollen Tod befehlen, wenn ich nichts anderes tue, als ihn zufriedenzustellen?«

Jetzt hob Mara ihre Stimme, so daß sie im ganzen Raum zu hören war: »Weil ich weiß, daß Ihr eine Spionin für Tecuma von den Anasati seid.«

Einen Augenblick lang spiegelten sich Überraschung, Erschrecken und nackte Berechnung auf dem Gesicht der Konkubine. Bevor Teani ihre Haltung wiedergewinnen konnte, vollendete Mara ihren Zug und hoffte, die Götter des Zufalls würden ihre Lüge unterstützen. »Ich habe Dokumente, die Euren Schwur gegenüber Tecuma beweisen, und solltet Ihr nicht tun, was ich verlange, werde ich sie dem Lord der Minwanabi zukommen lassen.«

Arakasi betrachtete Shimizu mit der beharrlichen Intensität eines Mördervogels. Zuerst schien der Offizier verwirrt über den Verrat. Dann, als Teani deutlich sichtbar nach Worten rang, um die Anschuldigung zu widerlegen, rührte er sich und zog langsam sein Schwert.

Die Konkubine beeilte sich, den Riß in ihrer Beziehung zu flicken. »Shimizu! Mara lügt. Sie hat das erfunden, damit du unseren Herrn betrügst.«

Shimizu zögerte. Lichtreflexe von der Lampe tanzten auf der Kante seiner lackierten Klinge, während er von Selbstzweifeln gepeinigt nachdachte.

»Stürz dich auf sie«, stachelte Teani ihn an. »Töte Mara für mich. Töte sie jetzt!«

Doch ihre Stimme klang zu schrill. Shimizu straffte die Schultern. Auf seinem Gesicht mischte sich Furcht mit Bedauern und schmerzhafter Entschlossenheit. Langsam schüttelte er den Kopf. »Ich muß Lord Jingu informieren. Er wird darüber urteilen.«

»Nein!« Teani sprang auf. »Er wird uns beide hängen lassen, du Narr!«

Doch der Protest bestärkte in den Augen des Kriegers, der sie geliebt hatte, nur ihre Schuld. Er drehte sich auf der Türschwelle um und war verschwunden. Arakasi rannte hinterher und versuchte ihn einzuholen. Geräusche eines Kampfes drangen vom Gang herein. Offensichtlich versuchte der Supai der Acoma, Shimizu den Weg zu versperren, damit Mara noch mehr Zeit hatte, einen Beweis für den Verrat der Minwanabi an Papewaio zu erhalten.

Teani wirbelte herum. Ihre Augen waren jetzt weit aufgerissen vor Wut. »Ihr werdet niemals von mir bekommen, was Ihr verlangt, geschlechtslose Hexe!« Sie zog ein Messer aus dem Rockbund ihres Gewandes und stürzte sich auf Mara.

Mara hatte die Bewegung aus dem Augenwinkel wahrgenommen. Sie rollte sich bereits auf die Seite, als Teani auf sie eindrang, und als sie zustieß, ließ sie die Schulter herabfallen. Das Messer grub sich harmlos in die Kissen.

Als die Konkubine die Waffe herausgezogen hatte, bekam Mara wieder Luft. »Shimizu! Hilfe! Um der Ehre Eures Herrn willen!« Sie rollte sich wieder zur Seite, und die Klinge blitzte nur um Haaresbreite von ihren Lenden entfernt auf.

Teani stieß einen wilden Fluch aus und zielte auf die Kehle ihrer Feindin.

Mara wehrte sie mit der Bewegung eines Ringers ab, doch die Konkubine war größer als sie, und die Wut verlieh ihr zusätzliche Kraft. Mara wand sich, drehte sich zur Seite und kämpfte auf dem Fußboden hartnäckig um ihr Leben. Verzweifelt rief sie Nacoya zu: »Du mußt Hilfe holen. Wenn ich vor Zeugen sterbe, ist Jingu ruiniert, und Ayaki wird überleben!«

Die alte Amme rannte davon. Teani kreischte vor Wut. Haß durchströmte sie bis in die letzte Faser ihres Körpers, als sie Mara rücklings gegen den Kissenstapel drückte. Das Messer senkte sich. Maras Griff begann nachzugeben, und das Messer kam ihrer ungeschützten Kehle immer näher.

Plötzlich beugte sich ein Schatten über sie. Waffen blitzten im Mondlicht auf, und Hände griffen von hinten nach Teani. Maras Griff löste sich mit einem Ruck, als die Konkubine zurückgerissen wurde. Das Messer war noch immer in Teanis Hand.

Shimizu zerrte seine Geliebte an den Haaren hoch, als wäre sie die Beute eines Jägers. »Du mußt eine Spionin der Anasati sein«, sagte er bitter. »Warum sonst solltest du dieser Frau solchen Schaden zufügen und Schande jenseits jeder Wiedergutmachungsmöglichkeit über meinen Herrn bringen!«

Teani begegnete der Anklage ihres Geliebten mit einem trotzigen Blick, der Feuer zu speien schien. Dann wand sie sich wie eine Schlange und stieß das Messer in Richtung seines Herzens.

Shimizu wirbelte herum und fing das Messer mit seiner Armbinde ab. Die Klinge glitt zur Seite und hinterließ eine kleine Wunde. Wutentbrannt stieß er die Konkubine von sich, die ihn betrogen hatte. Sie stolperte hilflos nach hinten und verfing sich mit einem Absatz in der Kette, die die Läden sicherte. Dahinter lag der Balkon, das Geländer eine dunkle Silhouette vor der mondbeschienenen Oberfläche des Sees. Teani schlug wild um sich, verlor das Gleichgewicht und stolperte gegen die Holzstützen, die bereits für einen Mord vorbereitet worden waren. Das Geländer brach und gab mit einem kaum hörbaren Geräusch nach. Die Konkubine warf sich herum; Entsetzen raubte ihr jede Anmut, als sie sich verzweifelt irgendwo festzuklammern versuchte. Mara hielt vor Schreck die Luft an, sogar als die präparierten Bretter unter Teanis Füßen zersplitterten. Das Geräusch war das einer Totenglocke. Teani wußte, als sie taumelte, daß unten die glasierten Steine des Weges auf sie warteten; man würde *ihren* Körper am nächsten Morgen dort unten finden, nicht den ihrer Feindin.

»Nein!« Ihr Ruf hallte über den See, als das letzte Brett unter ihr brach. Sie schrie nicht. »Ich verfluche dich –« rief sie, während sie durch die Dunkelheit fiel. Dann prallte ihr Körper auf die Steine. Mara schloß die Augen. Shimizu stand verwirrt und gequält da, immer noch das blanke Schwert in der Hand. Die Frau, die er geliebt und begehrt hatte, lag tot dort unten.

Immer noch schien das Mondlicht auf die Reste des Balkons, an den jetzt nur noch zerbrochene Stützpfeiler erinnerten. Mara erschauderte. Sie warf dem Krieger, der zu einer Trauerstatue erstarrt zu sein schien, einen fassungslosen Blick zu. »Was ist mit meiner Ehrenwache geschehen?« fragte sie.

Shimizu schien sie nicht zu hören. Er wandte sich benommen vom Balkon ab und blickte Mara unfreundlich an. »Ihr werdet Beweise vorlegen müssen, daß Teani eine Spionin der Anasati war, Mylady.«

Mara strich sich das feuchte Haar aus dem Gesicht; sie war zu erschüttert, um auf die Drohung in seiner Stimme zu achten. Ihr Ziel – Rache für ihren Vater, für ihren Bruder und auch für Papewaio – lag jetzt sehr nahe. Wenn sie Shimizu nur ein Schuldeingeständnis abringen konnte – der Truppenführer glaubte wohl nicht ernsthaft an die Möglichkeit, die Tatsache verschleiern zu können, daß er Teani hatte töten müssen, um den Eid der Sicherheit der Gäste zu verteidigen. Da die Konkubine den Angriff begonnen hatte, konnte Jingu des Verrats beschuldigt werden; denn bei Maras Ankunft hatte die Hälfte der Gäste seine Verkündung mitangehört, daß Teani ein privilegiertes Mitglied seines Haushalts wäre.

Shimizu machte einen drohenden Schritt nach vorn. »Wo ist Euer Beweis?«

Mara schaute auf; die Erleichterung über ihr eigenes Überleben verführte sie zu einer unvorsichtigen Antwort. »Aber ich habe keinen Beweis. Teani war eine Spionin der Anasati, doch meine Behauptung, daß es einen schriftlichen Beweis gibt, war tatsächlich nur eine Behauptung.«

Shimizu blickte sich schnell um, und auf einen Schlag kehrte die Furcht zurück. Mara erinnerte sich. Nacoya war fortgelaufen, um Hilfe zu holen. Es waren keine Beobachter da, die bezeugen konnten, was immer in diesem Raum geschehen würde.

»Wo ist Arakasi?« wiederholte sie unfähig, die Furcht in ihrer Stimme zu verbergen.

Shimizu trat auf sie zu. Seine Haltung wandelte sich von fassungslosem Entsetzen zu Entschlossenheit, und seine Finger schlossen sich fester um seine Waffe. »Ihr benötigt keine Ehrenwache mehr, Lady der Acoma.«

Mara wich zurück; ihre Füße verfingen sich in den Kissen. »Krieger, nach allem, was diese Nacht geschehen ist, wagt Ihr es, die Ehre Eures Herrn auf eine Weise zu kompromittieren, die keinerlei Raum für Zweifel läßt?«

Shimizus Ausdruck blieb hart, als er das Schwert hob. »Wer weiß? Es gibt keine Zeugen, die mich belasten könnten, wenn ich behaupte, Ihr hättet Teani getötet und ich hätte sie aus Gründen der Ehre verteidigen müssen.«

Mara befreite sich aus den Kissen. Shimizu kam noch einen Schritt näher, trieb sie gegen die Kisten, ohne daß sie etwas dagegen tun konnte. Erschrocken fröstelte Mara bei der Erkenntnis, daß sein verrückter, gerissener Plan genug Verwirrung stiften könnte, um Jingus Ehre zu wahren. Sie versuchte ihn hinzuhalten: »Dann habt Ihr Arakasi also getötet?«

Shimizu sprang über die Kissen, die unordentlich im ganzen Raum herumlagen. »Lady, er wollte mich davon abhalten, meine Pflicht zu tun.«

Seine Klinge hob sich glitzernd im Mondlicht. Mara fiel nichts mehr ein, und hoffnungslos in die Enge getrieben, zog sie das kleine Messer, das sie im Ärmel verborgen hatte.

Sie hob ihre Hand und setzte zum Wurf an, da sprang Shimizu auf sie zu. Er schlug mit der flachen Seite des Schwertes gegen das Messer und schleuderte es ihr aus der Hand. Klirrend glitt es über den Boden und blieb außerhalb ihrer Reichweite an der Balkontür liegen.

Die Hand mit dem Schwert hob sich wieder. Mara warf sich zu Boden. Der dunkle Schatten ihres Angreifers türmte sich vor ihr auf, und sie schrie: »Nacoya!« Gleichzeitig bat sie still um Lashimas Schutz für Ayaki und das Fortbestehen der Blutlinie der Acoma.

Doch die alte Amme antwortete nicht. Shimizus Schwert zischte nach unten. Mara wand sich, warf sich gegen die Truhen, und die Klinge zerfetzte die Schlafmatratze. Mara versuchte sich auf die Beine zu kämpfen, doch sie war hilflos gegen die unnachgiebige Truhe mit ihrem Besitz gepreßt. Der nächste Hieb von Shimizus Schwert würde ihr Leben beenden.

Plötzlich erhob sich ein anderes Schwert über Shimizus Kopf, eine Waffe, die ihr vertraut war. Das Schwert beschrieb einen ungeschickten Bogen im schimmernden Mondlicht und sauste auf den Nacken ihres Angreifers nieder. Shimizus Hände lockerten den Griff um die eigene Waffe. Sein Schwert schwankte, dann glitt es ihm aus den Fingern und bohrte sich mit der Spitze nach unten in die lederne Seite einer der Truhen.

Mara schrie auf, als der gewaltige Krieger stürzte; sein Federbusch strich an ihrem Körper entlang, als er auf den Boden krachte. Einen Schritt hinter ihm taumelte Arakasi; er benutzte das Schwert, mit dem er gerade erst einen Hieb geführt hatte, jetzt dazu, sich aufrecht zu halten. Mühsam brachte er eine Verbeugung zustande. »Mylady.«

Aus einer Wunde am Kopf floß Blut, über sein Gesicht bis zum Kinn hinunter, das Ergebnis eines Schlages, der ihn im Gang bewußtlos gemacht haben mußte. Maras Anspannung entlud sich in einem leisen Schrei, halb Erleichterung, halb Entsetzen. »Ihr seht zum Fürchten aus.«

Der Supai wischte mit der Hand über sein Gesicht, und sie wurde rot. Er brachte die Andeutung eines Grinsens zustande. »Das wage ich nicht zu leugnen.«

Mara kämpfte mit einigem Erfolg darum, wieder auf die Beine zu kommen, doch davon wurde ihr schwindlig. »Ihr seid vermutlich der erste Mann, der den Federbusch eines Acoma-Offiziers trägt und die Schneide einer Klinge nicht von ihrer stumpfen Seite zu unterscheiden vermag. Ich fürchte, Shimizu wird morgen eine ebenso schöne Beule haben wie Ihr.«

Arakasi zuckte mit den Schultern; sein Gesichtsausdruck lag irgendwo zwischen Triumph und tiefer persönlicher Trauer. »Würde Papewaio noch leben, hätte er meine Technik noch weiter verbessert. Sein Schatten wird jetzt mit dem Untergang der Minwanabi zufrieden sein müssen.« Als hätte der Supai ein Bedauern geäußert, das er besser für sich behalten hätte, half er danach schweigend seiner Herrin auf die Füße.

Stimmen drangen vom Gang herein. Jingus Worte und die seines Sohnes Desio erhoben sich entrüstet und schrill über das verwirrte Gemurmel der Gäste. Mara strich ihr unordentliches Gewand ein wenig glatt. Sie beugte sich vor und zog Shimizus Schwert aus der Truhe. Dann begegnete sie den Edlen und Dienern wie eine wahre Tochter der Acoma.

Jingu stampfte aufbrausend durch die offene Tür. »Was ist hier geschehen?« Er blieb stehen und starrte mit offenem Mund auf seinen auf dem Bauch liegenden Truppenführer; dann blickte er zornerfüllt die Lady der Acoma an. »Ihr habt Verrat in mein Haus gebracht.«

Die Zuschauer versammelten sich im Zimmer; ihre unordentlichen Kleider bewiesen, wie hastig sie sich von ihren Schlafstätten erhoben hatten. Mara beachtete sie nicht. Sie verbeugte sich mit formvollendeter Anmut und legte Shimizus Schwert dem Lord der Minwanabi zu Füßen. »Ich schwöre bei meinem Leben und dem Namen meiner Urahnen, daß der Verrat nicht von mir begangen worden ist. Eure Konkubine Teani versuchte mich zu töten, und aus Liebe zu ihr verlor Euer Truppenführer Shimizu den Verstand. Meine Ehrenwache Arakasi war gezwungen einzugreifen. Er konnte mit Mühe mein Leben retten. Ist dies die Art, wie die Minwanabi für die Sicherheit ihrer Gäste sorgen?«

Stimmen wurden unter den Zuschauern laut; die des Lords der Ekamchi war am deutlichsten. »Der Krieger ist nicht tot! Wenn er erwacht, wird er möglicherweise erklären, daß die Acoma unter Eid gelogen hat.«

Gereizt sorgte Jingu für Ruhe. Mit farblosen, kalten Augen blickte er Mara an. »Da meine Dienerin Teani tot dort unten auf den Steinfliesen liegt, würde ich gerne hören, was mein Offizier Shimizu zu dieser Angelegenheit zu sagen hat.«

Mara ließ sich nicht anmerken, daß Jingu, indem er unterstellte, sie hätte unter Eid gelogen, eine der schwersten Beleidigungen überhaupt ausgesprochen hatte. Doch es brachte keine Ehre, wenn sie auf die Worte eines bereits verdammten Mannes reagierte; und alle Umstehenden begriffen, daß der Lord der Minwanabi, sollte sich Maras Anklage als wahr erweisen, keinen Platz mehr unter ihnen hatte. Seine Ehre würde sich wie Staub verflüchtigen und sein Einfluß im Spiel des Rates in nichts zusammenschrumpfen.

»Meine Erste Beraterin, Nacoya, beobachtete den Angriff der Konkubine.« Mara nahm jedes bißchen Haltung zu Hilfe, das sie bei den Schwestern im Tempel gelernt hatte. »Euer eigener Truppenführer mußte mich verteidigen, um Eure Ehre zu schützen. Wäre Teani nicht dort hinunter in den Tod gestürzt, hätte ich sie mit meinen eigenen Händen töten müssen, um mich zu retten.«

Irgend jemand an der Tür murmelte etwas zu ihren Gunsten. Wütend drängte Desio nach vorn, doch sein Vater schob ihn unwirsch beiseite. Jingu wagte zu lächeln; wie ein Hund, der Fleisch gestohlen hat und dem es gelungen war, die Schuld von sich zu weisen.

»Lady Mara, wenn Ihr keine anderen Zeugen habt, könnt Ihr keine Beschuldigung erheben. Denn wenn Shimizu erklärt, daß Ihr Teani angegriffen habt und er zu ihrer Verteidigung herbeieilte, Ihr jedoch behauptet, Teani hätte Euch angegriffen und Arakasi wäre zu Eurer Rettung gekommen, hängt der Fall an dem Wort Eurer Ersten Beraterin, das gegen das meines Truppenführers steht. Sie sind von gleichem Rang, und das Gesetz verleiht beiden Aussagen gleiches Gewicht. Wer von uns vermag zu entscheiden, wer von beiden lügt?«

Mara fand keine Antwort. Ihr Körper schmerzte, und sie begriff wütend, daß sie nicht in der Lage war, die Wahrheit zu beweisen. Sie betrachtete den Feind, der für den Tod ihres Vaters und ihres Bruders verantwortlich war und dessen Ahnen ihren Ahnen Generation für Generation Trauer und Leid beschert hatten. Ihr Gesicht verriet keine Regung, als sie wieder das Wort ergriff: »Ihr balanciert Eure Ehre auf einem dünnen Seil, Lord Jingu. Eines Tages in nicht allzu ferner Zukunft wird es zerreißen.«

Jingu lachte; es war ein kehliges Geräusch, das die leichte Unruhe am Eingang übertönte. Mara sah über ihn hinweg und verspürte ein so heftiges Gefühl des Triumphes, daß es dem Schmerz beim Herausziehen eines Schwertes ähnelte. Durch die Tür trat Nacoya; sie bahnte sich einen Weg durch die eng zusammenstehenden Zuschauer. Hinter ihr folgte Almecho mit den beiden schwarzbemäntelten Gestalten an seiner Seite.

Der Kriegsherr blickte sich im Raum um und betrachtete das Chaos, das die neuen Gemächer Maras ereilt hatte. »Bei den Göttern!« rief er mit einem Lachen aus, »was ist hier geschehen? Ein Sturm im Haus, wie es aussieht.«

Jingu gab ein bitteres Lächeln zurück. »Ein Angriff, Mylord, doch es scheint wenig Übereinstimmung zu geben, wer genau wen zuerst angegriffen hat.« Er fügte ein theatralisches Achselzucken hinzu. »Ich fürchte, wir werden niemals die Wahrheit erfahren, da Lady Maras Erste Beraterin – aus bewundernswerter, wenn auch fehlgeleiteter Loyalität – lügen wird, um die Geschichte ihrer Herrin zu untermauern. Ihr Wort wird gegen das von Shimizu stehen. Ich denke, wir sollten die ganze Angelegenheit auf sich beruhen lassen.«

Almecho zog boshaft tadelnd die Augenbrauen hoch. »Oh, wirklich? Ich denke nicht, daß wir eine solche Beleidigung der Ehre unbeachtet lassen können, Lord Jingu. Nur damit kein Schatten auf Euren guten Namen fällt – ganz zu schweigen von der Schande, daß meine Geburtstagsfeier gestört wurde –, werde ich meine Begleiter bitten, mir ihre Hilfe zur Verfügung zu stellen.« Er wandte sich an die beiden schwarzbemäntelten Gestalten neben ihm und sprach zu der ersten: »Elgahar, könnt Ihr diesen Fall klären?«

Eine leidenschaftslose Stimme erklang: »Natürlich, Mylord.« Während alle Farbe aus Jingus Gesicht wich, fuhr der Magier fort: »Wir können ohne Zweifel beweisen, wer lügt und wer die Wahrheit spricht.«

Mit giftigem Vergnügen ließ Almecho seinen Blick von Lady Maras Gesicht zu dem von Jingu schweifen. »Trennen wir also die Schuldigen von den Unschuldigen.«

Neun

Rache

Elgahar bat um Ruhe.

Die Gespräche verblaßten zu einem Gemurmel, dann verstummten sie ganz, als die Gäste des Lords der Minwanabi sich in dem Raum versammelten, von dem aus Teani in den Tod gestürzt war. Shimizu hatte das Bewußtsein wiedererlangt. Er saß jetzt zu Füßen seines Lords und beobachtete den Erhabenen mit unbewegten Augen.

Mara hatte ihnen gegenüber Platz genommen, an ihrer Seite Nacoya und Arakasi. Ihre Ehrenwache hatte sich das Blut vom Gesicht gewischt, doch es ansonsten unterlassen, sich zu erfrischen. Einige der Gäste hatten Sklaven fortgeschickt, um sich Gewänder bringen zu lassen, damit sie die Schlafkleidung verdecken konnten. Die meisten kümmerten sich jedoch nicht um ihre äußere Erscheinung. Sie alle waren ungeduldig vor Neugier, sie alle warteten gespannt auf die Magie, die die Erhabenen jetzt ausüben würden.

Der Mond schien hell über das zerbrochene Geländer der Galerie. Einer der Erhabenen senkte seine Arme; er schien geradezu in kupfernem Licht zu baden. »Ich brauche freien Platz überall dort, wo die Handlung stattgefunden hat, außerdem darf niemand in der Tür stehen.«

Sandalen schlurften über das gewachste Holz, als die Gäste Elgahars Bitte nachkamen. Der Kriegsherr setzte sich hinter den Lord der Minwanabi, und Mara sah, wie er sich vorbeugte und ihm etwas zuflüsterte. Jingu entgegnete mit einem leichthin gemeinten Lächeln, doch es kam gezwungen und steif. Kein Lord im ganzen Kaiserreich verstand wirklich die Macht der Mitglieder der Versammlung der Magier; die Vorstellung, daß diesem Erhabenen ein Zauberspruch der Wahrheit zur Verfügung stand, schien dem Lord der Minwanabi wenig zu behagen. Mit Hilfe der Magie mochte Mara nur zu leicht bei einer Lüge ertappt werden, was dem Untergang der Acoma gleichkäme. Doch Jingu beschäftigte sich mit anderen Möglichkeiten. Teani war tatsächlich unberechenbar gewesen, dieser Charakterzug hatte einen großen Teil ihrer Anziehungskraft auf ihn ausgemacht, und ihr Haß auf Mara war kein Geheimnis.

Der Erhabene bezog Position an der Tür. Seine Gewänder verschmolzen mit dem Schatten, und nur sein Gesicht und die Hände bildeten einen blassen, verschwommenen Fleck. Als er sprach, klangen seine Worte wie eine Stimme, die von jenseits der Grenze des menschlichen Verständnisses zu kommen schien. Die Unschuldigen, die Schuldigen, die Zuschauer – sie alle zuckten bei dem Klang zusammen. »Wir stehen an einem Ort gewalttätiger Handlungen«, sagte Elgahar zu jenen, die sich versammelt hatten, um Zeugen seiner Magie zu werden. »Der Widerklang großer Leidenschaft bewirkt ein Echo in der Anderswelt, jenem Zustand der Energie, der jenseits unserer Realität existiert. Mein Zauberspruch wird diese Echos in sichtbarer Form herbeirufen, und alle Augen werden sehen, was zwischen den Dienern der Minwanabi und ihrem Gast, Mara von den Acoma, geschehen ist.«

Er versank in Schweigen. Die Kapuze warf Schatten auf seine Gesichtszüge, als er einen Augenblick in absoluter Reglosigkeit verharrte. Dann wandte er den Kopf in Richtung des Daches. Er gestikulierte mit einer Hand in der Luft und setzte zu einem Gesang an, der so leise war, daß selbst die Nächststehenden die Worte nicht verstehen konnten. Mara saß da wie eine Tempelstatue; sie nahm das leichte Heben und Fallen im Ton des Magiers kaum wahr. Der Spruch, den er wob, übte eine merkwürdige Wirkung auf sie aus; es war, als würde eine Macht ihr innerstes Ich berühren und einen Teil ihres Geistes abtrennen. Arakasi neben ihr zuckte heftig zusammen, als würde auch er die Kraft der Magie spüren.

Ein sanftes Glimmen entstand in der Mitte des Raumes, ausgehend von den zerfetzten Kissen. Mara sah mit fragendem Blick zu, als ein verschwommenes, durchscheinendes Abbild von ihr selbst erschien und dort Platz nahm, wo sie bei Teanis Ankunft gesessen hatte. Ein aschfahles Gespenst trat zu ihr, und alle erkannten die verhutzelte Gestalt Nacoyas.

Die Gäste murmelten erstaunt. Als Nacoya sich selbst sah, wandte sie ihr Gesicht ab und machte mit der Hand ein Zeichen gegen das Böse. Der Erhabene achtete nicht darauf. Sein Gesang verstummte abrupt, und er hob die Hände; umrahmt vom Mondlicht, begannen die schimmernden Gestalten sich zu bewegen.

Die Szene entfaltete sich mit gespenstischer Deutlichkeit, geräuschlos und so zerbrechlich wie das Spiegelbild des Mondlichts im Wasser. Mara sah, wie sie sprach, wie dann eine Bewegung in der Tür aufflackerte. Der Erhabene stand reglos da, selbst als die Gestalt Teanis eintrat und durch ihn hindurchschritt, als bestünde sie aus Luft.

Die nächststehenden Gäste machten beunruhigt Platz, und mehr als einer gab einen erstaunten Ausruf von sich. Doch der Geist der Konkubine blieb unbeirrt. Gespenstisch in ihrer Schönheit, wiederholte sie die Schritte, die sie erst vor einer Stunde gegangen war, und näherte sich den Kissen vor Mara. Die Abbilder der beiden Frauen setzten sich und sprachen miteinander. Mara betrachtete ihre eigene Gestalt; sie war erstaunt, welch ruhigen Eindruck sie gegenüber Teani gemacht hatte.

Selbst jetzt ließ die Wiedererschaffung der Szene ihr Herz schneller schlagen, und ihre Hände wurden feucht. Die Erinnerung an ihren schrecklichen Zweifel drohte sie immer noch fast zu überwältigen. Doch nichts davon hatte sich Teanis Augen enthüllt; und die Gäste, die die Früchte der Magie des Erhabenen betrachteten, erhielten den Eindruck, als würde eine zutiefst selbstsichere junge Frau sich einer von niederem Rang entgegenstellen. Mara verstand jetzt, weshalb die Konkubine auf ihre dreiste Behauptung hereingefallen war und geglaubt hatte, daß sie einen Beweis für ihre Tätigkeit als Spionin für die Anasati besessen hätte.

Als nächstes sahen alle im Raum, wie Teani nach Shimizu rief, der an der Tür stand. Wenn auch ihr Abbild keinen Laut von sich gab, war doch der Name leicht von ihren Lippen abzulesen, und einen Augenblick später erschien der Truppenführer. Die Worte, die jetzt ausgetauscht wurden, waren nicht nachvollziehbar, doch Teanis Gesichtsausdruck verwandelte sich, wurde so animalisch, daß einige Gäste erstaunt nach Luft rangen. Shimizu verließ plötzlich den Rahmen des Zaubers, und alle konnten sehen, wie Teani ein Messer aus ihrem Ärmel zog. Ohne sichtbare Provokation sprang sie von den Kissen auf und stach auf Mara ein. Welche Behauptung auch immer Jingu als Verteidigung anbieten mochte, ohne Zweifel blieb die Tatsache bestehen, daß eine Dienerin der Minwanabi die Lady der Acoma angegriffen hatte. Die Bürgschaft, die der Lord der Minwanabi zum Schutz seiner Gäste gegeben hatte, war zerbrochen.

Zum ersten Mal, seit sich irgendein Lord im Kaiserreich erinnern konnte, erbleichte Jingu in der Öffentlichkeit. Schweiß trat auf seine Oberlippe, während sich vor ihm das Drama der vergangenen Stunde weiter entfaltete. Truppenführer Shimizu betrat wieder den Raum, und nach einem kurzen und bitteren Streit brachte Teani ihm mit dem Messer eine Wunde bei. Alle schauten fasziniert zu, als er die Konkubine durch die Balkontür schleuderte. Das hölzerne Geländer zerbrach bei dem geräuschlosen Aufprall, und Teani fiel hinab in den Tod. Nur das gespenstische Abbild der Gefühlsregungen auf ihrem Gesicht, verzerrt von Haß, Schrecken und einer verzweifelten Furcht, grub sich in die Erinnerung der Gäste. Einen Augenblick schien der überfüllte Raum leer und reglos zu sein. Dann ließen einige der Gäste, die das Drama bereits für beendet hielten, entsetzte Bemerkungen fallen. Mara nutzte den Augenblick und sah den Lord der Minwanabi an.

Sein Ausdruck zeigte blanke Berechnung, und in seinen kleinen Augen glomm schwache Hoffnung. Wenn Teani sich als abtrünnig erwiesen hatte, so hatte doch Shimizu seine Ehre wiederhergestellt, indem er sie getötet hatte. Würden die Bilder hier enden, so konnte ihm nichts geschehen. Doch das Gesicht des Erhabenen offenbarte unter dem dunklen Schatten seiner Kapuze weder Strenge noch Sympathie. Der magische Bann entfaltete weitere Bewegungen, und in der Mitte des Raumes war der Truppenführer der Minwanabi zu sehen, wie er sich in Kampfposition der Lady der Acoma näherte.

Jingu erstarrte, als hätte ihn die Schwertspitze eines Henkers berührt. Shimizus breiter Rücken hinderte alle daran zu sehen, was Lady Mara gesagt haben mochte, doch nach einem kleinen Wortwechsel hob der Krieger die Klinge und ließ sie herabsausen. Man konnte sehen, wie Mara sich in die Ecke rollte – und vorsichtig, verstohlen begannen die Gäste von ihrem Gastgeber abzurücken, als wäre seine Schande ansteckend und könnte bei der kleinsten Berührung auf sie übergehen. Arakasis mutiges Eingreifen wurde zu einem bloßen Nachspiel, da ein Gast nach dem anderen verurteilende und verächtliche Blicke auf den Lord der Minwanabi richtete.

Die Bilder waren aussagekräftig genug. In das erstickende

Schweigen murmelte Elgahar noch ein paar Sätze, dann erlosch das fremdartige blauweiße Licht. Mara füllte ihre verkrampften Lungen wieder mit einem tiefen Atemzug; sie bebte weiterhin vor Anspannung. Noch immer war die Gefahr für sie nicht vorüber.

Neben dem Lord der Minwanabi stand Almecho, in dessen Gesicht böse Freude aufflackerte. Kostbare Stickerei blitzte auf, als er in höchster Wahrung der Form mit den Schultern zuckte. »Nun, Jingu. Es ist wohl eindeutig genug, daß ein Angriff auf Euren Gast stattgefunden hat. Zuerst das Mädchen, dann der Krieger. Ihr habt leidenschaftliche Diener, nicht wahr?«

Jingu verriet nichts von dem Aufruhr, der in ihm toben mußte. Geschüttelt von Gefühlen, die nur er kannte, blickte er erst auf Mara, dann auf die muskulöse, blutende Gestalt seines Truppenführers. Jene, die nahe bei ihm standen, hörten ihn flüstern. »Warum? Shimizu, Ihr wart der Krieger, dem ich am meisten vertraute. Was hat Euch zu dieser Handlung getrieben?«

Shimizus Lippen zogen sich vor Qual zusammen. Welche Entschuldigung er für das Verhalten Teanis auch geben konnte, durch sein Handeln hatte er seinen Herrn bereits zum Tode verdammt, denn dies blieb die einzige Möglichkeit für Jingu, die befleckte Ehre wiederherzustellen. »Die Hexe hat uns betrogen«, sagte er einfach nur, und es blieb offen, ob er Mara oder Teani meinte.

»Du Narr!« schrie Jingu, und seine Heftigkeit ließ alle im Raum zusammenzucken. »Dummer Nachkomme einer kranken Hexe, du hast mich getötet!« Ohne nachzudenken zog er einen Dolch aus seinem Gewand und machte einen Satz nach vorn. Bevor jemand ihn daran hindern konnte, hatte er auch schon den Dolch tief in Shimizus ungeschützten Nacken getrieben. Aus den verletzten Arterien schoß Blut, bespritzte die schönen Gewänder der Umstehenden und entlockte einer Lady mit schwachen Nerven einen lauten Schrei. Shimizu taumelte in verständnisloser Verwirrung umher. Seine Hände fuchtelten sinnlos in der Luft, während das Leben aus ihm herausfloß. Die breiten Schultern sackten kraftlos nach unten. Verrat und Lügen, verdrehte Begierden und törichte Liebe – all das wurde jetzt bedeutungslos. Er sank zu Boden. Als er beinahe friedlich die Hand Turakamus empfing, flüsterte er seinem Herrn noch ein paar letzte Worte zu. »Ich danke meinem Herrn, daß er mir den Tod durch die Klinge gewährt hat.«

Dann nickte Shimizu noch Mara zu, eine stille Verbeugung vor ihrem Sieg. Sein Blick wurde leer, und die Hände, die vorher nach ihrem Leben getrachtet hatten, erschlafften. Ausgestreckt zu Füßen der vorzüglich gekleideten Gäste schien er ein passendes Symbol für Jingus Niederlage zu sein. Das Debakel des Lords der Minwanabi im Spiel des Rates war vollkommen.

Almecho durchbrach die Stille. »Das war sehr impulsiv, Jingu. Möglicherweise hätte der Krieger noch mehr zu sagen gehabt. Wie schade.«

Der Lord der Minwanabi wirbelte herum. Einen Augenblick sah es so aus, als wäre er sogar imstande, den Kriegsherrn anzugreifen, doch dann wich die Wut von ihm, und er ließ den Dolch fallen. Almecho seufzte. Die Erhabenen kehrten an seine Seite zurück, als er seine Aufmerksamkeit jetzt auf Desio richtete, den Sohn und Erben der Minwanabi. »Da der Sonnenaufgang als die beste Zeit für solche Angelegenheiten gilt, nehme ich an, daß Ihr in den nächsten Stunden mit den Vorbereitungen für die rituelle Auslöschung der Schuld Eures Vaters beschäftigt seid. Ich gehe wieder zu Bett. Und später, wenn ich aufstehe, werdet Ihr dafür gesorgt haben, daß diese doch sehr chaotische Geburtstagsfeier wieder etwas fröhlicher weitergehen kann … Lord Desio.«

Desio nickte. Unfähig, irgend etwas zu sagen, führte er seinen Vater hinaus. Jingu bewegte sich wie in Trance. Nachdem sich seine Wut entladen hatte, verstummte seine kühne, dreiste Stimme vollkommen, und er wandte seine Gedanken auf die vor ihm liegende Aufgabe. Er war niemals ein sehr mutiger Mann gewesen, und doch mußte er jetzt wie ein wahrer tsuranischer Lord handeln. Das Schicksal hatte ihm den Tod beschieden, und irgendwie mußte er die Kraft finden auszuführen, was von ihm erwartet wurde. Doch als sein Vater über die Türschwelle trat, warf Desio einen letzten Blick auf Lady Mara. Eine eindeutige Warnung lag in seinen Augen. Die anderen mochten ihr applaudieren für diesen Zug im Spiel des Rates, doch sie hatte nicht gewonnen; sie hatte lediglich die Blutfehde eine Generation weitergetragen. Mara las den Haß in seinem Blick und verbarg einen Schauder der Furcht. Sie mußte nicht daran erinnert werden, daß sie sich noch immer tief im Herzen des Machtbereichs der Minwanabi befand.

Sie dachte rasch nach, und bevor der Erbe der Minwanabi der öffentlichen Aufmerksamkeit entschwinden konnte, rief sie ihn zurück. »Mylord Desio. Gewalt ist mir hier durch Diener der Minwanabi widerfahren. Ich bitte daher um eine Eskorte Eurer Soldaten, wenn ich morgen nach Hause aufbreche. Es wäre eine Schande, wenn ein weiterer Angriff auf den ungerecht behandelten Gast die Reinigung Eures Familiennamens verhindern würde, durch eine Person Eures Haushaltes etwa ... oder einen der namenlosen Banditen und Flußpiraten.«

Desio, der nur zu schmerzhaft in die Verantwortlichkeit der Herrschaft gestoßen worden war, besaß nicht genügend Verstand, um die Forderung mit Anstand abweisen zu können. Er war sich nur der Qual seines Vaters bewußt und seines eigenen Hasses auf die Lady, die dies verursacht hatte, und so beachtete er die Form, die zu befolgen ihm beigebracht worden war. Die

Fehde zwischen den Minwanabi und den Acoma würde weitergehen, doch die Beleidigung Maras und der Schandfleck auf dem Namen seiner Familie erforderten zumindest in der Öffentlichkeit eine Geste der Wiedergutmachung. Desio nickte ihr kurz zustimmend zu und schritt davon, um sich dem Kummer über Jingus rituellen Selbstmord zu widmen.

Langsam kehrte wieder Bewegung in jene zurück, die noch im Raum geblieben waren. Die Gäste rührten sich und tauschten Bemerkungen aus, während ein ziemlich mitgenommener Arakasi der Lady der Acoma auf die Beine half. Almecho und die anderen schauten Lady Mara von den Acoma voller Respekt an. Keiner der anwesenden Gäste glaubte daran, daß der Lord der Minwanabi Diener geschickt hatte, die Lady Mara unverzüglich hatten töten sollen. Niemand bezweifelte, daß die Magie der Erhabenen nur den letzten Akt eines raffinierten Plans enthüllt hatte, mit dem Mara das Große Spiel des Rates auf subtilste und tödlichste Weise gespielt hatte. Die Lady der Acoma hatte das unmöglich Scheinende möglich gemacht und einen Schlag gegen ihr Haus gerächt, der es beinahe zu Fall gebracht hätte. Jetzt gratulierten ihr alle im stillen für die Fähigkeit, ihren Feind in seinem eigenen Haus zu besiegen.

Doch Mara hätte nichts gelernt, wenn sie sich jetzt nicht doppelt gegen Verrat schützte, wo immer die Minwanabi betroffen waren. Nach einer im Flüsterton mit Arakasi geführten Unterredung trat sie vor. Sie verbeugte sich ehrerbietig vor dem Kriegsherrn und lächelte ihn in einer Weise an, die sie außerordentlich hübsch wirken ließ. »Mylord, es tut mir leid, daß meine unbeabsichtigte Rolle in diesen blutigen Ereignissen einen Schatten auf Eure Geburtstagsfeier geworfen hat.«

Almecho betrachtete sie genau; er war mehr amüsiert als irritiert. »Ich wälze die Verantwortung dafür nicht auf Euch ab, Lady Mara. Jingu wird jede Schuld tilgen, die noch bleibt. Dennoch vermute ich, daß die Angelegenheit damit nicht beendet ist. Selbst wenn unser junger Lord eine Eskorte für Euren Heimweg zur Verfügung stellt – ich verbeuge mich vor diesem Zug, nebenbei –, könntet Ihr Schwierigkeiten bekommen.«

Mara nahm die Bedrohung, der sie ausgesetzt war, auf die leichte Schulter. Mit größtmöglichem Charme begegnete sie statt dessen dem, der die Stimme des Kaisers von Tsuranuanni war, mit Mitgefühl. »Mylord, zuviel Leid ist hier geschehen, als daß Eure Feier noch mit Würde weiter vonstatten gehen könnte. Mag Desio sich auch noch so sehr bemühen, er wird nicht verhindern können, daß die Trauer ihm doch nur wenig Platz in seinem Herzen läßt, um die Festlichkeiten zu Euren Ehren wieder entsprechend aufzunehmen. Wenn auch andere Ländereien näher liegen, so sind die meinen doch am schnellsten über den direkten Weg, den Fluß, zu erreichen. Als Wiedergutmachung möchte ich Euch mein Haus als bescheidenen Ersatz für den Abschluß Eurer Feier anbieten. Solltet Ihr meine Gastfreundschaft annehmen, so werden meine Bediensteten und Künstler ihr Bestes geben, Euch zu unterhalten.« Mara verfolgte damit ein heimliches Ziel, denn sie dachte an die begnadeten, doch unerkannten Darsteller, die sie während ihrer Hochzeit gesehen hatte. Als Gegenleistung für ihre damalige Freundlichkeit würden sie nur zu gern in einen auch kurzfristig anberaumten Auftritt einwilligen. Und ihr gesellschaftliches Ansehen würde als eine Person, die zum Vergnügen des Kriegsherrn neue Talente entdeckt hatte, deutlich wachsen. Viele würdige Musiker und Künstler verschafften sich möglicherweise so den notwendigen Mäzen und standen noch mehr in ihrer Schuld.

Almecho lachte. »Ihr seid sehr scharfsichtig, nicht wahr, kleines Vögelchen?« Seine Augen zogen sich zusammen. »Ich sollte vielleicht selbst auf Euch achtgeben. Keine Frau hat bisher das Weiß und Gold getragen, doch Ihr ...« Der ernste Ausdruck auf seinem Gesicht verschwand wieder. »Nein, mir gefällt Euer kühnes Angebot.« Er erhob seine Stimme zu den Gästen, die noch geblieben waren, um die letzten Entwicklungen mitzubekommen. »Wir brechen bei Morgengrauen auf und reisen auf die Ländereien der Acoma.«

Er verneigte sich leicht und trat, flankiert von den dunklen Silhouetten der Magier, rasch durch die Tür. Im gleichen Augenblick, da er verschwunden war, fand sich Mara inmitten stürmischer Aufmerksamkeit wieder. In dem Raum, in dem sie trotz des engen Handlungsspielraums einem Mordanschlag entkommen war, galt sie plötzlich nicht länger als eine sozial Ausgestoßene, als ein Mädchen, das dem Tode geweiht war. Die größten Familien des Kaiserreichs überschütteten sie mit Gratulationen, Ehrbezeugungen und Lob als eine Siegerin, die das Spiel des Rates beherrschte.

Maras Gefolgschaft wurde lange vor Tagesanbruch aus den Baracken der Minwanabi gerufen; sie trafen sich an Bord der Barke der Acoma mit ihrer Herrin. Während Land und Wasser noch tief im Dunkeln lagen, entfernte sich das Boot immer weiter von den Docks. Mara war zu aufgewühlt von den Ereignissen der Nacht, um an Schlaf auch nur zu denken, und so stand sie mit ihrer Ersten Beraterin und ihrem Supai an der Reling. Sie spürten die Abwesenheit Papewaios mit schmerzlicher Trauer und sahen zu, wie die erleuchteten Fenster im Herrenhaus der Minwanabi immer kleiner wurden. Die Nachwirkungen des Entsetzens und des unerwarteten Triumphes hatten Mara sowohl geschwächt als auch in eine seltsame Hochstimmung versetzt. Doch wie immer waren ihre Gedanken bereits weit voraus. Die gewöhnlichen Vorbereitungen wären nicht realisierbar, da der Kriegsherr und all die anderen Gäste unangekündigt am Herrenhaus eintreffen würden. Wider Willen lächelte Mara. Jican würde sich ganz sicher die Haare raufen, wenn er erfuhr, daß seine Leute dafür verantwortlich waren, die Geburtstagsfeier Almechos durchzuführen.

Die Barke wippte leicht hin und her, als die Sklaven die Staken gegen Ruder eintauschten und mit einem gleichmäßigen Schlag begannen. Hier und da sprachen Soldaten flüsternd miteinander; dann verstummte jede Unterhaltung, als der Himmel über dem See heller wurde. Achtern war eine farbenfrohe Flottille aus den Barken der Gäste zu sehen, die sich von der Gastfreundschaft der Minwanabi verabschiedet hatten. Nun, da die Wasserwege voller Zeugen waren, brauchte Mara einen Angriff von feindlichen, als Banditen verkleideten Kriegern nicht mehr zu fürchten; abgesehen davon war Desio wohl kaum dazu fähig, neben der Trauer und der Zeremonie um den rituellen Selbstmord seines Vaters einen solchen Versuch durchzuführen.

Als die goldene Sonnenscheibe sich über dem Tal erhob, bemerkten Mara und die anderen edlen Passagiere in ihren Barken das kleine Grüppchen von Soldaten auf dem Hügel in der Nähe des heiligen Hains der Minwanabi. Diese Männer standen zu Ehren Lord Jingus dabei, als er seinen ganzen Mut zusammennahm und sich in das eigene Schwert stürzte. Als die Männer in den orangefarbenen Rüstungen sich schließlich in Reihen formierten und im Gleichschritt zum Haus zurückkehrten, stieß Mara ein Dankesgebet an die Götter aus. Der Feind, der den Tod ihres Vaters und ihres Bruders – und beinahe auch ihren eigenen – herbeigeführt hatte, war endlich tot.

Nun, da Jingu nicht mehr war, hatten die Minwanabi nicht länger die Rolle als erste Macht nach dem Kriegsherrn inne, denn Desio war ein junger Mann mit nur ärmlichen gesellschaftlichen Gaben. Nur wenige betrachteten ihn als angemessenen Nachfolger seines Vaters; jene, die jetzt nach Süden in das Land der Acoma reisten, waren gemeinhin der Meinung, daß der Nachfolger des alten Lords es sehr schwer haben würde, die Allianzen, die sein Vater geschmiedet hatte, zu erhalten, ganz zu schweigen davon, die Macht der Minwanabi noch auszubauen. Jetzt mußte Desio damit rechnen, daß er argwöhnisch beobachtet wurde. Da er den Niedergang seiner Familie anführte, würden nun all jene, die sich bisher vor der Macht der Minwanabi gefürchtet hatten, die Stärke seiner Feinde vergrößern. Wenn nicht einer von Desios begnadeteren Cousins die Herrschaft übernahm, war das Schicksal der Minwanabi besiegelt. Das Ansehen eines großen Hauses war im Spiel des Rates weit nach unten gefallen.

Genau darüber grübelte Mara während der Fahrt den Fluß hinunter und auch noch später, als sich ihre Sänfte durch die belebten Straßen von Sulan-Qu schlängelte und in die ruhigere Landschaft gelangte, die das Land der Acoma umgab. Da die Vorherrschaft der Minwanabi im Hohen Rat beendet war, herrschte Almecho jetzt völlig unangefochten, abgesehen von dem Bündnis zwischen der Partei des Blauen Rades und der Fortschrittspartei. Mara betrachtete die geschmückten Sänften der Edlen, die ihr folgten, und ihre Gedanken wurden von den nötigen Neuregelungen in der Politik in Anspruch genommen. Mit dem Ansatz eines Lächelns erkannte sie die Weisheit in Nacoyas Entscheidung, Hokanu von den Shinzawai wenigstens einmal während des Festes neben sie zu setzen. Dann lachte sie innerlich laut auf. Gerade jetzt, wo sie wieder über eine neue Heirat nachdenken mußte, würde im Kaiserreich eine erneute Streitrunde zwischen den Spielern beginnen, da das Spiel ein neues Stadium erreichte; doch es würde immer das Spiel des Rates bleiben.

Mara wandte sich um und wollte Nacoya davon erzählen, doch die alte Frau war eingenickt. Jetzt endlich, da sie die vertrauten Straßen erreicht hatten, konnte die Erste Beraterin die

Spannung ablegen, die sie während ihres gesamten Aufenthalts im Haus der Minwanabi im Griff gehabt hatte.

In diesem Augenblick erhob Arakasi seine Stimme: »Mistress, etwas Merkwürdiges geschieht da vorn.«

Nacoya wachte auf, doch ihre Klagen versiegten unausgesprochen, als sie ihre Herrin angestrengt nach vorn starren sah. Auf dem Kamm des nächsten Hügels, an der Grenze zum Besitz der Acoma, standen zwei Krieger, je einer auf jeder Seite des Weges. Der auf der linken Seite, auf dem Gebiet der Acoma, trug das vertraute Grün ihrer eigenen Garnison. Auf der rechten, auf dem Land, das dem Kaiserreich gehörte, stand ein zweiter Soldat in der rotgelben Rüstung der Anasati. Als Maras Sänfte und ihr Gefolge in Sicht kamen, drehten sich beide Männer um und riefen nahezu gleichzeitig:

»Acoma! Acoma!«

Mara war verwirrt, da ihre Sänfte jetzt einen Schwenk nach links vornahm. Sie blickte sich um und sah, daß die Träger Platz machten, damit die Sänfte des Kriegsherrn auf gleiche Höhe mit ihr gelangen konnte. Almecho erhob seine Stimme über den Lärm der trampelnden Füße hinweg. »Lady, Ihr habt eine ausgesprochen merkwürdige Begrüßung gewählt.«

Mara wußte nicht mehr weiter. »Mylord, ich habe keine Ahnung, was das bedeutet.«

Der Kriegsherr gab seinen Kaiserlichen Weißen ein Zeichen, und Seite an Seite erklommen die beiden Gefolgschaften den Hügel. Etwas weiter dahinter warteten wieder zwei Soldaten, und noch weiter entfernt noch einmal. Auf dem Kamm des letzten Hügels vor dem Gebetstor entdeckte Mara ein viertes Paar. Dem Hin- und Herwinken nach zu urteilen, war der Schrei »Acoma!« eindeutig weiter nach vorn getragen worden.

Mara verbeugte sich leicht vor Almecho. »Mit Eurer Erlaubnis, Mylord …?«

Als Almecho schroff nickte, befahl Mara ihren Trägern, schneller zu gehen. Sie hielt sich an dem perlenbesetzten Geländer fest, als die Sklaven jetzt nach vorn preschten. Ihre Krieger liefen mit, vorbei an den bekannten Feldern und den Needra-Weiden mit den goldbraunen Kälbern und Kühen. Mara spürte, wie sich ein eiserner Ring um ihre Brust legte. So weit das Auge reichte, waren die Felder wie leergefegt von Feldarbeitern und Hirten, Trägern und Fuhrleuten. Selbst die Sklaven waren nicht zu sehen. Wo eigentlich die Bediensteten der Acoma hart arbeiten sollten, lagen Felder und Vieh verlassen in der Sonne.

Mara wünschte sich jetzt Keyokes unerschütterliche Gegenwart an ihre Seite, als sie dem ersten Soldaten der Acoma, der ihr begegnete, zurief: »Was ist geschehen? Sind wir überfallen worden?«

Der Krieger paßte sich dem Schritt der laufenden Sklaven an und erstattete währenddessen Bericht. »Die Soldaten der Anasati kamen gestern hier an, Mistress. Sie schlugen jenseits des Gebetstores ihr Lager auf. Kommandeur Keyoke ordnete an, daß jeder Soldat in Bereitschaft sein sollte. Die auf der Straße aufgestellten Beobachtungsposten sollten Bescheid geben, sobald Ihr zurückkehren würdet, oder das Erscheinen der Minwanabi-Soldaten melden.«

»Ihr müßt vorsichtig sein, Tochter.« Nacoya war völlig atemlos, so sehr wurde sie von den Bewegungen der Sänfte geschüttelt. Sie machte Anstalten, weiter auszuholen, doch Mara brauchte keine zusätzliche Warnung, um sich Sorgen zu machen. Sie winkte Keyokes Wachposten zurück, damit er sich zu ihrer Ehrentruppe gesellte, und rief den Krieger der Anasati herbei, der auf der anderen Seite der Straße gestanden hatte und ebenfalls in einiger Entfernung zur Sänfte weitergelaufen war.

Jede Antwort würde reine Höflichkeit sein, denn kein Krieger der Anasati war der Lady der Acoma Rechenschaft schuldig. Dieser hier mußte den Befehl erhalten haben, sich nicht zu äußern, denn er rannte schweigend weiter. Als die Sänfte über den Kamm des letzten Hügels kam, schien das Tal unter ihr förmlich im Glanz verschiedenfarbiger Rüstungen zu erblühen. Mara blieb die Luft weg.

Über tausend Krieger der Anasati standen in kampfbereiter Formation vor dem Tor. Ihnen gegenüber stand Keyoke, der eine gleiche Anzahl Acoma-Soldaten befehligte. Hier und dort waren die grünen Reihen unterbrochen von den glänzenden schwarzen Keilen der Cho-ja. Die Krieger der Cho-ja standen bereit, den Vertrag ihrer Königin zu erfüllen und die Acoma zu unterstützen, da fremde Eindringlinge den Frieden bedrohten.

Rufe erklangen im Tal, sobald die Sänfte in Sicht kam. Der Anblick verleitete die Streitkräfte der Acoma zu hemmungslosen Freudenschreien; zu Maras Überraschung antworteten auch die Anasati-Krieger. Dann geschah etwas, von dem nicht einmal die alte Nacoya jemals gehört hatte, weder in Erzählungen, in Balladen oder sonstigen Erinnerungen an vergangene Ereignisse im großen Spiel des Rates: Die beiden Armeen lösten ihre Reihen auf; die Krieger warfen ihre Waffen nieder, öffneten die Helme und näherten sich Maras Sänfte in einer einzigen, freudigen Menge.

Mara starrte verwundert um sich. Staub wehte in der frischen Brise und bedeckte die Ebene wie Rauch, als die zweitausend jubelnden Soldaten ihre Sänfte und die Ehrentruppe umringten. Nur mit größter Mühe konnte Keyoke sich einen Weg durch die Soldaten der Acoma bahnen. Auf der Seite der Anasati bildete sich eine Gasse, und verblüfft fand Mara sich Tecuma gegenüber. Der Lord der Anasati trug die Rüstung seiner Vorfahren, leuchtendes Rot mit gelbem Saum, und an seiner Seite marschierte sein Kommandeur mit dem Federbusch auf dem Helm.

Die Mehrheit der Soldaten beruhigte sich jetzt etwas, selbst als die Sänftenträger mit einem Ruck zum Stehen kamen. Ihr heiseres Keuchen erklang laut in der Stille, als Keyoke sich vor seiner Herrin verneigte. »Mylady.«

Tecuma trat mit der ersten höflichen Verbeugung vor, die von einem herrschenden Mitglied der Acoma seit vielen Generationen gesehen worden war.

»Mylord«, erwiderte Mara seinen Gruß. Sie war etwas steif vom langen Sitzen in der Sänfte. In aufrichtiger Verwirrung runzelte sie die Stirn und bat ihren Kommandeur, Bericht zu erstatten.

Keyoke richtete sich zu voller Größe auf und sprach so laut, daß alle es hören konnten: »Wachtposten warnten uns gestern bei Tagesanbruch vor der Ankunft einer Armee, Mylady. Ich ließ die Garnison antreten und machte mich selbst bereit, die Eindringlinge anzugreifen –«

Tecuma unterbrach. »Wir haben das Land der Acoma noch nicht betreten, Kommandeur.«

Keyoke gestand dies mit steinernem Blick ein. »Das ist wahr, Mylord.« Er blickte wieder Mara an und fuhr fort: »Mylord von den Anasati kam zu mir und verlangte, seinen Enkel zu sehen. In Eurer Abwesenheit schlug ich ihm die Forderung nach seiner ›Ehrenwache‹ ab.«

Mara betrachtete Ayakis Großvater mit ausdruckslosem Gesicht. »Lord Tecuma, Ihr habt die Hälfte Eurer Garnison als ›Ehrenwache‹ mitgebracht?«

»Ein Drittel, Lady Mara.« Tecuma antwortete mit einem humorlosen Seufzer. »Halesko und Jiro befehligen die anderen beiden Drittel.« Hier schien der alte Mann ins Stocken zu geraten, obwohl er die Pause mit seiner üblichen Angewohnheit überbrückte, den Helm loszubinden und abzunehmen. »Ich habe Quellen, die andeuteten, daß Ihr die Feier des Kriegsherrn nicht überleben würdet, und« – er seufzte, als haßte er, dies zugeben zu müssen – »ich fürchtete, dieser Fall könnte wirklich eintreten. Um meinen Enkel vor Schaden zu bewahren, beschloß ich hierherzukommen, für den Fall, daß Jingu danach trachten sollte, die Blutfehde zwischen den Acoma und den Minwanabi ein für allemal zu beenden.«

Mara zog verständnisvoll die Augenbrauen in die Höhe. »Und dann, als mein Kommandeur Euch die Anwesenheit bei meinem Sohn untersagte, habt Ihr beschlossen, zu bleiben und abzuwarten, wer eher eintreffen würde, ich oder Jingus Armee.«

»Das ist richtig.« Tecumas Hände schlossen sich fester um seinen Helm. »Wären die Soldaten der Minwanabi über den Hügel gekommen, wäre ich einmarschiert, um meinen Enkel zu schützen.«

»Und ich hätte ihn davon abgehalten«, sagte Keyoke mit ruhiger Stimme.

Mara beobachtete den scharfen Blick zwischen ihrem Kommandeur und ihrem Schwiegervater. »Dann hättet Ihr Jingu die Arbeit abgenommen.« Sie schüttelte verwirrt den Kopf. »Das ist mein Fehler. Ich hätte daran denken müssen, daß die Sorge des Großvaters zu einem Krieg führen könnte. Also gut, es gibt nichts, worüber Ihr Euch Sorgen machen müßt, Tecuma. Euer Enkel ist in Sicherheit.«

Hier machte die Lady der Acoma eine Pause, als sie noch einmal die wunderbare Erleichterung durchlebte. »Jingu ist tot, gefallen durch seine eigene Hand.«

Tecuma war vollkommen verblüfft; er stülpte den Helm über seine eisengrauen Haare. »Aber –«

Mara unterbrach ihn. »Ich weiß, Ihr habt keine Nachricht darüber erhalten. Bedauerlicherweise für die Anasati ist Eure Informationsquelle ebenfalls tot.« Bei dieser Neuigkeit kniff

Tecuma erstaunt die Augen zusammen. Offensichtlich drängte es ihn zu erfahren, wie Mara die Wahrheit über Teani herausgefunden hatte, doch er sagte nichts. Schweigend wartete er, während Mara von den letzten Neuigkeiten berichtete: »Wir haben die Geburtstagsfeier des Kriegsherrn hierher verlegt, Tecuma. Da Ihr der einzige Lord wart, der nicht anwesend war, möchtet Ihr diese Kränkung vielleicht wiedergutmachen, indem Ihr uns in den nächsten zwei Tagen Gesellschaft leistet? Doch bitte versteht: Ich muß darauf bestehen, daß Ihr Eure Ehrenwache auf fünfzig Mann beschränkt, wie die anderen auch.«

Der alte Lord nickte; schließlich machte sich auch bei ihm Erleichterung breit. Als Mara rasch ihre eigene Ehrenwache neu ordnete, um den Weg zum Herrenhaus fortzusetzen, starrte er mit einem Hauch von Bewunderung auf ihre schlanke Gestalt. »Es ist gut, daß wir keine Soldaten der Minwanabi auf dem Hügel gesehen haben, Mara.« Er betrachtete den resoluten Krieger an Maras Seite. »Euer Kommandeur wäre schnell gezwungen gewesen, sich zu ergeben, während die meisten meiner Krieger Jingus Armee hätten in Schach halten müssen. Das hätte ich mir nicht gerade gewünscht.«

Keyoke erwiderte nichts; er drehte sich nur um und gab Lujan, der ganz am Ende in der ersten Reihe der Acoma-Soldaten stand, ein Zeichen. Der wiederum winkte einem Soldaten in noch größerer Entfernung zu. Mara blickte Keyoke neugierig an. »Ich habe ihm soeben mitgeteilt, daß die einhundert Krieger der Cho-ja, die im Hinterhalt warteten, wieder zu ihrem Stamm zurückkehren können, wenn sie möchten, Mistress. Wenn Ihr einverstanden seid, befehle ich jetzt den Männern wegzutreten.«

Mara lächelte, doch sie amüsierte sich nicht über Tecumas offensichtlichen Schock, daß einhundert Cho-ja-Krieger auf seine Ankunft gewartet hatten, falls er die Linien der Acoma hätte durchbrechen können. »Behaltet eine Ehrenwache zurück, um unsere Gäste zu empfangen, Keyoke.« Der Kommandeur salutierte und ging, um den Auftrag auszuführen. Mara wandte sich an Tecuma. »Großvater meines Sohnes, wenn Ihr Euch um die Auflösung Eurer Streitkräfte gekümmert habt, kommt bitte zu mir und seid mein Gast.« Dann forderte sie die Träger auf, sie nach Hause zu bringen.

Tecuma sah ihr nach. Selbst sein schwelender Haß wegen Buntos Tod wurde jetzt durch die Verwunderung des Augenblicks ersetzt. Er schaute die Straße entlang auf die sich nähernden Gäste und war froh, daß er nicht das Problem hatte, sie alle mit Speisen versorgen, unterbringen und unterhalten zu müssen. Der kleine Hadonra – war es Jican? – würde unter dieser Bürde sicherlich zusammenbrechen.

Doch Jican brach nicht zusammen. Er hatte von Maras Rückkehr schon vor den Soldaten am Beobachtungsposten gehört, denn ein Läufer der Gilde hatte das Gerücht zusammen mit einer eiligen Besorgung von einem Händler mitgebracht. Der Mann berichtete von einer großen Menge edler Barken, die in Sulan-Qu festgemacht hätten, darunter die hervorstechende weiß-goldene des Kriegsherrn. In der nachfolgenden Panik hatte der Hadonra vergessen, die Nachricht Keyoke und den Soldaten zukommen zu lassen. Statt dessen hatte er jeden freien Mann, jeden Sklaven und alle Handwerker, die sich bereits im Haus versammelt hatten, um Ayaki zu verteidigen, falls die Krieger der Anasati durchbrechen sollten, in seinen Dienst gestellt. Er hatte ihnen andere Aufgaben erteilt, und so mußten sie Tischtücher bügeln und Früchte in der Küche schälen. Mitten in diese wilde Geschäftigkeit platzten Mara und ihr Ehrengefolge.

»Hier sind also alle meine Feldarbeiter!« rief die Lady der Acoma aus, noch während die Träger die Sänfte im Hof absetzten. Jetzt konnte sie ihre Erheiterung nicht mehr zurückhalten, denn während der kleine Hadonra seinen atemlosen Bericht abgegeben hatte, trug er noch immer die abgelegten Teile einer Rüstung aus den Lagerscheunen. Sein Helm war ein Topf, den er von den Köchen geliehen hatte. Die Diener, die vom Schlachten der Hühner in die Küche eilten, waren ähnlich ausgestattet, und überall lehnten die Hacken, Harken und Sensen, die als Waffen hätten dienen sollen, an den Möbeln. Maras Lachen wurde von einem scharfen Kommentar Nacoyas abgeschnitten, die es leid war, in Sänften und Barken zu sitzen, und sich nichts anderes als ein richtig heißes Bad wünschte.

»Jetzt wirst du bekommen, was immer du willst, Mutter meines Herzens. Wir sind zu Hause.«

Und als würde das Gewicht einer schweren Last von ihren Schultern fallen, wußte die Lady der Acoma, daß dies so war – zum ersten Mal, seit sie zur Heiligen Stadt Kentosani aufgebrochen war.

Jican befestigte noch immer einige Bänder, nachdem er seine Hauslivree wieder angezogen hatte, während er stürmisch vom Herrenhaus auf die Wiesen rannte, wo große Pavillons errichtet worden waren, um mehrere hundert Lords, Ladies, edle Kinder, Erste Berater, Ehrenwachen und zahlreiche Bedienstete unterzubringen. Es würde kaum noch Platz im Hauptgebäude sein, wenn die Gastgemächer mit Almechos direkten Verwandten und den Kaiserlichen Weißen belegt wären. Ausgewählte Diener würden in den Baracken bei den Soldaten und die Überzähligen in den Sklavengebäuden untergebracht werden. Die Sklaven und die unglückseligen Freien, die beim Losen den kürzeren gezogen hatten, würden drei Tage unter den Sternen schlafen. Mara spürte, wie ihr Herz sich erwärmte angesichts der Loyalität ihrer Bediensteten und Soldaten, denn trotz des ganzen Durcheinanders und Aufruhrs seit ihrer Rückkehr hatte sich niemand beklagt. Selbst die Diener und Zofen hatten bereitgestanden, um Ayaki zu verteidigen, obwohl die Bauerngeräte und Küchenmesser kein wirkungsvolles Mittel gegen die Waffen geübter Soldaten gewesen wären. Doch sie waren deshalb nicht weniger mutig, und ihre Loyalität ging weit über bloße Pflichterfüllung hinaus.

Gerührt von dieser Hingabe kehrte Mara in den Hof zurück, nachdem sie sich hastig in frische Gewänder gekleidet hatte. Sie kam gerade dort an, als das Gefolge des Kriegsherrn in vollem Glanz in Sicht geriet. Mit äußerst präziser Genauigkeit begleiteten die Kaiserlichen Weißen ihren Herrn in der Sänfte. Trompeten schmetterten und Trommeln dröhnten, und Almecho, nach Kaiser Ichindar der zweitmächtigste Mann im Kaiserreich, führte seine formelle Begrüßung vor der Lady der Acoma aus.

Mara verneigte sich würdevoll. »Mylord, ich begrüße Euch in unserem Haus. Möge Euer Besuch Euch Ruhe, Frieden und Erfrischung bescheren.«

Der Kriegsherr von ganz Tsuranuanni verbeugte sich leicht. »Ich danke Euch. Nun, könntet Ihr vielleicht etwas weniger formell sein, als ... es unser vorheriger Gastgeber gewesen ist? Das tagelange Feiern kann ziemlich ermüden, und ich hätte gern eine Gelegenheit, mit Euch privat zu sprechen.«

Mara nickte höflich und blickte auffordernd ihre Erste Beraterin an, sich um die zwei schwarzbemäntelten Magier zu kümmern und ihnen ihre Gemächer zu zeigen. Die alte Frau reckte vor Stolz die Schultern, und in ihrer unerschütterlichen mütterlichen Art nahm sie die beiden Gesandten der Versammlung der Magier unter ihre Fittiche, als hätte sie sich bereits ihr ganzes Leben um ihresgleichen gekümmert. Mara schüttelte den Kopf und staunte über Nacoyas Unverwüstlichkeit. Dann gestattete sie dem Kriegsherrn, ihren Arm zu nehmen, und die beiden gingen allein in die friedliche Stille des Gartens, den sie für ihre Meditationen bevorzugte.

Vier Krieger standen am Eingang Wache, zwei trugen das Grün der Acoma und zwei das Weiß der Kaiserlichen Garde. Sie hielten beim Springbrunnen an, und der Kriegsherr nahm seinen Helm ab. Er sprenkelte etwas Wasser über sein verschwitztes, leicht ergrauendes Haar, dann sah er die Lady der Acoma an. »Ich muß mich vor Euch verneigen, Mädchen. Ihr habt in den letzten zwei Jahren im Spiel des Rates gezeigt, was in Euch steckt«, sagte er, als er sicher sein konnte, daß sie hier ungestört von den anderen Gästen und Bediensteten sein würden.

Mara blinzelte; sie war nicht ganz sicher, ob sie verstand, was er meinte. »Lord, ich habe nur getan, was notwendig war, um meinen Vater und meinen Bruder zu rächen und die Existenz meines Hauses sicherzustellen.«

Almecho lachte, und sein hartes Lachen brachte kleine Vögel dazu, von den Baumspitzen aufzuflattern. »Lady, was glaubt Ihr, was das Spiel ist, wenn nicht der Versuch, selbst zu bestehen und sich der Feinde zu entledigen? Während andere im Hohen Rat herumhuschen und über die eine oder andere Allianz schwatzen, habt Ihr Euren zweitmächtigsten Feind neutralisiert – ihn beinahe in einen widerwilligen Verbündeten verwandelt – und Euren mächtigsten Feind besiegt. Wenn das nicht ein meisterhafter Sieg in unserem Spiel ist, habe ich noch niemals jemanden spielen sehen.« Er zögerte einen Augenblick. »Dieser Hund Jingu war ein bißchen zu zielstrebig geworden. Ich glaube, er hat sich dreier Gegner entledigen wollen: Er wollte Euch loswerden, den Lord der Anasati und schließlich mich. Tecuma und ich stehen irgendwie in Eurer Schuld, denke ich, auch wenn Ihr sicherlich nicht bewußt für uns gehandelt habt.« Er zog seine Finger nachdenklich durch das Wasser; kleine Wirbel und Strömungen entstanden und kräuselten die Oberfläche, so wie die Wirbel und Strömungen der Intrigen immer unter den offiziellen Angelegenheiten des Kaiserreichs verlaufen. Der Kriegsherr betrachtete sie genau. »Bevor ich Euch verlasse, möchte ich, daß Ihr eines wißt: Ich hätte Jingu Euch töten lassen, wenn das Euer Schicksal gewesen wäre. Doch jetzt bin ich froh, daß *Ihr* lebt und nicht er. Dennoch ist meine Gunst gering. Nur weil bisher noch keine Frau das Weiß und Gold getragen hat, dürft Ihr nicht glauben, daß ich Eure Absichten als weniger gefährlich einschätze, Mara von den Acoma.«

Mara war irgendwie überwältigt von solch einer Einschätzung ihrer Fähigkeiten. »Ihr schmeichelt mir zu sehr, Lord. Ich habe keine anderen Absichten als den Wunsch, meinen Sohn in Frieden aufwachsen zu sehen.«

Almecho setzte den Helm wieder auf und bedeutete seinen Wachen zurückzukehren. »Dann weiß ich es nicht«, sagte er gedankenverloren. »Welche Person muß man mehr fürchten – eine, die aus Zielstrebigkeit handelt, oder eine, die aus der Notwendigkeit des Überlebens heraus handelt? Ich möchte gern glauben, daß wir einander freundschaftlich gesinnt sind, Lady der Acoma, doch meine Instinkte warnen mich, daß Ihr gefährlich seid. Also laßt uns fürs erste festhalten, daß wir keinen Grund haben, Gegner zu sein.«

Mara verneigte sich. »Dafür bin ich sehr dankbar, Mylord.«

Almecho erwiderte die Verbeugung, dann ging er, um seine Diener mit den Vorbereitungen für ein Bad zu beauftragen. Als Mara ihm aus dem Garten folgte, sah Keyoke seine Lady und trat sofort zu ihr. »Pape …«, sagte er.

Mara nickte in teilnahmsvollem Mitleid. »Er starb wie ein Krieger, Keyoke.«

Das Gesicht des Kommandeurs verriet nichts. »Kein Mann kann mehr erhoffen.«

In der festen Überzeugung, daß Nacoya mit den Gästen bestens zurechtkäme, forderte Mara ihn auf: »Begleitet mich zum Hain meiner Ahnen, Keyoke.«

Der Kommandeur der Acoma verlangsamte seinen Schritt, um sich der Geschwindigkeit seiner zarten Herrin anzupassen. Schweigend öffnete er eine Seitentür. Als sie das Hauptgebäude verließen und Vogelgesang das Geplapper der Gäste und Bediensteten ersetzte, seufzte Mara. »Wir werden einen neuen Truppenführer suchen müssen.«

»Wie Ihr wünscht, Mistress.«

Doch Mara teilte ihm ihre eigene Wahl noch nicht mit. »Wer ist der Beste für diese Position?«

Keyoke zeigte sich ungewöhnlich ausdrucksstark, als er sagte: »Es ärgert mich, es sagen zu müssen, doch trotz seiner manchmal weniger als angemessenen Haltung ist kein Mann fähiger als Lujan. Tasido ist länger bei uns und der bessere Schwertkämpfer ... doch Lujan gehört zu den Besten, was Taktik, Strategie und das Führen von Männern angeht, seit« – er zögerte –, »nun, seit Eurem Vater.«

Mara hob ihre Augenbrauen. »So gut?«

Keyoke lächelte, und sein Lächeln kam so unerwartet, daß Mara abrupt stehenblieb. Sie lauschte, als ihr Kommandeur seine Ansicht näher erläuterte. »Ja, er ist so gut. Er ist der geborene Anführer. Das ist der Grund, weshalb Papewaio den Burschen so schnell gemocht hatte. Und wenn Euer Truppenführer überlebt hätte, würde er das gleiche sagen. Wäre der Lord der Kotai noch am Leben, hätte Lujan wahrscheinlich bereits den Posten eines Kommandeurs.« Aus der Andeutung von Schmerz in Keyokes Stimme hörte Mara heraus, wie sehr der alte Kämpfer in Papewaio einen Sohn gesehen hatte. Dann umgab ihn jedoch wieder die tsuranische Selbstdisziplin, und der alte Krieger war so wie immer.

Mara war froh über seine Wahl. »Dann ernennt Lujan zum Truppenführer, und sucht einen Patrouillenführer aus, der seinen Platz übernehmen soll.« Sie kamen unter den Bäumen vorbei, wo Papewaio einst gekniet und darum gebeten hatte, sich mit dem Schwert das Leben nehmen zu dürfen. Mara spürte einen schmerzhaften Stich, als sie daran dachte, was geschehen wäre, wenn sie die alte Tradition mit dem schwarzen Band nicht neu ausgelegt hätte. Ein leichtes Zittern wanderte an ihrem Rückgrat entlang. Wie zerbrechlich war doch die Kette von Ereignissen, die ihr Leben erhalten hatte.

Seltsam abrupt blieb Keyoke stehen. Vor ihnen lagen die schützenden Hecken am Eingang zum Hain, und der Kommandeur begleitete sie gewöhnlich bis dorthin. Dann sah Mara eine einzelne Gestalt dort auf sie warten, direkt vor dem heiligen Hain ihrer Ahnen. Der rote und gelbe Helm in seinen Händen war vertraut, er glänzte im kupfernen Licht des späten Nachmittags, und in der Scheide an seiner Seite steckte keine Waffe.

Mara entließ ihren Kommandeur mit weicher Stimme und trat vor, um den Lord der Anasati zu begrüßen.

Tecuma hatte keine Ehrenwache mitgebracht. Die scharlachrote und gelbe Rüstung seiner Familie knirschte in der Stille, als er seinen Gruß entbot. »Mylady.«

»Mylord.« Mara erwiderte seine leichte Verbeugung, sich bewußt, daß die Vögel in den Bäumen mit dem Sonnenuntergang still geworden waren.

»Ich hatte gehofft, Euch hier zu finden. Hier haben wir uns das letztemal unterhalten, und daher hielt ich es für sinnvoll, auf dem gleichen Boden einen neuen Anfang zu machen.« Er blickte auf die plappernden Scharen der Gäste im Hof und auf das Gewirr der sich um sie kümmernden Bediensteten. »Ich hatte erwartet, beim nächsten Mal, da ich dieses Gras betreten würde, Krieger in orangefarbener Kleidung ausschwärmen zu sehen, nicht eine solche Masse an Feiernden, die gekommen sind, Euch zu ehren.«

»Sie sind gekommen, um den Kriegsherrn zu ehren«, verbesserte Mara.

Tecuma studierte das Gesicht seiner Schwiegertochter, als würde er sie jetzt zum ersten Mal richtig sehen. »Nein, Lady. Sie feiern Almechos Geburtstag, doch sie ehren Euch. Es wird niemals Liebe zwischen uns herrschen, Mara, aber wir haben eine Gemeinsamkeit: Ayaki. Und ich wage zu glauben, daß wir uns in gegenseitigem Respekt treffen.«

Mara verneigte sich, tiefer als jemals zuvor. »Das tun wir, Tecuma«, sagte sie mit vollem Ernst. »Ich bedauere nichts, außer daß gute Männer leiden …« – ihre Gedanken wanderten zu ihrem Vater, zu ihrem Bruder, zu Papewaio und sogar zu Buntokapi – »und sterben mußten. Was ich getan habe, tat ich für die Acoma und all das, was einmal Ayaki gehören wird. Ich hoffe, Ihr versteht.«

»Das tue ich.« Tecuma machte sich bereit zu gehen, dann schüttelte er den grauen Kopf, und Gelassenheit schlich sich unbeabsichtigt in seine Haltung. »Ich verstehe es wirklich. Wenn Ayaki einmal erwachsen sein wird und herrscht, bin ich vielleicht in der Lage, Euch zu vergeben, was Ihr getan habt.«

Mara wunderte sich über die seltsamen Wege, die die Ereignisse im Spiel des Rates nehmen konnten. »Ich bin zumindest froh, daß wir zunächst keinen Grund haben, Gegner zu sein«, sagte sie.

»Zunächst einmal.« In Tecumas Seufzer klang so etwas wie Bedauern mit. »Wäret Ihr meine Tochter gewesen und Bunto Lord Sezus Sohn … wer weiß, was nicht alles möglich gewesen wäre?« Dann, als hätte er die Angelegenheit für immer beiseite geschoben, setzte er den Helm wieder auf. Die Haare standen über den Ohren merkwürdig ab, und der verzierte Riemen schlug gegen seinen Nacken, doch er sah keineswegs wie ein Narr aus. Eher wie ein Herrscher, der viele Jahre hinter sich und weitere vor sich hat, im Vollbesitz seiner Erfahrung, seiner Weisheit und seines Wissens, ein Meister seines Amtes. »Ihr seid eine wahre Tochter des Kaiserreiches, Mara von den Acoma.«

Mara stand keine Erfahrung oder Erinnerung zur Verfügung, aus der sie eine Antwort hätte ziehen können, und so konnte sie sich nur tief verbeugen und das Lob wortlos annehmen. Überwältigt von ihren Gefühlen sah sie Tecuma zu seiner Gefolgschaft zurückkehren. Jetzt ganz allein, betrat sie den heiligen Hain ihrer Ahnen.

Der Pfad zum Natami schien so unveränderlich wie die Zeit zu sein. Sie ließ sich auf die kühle Erde hinabsinken, wo bereits so viele Ahnen vor ihr gekniet hatten, und strich mit den Fingern über den Shatra-Vogel, der in den Stein gemeißelt war. »Ruhe sanft, mein Vater, und auch du, mein Bruder. Er, der euer Leben nahm, ist jetzt nichts als Asche, und euer Blut ist gerächt. Die Ehre der Acoma ist wiederhergestellt, und eure Blutslinie ist gesichert«, sagte sie mit ruhiger, doch vor Freude zitternder Stimme.

Dann kamen unaufgefordert die Tränen. Jahre voller Angst und Qual wichen von Maras Geist.

Über ihr forderte ein Shatra-Vogel mit flötendem Ruf seinen Schwarm auf, die Flügel zur Feier des Sonnenuntergangs zu erheben. Mara weinte hemmungslos, bis das Laternenlicht durch die Hecken strahlte und die entfernten Klänge der Festlichkeiten den Hain erfüllten. All ihre Kämpfe hatten Früchte getragen. Zum ersten Mal, seit Keyoke sie aus dem Tempel geholt hatte, fühlte sie so etwas wie Frieden, und irgendwo auf dem Großen Rad ruhten die Schatten ihres Vaters und ihres Bruders, deren Stolz und Ehre wiederhergestellt waren.

Mara erhob sich; die tiefe Zufriedenheit ihres Sieges durchströmte sie. Ein ganzes Haus voller Gäste wartete auf sie … und das Spiel des Rates würde weitergehen.